講談社文庫

暗殺者《キラー》

グレッグ・ルッカ｜古沢嘉通 訳

講談社

本書を最後の正義の味方に捧ぐ——
N・マイクル・ルッカ
わがヒーローにして、わが父に

目次

暗殺者《キラー》——7
訳者あとがき——592

謝辞

称賛されるべきみなさんに、下記称賛のことばを――

エヴァン・リチャード・フランキー――盗むに値するアイデアの持ち主にして、求めればかならず応えてくれる頭脳と、法が重くのしかかるときも探求する意欲を持ちあわせたことに対し。きみとローラがいてどんなに幸せかということを、いつもイアンが心に留めていてくれますように。

ナンジオ・アンドリュー・デフィリッピス――その鋭い眼力と的確な論点、さらにそこから溢れだすあらゆるものに対し。

エグゼクティヴ・セキュリティ・プロテクション・インターナショナル社（ＥＳＰＩ）社長ジェラルド・〝ジェリー〟・ヘネリーに――数ある難問をひとつひとつ解きほぐしてくれた。わたしの背中を掩護してくれてありがとう。

ダリア・カリッサ・ペンタ――〝ドラマ〟の発見に対し。アレックス＆ジェイムズ・ゴンバック――ニューヨーク市およびニューヨーク市警の正確な記述について。ジョーン・ワーナー――インシュリン・ショックについて。〈エム・シティ〉のカロン、ローラ、スチュアート、ウェス、ならびに〈バンタム・ブックス〉のケイト・ミチャク、アマンダ・クレイ・

パワーズほかの方々には、変わらぬご支援をいただいた。シカモア・ブレーン、クレア・セアー、そしてジョーキンには、格闘におけるその凄腕に、コリー・ルッカには、その山のような切り抜きに支えられた。

ずっと申し遅れていた感謝の言葉を、とてつもなくすばらしい作家であるロバート・アーヴィンに——あなたが導いてくれたのであり、わたしは永遠に恩に着ます。

そして、おしまいは、最後の頼みの綱、ジェニファー——わたしのハートを盗んで、いまなお返してはくれないきみに。

われわれが身につけうるただひとつの智慧は
謙遜という智慧なり――謙遜に限りなし。
――T・S・エリオット

暗殺者《キラー》

●主な登場人物〈暗殺者《キラー》〉

アティカス・コディアック ボディーガード、本篇の主人公
エリオット・トレント 警備保障会社社長
ナタリー・トレント エリオットの娘
エリカ・ワイアット 十六歳の美少女
ブリジット・ローガン アティカスの元恋人
カーター・ディーン 身辺警護の依頼人
ジョン・ドウ 正体不明のプロの暗殺者
コリー・ヘレッラ 警備保障会社のボディーガード
スコット・ファウラー FBI特別捜査官
ヨッシ・セッラ 警備保障会社幹部
レイモンド・モウジャー 警備保障会社新入り幹部
レスリー・マーガイルズ 原告の弁護士
ウィリアム・ボイヤー 煙草会社副社長
ニール・レイミア 煙草会社の弁護士
クリス・ハヴァル デイリーニューズ紙記者
デイル・マツイ アティカスの助っ人
カレン・カザニアン 看護婦
チェサピーク・ドレイク 私立探偵
ハンター・ドレイク チェサピークの弟
フラニガン 判事
フランクリン・グリア 証言録取の記録人

1

プラザ・ホテルのオーク・バーで四十分待ちつづけた。ホテルの外では、観光馬車の御者《ぎょしゃ》が煙草を吸いながら、無駄話をして暇を潰しており、そばで馬が暑さに身じろぎしつつ、観光客のカップルを牽《ひ》いてまたセントラル・パークをぐるりと一周する命令を下されるのをいまかいまかと心待ちにしていた。わたしはブルージーンズに白いスニーカー、白のオクスフォードシャツ、グレーとブルーのネクタイ、くすんだ薄茶のリネンの上着といういでたちだった。眼鏡も綺麗に拭《ふ》かれており、左の耳たぶにつけた二個の小さなサージカルスチール製フープピアスもぴかぴかに輝いていた。きょうは、七月四日の独立記念日。時差ぼけに苦しんだり、ホリデー・バーベキューを楽しむ代わりに、ソーダ水をちびりちびり舐《な》めながら、エリオット・トレントが遅刻している理由を訝《いぶか》っていた。

概して言うなら、このオーク・ルームを気に入っていた。アル中の怠惰《たいだ》な金持ちたちがこしらえた文化のよすがを、狂騒の二〇年代を思いださせ、F・スコット・フィッツジェラルドやヘミングウェイのような文豪たちのパリの青春の日々に思いを馳せさせるからだ。

だが、しばらくすると、ほかの部分について考えはじめてしまうのだ——自己満足や傲慢……基本的に、フィッツジェラルドが『華麗なるギャツビー』で語っていたあらゆるものについて。

腕時計はわたしが四十二分間待っていたことに賛同してくれた。きりのよい四十五分になったら切り上げることに決めた。トレントは、会わなければならない理由を言わなかった。たんに「きわめて緊急を要する」と言っただけだ。それ自体では出ていく気にはなれなかった。だが、ナタリーのことで話したがっている可能性もあり、エリオット・トレントが娘とわたしとの関係の深さについて知っているとは思えなかったものの、わたしの読みが外れることはこれまでにもあった。

勘定書に手を伸ばそうとしていたときに、トレントがやってきた。急ぎもせず落ち着いている様子で、サマースタイルのビジネススーツは、プラザ・ホテルのオーク・バーでもかしこまりすぎているように見えた。きょうは七月四日だった気がしないでもないが、トレントの服装を見ると、いつもと変わらぬ仕事日のようだ。ブースにいるわたしに気づくと、ゆっくりとこちらに向かってきた。途中で足を停め、カウンターにいるウエイターに飲み物を注文しさえした。遅れたと思っていたとしても、見た目では判断できないだろう。

トレントには連れがいた。二十代なかばの男性で、二、三歩あとからついてきている。男性はじつに見栄えのする印象的な風采だった。黒い瞳と、黒い髪。髪型は前回のテレビ番組編成時のプライムタイムに出ていたほぼすべての男優がしていたのとおなじ形だった。ルックスと服装の組み合わせは、男をどこか見覚えのある感じにしていた。しばらく眺めているうちに、雑誌の男性モデルがみな見覚えがあるように思えるのとおなじ感じだ。自分の主義に従うなら、こいつは好きじゃないな、と判断する。同時に、おれは機嫌が悪い、と判断した。

「おなじものをもう一杯頼んでおいたよ」トレントはテーブルにやってくると、連れの男が坐るまで待ってから腰をおろした。「それでよかったかな」

「限界を超えてしまうかもしれないな」わたしは言った。「ずっと飲んでいたんで」

トレントは眉をしかめた。みごとなしかめ面《つら》だ。しかるべき場所に皺が寄り、その上の銀髪がいっそう皺を際だたせている。もうひとりの男が笑みを浮かべた。そのほほ笑みも雑誌から抜けでたものだった。

「カーター・ディーン」トレントは言った。「アティカス・コディアックだ。アティカス、こちらはカーター・ディーンだ」

「グリニッチ・ディーン一族の？」

カーター・ディーンは心なし警戒した様子を浮かべた。「いや」

「よかった。グリニッチ・ディーン一族にはがまんならん」トレントに向かってわたしは言った。「四十五分待ったんだが」

「オフィスで手が離せない用があったんだ」と、トレントは答えた。謝罪の言葉としてトレントがわたしによこすつもりなのはそれだけだった。ある意味では妥当な説明だろう——エリオット・トレントはマンハッタン最大の警備保障会社、センティネル・ガード社の経営者だ。六十人を超える男女正社員と、業務多端の場合に随時動員できる非常勤スタッフを抱え、個人の身辺保護から企業警備に至るまでのあらゆるセキュリティ業務をおこなっている。トレント自身、元シークレット・サービスで、カーター大統領と、ごく短期ではあるが、レーガン大統領の警護特務班に加わっていた。

ウエイターが飲み物を運んできた。ウエイターが向こうへいくと、トレントがふたたび口をひらいた。「今週ずっとおまえに連絡を取ろうとしていたんだ。エリカの話では、街を出ているとのことだったが」

「きょうもどってきたんだ」

「仕事か？」

「ああ」

「地元の仕事じゃないな」トレントがきっぱり言った。

「ロサンジェルスさ。向こうに知り合いがふたりいてね」

「地元のはずがないと思っていた」トレントは飲み物に手を伸ばした。「どんなことをしていた？」

「監査《オーデット》さ。秋にサウジの王女がUCLAに入学するんだ。その話は知ってるだろ」

「じゃあ、じっさいの警備はしていなかったんだ」

「ああ」

「商売はなかなか厳しいだろうな。あまり仕事が来なくて」

「充分来てるさ」

「ほんとかね？」眉間の皺がやや深くなって懸念を表す。「ああいうことがあったというのに？」

わたしはじっとトレントを見据え、なんのゲームをしているのだろうか、と訝った。依頼人の前で——仮にこのカーター・ディーンが依頼人だとして——あの件を持ちだすのは、ばかげたことだ。

「ほら、あの英国陸軍特殊空挺部隊《SAS》の件だよ」トレントは銀髪の頭を振った。「それから、その前、あの医者の件もある。娘が殺されてしまった件だ」

「覚えてるよ」

「ふたりともおまえが警護を担当してたんだろ？　医者とその娘を」トレントはしゃべりながらわたしから目を離さず、慈父じみた穏やかな口調を保っていた。トレントの目ははしばみ色だ。

わたしはカーター・ディーンを見た。カーター・ディーンは窓を見やった。窓の外では、御者のひとりが八十代ぐらいのカップルを馬車に乗せ、公園周遊の旅に出ようとしていた。カップルは手をつなぎあっている。

「おれが警護してたのは、よく知っているだろ」わたしはトレントに言った。トレントは残りの部分も知っていた。すなわち、仕事にあたっていたボディーガードのひとりが死に、そのボディーガードというのがトレントの娘、ナタリーの恋人であり、わたしの親友であったことを。

エリオット・トレントは酒に口をつけ、カクテル・ナプキンで指をぬぐった。ちらっとディーンに目をやる。ディーンはそれを出の合図と受け取った。

「身辺警護をしてくれる人を探しているんだ」カーター・ディーンは言った。「身辺警護」という言葉をまるで本人がアル・パチーノで、トレントがマーロン・ブランドであるかのように口にした。自分がだれの役にあたるのか、わたしは知りたくなかった。

「なぜ？」

トレントがディーンの代わりに返事をした。「ディーン氏はかなり年下の女性との関係を清算したばかりなんだ。法的許容年齢には達しているが、それでもかなりお若い女性との関係だった。問題の女性にはふたりの兄がいてね、怒れる兄貴たちだ。そのふたりが関係の決着を嬉しく思わなかったんだ」

ディーンは顔をしかめた。たぶんトレントの言葉の選択に対してだろう。「連中はおれが彼女と結婚すべきだと思っているんだ」ディーンは言った。「たまたまそんなことにはならず、リズもそのことを理解した。兄貴たちは理解しなかった。いまだにしていない。いまはとっても怒っている」

「おやおや」わたしは言った。

「ディーンさんには心配するにはおよばないでしょうとお伝えしたんだがね」トレントがわたしに同情しながら言った。「だが、是が非でもとおっしゃるんだ。どうやら、セイア兄弟は銃を持っているらしい」

「おれに振ろうというのか？」

「いまセンティネル社は手が足りないんだ。ディーンさんにボディーガードをつけることはできるんだが、チームを指揮できる人間が空《あ》いていない。そこで、そうだ、きみに振ろうとしている」

「警護なんてもんじゃない」わたしは言った。「子守だ」

トレントは立ち上がった。これで面談は終わりだと思ったのだが、そうではなく、トレントはディーンを通そうとして道を開けただけだった。「二、三分、ふたりきりにしてもらえませんか？」トレントはディーンに頼んだ。

ディーンはうなずいた。わたしは若造がバー・カウンターに向かうのをじっと見ていた。

「確かに子守だ」トレントは腰をおろした。「おまえも子守だとわかっている。最悪の場合でも、脅威は最小限だろう。兄弟――ジョーゼフとジェイムズ――のどちらにも前科はない。ディーンを説得してやめさせようとしたんだが、あの男は心の平穏を求めており、喜んで支払うつもりでいる」

「だれの手も割けないほどセンティネルが忙しいわけがなかろう」

「いま州北部で大規模な仕事にかかっており、人的資源を全部つぎこんでいるんだ」トレントはブースに背をもたせかけ、わたしをしげしげと見つめた。トレントが目に映っているものを気に入っているとは思わないし、その態度ももっともだと思う――最近は鏡に映っている姿をわたし自身気に入っていないのだ。髪を切る必要があることや、こめかみからあごにかけて右頬を走る傷跡のせいだけではない。わたしを見返しているアティカス・コディアックそのものが、とるに足らない代物ではないのかという疑念ゆえだった。

「楽な仕事だ、アティカス。オルシーニ・ホテルにディーンを匿《かくま》い、最長で二週間、缶詰にしておく。報酬は二千ドルで、しかも、週七日二十四時間見張っていなければならないわけじゃない。ディーンに安心感を与えてやるために、こちらから三、四人、ほかのボディーガードを手配するので、みんなで相手をしてやれば、だれもが満足する」

「おれはバカにされているのだろうか」

「噂が広がっている」トレントはおだやかに言った。「この業界の人間のなかに――少なくともこの街にいる業界の人間のなかに――おまえといっさい関わり合いを持ちたくないと考えている連中がいる。あの少女が死に、ルービン・フェブレスが死に、去年の冬のSASとの大騒動があったあとで、おまえはやばい、とみなされているんだ。理由を察するのは難しいことではない。なにせダウンタウンで銃撃戦《ガン・バトル》を繰り広げたんだからな」

「あの一回だけだ」

「似たような状況はいくつもあったが、まあいい。あの一度だけとしよう」トレントはまた笑みを浮かべた。今度の笑みは慈父じみたものというより人を見下したものだった。「だが、あと一度でも不運に見舞われれば、おまえがこの業界から排斥されるという事実に変わりはない。いまのところ、おまえは有害物質なんだ。もしこの仕事を引き受けて、まっとうにやり遂げたら、おまえの評判を修復するためにわたしになにができるか考えてやろう。おまえのところにもっと仕事をまわして、仲間うちに復帰する手助けをしてやる」

　わたしは立ち上がり、財布をとりだすと、札を二枚テーブルに落とした。「遠慮する」

「アティカス、強情をはるな」

「興味がない」

「おまえはわたしに借りがある。借用書を持ちだしてもいいんだぞ」

「そいつをこんなことで無駄にしたいなら、好きにするがいい。だが、いいか、おれは有害物質であり、危険人物なんだ。そんな男をすてきなカーター・ディーン君のそばに置いときたくはなかろう」

「それがおまえの答えか？」

「おれの答えはノーだ」わたしはロビーに向かった。バー・カウンターでディーンがほほ笑みかけてきたので、わたしはにらみ返し、回転ドアを押しあけて表に出た。トレントならいまの最後のやりとりを戦い《バトル》と呼ぶだろうか。

こともあろうに、プラザ・ホテルのオーク・バーで。ニック・キャラウェイ（『華麗なるギャツビー』の語り手）も、さぞやぶったまげることだろう。


アパートメントに帰ったのは六時ほんの少し前だった。ドアの鍵をあけたとたん、ステレオから叩きだされるインダストリアル系ミュージックの壁にぶつかった。サブウーファーに抗《あらが》いつつ廊下を前進してボリュームを落としてから引き返すと、自分の部屋の戸口から体をのぞかせているエリカがいた。

「仕事は入ったの？」エリカが問いただす。

「パスした」

「マジ？」

「年がら年中」

「ああ、そうだろうね」エリカは少し顔をしかめてからつけくわえた。「今晩、ブリジットのところに行くことにしてたんだ、花火を見に。電話してキャンセルしてもいいけど」

「いや、キャンセルしなくていい」と、わたしは言ったが、答えるまでにほんの少し間が空き、エリカはそれを見逃さなかった。

「あしたまで帰ってこないと思っていたのさ」エリカは説明した。

「別にかまわない」

「ほんとに？」

「嘘いつわりなく」

エリカはわたしに向かって首を振り、背を向けると、ドアはあけはなしたまま、自分の部屋に入っていった。「ブリジットに電話したほうがいいよ」十六歳というより五十歳にも聞こえる声で、エリカが声をはりあげた。

わたしはあとにつづいて部屋に入り、エリカがバックパックに衣類をつめるのを見守った。エリカはオリーブ色のショートパンツに素足でスニーカーを履き、胸元にシルバーのアンク十字をステンシル刷りした黒いタンクトップを着ていた。体を起こしたとき、エリカは反射的に左耳を隠すようにして髪を撫でつけた。エリカの髪は無垢のオークの金色で、左耳は軟骨と耳たぶの大部分が失われていた。ステリットという名の男がおのれの本気の度合いを証明するだけのために切り落としたのだ。

エリオット・トレントが〝あのSASの件〟と言ったのは、エリカのことを言っていたのであり、エリカを巡って争いを繰りひろげた母親と父親のことを言っていた。エリカの父親はこの春、ウイルス性肺炎というかたちでエイズに冒されて死んだ。エリカの母親はその前の冬、わたしに四発の銃弾を叩きこまれて死んだ。

それもいまでは九ヵ月近く前のこととなり、その間、エリカとわたしは、さかのぼること五年前にわたしがあらかたぶちこわしてしまった関係をふたたび築きあげていた。建て前上、わたしはエリカ・ワイアットの法定後見人なのだが、わたしもエリカもふたりの関係をそんなふうに見てはいない——われわれは兄と妹のようなものであり、兄貴になれる最初のチャンスを棒に振ってしまったわたしとしては、もう一度やり直せることに感謝している。

エリカは両親の身に起こった出来事を話題にすることはない——少なくともわたしにはしないし、おそらくブリジットにもしないはずだ。父親が死ぬまでエリカは週に二度セラピストと会っていたが、その後それが週に一度となり、いまでは月に一度きりになっている。わたしとエリカはともにダグラス・ワイアット大佐の葬儀に参列し、大佐の遺灰がウエストポイントのある向かい側の岸からハドソン川に撒《ま》かれたとき、エリカは泣いた。だが、それで終わりだった。

エリカは繰り返した。「ブリジットに電話しなよ」

「できない」

「ふたりともほんとにバカだね」

「たぶん」

「避けている時間が長ければ長いほど悪くなるだけだし、そんなのどうでもいいってふりをしたって、だれもだまされやしないよ。だいたい、ふたりとも十一月からずっと口をきいてないくせに、いまもおたがいほれあっているんだろ」

わたしはうなずいたが、それ以上なにかつけくわえることはできなかった。

エリカはバックパックを肩にひょいとかつぎ、小首を傾げた。「ここに残っててほしい?」

「だいじょうぶさ、おれにもやることがある。暗くなる前に向こうに到着するには、急がないと」わたしはエリカに道を開け、あとについて廊下を歩いた。わたしが嘘をついているのをエリカはわかっていたはずだが、それをおくびにも出さなかった。「いつ戻ってくる?」

「たぶん、あしたの午後だね」そう言いながら、エリカはドアを開けた。「遅くなるようだったら電話するよ」

「そうしてくれ」

エリカはわたしを抱きしめ、自分の頰をわたしの頰に押しつけた。エリカの顔は柔らかく、温かかった。洗顔石鹸《ノグゼマ》の香りがした。「ブリジットになにか伝えてほしい?」

「言えることはなにもない」

「あるに決まってるじゃん。電話して、愛している、すまなかった、と言えばいいんだ。あんたに言えるのはそれだよ」

「いや。言えない」

わたしは自家製のペストソース（バジル、松の実、オリーブ油、パルメザンチーズを混ぜて作ったソース）で和《あ》えたパスタの夕食をこしらえたのち、パンを一斤《きん》焼いてしまうほどのマゾヒストになろう、と決心した。パン種はまだ生きており、イースト菌たちは陶器の家でよく育っていた。しばし、練って、叩いて、汗をかくほど働いた。パンが発酵するあいだにシャワーを浴び、それから本一冊とビール一本を持って腰を落ち着けた。部屋の窓から気の早い花火の閃光が見える。暮れなずむ空につかのまの光輪を描く、輝ける空中爆発。まだ夜は満ちておらず、美しさは損なわれていたが、独立記念日の花火は毎度こんな調子だ——だれかがきまって辛抱できなくなり、その結果、中途半端で不景気なショーとなってしまう。

ブリジットとエリカがどこにいるのであれ、もっとましな光景を見物しているよう願った。

午後十時に、受話器を手に取り、ナタリー・トレントのアパートメントに電話した。かけるべきではないと知りながら、ナタリーが電話に出ないことを望みながら。留守番電話が応えると、メッセージを残さずに切った。留守でよかったのだろう。

それからほぼ十分経ってから電話が鳴り、カーター・ディーンが言った。「コディアックさん、どうしておれを守ってくれないんだい？」

「どうやっておれの番号を知った？」

「トレントに聞いたんだよ。質問に答えてくれ。なぜ仕事を引き受けてくれないんだい？」

「きみにおれは必要ない。トレントも必要だとは思えない。怒った兄貴連中が心配なら、フランスへ二週間の旅行に行けばいい。そのほうがセンティネルから請求される額より安上がりだ」

「パスポートを持っていない」

「なら、カナダに行くんだな」

ディーンはその返事を面白いと考えたらしく、喉を鳴らして笑った。近所の屋根にのぼっただれかが爆竹を鳴らした。その音はいくらか銃声に似ていたが、ひどく似ていることはなかった。

「おれはこう考えている」カーター・ディーンは言った。「おれは身辺警護を頼みたいと思っていて、センティネルはそいつを提供してくれようとしている。あんたがその仕事に加わろうが加わるまいが、向こうはおれの金を受け取ることになる。エリオット・トレントのことをおれはあまり気に入っていないので、その金の一部をあんたに渡すほうがいいと考えているんだ」

「トレントが好きじゃないなら、ほかの会社を使えばいい」

「ほかの会社はあんたを雇うだろうか？」

「疑わしいな」

「あんたがいいんだ」

「なぜ？」

ディーンは一瞬黙った。「率直に言うと、歳が近い人間を相手にするほうがいい。トレントはおれの好みからいうと歳を取りすぎている——若くて金を持っていることでトレントはおれに腹を立てている」

にやけたやつであることは言うに及ばず、とわたしは思った。「じゃあ、きみは金持ちなんだ」

「運が良かったんだ。カレッジにいるあいだにコンピュータ・ゲームを作ったら、これがヒットしたんだ。〈フェロシャス〉。聞いたことないかな？」

「ない」

「信じてほしいんだけど、パソコンを持っているたいていの人間がこのゲームを持っている。あのさ、あんたとトレントのあいだにどんな事情があるのか、プラザでの会話がなんの話だったのか、おれにはわからない。だけど、あんたは見たところ、まともな人間みたいだ。ナイスガイみたいだ。もし二週間もオルシーニ・ホテルに閉じこめられて四六時中大勢のボディーガードに張りつかれて過ごすことになるんなら、せめてひとりくらいは仲良くやっていけるやつであってほしいんだ」

「ボディーガードと仲良くやっていく必要はない」わたしは言った。「きみがすべきなのは、連中の指示に従うことだけだ」

「だったら敬意を払える人間の指示に従いたい」カーター・ディーンは言った。「その人間はあんたであってほしい」

わたしはもう少しで笑ってしまうところだった。敬意というのは、当方の手持ちに不足している品だ。カーター・ディーンがそいつをわたしに対して抱いているとすれば、トレントの話を注意して聞いていなかったのだろう。

「頼むよ」ディーンはせっついた。「それでこっちは安心できるんだから」

わたしは考えてみた。断ったのは、トレントに腹が立ったからにすぎない。喉から手がでるほど現金が欲しいわけじゃないが、その金を有効に使えるのは間違いなかった。エリカは来年カレッジに進学することを期待しているが、現状ではこの先ずっと学生ローンでしのいでいくことになるだろう。二千ドルあれば少しでも荷が軽くなる。

遠雷に似た音が二度、頭上で轟《とどろ》き、赤、白、青の光をふらせた。つづいてまた一斉連射、そしてさらにもう一度。大型花火打上げショーがはじまった。

「わかった」わたしはディーンに言った。「引き受けよう」

2

「もうこれ以上耐えられそうにない」コリー・ヘレッラがわたしに言った。「退屈しのぎのためだけに、そこいらの人間を撃ちはじめるかもしれん」

われわれはオルシーニ・ホテルのディーンが泊まっている部屋の外の廊下に立っていた。ドアを通してテレビの音が聞こえる。ビデオデッキから再生されるあらたなレンタル映画だ。ときおりディーンや室内に配備されたボディーガードが、コメントしたりジョークを飛ばしたりするのも聞こえてくる。いよいよエキサイティングなことになってくれば、だれかが笑い声をあげるだろう。その頃合いにルームサービスがやって来る。

もうこれで四日間、こんなふうにエキサイティングに過ぎていった。

「もしそんなことになったら、まっさきにおれを撃ってくれ」わたしはコリーに言った。

コリーはにっと笑って、ケヴラー製防弾チョッキの具合を直した。コリーはすばらしい笑顔の持ち主だ。誠実きわまりない笑顔で、その笑顔を見せるのが好きだという性格を持ち合わせている。警護チームに配属されたセンティネル社の五人のボディーガードのうち、知り合いはコリーだけであり、コリーがいてくれてありがたかった。われわれは昼夜十二時間シフトの二交代制をとっており、それぞれのシフトに三名のボディーガードがあたっていた。

きょうのメンバーはコリーとわたし、それにフィリップ・ファイフという男だ。ファイフは、コリー以外のボディーガードたちと同様、わたしのことを悪性の病気にかかっているんじゃないかという目で見ていた。コリーはその病気が少なくとも感染性ではないという気にさせてくれた。

「ケヴラーを着るように言われたのか？」わたしは訊いた。

「標準作戦規定《SOP》だよ」コリーが答える。「トレントは部下全員に仕事中は防弾服を着用するよう求めている。あんたはどうやって免《まぬか》れたんだ？」

「おれはやつの下で働いているんじゃないことを思いださせてやったんだ」

「防弾チョッキもホテルのなかなら、そんなに悪くはないんだ、エアコンが効いてるから。でも、これを着て外で動きまわるのは、ごめんだな」

「被害妄想だとは思わないか？　四六時中、防弾服を着ているなんて？」

コリーは肩をすくめた。「トレントの会社に入れば、トレントのルールに従えってことさ。部下にはひとりとして仕事中に怪我を負わせたくない、とトレントは口癖のように言ってる。ディーンに六人ものガードをつけたり、偽名を使ってここにチェックインさせているのと同じで、防弾服も被害妄想というわけじゃなかろう。偽名といえば……」コリーは腕時計をたしかめた。「そろそろ〝ピューさん〟は日課のお出かけ準備ができてるかな？」

「そう願いたい」わたしは言った。「おれの一日でもっとも輝きを放つ時間だ」

コリーがにっこり笑った。

わたしはドアをノックし、ファイフが部屋に入れてくれるのを待った。ファイフは覗き穴でこちらをじっくり検分してから鍵をあけ、わたしがなかに入るときもずっと拳銃に手をかけていた。少なくとも、その拳銃はホルスターにおさめたままだったが。

「どんな様子だ？」

「すべて異常なしだ」まるで仕事中の居眠りでもとがめられたかのように、ファイフは答えた。

「立派な対応だよ、フィリップ」わたしは言った。

ディーンはシャツを脱いでソファーに寝そべり、テレビを眺めていた。そばのテーブルの上には、空になったルームサービスのトレイが置かれている。テーブルには、『リヴァサイド版全シェイクスピア』も載っていた。ディーンがじっさいにその本を繙《ひもと》くところにはまだお目にかかったことがなく、知識人なのか、見栄っ張りなのか、それとも純粋にシェイクスピアを楽しんでいるのか、さだかではなかった。

「アティカス」ディーンが声をはりあげた。「相手をしに来てくれたのか？」

「下にいく用意ができているかどうか確かめに来ただけだ」

「約束してくれ。きょうはいっしょにつきあってくれるかい？」

「前にも言ったように、仕事中はできない」

ディーンは腹筋がくっきり浮き上がった腹をこぶしで叩いた。「女は平らな腹が大好きなんだ、アティカス。おれみたいな女殺しになりたいなら、鍛えないと」

銃創やなにやかやがあろうと、おれの腹は申し分ない、とはディーンには言わなかった。女殺しになりたいと特別あせってはいないことも言わなかった。たんに「これから全域点検を済ませたのち、コリーとフィリップにきみを連れておりるよう無線連絡する」とだけ口にした。

「然《しか》り」ディーンは言った。

わたしは廊下にもどった。

「あいつは〝然り〟と言わなかったか？」ドアが閉められ、ふたたび鍵がかけられると、コリーが訊いてきた。

「ああ」

コリーは身震いした。「もうこれ以上耐えられそうにない」

「おれたちに残っているのは、あとたった十日さ」わたしは言った。

全域点検は、八階にあるディーンのスイートから一階のヘルスクラブまでのルートを歩くことによっておこなわれる。ヘルスクラブに到着したら、ウエイトトレーニング室、男性用更衣室、プール——と、ディーンがトレーニング中に行くと思われる場所すべてをチェックしていく。セキュリティの観点からすれば、ディーンがもっとも無防備な状態に置かれるのはエクササイズの最中であり、いきおい点検はきわめて慎重なものとなった。だが、じつのところ、ディーンは今回の仕事をわれわれにとってじつに容易なものにしてくれていた——ジムかプールに行く以外、とにかくディーンは部屋から出ないのである。しかし、トレーニングに関してはすこぶる熱心で、毎日ウエイトトレーニング室で二時間を過ごし、そのあとプールで半時間、コースを往復して仕上げをする。カーター・ディーンについてひとつ確信を持って言えるのは、常に体を鍛えあげているということだった。

ルートの安全確認におよそ二十分をかけ、チェックにチェックを重ね、セイア兄弟のひとりに似ていそうなだれかが待ち伏せていないか探したが、疑念を喚起するようなものはまったく見つからなかった。さらに何分かプールで費やし、とりどりの水着とそれを身にまとった女性たちを愛でてから、無線のスイッチを入れた。

「問題はなさそうだ」と、コリーに告げる。「五分で上に行く」

「了解」

「〝然り〟という意味か?」

「バスタブにヘアドライヤーを落っことして、感電しちまえ」コリーが無線で言い返した。

われわれの救いは六時直前に到着した。わたしは交代班を坐らせると、その日の仕事内容を申し送った。申し送りは十分弱で済み、最後にコリーとフィリップとわたしの三人で、ディーンにお休みを言い、あすの朝にまた、と告げてから、散会した。

気温二十五度前後の心地よい夜で、日中の猛暑が過ぎたあとの通りは涼しげに和《やわ》らいで見えた。わたしはゆっくり時間をかけて家路を歩き、ディーンを見張っているうちにはじまった頭痛を振りはらい、あすはどうやってしのごうかと思い巡らした。なにもすることがないときに仕事に専念するのは、たいていの人間が思っているよりはるかに集中力と努力を要する。ひょっとするとトレントにたばかられ、じわじわ責められる拷問に陥れられたのではないか、という気がした。

家に帰ってみると、エリカは自分の部屋にいて、コンピュータに向かっていた。机の上の壁にあたらしいポスターが貼られている。ラテックスのブリーフと腿まであるブーツをはいた男の写真で、布張りの壁を背にして光沢を帯びた黒い蝙蝠《こうもり》の翼を広げていた。男の頭上には、ゴシック体で《スパンキー》の文字が入っている。

きょうはどんな一日だったのか、とエリカに訊ねたところ、ほぼ一日じゅう、物を書いていた、という答えが返ってきた。「だいたい書き終わった」エリカは言った。

「物語？」わたしは訊いた。

「まあね」

「見せてもらえるのかな？」

「だめ。仕事はどうだった？」

「ひどいもんだ、まったく」わたしは言った。「なにもすることがない」

「ほかのボディーガードと話せるんじゃないの？　コリーとしゃべってれば」

わたしは首を振った。「それじゃ気が散る」

「することがないって言ったくせに」

「ああ、だが万一の場合に備えておかなければいかん」

「いつもの〝万一の場合〟か」エリカが言った。「耳タコだよ。あ——ナタリーから電話があったよ」

「なんと言ってた？」

「折りかえし電話してほしいって。かける？」

「ああ」

「予定を立てても、あたしは知りたくないからね」エリカはくるりと椅子を回して、ふたたびキーボードを叩きはじめた。

エリカがキーを数回叩いているあいだ、わたしはその背中を見つめていたが、すでに退場の言葉を口にされたのだ、と判断した。わたしはキッチンの電話からナタリー・トレントの番号をダイヤルした。三回の呼びだし音のあとで、ナタリーが出た。

「ここ二、三日、ずっときみに連絡をとろうとしてたんだ」わたしは言った。「どこにいたんだい？」

「マサチューセッツ」ナタリーは言った。「スミス＆ウェッスン・アカデミーに。夜間狙撃の教習を受けてたの。その件は前に話しておいたはずだけど」

「きみはたぶん話していて、おれがたぶん忘れたんだ」

「今夜はなにか予定がある？」

「予定というほどのものはない」

ナタリーは二度、舌を鳴らした。「夕食でも？」

「けっこうだな」

相談の結果、ナタリーの住まいの近くにあるフランス料理の店を選び、九時にそこで落ちあおうと決めると、電話を切った。そこへエリカがキッチンに入ってきて、冷蔵庫に向かった。エリカがカテージチーズの容器をひっぱりだすのを、わたしは見ていた。エリカはスプーンを見つけると、シンクの脇に立ったまま食べはじめた。

「食器を使えよ」わたしは言った。

「これから会うんだね？」

「知りたくなかったんだろ」

「それはイエスってことなんだ」

「いっしょに食事をしてくる」

エリカはカテージチーズをもうひと口ほおばってから、スプーンを綺麗に舐め、シンクのなかに落とした。スプーンは割れ鐘のような音を立てた。エリカは容器に蓋をして冷蔵庫にもどした。それから、わたしをひたと見据えた。

十秒ののち、わたしは言った。「なんだ?」

エリカは首を振り、左耳にかぶさった髪を撫でつけた。「そいじゃ、あしたの朝に」そう言ってエリカは部屋にもどり、背後でドアがそっと閉まるにまかせた。

レストランは静かで、ほとんど客がいなかった。われわれは正面入口に近いテーブルにつき、ふたりとも背中を壁に向けていられるように椅子を置いた。必要というよりも習い性でそうしてしまうのだ。ナタリーはサラダとウサギをとり、わたしはサラダとアヒルにした。キャラフェに入ったワインの大半はナタリーが飲み、わたしはビールを二本空けた。会ったのは三週間ぶりで、われわれは会話によってブランクを埋めあった。ナタリーは狙撃教習についいて話し、わたしはナタリーの父親に頼まれた仕事について話した。

「手伝いは要る?」ナタリーが訊いた。

「要らないな。おれを含めて全部で六人のガード体制なんだが、うち六人が余分だな。警護対象者はホテルの部屋にじっと坐って、ビデオを観て、ジムで運動するだけだ。退屈の意味をあらためて教えられているところさ」

「とってもわくわくさせられる仕事みたいね」心とは裏腹にナタリーはそう言った。

「親父さんは、おれのことできみになにか言ってたかい？」

「いいえ」

「最初に親父さんから伝言を受け取ったときは、きみのことで話があって電話してきたのかと思った」

「父は知らないわ」ナタリーはきっぱりと言った。

「だろうと思った。そうでなければおれに仕事をまわしてきたりしなかったはずだ」

「あの人がセンティネル社の外聞をどれだけ気にしているか考えると、あなたに仕事をまわしたってこと自体が驚きよ」

「そんなにひどいのか？」

ナタリーはうなずいた。「この業界では、あなたは人気者じゃないわね」

わたしはぼそっと口にした。「憎まれておくがい《オデリント》い、《ダム》怖れられているかぎりは《メチュアント》」

「ボディーガードの真言《マントラ》ね」ナタリーがもうひとくちワインを含んだ。照明がグラスを透過して輝き、ワインはナタリーの髪とおなじ深紅に染まっていた。グラスの脚《ステム》に指を添えたまま、やがてナタリーは深く吐息をついた。ナタリーがなにを考えているのか、わたしにははっきりとわかっていた。わたしもおなじことを考えていたのだ。

われわれはほぼ一分近くたがいの沈黙に浸っていたが、その沈黙は仲間意識よりもむしろ孤独を感じさせた。ナタリーは二十八歳。美人だ。長身で人目を惹きつける。赤い髪は肩胛骨《けんこうこつ》の下までまっすぐに伸び、瞳の色は若い松葉の緑色をしている。きょうはその瞳の色合いより四段ほど翳《かげ》ったシルクシャツに黒い綾織りのパンツを身につけ、髪はうしろでゆるいポニーテールにまとめて、このうえなくエレガントに見えた。レストランの明かりがその姿を疲れたように、もしくは悲しげに見せていたが、わたしにはそのどちらであるのかわからなかった。

勘定書が来て、それを折半すると、なにも言わずに立ち上がり、店を出た。八十四番ストリートを通って、イーストエンド・アヴェニューに建つナタリーのアパートメントまで手をつながずに歩いていった。建物に入るとナタリーはドアマンに挨拶し、ドアマンは陽気な声で「こんばんは、ミス・トレント」と応じた。わたしが受け取ったのは挨拶の会釈、もしくは非難を意味するのかもしれない会釈ひとつきりだった。

エレベーターのなかでも無言のまま、部屋に入っていくときも黙ったままだった。ナタリーは明かりをつけなかった。わたしはナタリーがドアに鍵をかけるまで待ち、暗がりのなかをあとについて寝室に入り、そこでふたりして服を脱いだ。ナタリーはベッドカバーをめくらなかった。われわれはそのままベッドの上でセックスをした。そこにはなにもなかった。突きあげる欲求もない。狂おしい情熱もない。エアコンは食事にでかけているあいだつけたままにされており、部屋のなかは冷えきっていた。ナタリーはコンドームをひとつ、ナイトテーブルの上に置いていた。そこにあるだろうとわたしが知っていた場所に。ブリジット・ローガンにもう恋人同士ではないと告げられて以来、ブリジット・ローガンがもう友達ではないとナタリーに告げて以来、このアパートメントでわたしが過ごした夜にはいつも置かれていた場所に。

事が終わり、われわれはベッドの上で体を触れあわさずに横になり、エアコンの音に耳を傾け、十七階下からかろうじて届く微かな街の音に耳を傾けた。ナタリーはデジタル時計兼CDプレーヤーをナイトテーブルに置いており、わたしはずっとそれに目を向けていた。時計が零時十五分を表示したとき、わたしはそっと起きあがって静かに服を着、ナタリーの眠りを妨げないようにした。ナタリーが起きているのははっきりわかっていたのだが。

だが、ナタリーはなんの反応も示さず、ひょっとしてほんとうに眠っているんではないかという気がしてきたのだが、わたしが部屋から出ようとしたとき、声が聞こえた。「出るときにドアに鍵をかけていくのを忘れないでね」

3

フィリップ・ファイフがカーター・ディーンの部屋から体をのぞかせて言った。「トレントから電話だ。頭から湯気を立てているぜ」

「そんなにニヤニヤするな」わたしは言った。「氷のごときご面相にひび割れができるぞ」

雄弁な表情が野卑な言葉を伝えていたが、こちらが通れるように脇へどくと、ファイフはわたしに替わって廊下の配置についた。わたしはドアを閉めて鍵をかけ、ディーンが手を振るのを無視して——あいかわらずカウチに坐り、あいかわらずシャツを脱いだままでいる——バー・カウンター横の親子電話をとった。

「コディアックだ」

「わたしの許可もあおがずにナタリーを雇うとは、おまえはいったい何様のつもりだ?」トレントが吠え立てた。「警護チームから娘を外せ、いますぐ外せ、わかったか? この仕事に就《つ》いているあいだは、ナタリーに近づくんじゃない。おまえのクルーも断じてナタリーに近づくな」

わたしは冷静を保った。平静な声で言った。「エリオット、いったいなんの話をしているのかさっぱりわからん」

「ふざけるな」トレントは怒鳴った。「ふざけるな！　別のチームを出してやらねばならんほど、くそったれの能無しなのか？　わざわざわたしに隠れて娘を雇い、そして――」

「そんなことは、やってない」わたしは言った。「ナタリーは手を貸そうと言ってくれたが、その申し出をおれはきっぱりと断ったんだ。さあ、怒鳴るのをやめてくれ」

トレントは怒鳴るのをやめたが、息づかいが聞こえていた。憤りを抑えようとする急激かつ無為な試みの音が。「いますぐナタリーを現場から出ていかせろ」

「ナタリーはここにいないぞ、エリオット」

トレントはさらなる荒い息づかいを送ってよこした。わたしが嘘をついているか否か見極めようとしているのだろう。「ナタリーが現場に加わろうとしたら、家に送りかえしたほうが身のためだからな。娘をおまえのそばに寄りつかせたくないんだ、コディアック、わかったか？」

腹に感じたしこりが喉元にせりあがろうとしていたが、それを許せば怒声が飛びだすのはわかっていた。それでもしこりがせりあがるにまかせたいと望む気持ちがないではなかった。噛みつき返してやりたい、それもしたたかに、と。だが、カーター・ディーンがカウチに坐り、好奇心溢れんばかりの目つきでこちらを見ており、フィリップ・ファイフが廊下に立ち、おそらくはガラスのコップをドアに押し当てて聞き耳を立てていることだろう。たとえエリオット・トレントのわたしに対する考えがすべて当たっており、わたしが仕事のうえで有能とは程遠かったにしろ、わたしがプロであることに変わりはない。警護対象者の前で癇癪《かんしゃく》を起こすわけにはいかなかった。

「もしナタリーがここに来たら、あんたから電話があったと伝えよう」わたしは言った。「今回はしくじるなよ」トレントが警告した。「この仕事をしくじったら、おまえは永久追放だ。わたしがそうしてやるからな」

ナタリーはそれから四十分ほどして現れた。黒いジーンズに白いTシャツ、腰に装着したグロックを隠す濃紺のウインドブレーカーという仕事用のいでたちで廊下を歩いてきた。小振りなタクティカル・ギア・バッグを肩からぶらさげており、それを途中で両手に持ち替えると、コリーとわたしに笑いかけながら、「もうひとり頭《ウォーム・ボディ》数が増えても害はないと思ってね」と言って近づいてきた。

「まあ、少なくともそいつがきみならば」コリーが言った。「スミス&ウェッスンはどうだった？」

「払っただけの価値があったわ」

「親父さんから電話があったぞ」わたしはナタリーに言った。

ナタリーの笑顔が湯気のように消え失せた。わたしを見、ついでコリーを見る。「少しふたりだけにしてくれる？」と、コリーに頼んだ。

コリーは肩をすくめると、ドアを軽くノックした。ファイフが覗き穴によるごたいそうな職責を果たしたのち、ドアをあけると、その脇をすり抜けてコリーは部屋に入った。ファイフはナタリーを見ると言った。「よう、赤毛《レッド》」

ナタリーがファイフをにらみつけ、ファイフはそれ以上なにも言わずにドアを閉めた。

「父はあなたに電話なんてすべきじゃなかったのに」ナタリーがわたしに言った。

「親父さんにおれから手伝いを頼まれたと言ったのか？」

ナタリーの目のなかの怒りがはっきりした。「あたしが話したのは、あなたと話をしたことと、手を貸すつもりでいるということよ」

「ふむ、親父さんにぼろくそに言われたぞ」わたしは言った。「おれが誘って手伝わせたんだと考えている。おれが隠れて立ち回っていると考えている。おれがきみのまわりをうろちょろするのは、きみにとって危険だと考えていて、きみを家に送り返すよう言ってきた」

ナタリーはわたしの向かい側の壁にもたれた。汚れた白いフィラのスニーカーを履いており、廊下のカーペットにそれがわずかに沈みこんだ。「あのくそじじい」と、つぶやく。

「おれはどうこう言える立場じゃない」

「帰れって言ってるの？」

「まさか、ちがうよ」

「あの人は逆らわれるのが嫌いなのよ」

「たぶんあの御仁には、そういうことがもっと頻繁に起こるべきだ」

「たぶんそうね」

「たぶんきみがそれをやるべきなんだ」

「たぶん」ナタリーは両手を二度、こぶしに握りしめた。「おそらくね」両のこぶしをポケットにおさめ、足元を見やる。「ボストンに引っ越そうと思っているの」

わたしは一拍、間を置いた。「スミス＆ウェッスン・アカデミーに近くなるな」

ナタリーは首を横に振った。「いいえ、そういうことじゃない。ただ…… ここを出ていく必要があると思う……。父から離れる必要があると思うの」ナタリーは靴からわたしに視線をもどした。「ねえ、知ってる？ 生まれてこのかた、二週間以上どこかに行って、父に会わずに過ごしたことはなかったのよ。母が死んでからはまちがいなくなかった」

「父親が上司でもある場合、そういうことも起こるだろう」

「あたしがカレッジにいた頃でさえそうだったわ。三年のときにフランスに旅行にいったときですら」

「たぶんきみはしばらく休みをとるべきだな」

「たぶんあたしはこの仕事を辞めるべきなのよ」ナタリーの声は、口いっぱいに詰まった古い自動車オイルを吐きだすように響いた。

その日の午後一時、わたしはヘルスクラブまでのルートを歩いておりた。一階までずっと、廊下にはほとんど人けがなかった。滞在中の旅行客やビジネス客はみんな市内に出かけているのだ。客室係が数人、仕事にいそしんでいるのを見かけ、四階では通路で鬼ごっこをしている三人の子供とすれちがった。

ウエイトトレーニング室にはだれもおらず、係員だけがデスクで《プレミア》誌の最新号を読んでいた。わたしが入っていくと、係員はにやりとして言った。「そろそろロックスターのお出ましかい？」

わたしはうなずいて、そのまま男性用更衣室に進んだ。放置されたタオルが四枚と置き去りになった運動用サポーターが目に入ったが、人はいない。メンテナンス用のドアはどれも閉じて施錠されていた。わたしはプールデッキをのぞいて頭が四つあるのを数えてから、ウエイトトレーニング室にもどった。係員が利用者記録簿をこちらへ押しやり、わたしはそれをひととおり確認すると、部屋番号とディーンの仮名、すなわち、ジェレマイア・ピューを記入してから、無線のスイッチを入れた。

「やつを連れてきてくれ」わたしは言った。

「了解」ナタリーが応えた。

一行がおりてくるまで六分かかり、その間、係員は雑誌のつづきに戻り、わたしはドアから目を離さずにいた。コリーを先頭に、ファイフが最後尾、ナタリーがディーンをぴたりとカバーするかたちで四人は到着した。廊下を歩くとあってディーンはシャツを着ていたが、平らな腹をシャツで隠してしまう前に、ナタリーに見せつける機会を与えたのはまちがいないだろう。四人が廊下を近づいてくるあいだ、わたしは戻って更衣室からの進入路をもう一度チェックした。だれも潜んでいない。

われわれはトレーニング室を囲んで配置についた。係員がにやにやして首を振っているのを目にして、わたしは言ってやりたくなった——そうさ、同感だ、おれだってこんなことはばかばかしいと思っている、と。ディーンの警護は実効性があるというよりお飾り的なものだった。トレントは、それこそディーンが求めているものだと言ったも同然だった。だが、どこか居心地の悪さを感じる——見せかけのためだけにしてはわれわれの人数は多すぎるし、じっさいの任務のためであれば足りない。

ディーンは唸ったり呻いたりしながら励み、汗だくになった。きょうはいつもよりいくぶんよけいに運動しており、わたしはそれをナタリーの存在のせいだとみなしていたが、そのほかの点ではトレーニング内容はこれまでの五日間のものとまったく同じだった。

「見てるだけで疲れたわ」一時間後、ナタリーはわたしにつぶやいた。「毎日これをやってるわけ?」

「人の肉体は、その魂の聖堂なり」わたしは言った。「ディーン君はあきらかに聖職者だな」

ナタリーはふたたび廊下をチェックしに行った。

午後二時十五分、ディーンはレッグプレスの最終セットにとりかかった。わたしは再度更衣室をチェックに行き、つぎにプール室に入った。水際は蒸し暑く、そのまま天井になっている湾曲した天窓越しに陽光が降り注ぎ、強い塩素のにおいが漂っている。プールはオリンピック・サイズとまではいかないが、広々としていた。

両親と息子の一組が水のなかでふざけあい、しぶきをはねあげ、笑い声をあげ、賑やかな楽しいひとときを過ごしていた。わたしが足を踏み入れた場所のそばに置かれたラウンジチェアに、黒のワンピース水着を着た女性が寝そべり、目を閉じて濡れた体を乾かしていた。長身で健康的な体に、乾いていればブロンドに見えるであろう髪をしており、水着がとてもよく似合っている。女性は目をあけ、わたしが見ていることに気づいた。こちらがにっこりすると、相手はまた目を閉じてしまった。

わたしは反対側の端まで歩いていき、ロビーにつづくドアとプール用備品室のドアをチェックした。備品室にはきれいなタオルの積んであるテーブルと、汚れたほうのタオルを入れる大型容器があり、それらをつついて調べてみてから男性用更衣室にひきかえした。

「プールのなかに三人、デッキにひとり」と、無線で告げる。「ほかは、問題なさそうだ」

「すぐに行くわ」ナタリーが答えた。

わたしは男性用更衣室のドアを引きあけ、壁に当たるまでひらいて、片足で動かないように押さえた。プールの三人組は水鉄砲を持っており、パパと息子で、ママを挟み撃ちにしている。母親が悲鳴をあげると、声がガラスと水面とタイル貼りデッキを伝って反響した。ディーンの一行は更衣室からさきほどと同様の隊列を組んで現れた。ディーンがナタリーに、きみは断じて男性用ではなく女性用更衣室を通ってくるべきだった、などと言っているのが聞こえた。ナタリーが返事をするのは聞こえなかった。わたしは最後尾を守っているファイフが通りすぎるのを待ち、そこで持ち場を交代して、ファイフをドアのところに残した。ファイフは顔をしかめたが躊躇《ちゅうちょ》せず、わたしはそのことを評価した。ロビーへの出口からそう遠くないラウンジチェアをコリーが選ぶと、ディーンはその上にタオルを投げ、腰をおろしてスニーカーを脱ぎはじめた。わたしはナタリーとコリーに配置につくよう合図し、ふたりは別れて、それぞれロビーのドアと女性用更衣室のドアを守った。

ディーンはスウェットパンツを脱いで赤いミズノスピードの水着を露わにし、スイミングゴーグルを引っぱって目の位置に装着した。

「十レーンだ」わたしは言った。

ディーンはプールを見やった。わたしが指定したレーンはロビー入口からもっとも離れている。「いいとも」と、ディーンは答えた。ゴーグルはグリーンに着色され、なかの目が膨らんで見えた。わたしとディーンはレーンの端まで歩いていき、そこでディーンは二度深呼吸してから、わたしの腕をぴしゃりと叩いて言った。「あんたに水をかけないように気をつけよう」

「ありがとう」と、答えたときには、ディーンはプールに入り、泳ぎはじめており、わたしのズボンの裾はいきなり濡れそぼった。デッキ沿いに歩いてディーンを追い、レーンの端に到達するまで遅れずについていくと、そこで立ち止まり、監視をした。さきほどの家族連れは、ロビーのドアを見張っているコリーの近くで水からあがろうとしている。ワンピースの水着を着た女性は持ち物をまとめ、部屋に戻ろうとナタリーの横を通りすぎていくところだった。

ディーンはウォーミングアップに十分間をかけ、のんびりとレーンを往復した。その間に家族連れは立ち去り、ふたりの十代の少年がやってきて、そのうしろから汚れ物のカートを押したプール係員がつづいた。少年たちは不快なほどやかましく、中途半端にひざを抱えてプールに飛びこみ、デッキ一面に水を撒き散らした。そのあとは、プールから最短時間でどちらがどれだけ水を汲みだせるかの競争だった。

「ガキども」ファイフが無線で伝えてきた。「おれが追っぱらおうか？」

「否《いな》」わたしは答えた。

「あんなのがいると気が散るぞ」ファイフが言う。

「担当のドアを見張っていろ」

ファイフはプール室の向こう端からこちらをにらみつけ、わたしは泳いでいるディーンの監視にもどった。ディーンがまた一往復を終えて、プールの壁を蹴ろうと水中で回転しているとき、黒いワンピース水着の女性が引き返してきた。腰にタオルを巻きつけ、廊下から入ったドアのところでしばし立ち止まってなかを見まわしている。ナタリーに視点を定めたその女はそちらへ近づいていき、わたしは無線の送信ボタンを押した。

「ナット、気をつけろ」

「わかった」ナタリーが応える。ワンピースの女性がナタリーに、警備のかたですか、ホテルで働いてらっしゃるんですか、と訊ねるのがマイク越しに聞こえた。

ディーンは嬉々として泳いでいき、わたしは周囲に再度目を走らせた。プールの係員はひと塊《かたま》りの濡れたタオルをカートに担《かつ》ぎ入れようとしていた。少年のひとりがもう一度飛び込もうと、デッキにのぼろうとしている。

「苦情を受けたわ」ナタリーが無線から小声で言った。「プール係員が銃を持ってるって」

視野の片隅に、係員がこんどはあたらしいタオルをテーブルに置いているのが見えていた。係員の両手ははっきり見えない。コリーはわずかに近づいてきており、ファイフはドアから離れようとしていた。彼らは指示を待っている。わたしの指示を。

わたしは左のてのひらに握った小さなボタンを押した。「ナット、確認しろ。コリー、フィリップ、臨戦態勢だ」

「了解」コリーが応答する。

ナタリーがうなずくのが見えた。すでにファイフは泳ぎ着いた時点でディーンをとらえようと、プールの端へ動きだしている。

「すみません、ちょっといいですか？」ナタリーが係員に訊ねるのが聞こえた。手をうしろにまわして右の腰にあて、武器にかぶせている。

男は二十代から四十代までのどのあたりともつかず、黒髪で目と目が大きく離れていた。汚れたタオルをもうひと抱えカートに投げこもうとしていたが、それがばさりと落ちると、黒いプラスチックと金属が姿を現した。丸太とうずまきストローを合体させたような、荒々しい意匠。男はくるりと体を反転させ、両手に構えたサブマシンガンは宙を切り裂き、グリップ下部から空薬莢《からやっきょう》の帯を吐きださせた。ナタリーは武器をすぐ撃てるよう構えて、脇腹を下に身を伏せた。ファイフはプールデッキにおり、その防弾チョッキが持ちこたえてくれたことをわたしは祈った。手遅れになる前にディーンを水からあがらせる術はない。それでもともかくわたしは飛びこんで水中でディーンをとらえた。シャツがどっぷり濡れるのを感じる。ディーンの腕に手を伸ばし、プールデッキが水を切り裂いて迫ってくると感じたそのとき、銃声が鳴った。つづけざまに五発。用済みの薬莢が青いタイルにからからと跳ねる音が、一連の爆竹音に終止符を打った。

ディーンは水から出て倒れこむようにデッキに上がり、わたしは背中から転がって武器を抜いたが、すでにカタがついていた。意識のどこかでそのことを把握していた。別のどこかで、すでにナタリーが暗殺者を倒したことを把握していたのと同じように。

男は仰向けに倒れ、一本の脚が体の下に折れ曲がり、サブマシンガンは右の腿のそばに転がっていた。うしろの壁に血液と脳の組織が飛び散り、タオルを染めている。さらに多くの血がタイルの上に溜まり、継ぎ目の溝を伝って流れていた。男は少なくとも一発を頭部に被弾し、後頭部の厚みが五センチ減っていた。

コリーが手を貸して、ファイフを立ち上がらせ、ディーンを見下ろして立っているわたしのところまで引きずってこようとしていた。ファイフは、だいじょうぶ、滑っただけだ、このデッキは頭にくるほど滑りやがる、と言っていた。わめかないよう努めていたが、何度も何度もおなじことを繰り返している。わたしは武器をおさめてディーンを引っぱり起こし、両手で抱きかかえるようにしてナタリーの横を通らせ、ロビーのドアのほうに向かわせた。

ナタリーは身動きもせず、まだ床に体を沈めたまま両手でグロックを握っていた。銃口は死体に向けられていた。

「撤退だ」わたしはナタリーに言った。

「ええ」

「はやく」

ナタリーははじかれたように頭を起こし、ふらふらと立ち上がると、ロビーのドアに向かった。コリーはファイフの手を引いたまま、わたしのすぐうしろにつけていた。水のなかでは、十代の少年ふたりがプールサイドにしがみついている。ワンピース水着の女性は口元を両手で覆い、左右に首を振っていた。

「ありがとう」わたしはその女性に礼を言った。

女性は目を閉じてうずくまり、胃のあたりを押さえて体を折り曲げた。女性がもどしはじめないうちに、われわれはプール室をあとにしていた。

廊下には人が集まっており、われわれに道をあけた。わたしの耳に怒鳴り声が聞こえていた。おそらく警備員か、ひょっとして警察かもしれないが、いまはそんなことはどうでもよかった。彼らはそのうちわれわれを見つけるだろうし、まずディーンを安全な場所に連れていくことが先決だった。次の攻撃が仕掛けられる前に部屋にもどらねばならない。次の攻撃が仕掛けられるものかどうかはわからないが、それを言うなら一度目の攻撃もまさかあるとは思っていなかったわけで、同じ日に二度も足をすくわれるわけにはいかなかった――少なくとも、わたしに回避できるのであれば。

ナタリーが全員をエレベーターに乗せ、われわれ四人はディーンを囲んで立った。ディーンはぶるぶる震えている。エアコンのせいではなかった。

「ちくしょう、なんてことを」ディーンの声は泣きつづけたあとのように掠《かす》れていた。「おれを殺そうとしやがった。あの男はおれを殺そうとしやがったんだ」

その言葉にだれひとり返事をする術《すべ》がなかった。

廊下の安全確認を済ませてディーンを室内にもどすのに、さらに九十秒かかった。コリーがすぐさま電話に向かい、フロントデスクを呼びだした。その間、わたしはディーンを着替えさせるために寝室に連れていった。ディーンはベッドにへたりこみ、わたしはバスルームからタオルを何枚かとってきた。

「体を拭け」わたしは言った。「乾いた服を着るんだ。数分後には警察がここにやって来て、全員同行を求められる」

「あんなこと、起こるはずじゃなかった」ディーンは言った。「絶対に起こらないからと、あいつは保証したのに」

「あれはセイア兄弟の片割れだったのか？」わたしは訊いた。

「気持ちが悪い。ものすごく気持ちが悪い。吐いちまいそうだ」

「ショック状態だ。二、三分もすればおさまる」

「ありがとうよ、先生《ドクター》！　ショックだと？　あんたもショックが欲しいか？　ショックならおれがくれてやるぜ！　おれはトレントの野郎を訴えてやる、なりふりなんか構うものか、神に誓っておれはくそったれの——」

「カーター」わたしは言った。「落ち着くんだ」

「おれはカーターじゃない！」ディーンはわたしに噛みついた。「カーター・ディーンなんかいないんだ！　おれはくそいまいましいジェレマイア・ピューでもない、いいか！　おれの名前はネイサンだ。ネイサン・ダンジェロウだ、わかったか？」

「ネイサン・ダンジェロウ」わたしは復唱した。「わかった」外からドアのひらく音がし、ナタリーの声がした。たぶんニューヨーク市警《NYPD》だろう。

「いいや、わかっちゃいない」ディーンが静かに言った。怒りはふいに消えていた。ディーンはタオルを拾いあげ、濡れた髪にかぶせてこすった。「説明してやるよ。トレントがおれを雇ったんだ、わかるかい？　あいつは、カーター・ディーンという名のろくでなしのふりをさせるために、おれを雇った。ボディーガードといっしょに二週間ホテルで過ごすことと、このふざけた芝居の一切合切に対してあいつは二千ドル支払い、おれがやることになってたのは、カーター・ディーンという名の男になりすまして警護を求めているふりをすることだけだったんだ」

　わたしはきょとんとして相手を見た。

　ディーンは——ダンジェロウは——だれであれ——わたしに苦笑いをしてみせた。「これであんたもわかっただろう。おれはただの仕事にあぶれたケチな役者だよ。たいした人間じゃない。まちがっても、撃たれてぶっ殺される価値のあるようなたいそうな人間じゃないんだ」

　わたしはエリオット・トレントについて考えた。トレントがこれまでわたしに言ったことすべてについて、起こったことすべてについて。わたしにこの仕事を引き受けさせようとどれほど執心していたか、ナタリーが加わることにどれほど激しく反対したかについて考えた。コリーとファイフと、ふたりの防弾チョッキのことを考えた。

わたしはプールデッキで目にした武器のことを考えた。ファブリック《F》・ナショナール《N》P90。軍以外では入手不可能なサブマシンガンであり、本や雑誌でしか目にしたことのなかった武器。一分間に九百発撃ちだすことができ、千三百メートルの距離から二十七層のケヴラー繊維を貫通させることが可能な武器。この国ではブラック・マーケットでしか入手できない武器。

わたしはタイルの継ぎ目の、うすとろの溝《グラウト》を流れていく血のことを考えた。

トレントは最初からこういった事態が起こることを知っていたのだ。わたしを雇ったときから知っていた——わたしを雇うより前から——ディーンの命を狙った襲撃がおこなわれるだろうということを。

プロによる襲撃がおこなわれることを。

ディーンは上半身を拭き終え、タオルを膝の上に置いてわたしをじっと見ていた。「トレントは嫌いだって言ったろ」と、ディーンは言った。

「トレントは最初からきみに、この警護は偽装作戦《ダミー・オプ》だ、と言っていたのか?」

「あいつはこれがダミー・オプだと言ったし、おれはおとりだと言った。そしてあんたは……あんたは……」ディーンは首を振り、首のうしろにタオルをまわした。

わたしは強ばった声で訊ねた。「あの男がなんといったか教えてほしい」

「似非《ダミー》ガード」ネイサン・ダンジェロウは言った。「トレントはあんたをダミー・ガードと呼んでたよ」

4

前回ドナルド・ハーナー警部と話をしたのは、ミッドタウンのとあるホテルから引きあげたあとのことだった。いろいろあったにもかかわらず、われわれはけっこう打ち解けた。ハーナーは齢《よわい》半世紀を超えており、いくぶん目方不足で、頭はおおかた禿げあがり、ごま塩の髪が帯状に後頭部を取り巻いていた。黒縁眼鏡をかけ、警察官というよりハイスクールの化学教師のように見える、とわたしは思った。

「コディアックだったな？」わたしを目にするとハーナーは言った。

「警部」

「うちの所轄にあるホテルとおまえとの関係は、いったいなんなんだ？」

「有閑階級の連中に引きよせられるんだよ」

「そこに坐ってろ」ハーナーはずんぐりした親指を机の向かいにある椅子に向けた。わたしが坐ると、警部はしばらくじっとわたしを見ていたが、やがて机の上の報告書をぱらぱらとめくりはじめた。ビルの角にあるそのオフィスは閉所恐怖症を引き起こしそうなほど狭かった。大部屋に面した二枚の壁には小さな窓があり、そこからコリーとファイフ、ネイサン・ダンジェロウの坐っている姿が見える。ダンジェロウは片時もじっとしていることができず、それがファイフの癇《かん》に障《さわ》りはじめていることがボディーランゲージだけで見てとれた。コリーは満足げな面持ちで、壁にかかった一枚のポスターを眺めていた。ポスターにはこう書かれていた――〝銃が非合法《アウトロー》になれば、無法者《アウトロー》だけが銃を手にする〟。

ハーナーが報告書に目を通し終え、咳払いをしたところで、わたしは訊ねた。「ナタリーはどこにいる？」

「ミズ・トレントは供述録取をしているところだ」ハーナーは答えた。「ビデオの準備をしなきゃならなかった」ハーナーは片方の眉を上げてみせた。「心配するな、まぶしい照明やゴムホースの使用は先週からやめることにした」

「父親はもう来たのかい？」

「いいや」

「なら、ナタリーは弁護人なしで供述しているのか？」

「それが問題か？　おまえら全員がミズ・トレントの話を裏づけてるんだ。刑事たちがそいつを確認すれば、正当な発砲ということで落着する」

「目撃者がいた。ガキがふたり。女性がひとり」

「知ってる。全員から供述を取った」ハーナーは椅子に坐ったまま身を乗りだし、机に両ひじをついた。左側のレンズにべっとり指紋がついているのが見える。「さてと、おとり作戦《デコイ・オペレーション》とは、いったいなんだ？」

「ダンジェロウと話したんだな」

「あの男は、この件で相当頭にきてるぜ。あいつが嘘をついていると？」

「そうは思わない」

「トレントがあいつを雇ったのか？」

「わからん」

「おまえは自分がおとり作戦の一部だと知らなかったのか？」

「はじめてそのことを聞いたのは、ミスター・ネイサン・ダンジェロウが自分はネイサン・ダンジェロウであってカーター・ディーンではない、とおれに言ったときだ」

「ジェレマイア・ピューでもない、と？」

「ジェレマイア・ピューでもない、と」

「ふざけた名前がぞろぞろ出てきやがる」ハーナーが言った。「いつもそうなのか？」

「まあ、警護対象者が何者かに命を狙われているときに本名でチェックインさせようとは思うまい」

ハーナーは唸っている犬のように唇をまくった。「おれが言ったのは、おとり作戦のことだ。おまえらはしょっちゅうそういうことをやるのか？」

「珍しいことではない。特にハイリスクの警護対象者を抱えていて、その人物をあちこち移動させようとするときには。相手を混乱させるためにおとりを使うんだ」

「なんとも危ない生き方に聞こえるな」

「通常なら、関わっているボディーガードは事態を把握してる」

ハーナーはわたしの声に含まれた棘《とげ》を聞き逃さず、鋭い分析を加えた。「腹を立ててるんだな」

「おれはトレントに利用されたんだ。あの男はおれと、ほかの三人のボディーガードと、濡れ手に粟を期待していた罪のないひとりのろくでなしを、あやうく蜂の巣にしてしまうところだった。ああ、そのことに煮えくり返るほど腹が立っている」

「噂をすれば影だ」ハーナーが言った。ハーナーの視線を追うと、エリオット・トレントが大部屋に入ってくるのが目に入った。至極ご満悦の様子だ。トレントはグレーのスーツに身を包んだ男を両脇に従えており、三人揃ってまっすぐわれわれのほうへ向かってくる。「面白くなるな」ハーナーはわたしにそう言うと、立ち上がってドアをあけにいった。

「ドナルド、元気だったか？」エリオット・トレントは敷居をまたぐと即座に言った。ハーナー警部に手を差し伸べ、警部はその手を取った。トレントはずいぶん久しぶりだと言わんばかりの握手をした。「調子はどうだい？」

「内務監察部《IAB》から調査を受けてるところでな」ハーナーは言った。「おれがある容疑者をぼこぼこに殴ったと、ダウンタウンのだれかが告発したんだ」

トレントは一瞬間《ま》をあけてから応じた。「聞いていなかったな」

「おれの癇癪《かんしゃく》のせいさ」ドナルド・ハーナーは言った。「癇癪を抑えておくことがなかなかできないたちなんだ。さっきから聞かされてるんだが、おとり作戦ってのはいったいなんのことだ？」

トレントがわたしの坐っている場所を鋭く見やった。わたしは手を振ってやった。ハーナーにトレントは言った。「娘は弁護士を必要としているかね？」

「いても困らんよ」警部が答える。

グレーのスーツを着た男のひとりが黙ってうしろへ下がり、踵《きびす》を返すと、ナタリーを探しにいった。

「お抱えの弁護士を連れてきたわけか」ハーナーが感想を述べた。「用意のいいこった」

「この男はきみになにを話した？」トレントが訊いた。まだわたしから視線を外していない。

「んなこた関係ない。話を聞きたいのは、あんたからだ。あんたのお嬢ちゃんはきょうの午後、オルシーニ・ホテルでマシンガンをぶっぱなしているいかれた野郎の後頭部を吹っ飛ばした。状況から見たところ、すべてのお膳立てをしたのはあんただ」

その場に残っていた弁護士が口をひらいた。「まさかわたしの依頼人がその男の殺害を共謀したとほのめかしておられるんじゃないでしょうね？」

ハーナーはわたしのほうを向いた。「おれはそんなことをほのめかしたか？」

「なんとなくね」わたしは認めた。

「ったく、なにを考えてたんだおれは。そんな口の利きかたをしてちゃあ、友達なんかひとりもできやせん。トレントさんよ、あんたと弁護士さんとおれとでちょいとくっちゃべって、この一件に片をつけようじゃないか？」

「この男はここに残るのか？」トレントはまだわたしを見たまま訊いた。

「問題かい？」

「われわれとあなただけでお話しする機会を頂戴したい」と、弁護士が言った。

わたしは立ち上がり、トレントと弁護士二号が戸口の前からどくのを待った。トレントに声をかける。「ここで万事片がついたあかつきには、ちゃんと説明してもらえるんだろうな」

「ああ、するとも」そう言ったあと、トレントは笑みを浮かべた。わたしは部屋を出ようとした。すると、トレントがわたしの腕をつかみ、体を寄せて小声で言った。「わたしはいま気分がいいんだ。ことがうまく運んだからな。だが娘の身になにか起こっていたとしたら……おまえは高いツケを払うことになっていた」

「おれはツイてたな」そう言って、わたしは腕をふりほどいた。

わたしは大部屋で、コリーとファイフとダンジェロウとともに、ふたたび待つこととなった。みなほぼずっと黙っていたが、ときおりダンジェロウが、なんとしてもトレントに償《つぐな》いをさせてやる、とつぶやいていた。

「精神的な苦痛だ」ダンジェロウはしつこく繰り返した。「今回の件はまさにそれだ。精神的などえらい苦痛なんだぜ、ベイビー」

わたしは口を閉ざしたまま、ハーナーのオフィスの汚れた窓にずっと目を向けていた。だれの声もはっきり聞き取れるほど大きくなることはなかったが、ボディーランゲージは明白だった。ハーナー警部は返答を迫っており、トレントはどこまでも外交モードに徹していたが、それがはたして警部の望むものを与えようとしていることを意味するのか否か、判断がつきかねた。弁護士をレフェリー役にして、二十分間も堂々巡りをしていたところへ、マンハッタン方面本部の副警視が現れて、四人揃って大部屋から出ていった。

「精神的などえらい苦痛だ」ダンジェロウは繰り返した。

あと一分で午後六時となるところでハーナーがもどってきた。渋面を浮かべ、目には怒りをたたえていた。われわれが坐っているベンチの前で立ち止まると、警部は言った。「みんな帰っていいぞ。トレントと娘は階下《した》にいる。あんたらの銃は当直の巡査部長から受け取ってくれ」

ファイフとダンジェロウはすぐさま腰をあげて階段に向かったが、コリーはその場に留まってわたしを待っていた。

「ナタリーは釈放されるんだな？」わたしは訊いた。

「釈放されるよ」ドナルド・ハーナーは請け合った。「だが、私見を言わせてもらえば、親父のほうは踏ん縛ってぶちこんでおくべきだ。トレントのやつ、市警にずいぶんと友人を持ってやがる」

「それが理由であんたが担当しているのかい？」

ハーナーはうなずいた。「本来ならこの事件は刑事やその上司の警部補どまりで扱うべきものだったんだ。だが、トレントは影響力にものをいわせた」

「IABがこの件をあんたに不利に用いることはないのか？」

警部は笑いだした。「あのくだらんセリフを本気にしたのか？　いやなに、ただちょっと威勢のいいとこを披露して、びびらせてやろうとしてただけさ。普通ならあれでけっこう効果があるんだが、エリオット・トレントみたいな手合いには効《き》かんな」

「トレントはなんと言ってた？」

ハーナーはかぶりを振った。「自分で訊きに行けばいい。ただ、うちの署のなかであいつをぶん殴るのだけはやめてくれ。そうなりゃ、おまえをぶちこまなきゃならなくなるからな」

「警護対象者の名前はジェレマイア・ピューだ」エリオット・トレントは言った。「ピューについて、おまえが知っておくべきことは、きょうまでのところ、命を狙われていたということだけだ。おまえはピューの命を救ったんだ」

巡査部長から武器を返してもらうと、わたしは、銃尾《ブリーチ》と遊底《スライド》をチェックしてから、すとんとホルスターにもどした。ホルスターの革は、プールの水でまだ濡れている部分がもとの薄茶から黒に近い色に変わっていた。トレントに向きなおると、相手はもうドアの外に向かって歩きだしていた。ナタリーの腕に片手を添え、ひじをとって娘を導こうとしていたが、ナタリーは腹立たしげにその手を振り払った。わたしはコリーが銃を返してもらうまで待って、いっしょにふたりのあとを追って外に出た。

外は分署のなかより涼しく、まだ陽がふんだんに差していた。駐車しているパトカーがブロックの両側で通りを埋め、おそらくシフト交代で警官たちがぞろぞろ署に出向いているのだろう。ダンジェロウやファイフの姿は通りのどこにも見えず、弁護士たちも見あたらなかった。

トレントは自分の車のかたわらで立ち止まっていた。小綺麗なブルーのレクサスだ。車の屋根に身をかがめて、なにやら書き物をしている。ナタリーは一メートルほど離れて立ち、腕組みをして、父親の背中をにらみつけていた。トレントが書くのを終え、おおげさな身振りでその紙を破りとると、わたしはそれが小切手であることに気がついた。トレントは小切手をわたしに差しだした。

「残りの報酬だ」

ナタリーはにらんだ目をイースト川の彼方に移した。

わたしは小切手を受けとった。未払い分だった千ドルだ。それを畳んで財布にしまった。財布もまだ湿っていた。

コリーが口をひらいた。「そろそろ帰らないと」

「あすはオフィスに出勤するようにな」トレントが言った。「加わってもらいたい次の仕事がある。きみはよくやってくれた」

コリーはわたしに手を差しだした。その顔はもうほほ笑んではいなかった。「またそのうちに」

わたしはその手を握った。「元気でな」

ナタリーは挨拶がわりにコリーにうなずいた。われわれ三人は通りを歩いていくコリーを見送った。コリーが八番アヴェニューの角を曲がったところで、わたしはトレントに訊いた。「ダンジェロウはどうした？」

「うちの弁護士のひとりが、いま話をしている」

「あの男はあんたを告訴しようと思っているぜ」

「そんなことをするとは思わんな。あの男はボーナスを受けとることになるし、この仕事をはじめる前にわたしとの契約にサインをしている。法的には、向こうにいっさい勝ち目はない」トレントは車の側面の埃をはたき落とすと、車体にもたれかかった。分署に入ってきたときに見せていた自己満足の表情が顔にもどってくるのをわたしは眺めた。

「ことのほかご満悦のようだな」

「ああ、満足している。おとり作戦は大成功だった」トレントはナタリーにほほ笑みかけた。「期待した以上だった」

ナタリーが言った。「あたしがきょう殺した男は、例の〝テン〟のひとりだったらしいわ」

その声は穏やかで落ち着いていたが、表情はそれとはかけ離れていた。

トレントの笑みがわずかに広がった。

「ばかな」わたしは言った。

トレントが首を横に振る。

「おれたちに〝テン〟のひとりの相手をさせて、あんたは警告すらしなかったのか？」わたしはトレントに問い質《ただ》した。

「きょうになるまで、センティネルがなにを相手にしているのかさだかじゃなかったんだ。ああいう腕の立つ殺し屋連中は、宣伝してこないからな」

こんどはナタリーに訊いてみた。「あれが〝テン〟のひとりだったというのは確かなのか？」

「父は確信してるわ」ナタリーは平静を保った声で答えた。

トレントは姿勢を正すと、ポケットのなかの鍵束を探った。「司法省にいる仕事仲間が知らせてくれたんだが、インターポールでは、アメリカにひとりプロフェッショナルが仕事で潜行したという噂を耳にしているそうだ。ＦＢＩがその事実確認をできる限りのところまでおこなった。おまえもどんなものかは知っているだろう——プロの殺し屋はまぼろしだ。死体が冷たくなったあとでなければ、確信を得るすべはない」

「十人のうちのどいつだ？」

「男の名は未詳——ジョン・ドウ（身元不明人）というのが仮の名だ」

「人でなしめ。この思いあがった人でなし野郎」

トレントは耳にしていることばが信じられないかのようにわずかに首を振った。信じられないのはわたしも同じだったが、ふたりの違いはトレントがいささか傷ついたふりをしようとしているところにあった。

「わたしはおまえの力になってやったんだぞ」トレントは釈明した。「きのうまで、われわれの業界ではおまえは存在していないに等しかった。おまえはどん底に沈んでいたんだ。きょう、おまえは世界でもっとも危険な十人の契約殺人プロフェッショナルのひとりを倒す手助けをした。業界に返り咲いたんだぞ、コディアック。今回のことを信用材料にすれば、きっとおまえにもなにかまともな仕事が見つかるだろう」

「たいした慈善家だな、まったく」わたしは言った。「おれたち全員を殺しかねないところだったことは気にしなくていい。プールには罪のない子供がふたり、デッキには女性がひとりいたことも気にしなくていい。だが、あんたはあやうくその気取った面《つら》を自分で潰すところだったとわかってるのか？」

トレントはため息をついて目を閉じると、車の警報装置解除ボタンを親指で押した。レクサスは猫に飛びかかられた直後に小鳥が立てるような音を立てた。「リスクがあるのは承知していた。そのリスクを考慮したうえで、必要な措置をとった」

「ああ、そうだとも、少なくともあんたの見解ではな。だが、おれのためにやったなんておためごかしはやめてくれ、エリオット。あんたがおれを使ったのは、そのリスクを承知していたからであり、自分のところの人間には怪我をさせたくなかったからだ。おれを使っておけば、万一まずい結果になったときでも、おれの落ち度であって、センティネル社の落ち度じゃないと言えるからな」

「過剰反応しているぞ、アティカス。事態はまずい方向にいく可能性もあったが、そうはならなかった。本日、センティネル・ガードは世界でもっとも危険な男たちのひとりを抹殺した。賞賛されるべきことであって、非難されるようなことではない」トレントはナタリーのために助手席のドアをあけてから、自分の側へまわった。「これからわたしの警護対象者にきょうのことを報告しにいく。そのあと酒でも飲みに誘いたいところだが、顔にぶちまけられてはかなわん」

「この人はやらないかもしれないけど、あたしはたぶんそうするでしょうね」ナタリーが言った。ナタリーは助手席のドアに手を伸ばし、叩き閉めた。「あとで話をしましょう」

トレントはわたしにちらっと視線を走らせた。その目にはさっきまでの鷹揚《おうよう》さや気遣うそぶりは微塵もなかった。いまそこにあるのはいらだちだった。「ナタリー……」

「いまは話したくないわ、パパ」

トレントは娘を見やり、娘はその場を動こうとせずに視線を返した。わたしが立っていたのはナタリーの氷のような視線を受けとる側のほうであり、居心地のいい場所ではなかった。父親も、やはりその場所が好きではないようだった。ふたりで言葉のない会話でも交わしているのか、わたしには知るよしもなかったが、そのやりとりはかなり長くつづいた。やがてトレントは運転席に体を滑りこませた。「この件についてはあとで話そう」トレントはそう言い置くと、レクサスを発進させて通りへ出ていき、わたしはその姿が消えていくのをじっと見ていた。

ナタリーが言った。「ごめんなさい」

「代わりに謝らなくてもいい。きみが悪いんじゃない」

「あの人はあたしがスミス&ウェッスンに行くまで待ってから、あなたに連絡を取ったのよ。あたしが仕事に加わりたがるのがわかってたから」

「まあ、きみに怪我をさせたくなかったんだろう」

「そうよ、でも、あなたが殺されることはかまわなかったようね。まったく、どうしてしまったんだか。前はこんなふうじゃなかったのに」

「競争の激しい業界だからな」

「ええ」ナタリーは両手をこすりあわせ、親指を使っててのひらをマッサージしていた。

「家に帰るわ」

「連れが欲しい?」

ナタリーがわたしを見た。

「話し相手が」わたしは誤解のないよう言いなおした。

「いいえ。ひとりになりたいの」

「けっこう。なにか必要なことがあれば連絡してくれ」

「そうする」ナタリーは言った。「なにか必要なことがあればあなたに連絡するわ」

「きっとだぞ」

「わかってる」

わたしはナタリーをひとりにするため、立ち去った。

5

「遅い」わたしがドアをくぐったとたん、エリカは言った。「急げばまだ間にあうよ」

「期待していた温かでふんわりした出迎えの挨拶とは、どうもちがうな」わたしは言った。

「なにに間にあうって？」

「ディナーだよ、覚えてないの？　今晩〈ポートレロ〉に予約を入れとくって言っといただろ。八時に」エリカは飛行機に着陸の合図を送るかのように両手を広げた。「よそいきまで着ちゃったんだから」

わたしはウインドブレーカーを脱いで壁のフックにかけた。すぐさまエリカがフックからそれをはずして、わたしに突き返す。わたしは首を横に振った。「今夜はよそう、エリカ。ひどい一日だったんだ」

エリカはもう一度ウインドブレーカーを渡そうとした。「なにがあったの？」

「事件があった」

「どういう意味？」

「われわれが警護している男が殺されそうになった。ナタリーがそいつを撃ったんだ」

エリカはわたしがなにか面白いことを言ったとでもいわんばかりに、にっと笑ってみせた。

「マジ？　わーお、まったくあたらしいタイプの警護じゃん？　さ、これ着て、行くよ」

「言いかたがまずかった」わたしは説明しなおした。「ナタリーは、われわれが警護していた男を撃とうとしていた男を撃ったんだ」

「よくできました。さあはやく」エリカがウインドブレーカーをわたしの胸に押しつける。

「冗談を言ってるんじゃないんだ」

エリカは上着を渡そうとするのをやめ、その顔がいくらか色を失った。嫌な記憶が表面に浮かんでくるのが見てとれた。「ナットはぶじなの？　みんなだいじょうぶ？」

「みんななんともない」わたしはエリカから上着を取り返した。エリカにとってのよそいきとは、黒い長袖のTシャツとまだひとつも穴のあいていない黒のカーゴパンツだった。首にかけたチェーンに二枚組の米軍認識票《ドッグ・タグ》をぶらさげている。

頬は血色を失ったままだ。

「なかなかいかしているよ」わたしは言った。「そのタグはどこで手に入れた？」

エリカは答えるまでに一秒を要した。「これはあんたの。あたしが迷子になったときの用心さ」

わたしはあらためて上着をフックにかけた。「シャワーを浴びて着替えるあいだ二十分待ってくれ。そしたら出かけよう」

〈ポートレロ〉はソーホーのなかにある。アメリカというよりむしろヨーロッパ風の狭い通りが複雑に交錯した一画に。エリカとわたしは地下鉄に乗ってスプリング・ストリート駅に向かい、乗っているあいだはふたりともずっと黙っていた。エリカはブロンクス動物園のあたらしい広告キャンペーンを読んでおり、わたしはこの日の出来事に思いを巡らしていた。すっかり考えこんでいたので、エリカに二度も名前を呼ばれて、ようやく目的駅に着いたことに気がついた。階段ではエリカが先に立ってのぼっていき、わたしがのぼりきると、破れたカットオフ・ジーンズを穿《は》いたふたりの若者が、「夜どおし踊り明かしに行かないか」とエリカを誘っているところだった。

「パパに訊いてみなくちゃ」エリカはふたりにそう言って、わたしを指し示した。

ラッシュアワーの人混みは過ぎたあとで、われわれはほぼずっと横に並んで歩いていくことができ、向かいから来る歩行者と道を張り合うこともなかった。ブロードウェイを渡ろうと待っていたとき、エリカが訊いてきた。「なにがばかばかしいの?」

「なんだって?」

「言ったじゃん、『ばかばかしい』って。なにがばかばかしいの?」

「ああ。声に出すつもりじゃなかったんだ」

「だろうと思った。で、話してみて」

「ほんとにきょう起こったことを知りたいか?」

信号が変わると同時にエリカは安心させるようにわたしの腕を軽く叩き、われわれはまた歩きだした。「さあ、話して」

「ナタリーがきょう撃った男が〝テン〟のひとりだとは思わない」

「なにそれ? バンドの名前かなんか?」

「〝テン〟というのは業界用語なんだ。プロの殺し屋のエリート・グループを指している。世界のトップテン、もっとも腕のたつ十人、なんだっていい。ザ・テンだ」

「『ジャッカルの日』に出てきたやつみたい」

「そんなもんだが、いまおれの話している連中はフィクションじゃない。人殺しがやつらの生活の糧《かて》なんだ。政治的信条もなければ、動機もなく、芝居がかったこともしない。大金を目的とした純粋な契約殺人あるのみだ」

「で、ナタリーがきょう撃ったのがそいつってわけ?」

「ああ、ナタリーの父親はそう考えてる。ジョン・ドウという名前で通っている殺し屋をナタリーが殺したと思ってるんだ」

「間抜けなコードネームだね」

「まあな、本人が選んだわけじゃないだろう。Aという人物とBという人物とCという人物が揃って思いがけない死や疑わしい死を遂げ、なんとそれら複数の死のすべてについてDという人物がすぐそばに存在したという事実を、どこかの諜報機関に所属する人間がどこかで嗅ぎつけた。しかし、Dという人物はプロであり、そのときどんな名前を使っていたにしろ、それはそいつの本名ではない。そこで諜報機関の人間が、そいつをジョン・ドウ（身元不明人）と呼ぶことに決めたわけさ」

「レーサー・D」エリカは言った。「ね、そういうのがいいコードネームなんだ。ジョン・ドウ？　うげっ、ダサダサじゃん」

「そこがいいのさ。暗殺者たちは目立とうなんて思っちゃいない。連中はその道にかけては最高の腕を持ち、宣伝など必要としていない。完璧な訓練を受けた完璧なプロだ。愚かな失敗はしないし、愚かな危険を冒すこともしない。それどころかあらかじめ六通りの逃げ道を用意し、それぞれの逃げ道に六通りの身分証を準備するまでは、小便すらしない」

「あたしには、問題がなんなのかわからないんだけど。そのドウってやつが襲ってくるのをナタリーが気づいたはずはない、ってこと？」

それに対する返答をまとめようとし、答えかけたときに、その車が目に入った。ちょうど南に折れてウースター・ストリートに入ったところで、目的のレストランはあとほんの六軒か七軒先だった。車は通りの逆側、レストランから二十メートルあたりの場所に停まっていた。ポルシェ911カレラ・ツインターボ。すでに太陽は高層ビル群の陰に沈んでしまっていたが、車の色を見分けることはできた。

「エリカ」わたしは立ち止まった。

「なに？」

わたしは車を指さした。

「なんにも見えないけど」

「おれはグリーンのポルシェを指さしてる」

「へえ。あっ、あれってブリジットの車そっくりだね？」

「ああ、そのようだ」

「なんて偶然。きっとブリジットも〈ポートレロ〉で食事してるんだ」

「向こうはきみがなにをするつもりなのか知ってるのか？　ブリジットはきみとの食事におれが加わることになってるのを知ってるのか？」

エリカはちぎれた耳を覆った髪をたしかめ、それから両手をポケットに突っこんだ。「あたしはただ、あんたたちふたりに話をしてもらいたいだけだよ」少ししてエリカは言った。

同じ日に二度もハメられるとは、とわたしは思った。個人記録の更新だ。

「話すだけさ。ただレストランに入って、坐って、やあって言うの。それだけだよ」

「そんなふうにはいかない」

「なんでよ？　そうしちゃいけないってだれが言った？　あんたはただ、あたしといっしょになかに入るだけでいいんだよ」

「ブリジットはおれが来ることを知らない。そうなんだな？」

「うん」

わたしはかぶりを振り、きょう一日の疲れが追いついてきたのを感じた。腹部に鈍い痛みが走る。しばらく前に撃たれたあたりだ。プールでダンジェロウに手を伸ばそうとしたとき、どこか傷《いた》めでもしたのだろうか。

「行ってこいよ」わたしはエリカに言った。「食事を楽しんでくればいい。帰ったらまた会おう」

「今夜ってこと？」エリカが訊き返す。「それともあした？　これからどこに行くつもり？　またナタリーのところ？」

「じゃあな」わたしはそう言うと、スプリング・ストリートのほうにとって返した。

「どうぞふたりで楽しくやんな」背後からエリカがきついことばを投げかけてきた。「ふたりで楽しいごきげん《ファッキング》な時間を過ごせばいいよ。というより、楽しい時間をファックして過ごすんだね」

怒りをかきたてながら、一時間近く歩いて、アップタウンまでもどってきた。なにがしたくないといって、ブリジットに会うことだけは避けたかった。膿《う》んだ傷をつつくのはごめんだ。ブリジットがわたしに対して違う気持ちでいるとは思えなかった——わたしがブリジットに対してどんな気持ちでいるかはどうでもいい――どうでもよくないのはわたしの与えた傷の深さであり、わたしの犯した失敗の数々だった。

エリカに腹を立て、だまされたことに憤慨するのは簡単だったが、三ブロックも歩かぬうちに、焦点を合わせるべき相手がちがっていることに気がついていた。わたしはエリオット・トレントに怒っているのであり、エリカが誠意を尽くしてやってくれようとしたことは、たんにその怒りをたきつける結果になってしまっただけだった。

トレントはわたしが消耗品であると判断したのであり、だからこそあの仕事をわたしに任せたのだ。ジョン・ドウが襲撃を完遂せず、ダンジェロウやわれわれみんなを殺さなかったことは、奇跡以外のなにものでもなかった。われわれが生きているのはナタリーがホテルの職員とまちがわれたからであり、なおかつきわめて優秀な銃の使い手だったからだ。ただし、プールサイドでわれわれをサブマシンガンでなぎ倒そうとしたのがジョン・ドウではなく、別の人間だったとすれば話は変わってくる。

四十三番ストリートまで来て、およそ十五ブロックも進んでから自宅のアパートメントを通り過ごしてしまったことに気づき、自分でもようやくどこへ向かっているのか認めた。もっともエリカはなかなかみごとにわたしを疚《やま》しい気持ちにさせてくれたので、少なくともためらいはあった。ベッドをともにするようになる前は、ナタリーに会ったり、アパートメントを訪れたいという欲求に二の足を踏むようなことなど、仲違《なかたが》いをしているときでさえまったくなかった。だが、いまはそんな簡単にはいかなかった。わたしはパーク・アヴェニューに渡ってタクシーを拾い、ナタリーのアパートメントまで乗っていくと、ドアマンの前に顔を見せた。

「しゃて、来客には会いたくないとしゃ」ドアマンは門歯が三本抜けており、擦過音を口にすると細かい霧を吐きだした。

「アティカスだと伝えてくれ」

「ああ、あんたがだれなのか知《ひ》ってるが」ドアマンは気のない様子で電話に近づき、17D号室のスイッチをぱちんと入れた。「あんたがたは真剣《ひんけん》なのかね」

「なんだって？」

「あんたとミシュ・トレントのことだが、おたがいに真剣《ひんけん》なのか？」

「おれたちは友達だ」

「ふふーん」ドアマンは受話器に向かって言った。「ミシュ・トレント？　アティカスというお友達がここに……ええ……あがってもらいましゅ」ドアマンは受話器をもどして言った。「楽ひいひとときを」

わたしはエレベーターに向かいながら、このドアマンは「さしつさされつ」や「さっそくしてもらいましょう」のようなセリフをどう言ってのけるのだろうと考えていた。

弱みを見つければそこをついてやるのが定法だ。

ナタリーはドアの外でわたしを待っていた。わたしがエレベーターをおりると、ナタリーは言った。「あなたも気になってるのね」

「ああ」

「入って」

わたしはあとについて部屋を通り抜け、小さなパティオに出た。

「なにか飲む？　コーヒー？」

「コーヒーがいいな」

ナタリーが背を向けて室内にもどっていくと、わたしは腰をおろし、手すりのまわりに置かれた細長いプランターで育てられている花を鑑賞した。ナタリーの持っているアパートメントは広く、手に入れるためなら殺し合いも起こりかねない、とマンハッタンっ子たちが噂するたぐいの場所だった。設備が整い、イースト川や遠く北東にはブロンクスの街の灯りが見えるほど見晴らしがよい。

ナタリーは十分でコーヒーを淹れ、やがてふたつのマグを手に持って、その片方の上に危なっかしく灰皿を載せてもどってきた。わたしが自分の飲み物をとると、ナタリーは坐って灰皿をふたりのあいだのテーブルに置き、煙草の箱をパンツのポケットから抜き取った。マッチで煙草に火をつけ、深々と吸いこんだあと、吐くときに少し咳きこんだ。

「そんなものいつはじめたんだ？」

「さっき別れてから十五分後に。父への嫌がらせでやってるの」

「父親に電話して、煙草をはじめたと言ってやるのか？」

「ママは癌で死んだのよ」

「なるほど」

「こんなかたちで怒りをぶつけるなんてバカね」ナタリーは煙草の火を見やり、それからまた吸った。こんどは咳は出てこなかった。「それで、なにが気にかかってるの？」

「〝テン〟のひとりともあろう者が、基本的な下調べを怠るとは信じられないんだ。ほんの少し監視すれば、殺しを依頼された男がダンジェロウではない、とジョン・ドウにわかったはずだ」

　ナタリーは同意してうなずいた。「それも一点」灰をとんと落とす。「あの男は殺したあとどうやって逃げるつもりでいたんだろう、とずっと考えてたの」

「おれもだ」

「あのFN90、あれはどこをとっても上品な武器ではない。本格的な火器だわ。相手はあたしたち全員を殺《や》るつもりでいたのよ。たぶんあたしたちのほうを先に倒して、そのあとで、ダンジェロウの始末をつける計画だった」

「となると、ダンジェロウが警護されていると知っていたことになる。そのつもりで計画を立てていたわけだ」

ナタリーはうなずいた。

「だが警護されているのがわかっていたなら、なんらかの下調べがなされていたはずなんだ。そして下調べがなされたとすれば、ダンジェロウは断じてピューではないとわかっていたはずだ」

「さあ、ピューとダンジェロウはよく似ているのかも」

「かもな」

「でも、あなたはそうは思わないのね」

「きみは？」

「思わないわ」

「話の筋が通らない」

ナタリーは煙を吐きだした。煙がプランターに誇らしげに群れ咲く赤いカーネーションのあいだをすり抜けていくのを、ふたりして見つめる。わたしはコーヒーに少し口をつけた。バニラのような味がした。

「もうひとつあるわ」ナタリーが言った。「どうしてプールだったのか？　なぜウエイトトレーニング室や、廊下で狙わなかったのか？　つまり、ホテルのなかでわれわれが姿を晒す場所は、プールだけだったわけじゃない。移動ルート沿いの部屋をひとつ確保して、われわれがディーンを移動させるまで待機し、ぶっ放せばいいだけのことじゃない？」

「そうすれば襲ってくるのをこちらに気づかれるはずがなかった」

「そう、わからなかったはず。あの男が世界でもっとも危険な十人のひとりだったというなら、その選抜名簿に載ったのは間違いだったんじゃないかと思えてくる」

わたしはマグをテーブルに置いた。バニラはあまり好きではなかった。ナタリーは煙草を吸い終え、燃えさしを床でもみ消してから、さらに爪先で潰した。煙草の箱と並んでいる灰皿に吸い殻を入れ、次の一本に火をつけた。パティオは快適で、気温は高いが心地いい涼しい風が吹いていた。

「だれかが父さんに話さなくては」しばらくして、ナタリーは言った。

「耳を貸したがるとは思えんな。エリオットの考えでは、センティネル社がジョン・ドウを阻止したのであり、それで終わりだ」

「ジョン・ドウじゃなかったのよ」

「わかってる」

ナタリーは二本目の煙草をもみ消した。「だったらあたしはきょう、だれの命を奪ったの？」

6

翌朝、わたしが目を覚ますとエリカはまだ眠っていたので、朝のジョギングを終えてアパートメントにもどる途中でいくつかベーグルを調達してきた。シャワーを浴びて着替え、ベーグルを温められるようオーブンに入れてから、建物内の見まわりに出かけた。このアパートメントを見つけるのに手を貸してくれたのはブリジットだった。ブリジットがわたしを建物の管理責任者に紹介してくれたのだが、その管理責任者は、もしわたしが建物の警備を引き受け、敷地内に防犯コンサルタントを置いている旨の宣伝ができるのであれば、家賃なしでよろこんで入居してもらう、と言ってくれた。じっさいはたいしてすることがあるわけでもなく、各ドアが施錠されているか、夜間に盗みに入ったり荒らしに入ったりする者がないか確認するだけのことだった。わたしの部屋の真下は、夏のはじめに空き部屋になっており、いまも借り手がつかずにあたらしい住人を待っていた。不動産屋が客に部屋を見せたあとでときどき鍵をかけ忘れていくので、わたしはその部屋も見まわり箇所に加えていた。今朝もまた、鍵があいたままになっていた。わたしは室内を点検し、ドアを閉めて鍵をかけ、この場所を借りるのがだれであれ、静かなご近所であることを願った。

部屋にもどっても、まだエリカが目を覚ました気配はなかった。わたしはエリカ宛に、きょうはほぼ一日中外出していることと、オーブンのなかに焼きたてのベーグルがあることを記したメモを書きつけ、バスルームの鏡にテープで貼りつけた。出がけにベーグルをひとつつまんで持っていき、二十八番ストリートとパーク・アヴェニューの角にある地下鉄の駅に向かって歩きながらぱくついた。ユニオン・スクエアまで乗って急行に乗り換え、シティ・ホール駅でおり、そこから徒歩で北向きに、フォーリー・スクエアを抜けてフェデラル・プラザへともどっていった。時刻は十二時を十五分ばかり過ぎたところで、腹を空かせた公僕たちが通りに溢れはじめていた。壊れていない公衆電話を見つけて二十五セント硬貨を入れ、ダイヤルするとFBIにつながった。

「スコット・ファウラーをお願いします」

カチリという音と一拍の間があり、録音されたアナウンスが——あなたもリスクを負うことなく自分の力で犯罪を阻止することができます——と告げてきた。現金の謝礼が支払われる可能性があるという点に話が及んで、興味をそそられはじめたところで、スコット・ファウラー特別捜査官が「アティカスか？」どうした？」と言った。

「忙しいか？」

「そっちがなにを必要としているかによる」

「ナタリーのことを聞いたか？」

「きのうオルシーニ・ホテルで殺し屋を斃《たお》したそうだな、聞いたよ」

「話したいのはその件なんだ」

「いまどこにいる?」

「あんたのオフィスのすぐ外だ」

「昼飯をおごれよ」そう言って、ファウラーは電話を切った。

わたしは小走りに通りを横切り、広場のなかに入った。屋台が二軒出ており、そのうちの一軒からホットドッグふたつとドクター・ブラウンをひと缶買った。釣りを受けとったところでスコットがやってきたので、わたしは缶を振ってみせた。スコットは立ち止まってサングラスをかけてから近づいてきた。

「変装か」わたしは言った。

「まぶしいんだよ」ファウラー特別捜査官は言った。「コンタクトをしてるから、陽射しが目を傷《いた》めるんだ」

わたしはファウラーに昼飯を手渡した。

「こいつと引き換えじゃ、十人の最重要指名手配犯《テン・モスト・ウォンテッド》リストにだれが載ってるかは教えてやれんな」

「こっちにも予算があってね」

「だろうな。ベンチでも探そう」

われわれは広場をはさんだ向こうに連邦裁判所ビルが見える場所に腰を落ち着けた。スコットは膝に紙ナプキンを広げてから、ひとつめのホットドッグにとりかかった。スコットのほうが四歳年上だから三十代前半ということになるが、わたしよりもはるかに若く見える。どんな服を着せようが関係なかった——いつだってスコットは南カリフォルニアのどこかのビーチからやってきたばかりで、ひょっと手を伸ばせば届くところにサーフボードを置いてるように見えるのだ。

「あんたがなにを知りたいのか想像がつく」ひとつめのホットドッグが消えたところで、スコットは言った。「だが、おれはたいして役に立てそうにない。あんたがあたってみるべきは国家対外諜報プログラム《NFIP》の坊やたちだ。おれが扱ってるのは国内の事柄だけだからな」

「とはいえ」わたしは言った。

スコットがにやりと笑う。「とはいえ……ともかくおれは、その話を聞いて少しばかり調べてみた」

「聞こうじゃないか」

「どうしようかな」スコットはもうひとつのホットドッグを品定めしながら言った。「おれの情報は、まちがいなくこいつより値打ちがあるんだが」

「内容が良ければおやつも買ってやろう」

「そこまで言ってもらっちゃ、断るわけにはいかんな」スコットは音を立ててソーダ水の缶をあけ、ひとくち飲んだ。「殺し屋の身元はいまだ不明だが、事件からたった二十四時間しか経っていないわけだから、いまのところその点にたいした意味はない。ニューヨーク市警がやつの所持品隠匿場所を、あるいは複数ある隠匿場所のうち一ヵ所を、ケネディ国際空港近くの荷物預かり所で発見した。現金が三万ドル近くあり、その大半が米ドルで、およそ五千ドル分がドイツマルクだ。武器もいくつか見つかっている――サブマシンガン二丁――MP5とシュタイアーTMP――それに拳銃が二丁で、どれも新品。ちなみに、拳銃は二丁ともP7だ」

それを聞いてわたしは驚いた。といってもささやかな驚きだったが。仕事で銃を使う人間には各人の好みがある。わたしの好みはさまざまな理由からH&KのP7である。P7はとくに珍しい武器ではないが、かといってとりわけ人気のあるものでもない。幾千ものモデルの火器が氾濫しているなかで、プロの殺し屋が自分と同じ武器を選んでいたと聞いて、漠然とした不安に駆られたのだ。

スコットがにやりと笑いかけた。「あんたの銃をどこかに置き忘れてやしないだろうな?」

わたしはあちこちのポケットを調べるふりをして、しまいにいい加減にしろや、と言われた。それから、「ほかには?」と訊いた。

「そうだな、あの豪勢なFN90はあの一丁きりだった、あんたの訊いてるのがそのことならな。震盪《しんとう》手榴弾が半ケースあった。米国陸軍の流出品だ」スコットは指先を舐めてからナプキンで拭いた。ナプキンは繰り返し指を拭《ぬぐ》われているおかげで、びりびりになりはじめていた。「おそらくはブラック・マーケットで買われたものだろう。さらに身分証明書も二組発見されている。手の込んだ代物で、安物ではない。ひとつはモーリス・デルヴォーというフランス人の名義で、もうひとつはスペイン出身、ホネン・サルバトーレ名義だ」スコットは両方の名前を綴ってみせた。「名前を洗ってみたところ、デルヴォーは実在するが、死亡しているとの結果が返ってきた。二年前の十一月に死んでる。サルバトーレについてもおそらく似たような結果があがってくるだろう」

「死体からは、なにか見つかったか?」

「複数の手榴弾と隠匿場所の鍵のほかは、現金が約五百ドルと小型グロック一丁。それだけだ」

「身分証明書は身につけていなかったのか?」

「なにも」

「そいつは妙な気がしないか?」

　スコットは左耳につけたスタッド・ピアスのひとつをいじった。「別に。やつは殺しを実行にいくところだったんだぜ。身分証なんか持っていく必要がどこにある?　今回起こったようなことが起こる場合に備えて、いらぬものは持たずに仕事をしたかったのさ。おそらく仕事を終えたら隠匿場所に向かう予定にしてたんだろう」

「なにかで呼びとめられたらどうする?　そのために身分証を持っておきたかったはずだと

は思わないか？」

「どこか近くに隠してあったのかもしれんな。ホテルのなかのどこかに」スコットは、昼食を食べている女性のグループを見ていた。全員が二十代であると見え、全員がスカートをはいていた。「そのうち見つかるだろう」

「ああ」

「あんたの声に現れているのは、疑念か？」

「疑うというより、とまどってるんだ。トレントは殺し屋が〝テン〟のひとりだったと言い切っている」

「ジョン・ドウ」スコットはうなずいた。「ああ、それが捜査局での噂だ。およそ確認する術はない」

「だが、ジョン・ドウは実在するんだろう？」

「NFIPは自分たちが契約殺人であると考えている一連の死亡事件について各所からの情報をあつめた一冊のファイルを持っており、それらの殺しを実行したのは同一の殺し屋であると考えている。その殺し屋がジョン・ドウと呼ばれているわけだが、こう考えている、なんてのはどだい話にならない。問題は、証明できるのはなにか、という点で、こういった連中が厄介なのはそこなんだ。やつらは自分がこの殺しをやりましたといちいち名乗りをあげちゃくれないし、一定のパターンを使わないだけの腕がある。どこぞのビジネスマンはイタリアで毒を盛られ、別のだれかはリオで木っ端微塵にされ、三人目はマンハッタンで高層ビルから落っこちる——同じ殺し屋が三件全部に関わってる可能性もあれば、どれにも関わってない可能性もある」

「なら、きのうわれわれが対峙した相手がドウだったと、トレントにあれほど確信させているものはなんなんだ？」

「うむ、〝テン〟の一人がどうやらいま、この国にいるらしいんだ。たんにその疑いがあるということでしかないがな。さっきと同じ問題だ——なんの証拠もあった例がない。二ヵ月前、ＣＩＡがずっと目をつけていた武器商人がブルックリンに旅行し、ブライトンビーチにあるロシアマフィアの牛耳る銀行に百万ドルを超す金を振り込んでから、メキシコに発った。一週間後、インターポールが監視していた偽札職人がボストンに飛び、その後プロヴィデンスで消息を絶った。それとほぼ時期を同じくしてブルックリンの百万ドルが消え失せた。二日後、くだんの武器商人がサンフランシスコにふたたび姿を現し、その後日本へ発った」

「で、そいつらは〝テン〟と関わりがあるのか？」

「やつらは〝テン〟と関わりがあると疑われている」スコットが正しく言い直した。「やつらの活動範囲がたびたび不思議なほど一致するんだ。それはなにも意味しないかもしれないし、それがすべてを意味しているかもしれない」

「ややこしくて頭がおかしくなっちまうな」

「ああ、そのとおりだ」スコットはソーダ水の最後の一滴を飲み干してから、空になった缶をベンチのひじ掛けに倒れないように載せた。だれかがベンチの塗料を引っ掻いて鉤《かぎ》十字を刻みつけていた。「いい天気だ」スコットは言った。「ビーチに出かけるにはもってこいだな。こっちの海岸は波がシケてて残念だ」

「二、三日休みをとってフロリダへ行ってこいよ」

「そいつはいい考えだ。カリフォルニアに出かけていたとき、波に乗らなかったのかい?」

「サーフィンはやらない。おれがカリフォルニアに出かけていたことをなんで知ってるんだ?」

「ブリジットがそんなことを言ってた。エリカから聞いたんだろう、たぶん」

「あんたがブリジットと会ってるとは知らなかったな」

「先週いっしょに食事に行った」

「すてきなデートだったみたいだな」と、わたしは言った。言ってしまうまでは、なんの含みもない言葉のつもりだった。

スコットはベンチのひじ掛けからソーダ水の缶を取った。「いっしょに出かけたのは、ほんの五、六回なんだ」

スコットのその言いかたが効いた。謝っているようなその言いかたが、わたしを打ちのめし、突き刺した。スコットとブリジットがデートを重ねている——とたんにわたしは、これ以上話をしているのがいやになった。わたしは腰をあげた。「会ってくれてありがとう」

「あんたが考えてるようなことじゃないんだ、アティカス」

「おれがなにを考えてるかはそっちにはわからんさ、スコット。いずれにせよ、おれにはなんの関係もない」

「あんたが考えてるようなことじゃないんだ」スコットは繰り返したが、そのときにはもうわたしは広場をあとにして地下鉄に向かっていた。


なんの関係もないことだ。スコットがなにをしようと、ブリジットがなにをしようと、わたしにはまったくなんの関係もない。どちらに対しても文句などない――とりわけブリジットには。スコットが関係をつづけていきたいなら、それはやつの自由であり、そんなことはわかっていたが、わかっているからといって、容易に受け入れられるわけではなかった。どちらに自分がより苛《さいな》まれているのかさえよくわからなかった――スコットがブリジットと会っていること――ブリジットがやつと会っていることに対してなのか――それとも自分がまだ、九ヵ月経ったいまもなお、これほど心を乱してしまうことに対してなのか。

地下鉄をおりて家路をたどるころには、結局、どうだっていいのだ、と結論を下していた。はっきりわかっていることがひとつだけあった――スコット・ファウラーとわたしは、おそらく最後の対面をしたのだ。少なくともこの先当分スコットに会うことはないだろう。

7

「町外《タウン》れのとある屋敷をセンティネルが警備してる。アマウォーク貯水池の近く」ナタリーが言った。「改装した農家かランチハウスみたいな感じね。高い石壁があって周辺監視用のカメラが数台取りつけられてる。詰所と敷地内に武装したガードがいるわ」

「何人？」わたしは訊いた。

「少なくとも三十人。もっといるかもしれない。父さんはオフィスに総動員をかけてこれにあたらせてる。正社員のほぼ全員に加えて、たぶん非常勤スタッフも何人か使ってるわね。あたしが目にした連中は全員武装していて、大半が携行武器とあわせて長銃を手にしてる。そんなのはいままで見たことないわ」

「政府がらみの仕事のようだな」

「もしくは軍がらみのね」ナタリーは持っていた煙草をテーブルの端に沿って転がした。「ジェレマイア・ピューが何者であるにしろ、センティネル社の総力を挙げた最高の警護を受けようとしている」

　われわれは〈マリアズ・ピッツァ〉という店にいた。看板によれば〝タウン随一のピザ〟となっていた。ここで言うタウンとは、ヨークタウン・ハイツのことである。わたしはここのピザを食べたことはなかったし、看板の主張に反証をかかげるほどこのタウンのことをよく知らなかった。

　家に帰ってみると、エリカはすでに出かけてしまっていた。キッチンテーブルの上に置かれたメモには、夜まで出かけている、遅くなるようなら電話する、と書かれていた。ベーグルはオーブンのなかに置いたままになっており、オーブンのスイッチも点けっぱなしだった。見つけたときにはベーグルはバスルームのタイル並みに硬くなっており、わたしはオーブンを切ってから全部ゴミ箱に捨てた。

　そこへポケットベルが鳴り、わたしはナタリーの携帯に電話をかけたのだった。

「ヨークタウンにいるの」ナタリーは言った。「より正確に言うと、ヨークタウン・ハイツに。ソーミルリヴァー・ロード沿いの〈マリアズ・ピッツァ〉の外にいるわ。会いに来られる？」

「そこだと着くまでに一時間かそこらかかるだろうな」

「118号線よ。待ってる」

　車庫におりて手短にバイクの安全点検を済ませると、ヘルメットをかぶり、ヘンリー・ハドソン・パークウェイに到達するまで車の波をすり抜けていった。バイクは三ヵ月前に買ったのだが、自分が欲しかったというよりエリカに説き伏せられてのことであり、車を買う気がないならせめてなにか自前の移動手段を持つべきだ、というのがエリカの主張だった。たしかにうなずける点もあった――わたしはさまざまな理由で車を嫌っており、理由の大半はセキュリティに関するもので、矛盾するようだがバイクに乗っているほうがむしろ安全に感じるのだ。バイク上では、少なくとも身をかわすことができる。

それに車を運転するより、こっちのほうがはるかに楽しいときていた。

エリカはハーレーにしろと強力に働きかけたが、最終的に中古のＢＭＷ８５０で手を打った。それを家に持ち帰ったとき、エリカは運転を習う気でいることをはじめてわたしに打ちあけた。来月、エリカは二輪免許を取得する予定だった。

マンハッタンを出てからはタコニック・ステイト・パークウェイに入っていた。運転はらくだし、時速百キロを超えれば七月の蒸し暑さも風に散ってしまう。二十分ほど、頭のなかは空っぽだった――運転と陽気のこと以外なにも考えていなかった。ブリジットも、スコットも、ジョン・ドウも、みんな並木路の滑らかなカーブにかき消えていった。

ヨークタウン・ハイツはウエストチェスター・カウンティの北部に位置し、マンハッタンからはほぼ一時間ほどの距離にある。ヨークタウン・ハイツは小村《ハムレット》を名乗っており、ジェファーソンヴァレー、キチャワン、モヘガンレイク、シュラブオークといった名前の、同じような小村からなる連合地域の一部で、それらの小村が集まってヨークタウンという行政区《タウンシップ》をなしている。わたしなりにわかりやすく言うなら、そこは主として郊外通勤者からなるコミュニティであり、ニューヨーク市のおこりにかかったような狂騒からの心地よい退避所だった。

レストランのテーブルについているナタリーを見つけた。小さなピザが、ほとんど手つかずのまま前にあった。ひときれ取るようにわたしにすすめ、わたしが辞退すると、ナタリーは予備知識の伝授をはじめた。

「御尊父とは話をしたのか？」わたしは訊いた。

「いいえ」ナタリーは眉をひそめた。「今朝あたしが着いたときには、もうオフィスを出てたわ。社内はどこもすっからかんで、残っていたのは受付嬢とパーソナルアシスタントがふたりだけ」ナタリーは火のついていない煙草をさらにしばらく眺めてから、蓋の部分に虎の仔を印刷したマッチブックから一本抜いて火をつけた。「ティナが父にポケベルを打ってくれ、父からあたしのオフィスに電話が入って、来るようにと言われたの。警護班に加わってほしいって」

「どんなかたちで？」

「周辺警護チームの反狙撃要員《カウンター・スナイパー》をつとめてもらおう、と言ってたわ」

「なんて答えたんだ？」

「返事は会ってからする、って」ナタリーは顔をしかめて煙草を揉み消した。たった二回ふかしただけだ。

「てっきりもう会ったものと思ってた」

「会ってません」

「屋敷の状況についてはどうやって知ったんだ？」

「あなたに電話したあとで、こっそり様子をうかがいに行ったのよ」

わたしは理由を訊ねることはしなかった。ナタリーがスナイパーとしての訓練にとりくみだしてからしばらくになるが、その訓練で必要とされることのひとつに、人目を避ける卑劣漢になる、というものがあった。屋敷の周囲を嗅ぎまわるのはいい練習になっただろうし、実害は実質ない。

「あたしが撃った男について、ほかになにかわかった？」ナタリーは訊いた。

「ファウラーと話をした。あの殺し屋が所持品を保管していた場所をニューヨーク市警が発見したそうだ。隠匿場所にはとくに変わったものはなかった。死体の身元は依然として不明のままだ」

「じゃあ、あたしがジョン・ドウを撃ったと父は断言できないのね？」

「できない。だが実際、倒したということに異議を唱える術もない。それについて確答できる唯一の人間はジョン・ドウなんだが、やつは死んでいようと生きていようと、そんな質問に答えたりはしない」

「透明人間を撃ったみたいなものね」

「それでも考えれば考えるほど、きのうおれたちが相手にしていたのはプロじゃなかったという確信がつのってくる」

「下調べの件」ナタリーが言った。

わたしはうなずいた。

「パパはそんな話に耳を貸そうとしないでしょうね」

「しないな」

ナタリーは勘定書に目をやり、財布から数枚の紙幣を抜き取ると、テーブルの上にきちんと広げた。財布は薄手で艶のある柔らかそうな黒革製で、飾り文字でイニシャルがあしらってあった。ナタリーが立ち上がり、わたしもあとについてヘルメットをかぶりながら駐車場に出た。ストラップを締めて眼鏡をかけなおしているあいだに、ナタリーは自分の車に乗りこんだ。以前は父親と同じようなレクサスに乗っていたが、去年わたしにそれを潰され、いまはアイスブルーのインフィニティに乗っていた。われわれは１１８号線を北上し、ナタリーの車がアマウォークの小村を出てから東に折れて35号線に入ると、わたしもあとにつづいた。二、三分後にナタリーは左の方向指示器を点《つ》け、われわれは二車線の脇道へと吸いこまれるように曲がった。家と家の間隔がずっと広くなり、大半の家は道路両側の並木の奥に隠れていた。ほぼ例外なく塀が巡らされている。塀は朽ちかけた木材や石でできており、その周囲一帯は、赤い軍服の英国兵が貧しい男たちを探して練り歩いていた独立戦争当時の歴史の臭気を放っていた。

歴史はわたしのなかの愛国心をかきたてるようだ。

さらに六キロ強進んだのち、インフィニティは速度を落とし、まあたらしくアスファルトを敷いた進入路へと曲がった。三十メートルほどいったところで、ナタリーは路肩に車を停めた。わたしもそれにならい、ヘルメットと眼鏡の一連の作業を、さっきと逆の順序でもう一度おこなった。わたしがヘルメットをバイクにロックするあいだ、ナタリーは待っていた。

「あっちに約五十メートル行ったところ」そう言ってナタリーは道路の先を指さした。道路は南へカーブしており、そこからどこにつづいているかは見えなかった。アスファルトからかげろうがたちのぼっている。

「万全の視界とはいかないな」わたしは言った。

「カーブのあたりの立木にカメラが数台取りつけてあるわ」

「回転式のか、それとも固定式か?」

「固定式よ。おそらくランダムシーケンスで司令室に送られてるのね」

「ほかにはなにも?」

「見えるかぎりではなにも」

納得のいく話だ。レーザーや赤外線、さらには超音波も、こういった環境で使用するには問題をはらんでいる——警報装置を作動させる要因となるものがあまりに多すぎるのだ。動物が迷いこんでセンサーラインを横切ることもあれば、風に吹かれて木の葉が舞いこむこともある。誤って警報が鳴るたびに、トレントは対応チームを右往左往させる羽目になってしまう。わたしが指揮したとしても、固定式カメラでいくことにしただろう。

ナタリーは道路を進みはじめた。「来ないの？」

「行くとも」そう言って、ナタリーに追いつく。「歩いていくのは、なにか特別な理由でもあるのか？」

ナタリーの口元が小さく悪戯《いたずら》っぽい笑みをこしらえた。「ガードを混乱させてやるの」

屋敷はほぼナタリーの説明していた通りだったが、石壁は想像していたより低かった。鉄のゲートがドライブウェイをさえぎっており、その柵のあいだから家屋が見えた。広々とした三階建てで、薄いパールホワイトに塗装されている。周り縁は灰色だった。小型のパラボラアンテナが正面ポーチのひさしから突きでていたが、それ以外はまるで二十世紀初頭を振り返っているかのようだった。

詰所がゲートの左側に、母屋とは別に建っており、われわれが近づくとひとりの男が現れた。武器を持っている。二人目のガードは詰所のなかにとどまり、片手に無線を握っていた。もう一方の手になにがあるかは見えなかったが、充分に見当はついた。ふたりのガードは、スラックスと上着の縫い目を金色の縁取りで飾ったセンティネル社の黒い制服を着ていた。見るからに暑苦しい制服だ。

ガードはわれわれが近づいても制止せず、声をかけてもこなかった。詰所のなかにいる相棒よりも大柄で、背丈はわたしと同程度、体重はわたし以上で、下唇がひどくひび割れていた。詰所の壁にも別のカメラが取りつけてあり、近づいてくる者の姿がよく映る格好の場所についていた。

ようやくガードが声をかけたときには、ナタリーとわたしはゲートまで三メートル以内に入っていた。「なにか用ですか？」

「ナタリー・トレントだけど」ナタリーが口をひらいた。「父があたしの来るのを待ってるの」〝父〟という言葉を、ガードの耳に〝あなたのボス〟と聞こえるように言った。

「この人は？」唇のひび割れた男はわたしを指さして訊いた。

「おれはアティカス」わたしは言った。「コディアックだ」

詰所にいるガードがクリップボードをチェックした。「女性のほうは予定に入っている。男のほうは入ってない」

「コディアックはあたしの連れよ」ナタリーが言った。

「確認しなければいけませんので」ひび割れ唇が言った。

「さっさと確認なさい」

ひび割れ唇の目が一瞬曇った。なにかクビになることでもやらかしたんじゃなかろうかと考えていたのだ。じっさい、やらかしていたのだが、本人が思ったようなことではなかった。男は詰所にもどって相棒と言葉を交わした。相棒が無線にとりかかった。

「このふたりを知ってるか？」わたしはナタリーに訊いた。

「一度も会ったことないわ。たぶんスクエア・バッジね。つまり臨時雇い《レンタル》の警官《コップ》ね」

「きみから言ってやるかい？　それともおれが？」

「上司がやって来るまで待ちましょ」

ふたりの上司は四十秒足らずで小走りに小径をおりてやってきた。われわれを認めると速度を緩めて歩き、首を振りはじめた。「ゲートにいるのは野蛮人どもか」

「やあ、ヨッシ」と、わたしは言った。

ヨッシ・セッラは挨拶代わりに両手を掲げ、われわれの姿に相好をくずしていた。ヨッシは生粋のユダヤ人であり、トレントに雇われることで、富と栄光をつかめるものと期待して、祖国イスラエルのシンベト要人保護部隊から引き抜かれたのだ。その目的のどちらかを達成したのかどうかは知らないが、ともかくヨッシがその目的に向かって邁進《まいしん》していることに疑問の余地はなかった。

「この人たちはチェックリストを持ってるの？」ナタリーがヨッシに訊ねた。

ヨッシが詰所のなかにいるガードに合図すると、われわれの左手でモーターがうなりをあげて始動した。鉄のゲートがスライドしてひらいていく。

「この連中はどんな失敗を？」

「あたしたちの身分証をたしかめなかった」そう言ってナタリーはゲートをすり抜け、わたしもあとにつづいた。ゲートは派手な音を立て、停止し、逆方向に動いてふたたび閉まっていった。

「マール！」

ひび割れ唇のガードがもどってきた。「イエッサー？」

「ふたりの身分証をたしかめたか？」

マールはひび割れた唇を噛んで、ヨッシの質問について思案した。

「ウィンターのリストに女性のほうは載ってたんですよ。名乗ったのが本人でないとすれば、来訪予定者の名前を知ってるはずがないでしょう？」

ヨッシはマールの話の構成にも論理にも同意したかのようにうなずいた。「身分証はいつでもたしかめるんだ、マール。だれかがゲートに近寄ってなかに入りたいと言えば、必ず身分証をたしかめるんだ」

「わたしの考えでは——」

ヨッシが手を振り、マールは途中で口をつぐんだ。ヨッシは言った。「いいか、アクセス・リストにだれが載っているかを見つけだす方法はいくらでもある。標準作戦規定《SOP》は、つねに身分証をチェックすることなんだ。それから待ってもらうときはだれであれ、ゲートから下がっていてもらうようにしろ。六メートルでいいんだ。きみが反応する時間が稼げるからな」

マールはうなずいた。

「今後またこのようなことがあれば、きみに替わるだれかを探す相談をしなければならなくなる。きみだってわたしだってそんな事態は願い下げだ、いいね？」

「わかりました」ガードは言った。

「よろしい。わたしの言ったことをウィンターに伝えてくれ。それでもうこの件は心配しなくてよくなるはずだ」

「二度とこんなことは起こりません、セッラさん」

「わたしも起こらないと思うよ、マール」ヨッシはわれわれを見やった。「よろしければ、こちらへどうぞ」

われわれはヨッシについてドライブウェイ沿いに建物へ向かった。車庫の前に数台の車が停まっており、そのなかにトレントのレクサスと、灰色のメルセデスベンツがあった。たっぷり敷かれた芝は、手入れがいきとどき、生き生きとしている。草木のにおいがあたりにたちこめていた。家の周囲には花壇が巡らされ、赤、白、紫、黄色の花々が咲き誇っている。造園に多大な労力を払っている人間がいるにちがいない。

セキュリティは厳重を極め、みごとと言っていいほどだった。わたしはさらに三台のカメラと四人のガードを数えあげた。四人のうちふたりは制服姿で、それぞれ犬を連れていた。ジャーマンシェパードとロットワイラーだ。あとのふたりのガードは、ゴルフ用カートに乗って一帯を巡回していた。そのふたりはヘッドセットをつけ、戦術装備に身を固めている。ショットガンとAR15ライフルを携えた重武装でカートを運転していた。

これがはじめてではなかったが、わたしはジェレマイア・ピューについて想像を巡らせた。いま足を踏み入れたような作戦には金がかかる——だれかがその支払いをまかなっているはずだった。そして、ジョン・ドウのような殺し屋にしても安い買い物ではない。現行相場は、契約一件につき百万ドル単位の域であると噂されているのだ。守る側も攻める側も遣える金を相当持っていると見えるが、わたしには彼らが何者なのかまったくわからず、ましてや動機など皆目見当もつかなかった。ヨッシに訊けるような内容でもない——慎重はボディーガードのスローガンであったし、ボディーガードたるもの同業者の仕事を詮索したりはしないものだ。

ヨッシはわたしの背中をぱんと叩いた。「しばらく見なかったな、ご同輩。エリカはどうしてる？」

「元気だ」わたしは言った。「バイクの乗りかたを習ってる」

「冗談だろ」

「いいや」

「群がる連中を棒で追っ払わなきゃならなくなるぞ」

「そうならないといいんだが」

「エリカの追っかけを撃退するのが恐いのか？」

「さっきあんたがマールをあしらったように候補者をあしらうことができれば、おれも嬉しいんだがな」

「お気に召したかな？」

「あなたはあの人たちに甘すぎるわ」ナタリーが言った。

ヨッシは肩をすくめた。「連中は警備員だ。ボディー《B》ガード《G》じゃない。ああしておけば、彼らはなにかを学べるうえにわたしを好いたままでいる。同じことがまた起これば、わたしはふたりをクビにする」

「正社員たちはどこに？」ナタリーが訊ねた。

「ほとんどが家のなかにいるよ。直近警護にモウジャーが使っている」

「モウジャー？」わたしは訊きかえした。

「あなたはまだ会ってなかったわね」ナタリーが言った。「新入りのゴールデンボーイよ。先月、父さんが採用したの」

「ボケナスさ」ヨッシがつけくわえた。「だが、本を出してるボケナスで、トレントがぐっときたのもそのせいだ。南アフリカだったか、どこかその辺でのそいつの冒険譚が二冊ほど本になってるんだ。《アメリカン・ハンドガン・ジャーナル》に、コンコルド機内で警護対象者を守る方法について原稿を書いてもいる」

「そいつはぜひ読まなければ」と、わたしは言った。

「あんな屑《くず》原稿」ヨッシとナタリーの両方が、声を合わせたように言った。

ポーチにたどりつくと、ヨッシが玄関のドアをノックしてから、あけた。入ってすぐのところにさらなるガードが坐り、さらなるショットガンが壁に立てかけられていた。さらなるカメラがじっとわれわれをにらんでいる。

「ふたりはわたしの連れだ」ヨッシは椅子に坐ったガードに告げた。

ガードはわれわれ三人の顔を見やった。ナタリーを見ると、ガードは言った。「やあ、ナタリー。どうしてた?」

「元気にしてたわ」ナタリーは答えた。「あなたは?」

ガードは肩をすくめた。「退屈してるよ」

「トレントはどこにいる?」ヨッシが訊いた。

「書斎に」

「ありがとう」

廊下をすすみ、左右に並ぶ閉ざされたドアをいくつか通りすぎた。エアコンがどこか近くでうなっており、外の熱気をなんとか締めだしている。床はワックスで光った堅材《けんざい》張りで、表面を保護するために薄手の敷物が敷かれていた。われわれは階段のそばを通過し、別のガードが踊り場からそれを監視していた。ヨッシ同様、屋内にいるガードはみなくだけた恰好で、制服は着ていなかった。大半がジーンズにTシャツ姿だ。

歩いている途中、ナタリーが囁いた。「さっきのはだれだっけ？」

「ラングだ」

「ラング、そうだった」

廊下の先はT字路になっていた――ヨッシはわれわれを右に案内し、書斎に連れていった。そこは書斎のあるべき姿を完璧に備えていた。三方の壁を本が占め、ほぼ壁際まで厚い東洋緞通《だんつう》が敷きつめられている。デスクが部屋の一画を占有し、数脚の椅子が心地よい読書姿勢を確保できる位置に置かれていた。トレントはデスクの向こうに坐り、前にラップトップ・コンピュータをひらいていた。左側に書類の束が積みあげてある。あいかわらずスーツを着こんでいたが、上着は脱いでうしろにきちんとかけてあった。

われわれが部屋に入ったとき、トレントは話をしている最中だった。娘に目を留めると、話をやめて笑みを浮かべかけた。しかし、わたしが娘といっしょにいることに気づいたとたん、その笑みは萎《しぼ》んで消えた。

「ナタリー」トレントは言った。「もう何時間も前から待っていたんだぞ」

トレントが話をしていた相手が、椅子に坐ったまま振り返ってわれわれを見た。鞭のように細いその男は、くすんだブロンドの髪をひっつめてポニーテールにまとめ、デニムシャツの襟元にサングラスをぶらさげていた。男がトレントにつづいて立ち上がると、わたしはその身長を百七十二センチから百七十五センチのあいだと目算した。カジュアルな服装で腰に拳銃を差し、くるぶし近くの膨らみから察するところ、もう一丁を脚につけていた。

「アティカスを待ってたのよ」ナタリーは父親に告げた。

トレントはデスクをまわってやってくると、ナタリーの頰にキスをした。ナタリーはひきつったような笑みでそのキスを受け、トレントは一歩下がると、娘からわたしに視線を移した。

「これ以上のガードはじつのところ必要ないんだが」トレントは言った。

「これ以上そっちから仕事をもらおうとは思ってないさ」わたしは答えた。

トレントは懸命に抑えようとしていたものの、安堵の色が顔に現れていた。トレントはデスクにもどった。「ありがとう、ヨッシ。司令室《CP》に顔を出しといてくれ。北側警戒域のモニターが一台、故障している」

「調べてきます」ヨッシが答えた。「ふたりとも、あとでな」

トレントはふたたび腰をおろし、ヨッシは音もなくドアを閉めて出ていった。椅子に坐った男はわたしを見据えていた。わたしはそいつを見返した。

「レイモンド・モウジャー」トレントが紹介した。「アティカス・コディアックだ」

「やあ」わたしは椅子に坐った男に言った。

「ああ、きみの噂は聞いてる」モウジャーは言った。「むろん、腕っこきを紹介してくれと頼んだときに耳にしたことは一度もないが」

その侮辱にナタリーの背筋がわずかに伸びた。

「レイには直近警護の指揮を執ってもらっている」トレントがわれわれに説明した。「まだセンティネルに来てから二ヵ月ほどしか経ってないんだ。それ以前は中東で仕事をしていた」

「それに日本でも」レイモンド・モウジャーはつけくわえた。「コートダジュールでもいくつか仕事をした」

「ほんとうかい？」わたしは訊いた。「金持ち相手ってわけだな？　これまで警護対象者をコンコルドに乗せてやらなきゃならなかったことは？」

「何度か」

「その手の警護はじつに手がかかるそうだな」

エリオット・トレントが咳払いをした。「ふたりとも坐ったらどうだね？」

ナタリーとわたしはそれぞれ椅子に腰かけた。モウジャーはじっとこちらを見据えていたが、わたしが坐ってしまうとトレントに注意をもどした。

「察するところ、きのうの件だな？」トレントが訊いた。

「あたしの撃った男がジョン・ドウだったとは思えないの」そう言って、ナタリーは一点ずつ順に明確にしながら、その理由を説明していった。

トレントがじっと耳を傾けているあいだ、モウジャーは棚に並んだ本の背表紙を吟味していた。しばしば、わたしのほうへ視線を投げてきたが、その視線が軽蔑なのか怒りなのか、わたしにはよくわからなかった。どちらもそれらしく思える。

ナタリーが説明を終えると、父親は一分近くも黙りこんだまま、われわれを見ていた。わたしにはトレントの表情が読めなかった。書斎の外で、堅材の床を歩きまわる足音が聞こえた。

「なにも証明していないな」トレントはようやく口をひらいた。

モウジャーがうなずく。

「父さん」ナタリーが言った。「ジョン・ドウがまだその辺をうろついてるってことなのよ」

「われわれはいまも警備態勢をとっている」

「論点がずれてるわ。もしきのう、あたしがジョン・ドウを撃ったのでないなら、あたしはだれを撃ったの？　それに、あの男はなぜあの場所にいたわけ？　あいつは標的を確認することすらしなかった。いま思えば、あれがプロの殺し屋だったかどうかも疑わしい気がする」

「あの武器といい、あの侵入手腕といい、あの――」

「わかってる、確かなものだったし、完璧だった。でも、そんなのは全部うわべの話――マネキンは裸のままよ、父さん。あれはプロの襲撃だったように見えた。なぜなら、そう見える必要があったから。だけど本物じゃなかったのよ」

「そんなことはおまえにはわからない。おまえには証明できん」

「もちろんできないわ。だけど父さんも、あたしが本当の相手を殺したと証明はできない」

「あれはジョン・ドウだった」トレントは言った。

「仮にそうだったとしよう」わたしは口をはさんだ。「だったらなぜ、あんたはいまも交戦地帯にいるようにふるまっている？　ここの経費は相当な額にのぼるはずだ。脅威は取り除かれたとそこまで確信しているなら、なぜ戦術チームにゴルフカートで敷地内を巡回させているんだ？」

「ジョン・ドウだけが、われわれの警護対象者に対する脅威なわけじゃない」モウジャーはそう言って、目を細めた。タフガイだと見せようとしたのかもしれない。遠視なのかと思わせる仕草だった。

「残りの九人《ナイン》が現れるとでも思ってるわけか？」わたしは訊いた。

「現れたら、われわれでなんとかする」

「依頼人は万全の警護に喜んで金を払うと言っている」トレントが言った。「警護対象者はわれわれが提供しうる最善の保障をするに足る重要人物だ。それにレイの言うとおりだ。別の脅威の可能性は充分ある」

「どんな脅威なのか、あたりをつけることすらできない脅威がね。本来の脅威をまだ斃《たお》してもいないんだから」ナタリーが横槍を入れた。

「ジョン・ドウは処理された」父親は声が大きくなるのをかろうじてこらえて言い返した。「センティネル社がドウを仕留めたという話はすでに広まっている。計画は成功し、ピュー氏に対する最大の脅威は排除されたんだ。これ以上議論することはなにもない」

「ただひとつ、父さんがセンティネルの帽子に名誉の羽根をつけたいがために、あたしはどこかの身代わりを殺したかもしれない、ってことを除いてはね」

トレントの表情が辛辣《しんらつ》な痛みに凍りついた。「おまえが武器を抜かねばならんような事態を断じて望んでいなかった。あの男の命をおまえに奪ってほしいなどと思ったことはけっしてない」

「そうよね、父さんはアティカスにそうさせたかったんだから。ダンジェロウを利用したように、あたしの友達を利用したかったのよ。あたしには自宅にもどってほしかったのに、あたしがそうしなかったのは父さんの運が悪かっただけ。父さんに教えられたようにあたしが反応したのは、父さんの運が悪かっただけ」

部屋が急に静かになった。ナタリーは荒い息をして、父親を見据えたままでいた。

トレントが言った。「おまえにはこいつに近寄ってほしくなかった。いまだってそうだ。

この男は危険なんだ、ナタリー。こいつには暴力がつきまとう。こいつには自分の警護対象者の安全を守ることができない。おまえが怪我をするのが心配だったんだ」

「でも、この人を暴力に引きずりこんだのは父さんじゃないの」ナタリーは言った。「なにが起こるのを期待してたの？」

「わたしがそんなことをたくらんでいたと、おまえは本気で思ってるのか？」

「わからない。そう思いたくはないわ。たぶん父さんが思い描いてたのは、〝デン〟のひとりを倒せるチャンスのことだけだったんでしょう。けど、父さんのやった行為には、うんざりするわ。そんなふうに人を操ることは、人の命を奪うために殺し屋を雇うことと紙一重《かみひとえ》のちがいでしかない。少なくとも契約殺人に金を払う人間は、自分がさせようとしていることに対して正直だわ」

「ハニー、おまえはきのうの出来事で動揺しているだけなんだ。そうなっても無理はない」

「むろん動揺はしてるけど、でもそれは――」

「おまえにはしばらく時間が必要だ」父親はなだめるように言葉をさえぎった。モウジャーがボスを見やってうなずいた。「二、三日休んだほうがいいかもしれん。メイン州の別荘にでも行ってきたらどうだ？　何冊か良い本でも持っていってリラックスするといい」

ナタリーの頬にかっと血がのぼり、紅色に染まった。数秒間、怒りのあまり口もきけずにいたが、そのときドアにノックの音がして蝶番《ちょうつがい》がきしんだ。

入ってきたのは百八十センチをゆうに超える大男で、ラインバッカーの体軀《たいく》に、ユダヤ教律法学者《ラビ》然とした顔を持っていた。歳のころは五十代の後半あたりで、ごま塩の黒髪が頭の周囲を縁どり、ほぼ同じ色合いだが、やや明るめの口ひげと顎ひげを生やしていた。三焦点レンズの眼鏡をかけ、くすんだ青いシアサッカー地のスーツを着ている。シャツは青と白の縞柄——ボウタイは緑と青と灰色だった。赤いサスペンダーをつけていた。

「間が悪かったかね？」男が訊ねた。声も体格に見合った堂々と響く低音で、その底にユーモアが流れていた。

さらに一秒の沈黙があった。ついで、トレントが言った。「ちょっとした脅威査定をしていたところだよ。なにも心配はいらない」

「レスリー・マーガイルズです」大男が野太い声を投げかけ、片手を差しだした。「ピューはわたしの証人でね」

「ナタリー・トレントです」ナタリーが言った。

「光栄ですな。エリオット、こんな美しい娘さんがいるとは話してくれなかったな」マーガイルズはナタリーの手を離して、わたしの手をとった。「で、きみは？」

「アティカス・コディアックです」

にこっと浮かんだ笑みは、自然で正直なものだった。「おや、それはいい名前だ！　あのアティカス・フィンチ弁護士（『アラバマ物語』の主人公。映画ではグレゴリー・ペックが演じた）から取ったのかね？」

「うちの両親は、息子に高望みをしていたもので」わたしは言った。

「わたしの知り合いの弁護士はほぼ全員、法曹界に足を踏み入れた理由にハーパー・リーの書いた『アラバマ物語』を挙げるんだ。それと『ペリー・メイスン』をね。わたし？　わたしは断然、ハーパー・リー陣営ですよ。きみは、ここには仕事で？」

「コディアック君はもう帰るところだ」トレントが言った。

「仕事で来ていますが、ここで雇われてるわけではありません」わたしはトレントを見ずにマーガイルズの質問に答えた。

マーガイルズがうなずいた。「用件を済ませたいなら、わたしは待てるよ、エリオット。市内にもどらなければならない時間には、まだ少し間がある」

「いや」トレントは言った。「いま話せる。言ったように、コディアック君はもう帰るんだ」

マーガイルズは、もじゃもじゃの眉の片方を眼鏡の上に持ちあげただけで、なにもコメントしなかった。モウジャーが立ち上がり、わたしの椅子の正面に突っ立った。「きみたちを外まで送っていこう」

ナタリーは父親に最後の一瞥《いちべつ》を投げたが、なにも言わなかった。まだ頬が火照《ほて》り、目のなかで怒りが躍っていた。親のように子を怒らせられる者はいない、とわたしは思った。

「お会いできて光栄です」わたしはレスリー・マーガイルズに言った。

「こちらこそ、アティカス」マーガイルズは答えた。

モウジャーはわれわれを書斎の外に連れだすと、もと来たほうへ廊下をもどった。モウジャーはわれわれの後ろを歩いた。まるでナタリーかわたしのどちらかがモウジャーを振り払い、引き返してわれわれの存在によってマーガイルズによからぬ影響を与えるのではないかと案じているかのように。

ポーチまでもどったところで、モウジャーはナタリーに言った。「おれなら父親の忠告に耳を貸して、二、三日休暇をとるだろう」

「あなたはあたしの忠告に耳を貸して、地獄へ堕ちるがいいわ」ナタリーは言い返した。

レイモンド・モウジャーはサングラスをかけ、中指で鼻の上に押しあげてから、ポーチの横木に置いた足の位置を調整した。「きみたちふたりはなにが起こっているかわかってるつもりだろうが、じつはわかっちゃいない。ピューーに対する脅威は依然存在している」

「そりゃそうだろう」と、わたしは言った。「あんたに警護されてるんじゃな」

「だが、おれはピューーをなんとしても生かしつづける」モウジャーが切り返した。「今朝、敷地の外の道路である装置を見つけた。外に出ていく車や人を狙う方向に向けて木に固定されていた、C4成形爆薬だ。われわれは信管を除去してそれを処理した。言っておくが、口で言うほど簡単なことじゃなかったんだぜ。ジョン・ドウが死んだからといって、ピューーの暗殺契約が解除されたことにはならないんだ」

「はやくマーガイルズのところへもどって、自分がいかにすばらしいヒーローだったか話してやったほうがいいぞ」わたしは言った。「ほかのガードも雇っていたことに気がついているかもしれない」

「ここからは勝手に帰れるだろう」モウジャーはそう言って、家のなかにもどっていった。

8

ナタリーは慌ただしくポーチをおり、芝生を突っきってゲートに向かった。わたしが追いつくと、消そうとしても消せない音が聞こえるかのように首を左右に振りはじめた。

「あのろくでなし!」

わたしはなにも言わなかった。

「あのいいぐさを聞いた?」ナタリーは腹立たしげに言った。「あたしに対するしゃべり方を聞いた? あの口調を聞いた? ろくでなし! よくもあたしにあんな言い方をしたもんよ、それもモウジャーの前で? よくもまあ!」

わたしはナタリーの腕に手を置いた。「落ち着け」

きっと向きなおると、ナタリーの口元は震えていた。「あんなことを言われたら、いったいだれがあたしをプロだと信じてくれる? あの人に幼い娘扱いされてしまったら、他人からどうやって尊重してもらえるというの?」

そばに木と鉄でできたベンチがあった。芝からせりあがった盛り土の脇に置かれている。盛り土はまわりをマリーゴールドの環で囲んでいるヒャクニチソウに覆われていた。わたしはそちらに歩み寄り、ベンチに腰をおろした。ややあってナタリーも近づいてきたが、坐りはしなかった。

「あの人はあたしたちの話を聞こうとすらしなかった」

「聞こえてきたのが気にくわない話だったので、聞かなかったのさ」わたしは同意した。

「ミスター・マーガイルズのいるそばで、井戸に毒を入れるような真似をされたくなかったのはまちがいない」

「あたし、なかにもどってくる」

やめておくよう言おうと思ったが、ナタリーの目に浮かんだ炎を見れば、口をつぐんでおくのが賢明なのはわかった。代わりにわたしはうなずいた。「ここで待ってるよ」

「長くはかからないわ」

二十分後、さっきのドッグ・パトロール班がやってきて、なにをしているのかと問いただした。ナタリー・トレントを待っている、とわたしは答えた。ロットワイラーを連れたほうのガードがヨッシに無線を入れてなにも問題がないか確認しているあいだ、もうひとりのガードと連れのジャーマンシェパードはわたしをじっくりと観察していた。こういった手合い――ガードも犬も――を撫でてみようとするほどわたしもバカではない。ヨッシはわたしが敷地内に入る許可を得ていることは証明してくれたが、わたしのポケットに〝上等な銀食器〟が入ってないか調べるようにとガードに注意をうながした。あやうくふたりの男はヨッシの言葉を本気にするところだった。

暑い日で、ベンチに坐っているといっそう暑さがつのるばかりだった。どこか日蔭に移ろうかと考えたが、その結果、ガードとさらなる悶着を重ねる羽目になるのは御免だった。そうする代わりに、わたしは両脚をベンチに載せ、ひじ掛けに頭をあずけて寝そべると、目をつむった。こうすればわたしのことは脅威に映らず、平和に日に焼かれていられるだろう。

小鳥のさえずりと、遠くで鳴っているゴルフカートのモーター音を聞きながら、うとうとしかけていると、だれかに話しかけられた。

「煙草はあるかね？」

わたしは目をあけた。ひとりの男がわたしを見おろしている。ひょろりと痩せて、肌は古びた羊皮紙のようだ。片手に画家が使うポートフォリオの取っ手を握っていた。

「煙草は吸わないんです」わたしは言った。

男が手振りで脚をどけるように合図したので、わたしは右に寄ってベンチに場所をあけた。男はゆっくり、引力と喧嘩するのは慣れているといった様子で腰をおろした。ポートフォリオを慎重に膝に置く。六十がらみで、頭皮からまっすぐ突っ立った真っ白な雲のような白髪と、小さくて潤んだ茶色の目をしている。太い結婚指輪がしかるべき指にはまり、その両手は皮なめし業者の手のようにいくぶん変色していた。おそらくインクによるものだろう。

「絵は好きかね？」男が訊ねた。

「多少は」

男は草に唾を吐き、こっくりとうなずいた。「ほう。自分の好みをわかってるというわけだな？」

「そんなところです」

男はポートフォリオのジッパーをあけ、わたしにずっしりした厚紙を三枚手渡した。「これを見てくれ」

厚紙にはラミネートフィルムがかぶせられ、糊《のり》の張力でわずかに反っていた。三枚ともすべてコラージュ作品だった。広告を切り抜いて貼り合わせた絵。鮮やかな広告用色彩や、モデルの身体パーツなどからなる絵だ。カウボーイハットがあるかと思えば、女性の片脚があり、サンフランシスコのスカイラインの一部や、灰皿ひとつなど。わたしが時間をかけてそれらを見、全体の絵として見ているあいだ、男は気長に待っていた。

一枚目のコラージュは髑髏《どくろ》のかたちに貼りあわせてあり、まるで海賊旗を思わせた。肉のない唇から吸いさしの煙草がだらりと突きでている。二枚目はギロチンで、笑っている子供の首が、血の気を失って、土台のところに転がっていた。三枚目は墓場で、まさに墓石が一面に立ち並んでいる。そこにはキャプションが入っていた――「来《きた》れ、味わいのある地へ」

すべてのイメージが、少なくともわたしが見たかぎりでは、煙草の広告から切り抜いてまとめられたもので、巧みに構成されていた。不揃いな縁《ぶち》や途切れた線はなかった。画家が正確に切り抜き、細心の注意を払って貼りあわせた結果、奇抜で洗練された、そして不安をかきたてる作品に仕上がっていた。

わたしが三枚の厚紙を返すと、男はにっこり笑った。「どう思うかね?」

「よくできていると思います」わたしは答えた。「ひどく不気味ですが、それでもとても良いできです。全部あなたが?」

男はうなずいた。

「シティで目にしたいくつかの作品よりも、よくできてる」

「ニューヨーク・シティから来たのかね?」

「ええ、マレー・ヒルに住んでます」

「マンハッタンの地理にはあまりくわしくない」男はため息をついてベンチの背にもたれかかり、両脚を伸ばした。鰐《わに》革のかなりすり切れたカウボーイブーツを履いており、その踵《かかと》で芝生に小さな穴があいた。「昔はたまに妻をミッドタウンまで買い物に連れていったもんだ。休暇のときにな」

「アティカス・コディアックです」そう言って手を差しだした。

「ピューだ」男は言った。「ジェレマイア・ピューだ」われわれは握手をした。ピューのてのひらと指はかたく、コラージュ同様、ラミネートフィルムを張ったようだった。「ここではこれまで見かけなかった顔だな」

「警護チームのメンバーじゃありませんよ」

ジェレマイア・ピューが咳払いをしてふたたび唾を吐くと、そばのヒャクニチソウにかかった。花に目を向けたまま、ピューは訊いた。「わしを殺す気かね？」

「いいえ、たぶん違うでしょう」

ピューはその返事を気に入り、喉を鳴らして笑いながら、コラージュをポートフォリオにしまった。まるでガラスでできているようにそっと扱っていた。「ボディーガードとは思えなかったんだ」ピューはジッパーを閉めながら言った。「仕事中に居眠りしたり、ほかの様子から見てな」

家の玄関のドアがあいており、モウジャーがポーチに立って周囲を見まわしていた。また例のサングラスをかけて手すりにもたれ、お山の大将をきどっていたが、やがてわたしに気づき、ついでピューに気づいた。モウジャーは室内を振り返り、わたしには聞こえない声でなにか言っていた。

「ずいぶん厳重な警護を受けていますね」わたしはピューに言った。

「そうだとも、坊主《サン》」

ドアを入ったところにいたガードのラングが、ポーチのモウジャーに加わっていた。ふたりでこちらに向かってくる。

「理由を訊いてもいいですか？」

ピューはポートフォリオを足元に置き、体をさらに強くベンチの背に押しつけた。きしむような音がして、一瞬ピューの骨の音かと思ったが、たんに木がきしんだだけだったのだろう。伸びをしながらピューはうなった。

「なぜなら、わしが〝動かぬ証拠〟だからだ」

さらに三人の平服のガードと犬を連れたさきほどの徒歩パトロール員ふたりが、モウジャーとラングに加わった。一行はおよそ十五メートルの距離にきていた。

わたしはピューに、何者かがあなたを殺そうとしてプロの暗殺者を雇った理由はなんですか、と訊ねてみようかと考えた。だが、答えを得るような時間が残っているとは思えなかった。

「くそっ、捕まっちまう」ピューは言った。

「連中はおれを狙ってるんだと思いますよ、あなたじゃなくて」

モウジャーは三メートル離れた位置で立ち止まり、ラングとドッグ・パトロール班がそのうしろを守った。ラングはショットガンを持ってきていた。ベネッリ社製だ。が、どうもそれを抱えているのがきまり悪い様子で、銃口をずっと上に向けていた。

「ピューさん、あなたは家から外に出てはいけないんです」モウジャーが言った。「ラングがなかへお連れします」

「ちっと新鮮な空気が吸いたかったんでな」ピューは穏やかに言った。「部屋にいると息が詰まってくる。家畜小屋みたいなにおいがするんだぞ、ほんとに」

「ひとりで外を歩きまわってはいけないことはご存じでしょう。けさ、われわれが発見した爆弾のことを忘れたんですか？」

ピューはため息をつき、もういちど唾を吐いてから、ポートフォリオを持って腰を上げた。ラングはわたしにうなずきかけ、ピューの脇に移動した。

「話ができて楽しかったよ、アティカス・コディアック」ピューは言った。

「コラージュを見せてくれてありがとう、ピューさん」

「ジェリーだ、坊主《サン》」ピューが訂正した。「ジェリーと呼んでくれ。ほんとにあれが気に入ったか？」

わたしはうなずいた。

ピューは笑みを浮かべ、顔一面に刻まれた皺がぐっと深くなった。「あんたにもひとつ作ってやろう」

ラングともうひとりのガードがピューを連れて家にもどっていった。われわれは彼らを見送った。二匹の犬も見送っていた。ピューの足取りは遅く、ブーツについている拍車を使ってはどうかとわたしは思った。

三人がポーチまで到達すると、モウジャーはわたしに注意をもどした。「帰るように言っておいたと思ったんだが」

「いや、あんたは『勝手に帰れるだろう』と言ったんだ」

モウジャーはため息をつき、精神的な支えを求めてまわりの男たちを見やり、それから言った。「きみは脅威ではないかもしれんが、どうしようもなく気が散る元であるのはまちがいない。おれの仕事の邪魔をしてもらいたくないんだ」

「おれはナタリーを待ってるんだ」

「いまはそうではない」

「ほう、そりゃまたどうして?」

モウジャーがつかつかと歩み寄り、平服のガードたちにあとにつづくよう合図した。またたくまにわたしは、日陰のなかに坐っていた。ジャーマンシェパードが唸る。

「この……負け犬を……屋敷からつまみだせ」モウジャーが命じた。

わたしはモウジャーの高そうなサングラスに映った自分を見やり、その像が相手に笑いかけるのを見た。わたしは立ち上がりかけた。

「なら外で待って――」

モウジャーに胸のまんなかを殴られ、わたしはふたたびベンチに勢いよく坐らされた。右の拳《こぶし》のパンチで、もろに効いて、しばらく息ができなかった。

「なんでこんなことをする?」口がきけるようになってから、わたしは訊いた。

「もしまたおれの警護対象者にちょっかいをかけるようなことがあれば、おまえの指をへし折ってやる」モウジャーは言った。「ここにはおまえなどお呼びじゃないんだ、わかったか？　われわれは高度な作戦を遂行中で、おまえのような屑にひっかきまわされては迷惑なんだよ」

ふたたびわたしが立ち上がりかけると、ふたりのガードが両腕をつかんだ。わざわざそんな必要はなかった——モウジャーの顔の造作を修正してやる計画など立ててはいなかった。二匹の犬は唸っており、担当のふたりは引き綱《リード》で押さえていた。

「あんたの衝動制御不能症については、話し合う必要があるな」わたしはモウジャーに言った。

「腰抜けめ」とモウジャー。

わたしは笑いだした。笑うと痛みが走ったが、この男は笑える。本人がそうありたいと思っているにせよ、いないにせよ。

「こいつを放りだせ」モウジャーはガードたちに言った。

わたしは抗《あらが》いもせず、彼らの仕事をやりやすくしてやり、ガードのほうも手慣れていた。握るところはしっかり握っていても、必要以上に手荒に扱うような真似はしない。モウジャーとドッグ・パトロール班は、ゲートまでわれわれについてきた。そこでマールがわれわれを外に出した。

ゲートがひらいていく際に、モウジャーはマールに言った。「この間抜けがこそこそうろついてたら、おれに連絡しろ」

「報告はセッラさんにすることになってますが」マールは言った。

「よく聞けよ、うすのろ。おまえはこの仕事が好きか？　ずっとつづけたいか？　だったら、おれに口ごたえするな。こいつを見たら、おれに知らせるんだ」

両腕をつかんでいたふたりのガードは、ゲートの向こうにわたしを追いやると、引き返した。ふたたびゲートが閉まっていく。

「イエッサー」マールが言った。

モウジャーは最後にもう一度わたしを見てから、背を向けて屋敷のほうにもどっていった。ガードたちがあとにつづき、すぐにドッグ・パトロール班も巡回にもどった。マールとわたしは連中が行ってしまうのをじっと見ていた。

「マール」わたしは口をひらいた。

「はい？」マールはまだモウジャーの背中から目をそらしていなかった。

「ミス・トレントが出てきたら、おれは帰ったと伝えてくれないか」

マールはわたしに顔を向けた。こっくりうなずく。「伝えます」

「ありがとう」そう言って、わたしはバイクを取りに向かった。

自宅にもどっても腹の虫はおさまらず、胸はまだ痛かった。わたしは車庫にバイクを駐めた。うまくいっていた頃、ブリジットがポルシェを駐めていた場所に。もう五時近かったが、エリカはまだ帰っていなかった。

イエローページの弁護士のページに、〝マーガイルズ、ヨネムラ&ディフランコ法律事務所〟が載っているのを見つけた。住所は西五十七番ストリートとなっている。案内広告によれば、同事務所は個人的権利侵害と労働者災害補償に関する訴訟を専門に扱っていた。どうしたものか考える時間を自分に三十秒与えたのち、とりあえずダイヤルしてみると、やたらと元気な受付嬢が電話口に出た。

「マーガイルズさんと話したいんだが」

「ごめんなさい！　いま手があいてないんです！　伝言を承りましょうか？」

わたしは名前と電話番号を告げ、それから「折り返し電話をいただければ、ありがたい」と言った。

「伝言はかならずお伝えします」受付嬢は熱意をこめて言った。「では、すてきな夜を！」

「そうはなりそうにないな」そう答えたが、相手はすでに電話を切っていた。

エリカがブリジットのアパートメントから電話をかけてきたのは七時をまわっていた。わたしはパスタサラダとガスパッチョの夕食をこしらえ終えていた。

「ブリディのとこにいるんだ」エリカは言った。「泊まってけって誘われてさ。かまわない?」

わたしは用意した夕食を見やり、「いいとも、問題ない」と答えた。

「きょうはどんな日だった?」

「それも問題なしだった」にわかにわたしは嘘を連発していた。「そっちは?」

「ほぼ一日中、セントマークス・プレイスをぶらついてた。それからこっちに来たんだ。ブリジットと話したい?」

「いや、いい」わたしは言った。

エリカが聞き取れない声でなにやらぼやいた。「じゃあ、またあした。ああ、そうだ、けさはベーグルをありがと」

「ちっとも食べた様子はなかったが」

「ひとつ食べたよ。おなか減ってなかったんだ。ほんじゃまたね」エリカは電話を切った。

わたしは用意した夕食を見やった。冷蔵庫からサム・アダムスのビールを一本とって、半分空ける。それからナタリーに電話をかけた。

「なによ?」

「アティカスだが」

「父かと思った」

「あれからどうだった？」

「モウジャーと一悶着あったんですってね」

「おれを殴ったんだ」

「挑発してないのに？」

「そうだな、おれの小粋な魅力がしゃくにさわったのかもしれないが、よくわからん」

「なにもかもそんな感じの一日だったわね」ナタリーは同意した。「いま、なにしてるところ？」

「エリカはブリジットの家に泊まってくるそうで、おれはふたりでもありあまるほどの食い物を眺めてるところさ」

「相伴《しょうばん》相手が欲しい？」

「ああ」

「三十分待ってて」

ナタリーは一泊用バッグを手にやってきて、それをわたしの部屋のベッド脇に落とすと、バスルームに行って手を洗った。ふたりでテーブルにつき、ガスパッチョにとりかかる。ナタリーはグラスに注いだメルローを飲み、わたしはビールで通した。ナタリーはビールを好きではなく、わたしはあまりワインが好きではないので支障はなかった。

「マーガイルズと話す機会はあった?」わたしは訊ねた。

「父さんがそばへ寄らせてもくれなかったわ。あたしたちの考えを説明しようとしたんだけど、とにかく耳を貸そうとしないの。センティネル社のささやかな勝利をなにものにも邪魔されたくないってわけ。モウジャーもその点では同じね」

「きみには言っておくが、おれはどうもミスター・モウジャーが気にくわない」

ナタリーはガスパッチョを押しやり、サラダにとりかかった。「あの男はあたしたちの仕事には向いてないわね。道具にばかり執心している。ヨッシの話だと、モウジャーは拳銃を二丁、ナイフを三本、警棒を一本持ち歩いているそうよ。戦いたくてうずうずしてるんだわ」

「ああ、おれもそのことに気づいたよ」

「どうしてあなたを殴ったの?」

「おれがピューと話していたからだろう。きみを待っていたら、ふらりとやってきて自作のコラージュを見せてくれた。それから話をはじめたんだ」

「どんな人だった?」

「ピューか?」わたしは一瞬考えて、頭のなかであの男の姿をふたたび作りあげた。「あまりはっきりしたことは言えない。なかなか好人物のようだ。思っていたよりもずっと歳がいっている。少なくともダンジェロウと比べれば。カウボーイのたぐいが好きらしい。ぶっきらぼうで間延びした口調とか、ブーツとか」

「でかいベルト・バックルとか？」

「それは見なかったな。とにかく、モウジャーは〝おれの警護対象者にちょっかいを出した〟とか、そんなようなことを言って文句を言った。おれがなにをしていると考えたのかは知らんが」

「ピューにジョン・ドウのことを話しているとでも思ったのかも？」

「かもな。ピューがマーガイルズの取り組んでいるなにかの証人であるのはまちがいないんだが、それがいったいなんなのか訊くチャンスはなかった」

「その人はボディーガードなしで歩きまわっていたわけ？」ナタリーがぞっとしたように言った。

「まいちまったんだろう」

「間抜けな連中」

わたしもサラダにとりかかった。「マーガイルズの事務所に電話して、電話をくれるよう伝言を残しておいた。きょう、きみが親父さんに話そうとしたのと同じ内容を向こうに話そうと思ってね」

「で、そのあとは？」

「ピューの警護態勢をきみの親父さんに見直しさせることを、マーガイルズから話してもらうよう説得する。モウジャーは大口をたたいていたが、きょうのように警護対象者がうろついているところを見ると、センティネル社は警戒をゆるめていると考えられる。それでもしジョン・ドウがまだ周辺にいるとすれば……」

「バァーン、ね」ナタリーが言った。

「モウジャーの爆弾話をどう思った?」

「ヨッシが事実だと言ってたわ。現場に着いてみると、モウジャーがすでに信管を抜いていたそうよ」

「それでも親父さんは、それをドウがいまもうろついてる証拠だと考えないわけか?」

「ヨッシもそうは考えてないわよ。ヨッシは、爆弾は偽物で、モウジャーが自分で仕掛けたものだと考えてるの」

わたしは食べるのをやめてナタリーを見た。ナタリーがうなずく。

わたしは言った。「モウジャーはスーパーマン・コンプレックスの持ち主だと?」

「それがヨッシの解釈よ。よく考えてみて、モウジャーの行動は、大量のスポットライトを浴びていなくてはいられない下司《ず》野郎のそれよ。あいつなら自分をより良く見せるための状況をみずから作りだしているとしても、あたしは驚かない」

「だが、むろんきみの親父さんはそんなことを信じていない」

ナタリーが眉をひそめた。「ヨッシはまだ父には話してないわ。証拠がないし。警護チームに分裂を生じるようなことは避けたいんでしょうね」

わたしはふたたびワイングラスを満たすナタリーを見つめた。「親父さんとの話がどんな具合だったか、話してくれてないな」

「ひどかったわよ」

われわれは無言でサラダを平らげた。わたしはテーブルをかたづけ、シンクで皿を洗いはじめた。ナタリーが手伝いを申しでたが、そのまま坐っててくれるように言った。全部洗って拭き終えてから、ナタリーにコーヒーを飲むかと訊ねた。

「いいえ」そう答えると、ナタリーはわたしの部屋に向かった。


明かりは消してあったが、街灯の光で充分見え、青い夜が部屋の片隅で黒へと濃さを増していた。

ナタリーが口をひらいたとき、その声は聞きとりづらくかすれていた。「父はまた、カウンター・スナイパーの仕事を提示してきたわ」

「引き受けたのか？」

ナタリーはベッドの上で、わたしに触れないように注意しながら、体をずらした。

「いいえ」

「ヨッシはきみがいると助かるだろう」

「わかってる」

部屋の外の廊下で荒っぽくドアの閉まる音がし、ついで階段脇の床板がきしむ音が聞こえた。おそらく5F号室のオルテガが、角の食料雑貨店まで出かけていったのだろう。オルテガは肥満体で、たぶんわたしより十ばかり歳上で、なかなか人のいい気さくな男だ。なにをやって生計を立てているのかはさっぱりわからなかった。きっとミルクが切れたか、クォート・サイズのアイスクリームでも欲しくなったにちがいない。なにが要《い》ったにしろ、食料雑貨店にはなんでも揃っているから、そこまで行けば解決だ――ミスター・オルテガは部屋に帰り、満足してまた自分の暮らしをつづけるだろう。

ナタリーは上掛けを取り払って体を起こし、両脚をふりまわすようにして床におろした。街灯がその姿を幽霊のようにぼんやり浮かびあがらせていた。わたしの机に畳んで置いた服には見向きもせず、ナタリーはバッグを手に、バスルームに向かった。一分後、トイレの水音が聞こえ、ついでシャワーの音がはじまった。

ナタリーがシャワーを浴びていた時間はさほど長くはなく、せいぜい五分で、そのあいだわたしはじっと動かずにいた。天井に水漏れの染みがあり、暗くなった部屋で見ると、夜空にあいた穴のように見えた。

もどってきたナタリーは、バッグに詰めてあった服を着ていた。ベッドの端にバッグを載せ、着てきた服をなかに詰め、それからデスクチェアに腰掛けて靴に手を伸ばした。

「あたしたち、どうしてこんなことをしてるの?」唐突にナタリーは訊いた。

「ほっとするために」わたしは言った。

「たぶん、一分くらいはその効き目もある」ナタリーがつぶやいた。

わたしは起きようとして、眼鏡とバスローブに手を伸ばした。

「いいわよ」ナタリーが言った。「出口は知ってるから」

「差しあげられるのは十五分だ」レスリー・マーガイルズは言った。「坐って、わたしになにができるか話していただこう」

9

わたしはすすめられた椅子に坐り、マーガイルズが椅子にもどるのを待った。オフィスは小さく見えたが、それは乱雑さがもたらした目の錯覚だった。大半がファイルで、黄色い法律用箋の隅が青いフォルダーからあらゆる角度にはみだしているものが、いくつも山積みになっている。ファイルの束は床に積み上げられ、壁に倒れかかり、机の上にも小山をなしていた。マーガイルズはそのうちいくつかを押しのけて、われわれのあいだに視線を確保した。

「掃除の女性が来てくれるのは月曜なんだよ」マーガイルズはにっこり笑って釈明した。

「来るのはたったひとりですか？」

マーガイルズが笑い声をあげ、そのとき電話が鳴った。「まったく、ちょっと待ってくれたまえ」と、わたしに言った。もう一度哀れっぽくベルが鳴っているあいだに、マーガイルズは電話を探しあてた。一本指でボタンを突く。「なんだ？」

「コーリンスキーさんから四番ですよ」スピーカーからけたたましい声がした。

マーガイルズはわたしをちらりと見やり、顔をしかめた。「これはとらないわけにいかなくてね」

「待てます」わたしは言った。じつを言うともう二日間も待ちつづけていたのだが、いまはそのことを口にするのにふさわしい時機ではなさそうだ。

マーガイルズが電話をとって、電話線の向こうにいるコーリンスキーとこまごました話をはじめると、わたしはオフィスの観察にもどった。部屋には、わたしの坐っている椅子を含め、マーガイルズのを含めずに三脚の椅子があり、三脚とも坐部は革張りで背もたれは柳細工だった。わたしの背後の壁を占めている本棚には、『ニューヨーク州民事法典』の各巻がぎっしり詰まっていた。別の壁にはデイヴィッド・アガムのリトグラフが一枚掛かっていた。鮮やかな色彩の菱形が入れ子状に描かれ、まんなかで無限の彼方に消えている。そのリトグラフの横には、二枚の飾り額とマーガイルズの学位証書が掛かっていた。マーガイルズは法学博士号をコロンビア大で取得していた。わたしの右手には窓があり、いまいるビルよりさらに高い別のビルが五十七番ストリートをはさんで建っているのが見えた。マーガイルズの会話はそろそろ終わりの挨拶を交わす頃合いに入っていた。プラスチック製の小さな腰椎《ようつい》の標本が、机上のコンピュータ・モニターの脇に置かれている。その背骨標本の横に、額に入れた二枚の写真が立ててあった。一枚は、真面目そうな女性のとても不真面目な笑顔。マーガイルズの妻であろうとわたしは解釈した。もう一枚は三人の子供の写真で、女の子がふたりに男の子がひとり。男の子がいちばん年下のようだ。女の子のひとりが男の子の髪をくしゃくしゃにしているが、男の子はたいして気にしていないように見える。

「うちの家族なんだ」マーガイルズが電話を切りながら言った。「その写真は五、六年前のものだよ」

「器量よしのお子さんたちですね」

「ヒラリーとショウシャナとサイモン。ショウシュとサイモンはまだハイスクールに通っているが、ヒラリーはこの秋からエール大学に行くことになっている。いま、母親といっしょに、エール大のあるニューヘーヴンにいるんだよ」マーガイルズは大きな椅子に背中をあずけた。「さて、わたしに会いたいというのは、どういった理由かな？」

わたしはマーガイルズに手短に話して聞かせた。わたしにくれると言った十五分という時間を額面どおりに受けとっていたからだ。ヨークタウン・ハイツからもどって以来三日間、マーガイルズはずっと事務所にいないか会議中であるかのどちらかで連絡不可能だった。とうとうけさ九時に直接出向いたところ、ミスター・マーガイルズはなんとか都合をつけるそうです、とマーガイルズの秘書に言ってもらうことができた。じっさいに本人が都合をつけてくれるまで、三時間近く待たされた。

「つまりきみは、殺し屋がいまもピューを殺そうとしていると本気で思っているわけだね？」話を終えると、マーガイルズは訊ねた。疑念を表情に出さないようにするのがうまい。

「わかりません。ですが、ナタリー・トレントがオルシーニで撃った男は、ピューを狙っている男ではなかったと確信しています。そもそも殺し屋があなたの依頼人を狙っているというのも、トレントの口から聞いただけですから」

「証人だ」マーガイルズは訂正した。「依頼人じゃない。ピューはわたしの依頼人ではない。ピューの命が非常な危険に直面していると、わたしは本気で思ってる」

「理由を訊いてもかまいませんか？」

マーガイルズは顎ひげをこすった。本日のボウタイは赤で、ぼってりした黒い水玉模様が入っていた。「ジェレマイア・ピューは、当事務所がDTSインダストリーズを相手取って起こした訴訟における、専門家証人であり、同時に重要証人でもある」

「DTS煙草ですか」

マーガイルズはうなずいた。

「この件は煙草がからんでいると？」

マーガイルズは再度うなずいた。

「もう過去の話じゃないんですか？」

マーガイルズはため息をつき、吐いた息が机に散らばっていた紙をかさかさ鳴らした。

「きみは連邦議会での取引のことを言っているんだな」

「たしか和解が成立したのでは」

「ちがう。あれは和解提案だよ」マーガイルズは訂正した。「軽い叱責だけで大手煙草企業を見逃してやるためのね。議会と大統領の承認を受けたとしても、最高裁まで係争はつづいていくだろう」

「たとえそうだとしても――」

マーガイルズは首を左右に振り、その動作は突進しようと身構えている雄牛を思い起こさせた。「いいや。とりわけ、その和解提案は、集合代表訴訟および個人的権利侵害訴訟において大手煙草会社に制限的免責特権を認可してしまうものなんだ。犯した罪の数々から連中を無罪放免してしまうんだよ。損害賠償額は年間五十億ドルに上限を定められることになる」マーガイルズは首を振るのをやめた。「大金に聞こえるだろう?」

「大金ですね」

「きみにとってはたしかに大金だ。わたしにとっても当然大金だよ。だが、連中にとってはタダも同然なんだ。年間事業利益のわずか五パーセントにも満たない。命を失った者たち全員の総被害額を埋めるには話にもならない額なんだよ」

「それでも――」

「最後まで言わせてくれ」マーガイルズは片手をあげて制した。わたしは口をつぐんだ。

「わかってもらわねば、コディアックさん。つい去年までは、どこの煙草会社も自分たちの製品に致命性があることについて市民にほのめかすことすらしていなかった。ましてや煙草で人が死ぬのを認めるなどとんでもない。そういった証拠はすべて、独立組織や政府によって白日のもとに晒《さら》されたんだよ。企業が自主的に提示したことなど一度もありはしない。大手煙草会社は再三再四にわたり、死んだ喫煙者の癌でぼろぼろになった肺を見おろして遺族にこう言ってきた。〝われわれのせいだとは証明できないでしょう〟とね。連中の言う証拠とはきっと、自分たちのフィルターの残骸が、死者の肺のなかに溶けて埋まっていることなんだろう。そうなっていたときでさえ、われわれの製品はけっして内服用には作られておりませんので、と反論するだろうて。

しかし三十年のあいだ――おそらくもっと長いだろうが――連中は自分たちが殺人を犯していることをまぎれもなく知っていたのだ。それでいて、自分たちの方向を変えるための手をなにも打たなかった。市民に情報を与えようとする試みがあれば、連中はことごとく対抗した。批判してくる者たち全員に対し、その信用を打ち崩して誹謗《ひぼう》中傷することに何十億ドルもの金を費やした。さらに何十億ドルもかけて、体裁のいい広告や、ナチスでさえ手本にできただろうと思えるほどの宣伝キャンペーンをおこなって、巨額の売上げを確保してきたのだ。

ああいった会社は嘘つきの集まりだ。あそこにいる人間は人殺しなのだ。やつらは殺人の罪から逃れるためばかりでなく、この先の何世代にもわたってその罪から逃れつづけるための準備を整えている。いま連中が手に入れようと画策している協定は、煙草産業の大物どもに、訴訟に対する制限的免責特権を与えようというものなんだよ、コディアックさん。それがなにを意味するか知っているかね？　連中は、市民から裁判所に引っぱりだされることを阻《はば》む法律の立案を求めているんだ。一枚の小切手を書いて、一切の厄介ごとからきれいさっぱり手を洗い、目先のビジネスへともどっていく機会をうかがっている。煙を売って金を稼ぐ商売だ。もっともっと巨額の金を稼ぐ商売だよ。人を殺す製品を売って、その事実から逃れられると思っている、この世でもっとも裕福な企業というわけだ」

「ピューがそれを喰いとめられると？」わたしは訊いた。

「ジェリー・ピューは、どでかいペテンを証明することができる」マーガイルズはそのセリフをうまい食べ物を口にするかのように言った。「ピューは二十年間、DTS社の研究開発部長を務めてきた。直接の職務である製品の企画のほかに、企業の方針を話し合う会議にも参加していた。ピューの居合わせた席でDTSの幹部はこう明言したんだ——自分たちの製品が生命を奪っていることは知っているが、今後も公的にはこの事実を否定しつづける、と。ピューはDTSが認識していて、うやむやにし、否定した化学的危険性についてじかに知っているのみならず、DTSの販売戦略についても証言することができる。関係者を名指しすることができる。日時も提示できる。〈グローリー〉という煙草をご存じかな？」

わたしはうなずいたが、質問はたんに修辞的なものだった。マーガイルズはすっかり温まっており、弁舌がもうしばらくつづくことはまちがいなかった。だが、わたしは話を追い、その言葉を信じ、相手の信念に反応していた。〝陪審とは、どちらが有能な弁護士を使っているかを判断する十二人の人間によって構成されるものである〟と言った詩人ロバート・フロストの言葉が正しいとするなら、マーガイルズの敵は礼儀教室《チャームスクール》にでも通っておいたほうがいいだろう。

「〈グローリー・ジュニア〉」マーガイルズが先をつづけた。「一九八二年に発売されたこの煙草は、比較的若い世代の喫煙者に販売すべく企画された。ちなみに発売されたのはDTSの売上げが過去二十年間で最低に落ちこんだときだった。DTS社のブランドのなかで、もっともまろやかな味。もっとも多いニコチン含有量。そして同社は宣伝キャンペーン用にそれまでのグローリー兵隊蜂を、かわいい小さな虎の仔に変えた。グローリー・ビーという名のチェーン・スモーカーにね。マディソン・アヴェニュー（広告業界）の連中は、虎が煙草を吸うほうが、ちっぽけな蜂《ビー》より納得しやすいと考えたんだろう」

「虎のほうが指を描きやすい」と、わたし。

マーガイルズの顔にたちまちあの特大の笑みが浮かんだかと思うと、あちこちのポケットを探りはじめた。「まさにそのとおりだな。『虎のほうが指を描きやすい』か。覚えておこう」マーガイルズは胸ポケットに万年筆を見つけ、手帳の隅に走り書きをした。

マーガイルズが万年筆のキャップを閉めたところで、わたしは言った。「わたしの質問にまだ答えてもらってません。あなたはDTSがピューの口を封じるためにプロの殺し屋を雇ったと、ほんとうに信じているんですか?」

マーガイルズは顎ひげを掻いてから答えた。「公判は三週間後に開始される予定だ。DTSを相手どった個人的権利侵害訴訟であり、グローリア・ブラーツィという女性の代理で連邦裁判所に提訴したものだ。われわれの要求は賠償額にして三百五十万ドル。もし勝訴すれば、ニューヨーク南部地区連邦地裁における判例をつくることになる。そのことが、ひいては被害を受けたほかの原告たちによる訴訟に道をひらき、長期的にDTSに何十億ドルもの賠償を科していくことになるのだ。

だが、さらに重要なのは、ピューの証言が記録事項になることなんだよ。その証言は今後の訴訟で、おそらく刑事訴訟においても利用されることになる。DTSが消費者をたばかる共同謀議をおこなっていたことを思いだしてくれたまえ。本質的には、DTSが犯したのは全米規模――いや、世界規模の過失致死罪にほかならない。

その共同謀議を隠しておくためであれば、連中は殺人をもいとわないだろう」マーガイルズはそう締めくくった。わたしはなにも言わなかったが、わたしの顔つきがなにか変わったにちがいない。一瞬考える間を置いてから、マーガイルズがこうつけくわえたからだ。「一度の勝訴がいかに広範囲に影響を与えることになるかをどうか理解してもらいたい」

「DTSは打撃を受ける」

「壊滅的となりかねない打撃だ。そしてこの話は金銭の問題だけではない。刑事訴訟の可能性に及んでくる話なんだよ。ひとつ例をあげよう――三年ばかり前に上院議会が煙草産業に対して公聴会をひらいたことはきみも覚えているかもしれない」

「覚えてます」

「DTSのマーケティングおよび販売担当執行副社長ウィリアム・ボイヤーが上院委員会に出席して、DTSはなぜ〈グローリー・ジュニア〉の含有ニコチン量を増加させたのか、という質問を受けた。ボイヤーの返答は『煙草の故郷ヴァージニアの味がするからです』というものだった。自分の会社は常習癖を助長する行為などいっさいおこなっていない、ときっぱり否定した」

マーガイルズは次の点をわたしがまちがいなく理解するよう身を乗りだした。「ウィリアム・ボイヤーは上院に嘘をついたのであり、ピューにはそれが証明できるんだよ。ボイヤーは七年間ピューの直属の上司だったんだが、その期間に交わされた会話には、ボイヤーがピューと研究開発部門に対し、〈グローリー・ジュニア〉を〝市場でもっとも効率的なニコチン配給システムにしろ〟と口に出して明確に指示していたのがなんと六回もあった。連中は〝投与量〟という表現をするんだ、コディアックさん。麻薬のように〝何服〟という表現を。

信じてくれたまえ、ピューは極度の危険に晒されている。われわれがいま話題にしているのは欲望に衝《つ》き動かされている連中であり、やつらは自分たちがそのすべてを失う瀬戸際にいるのを知っている。やつらは自分たちの利益を守るためなら人を殺す。どのみち五十年ものあいだ殺人を犯しつづけてきたんだ。やつらにとって殺人は身についた第二の天性なんだよ」

マーガイルズの電話がふたたび鳴った。受話器をとり、耳を傾けてから、あとにしてもらってくれ、と秘書に伝えた。

「困ったことになるかもしれません」マーガイルズが電話を切ると、わたしは言った。「トレントはジョン・ドウを阻止していません」

「きみがそのようなことを言うかもしれないと言ってたよ」

「トレントが?」

マーガイルズはうなずいた。「おそらくきみがわたしを困らせに来るだろう、と。負け惜しみだと言っていたな。これはそいつだろうか——負け惜しみ?」

「わたしはそうは思いません。ほかにわたしがなにをしそうだと言ってました?」

マーガイルズは考え深げにわたしを見やった。「さらに二、三のことを。きみが気にするようなことじゃない」

急に椅子のなかの自分が小さく感じられた。とほうもなく小さく。他人に蔭口を叩かれているのを知るのは、いつだって気持ちのいいものではない——話されていた内容が控えめに表現しても好意的なものでないと知るのは、ひどくいやなものだ。

「トレントはあなたの証人より、自分の評判を気にしているのかもしれません」わたしはマーガイルズに言った。

「たしかに強いエゴの持ち主だとわたしも思う。だが、これまでのところトレントがジェリーの身を守ってくれているという事実に変わりはない」

「そのままの状態がつづくことを祈ります」

「わたしもだ。ジェリーはいい男なんだよ。葛藤を抱え、罪悪感に死ぬほど苛《さいな》まれているが、芯は立派な人物だ。あの男は守ってやる必要がある。おそらく、雇われの殺し屋どもからだけではなく」マーガイルズは机の上の時計を見やった。ため息をつく。「残念だが、きみに差しあげられる時間はここまでのようだ。かたづけなきゃならん仕事があってね。ジェリーの最初の証言録取があしたはじまるんだ」

「幸運を」腰をあげながら、わたしは言った。

マーガイルズも立ち上がった。「そいつはぜひ必要になる。ここしばらく相手側はジェリーに訊問する気がないように見えたんだが、それが事務上のミスだったと判明してね——向こうの秘書が意思通知の提出を忘れていたらしい。第一審裁判所判事に開示手続期間を再開してもらわなければならなかった」

マーガイルズが手を差しだし、わたしはその手を握った。弁護士はドアまで送ってくれた。

「来てくれてありがとう」マーガイルズは言った。「きみの言っていた件はじっくり考えてみる」

「トレントからいろいろ聞いているというのに？」

「トレントはきみのことを危険で暴力的で無能だと言っていた。きょう話をしていて、そんな様子はかけらも見あたらなかったよ」

「もっとつきあってみるまで判断は見合わせたほうがいいですよ」

10

ニューヨーク市とウェールズのヘリフォードとでは、五時間の時差がある。自宅の時計でみると、ダイヤルしはじめた時点で、英国では夜の七時を過ぎたばかりということを意味していた。わたしが連絡をとろうとしている相手がつかまらない可能性はおおいにあった――その男が黒一色に身を包み、一兵士として、どこかの暗闇を這いまわっている可能性はおおいにあるのだ。わたしが連絡をとろうとしている男はSASの軍曹であり、静かな生活を送っているような輩《やから》ではなかった。

四回の呼びだし音の後、電話がつながった。受話器があがる際に笑い声がし、グラスを合わせる音が聞こえてきた。「ヘリフォード3338番、もしもし?」

「ロバート? アティカスだ。ニューヨークのアティカス・コディアックだ」

「これはこれは、きみがだれであるかは嫌というほど知ってるとも」ロバート・ムーアが言った。「このろくでなしめ。わたしが覚えてないとでも思ったのか。あの子はどうしてる?」

「エリカは元気だ」

「父親のほうはとうとうくたばったと聞いたが」

「四月に」わたしは言った。

ロバート・ムーアはわたしの言葉を受けとめたしるしに、ひとこと唸った。「それで、電話をかけてきた理由は？　休日にこっちへ来ようと計画してるわけじゃなかろう？」

「いまのところその予定はない。ちょっと情報が欲しいんだ。そいつを手に入れてくれることができそうな人間は、あんたしか思いつかなかった」

「ははあ、頼みごとというわけか。さもありなん」

「そうなんだ」

「ちょっと待ってくれよ」受話器からの音がふいに不明瞭になったが、とっとと全員この部屋から失せろ、とムーアが怒鳴っているのは聞こえた。「ほい、これでよしと」

「まずいときにかけたかな？」

「パーティーだ」

「なんの？」

「理由なんて要るのか？　で、欲しいものとは？」

「あるプロの暗殺者について、なんでもいいから情報を教えてほしい。暗殺者の仮の名は、ジョン・ドウだ。〝テン〟のひとりだと言われている」

「おいおい、小さい獲物を追わないやつだな、きみは？」

「そいつを知ってるのか？」

「評判を聞くだけだ」ムーアは言った。「それも剣呑《けんのん》な評判をな」

「そいつについて教えてもらえることはあるだろうか？」

「あまりない。ほかになにか教えられることがないか、あちこち訊いてまわってからあとで連絡しよう。それでいいか？」

「そうしてくれるとありがたい」

「なにか手に入りしだい電話する」


エリカは夜を家で過ごすと決めていたので、われわれはピザを注文し、いっしょにしばらくテレビを見た。それからエリカは〝仕事にもどる〟ために自室に姿を消した。ドアはあけたままにしていったので、キーボードが不規則な間隔を置きながらかちゃかちゃ鳴るのが聞こえた。

ムーアがわたしの訊ねた答えを探しにかかるのは、きっと向こう時間での明朝になってからだろう、とわたしは踏んでいた。電話が来るまで起きていようとしても意味はない。マーガイルズと会って話した結果、ピューが真正の危険に晒されていると前以上にはっきり思うようになった。なぜだかわからないが、脳味噌の奥がむずむずしていた。たぶんあの弁護士の口にしたなにかが原因だろう。

真夜中少し前にエリカは部屋から出てくると、リビングのみすぼらしいカウチの上で読書しながら音楽を聴いているわたしを見た。カウチはこのアパートメントについていたもので、以前の住人が使ったなかで唯一生き残った品であり、不恰好で古くさかった。しかし、とても坐り心地のいいカウチでもあり、いまだに残してあるのはそのためだった。

エリカは小首を傾げてしばらく聴いていて、やがて訊いた。「スタン・ゲッツ？」

「デクスター・ゴードンだよ。だいぶ聞き取れるようになってきたな。どちらもサックス奏者だ」

エリカは髪を撫でつけ、それから訊いた。「コーヒーを淹れたら、少し飲む？」

「きみが淹れるんならもらおう。もうしばらく起きてるつもりだ」

「あたしも。調子が出てきたんだ」

「仕上がったら読ませてもらえるかい？」

「だめ」エリカはそう言うと、キッチンに向かった。


わたしの弁護士であるミランダ・グレイザーという女性の夢を見ていると、電話で起こされた。ミランダは辛辣で、美人で、このうえもなく頭が切れ、いつも適切な助言をしてくれる。夢のなかでミランダはわたしに、司法取引に応じて罪を白状しなさいと勧めていた。なんのことなのか思いだせず、自分がやったかどうかもよくわからない罪について白状しろ、と。ミランダはわたしがどんな犯罪をやらかしたのか教えてくれず、「向こうは証拠を握ってるのよ、アティカス。山のような証拠を握ってるの」と、ひたすら言いつづけていた。

部屋のなかは暗く、気がつくとまだわたしはカウチの上にいた。起きあがったとたん、空っぽのマグカップを壁に蹴り飛ばしてしまった。エリカの部屋のドアの下から漏れてくる明かりはなかった。

「きみはわたしのお気に入りで運が良かったぞ」わたしが受話器をとると、ムーアが言った。「普段はだれかが電話してきたくらいで、夜の予定をキャンセルしたりはしないからな」

「いま何時だい?」わたしはもごもごと訊ねた。空は夜明けの兆しを見せている。

「十時半だ、こっちは」

わたしはスイッチを探り、光に目を射られて顔をしかめ、また消した。

「金鉱を掘りあてたぞ、相棒」

「話してくれ」

ムーアは咳ばらいをした。「よろしい。では、これからわたしの話すことはすべてオフレコだからな。大半は外務省にいる知人を通じて得た情報で、その知人はそいつをＭＩ６にいるだれかから入手している」

「わかった」

「ほぼすべて表向きには確認されていないものばかりだ。いま話題にしているのは〝テン〟であり――ともかく、そのうちのひとりであり――となれば確実な証拠はほとんど存在しない。わたしが得た情報も、主に諜報がらみのゴミ――噂、状況証拠、密告者の話――にもとづいている」

「先に言い訳してるんだな」わたしは言った。

ムーアがくすりと笑った。少なくとも笑ったとわたしは思った。また咳ばらいをしたのかもしれない。「わたしはただ、これから話すことはどれも絶対的真実《ゴスペル》として受けとってもらいたくないだけだ」

「まず事実から話してくれよ」

「公式にドウによるものとされている最初の暗殺は、およそ五、六年前、レーダーにかかった。米国の麻薬取締局《DEA》がラオスでアヘンの密売人の一団をパクったんだ。逮捕者の一人が寝返って、関わった者の名前や日時をべらべらしゃべりはじめ、その話の途中で、そいつはウォ・シンジケートとのもめごとの解決をはかるために、契約殺人のプロを雇ったことを漏らした。どうやら利益の分配でいざこざがあったらしい」

「よくある話だな」わたしはふたたび明かりのスイッチを入れた。テーブルの上にメモ帳とペンがあった。エリカやわたしが買い物の際に忘れたくないものがあるとき使うためのものだ。わたしはそちらに手を伸ばした。

「かくも高潔にして思いやり深き麻薬密売人どもよ」ムーアが相槌を打つ。「ラオスではだれもその仕事を請け負いたがらなかった——トライアッド、つまり中国人秘密結社三合會のいずれかにたててつくことにでもなったらたいへんなのは、きみも知ってのとおりだからな

──そこで連中は海外に目を向け、どうやらヨーロッパでウォ襲撃を引き受けるプロを見つけたらしい」

「DEAは、それを全部確認したのか?」

「DEAが調べてみると、驚くなかれ、密告者の話で暗殺契約が交わされたとされる時点から二ヵ月後、ウォ・シンジケートのルイ・スンユーが香港の港でヨットを浮かべていたところ、頭部に弾丸を喰らった。ルイはそのとき後甲板で日光浴をしていた。DEAの押さえている男は、狙撃が九百メートル離れた地点からおこなわれたと言っているが、香港警察は五百メートルぐらいからだと考えている」

「くそっ」わたしは毒づいた。半キロ先から命中する頭部狙撃など考えるだに恐ろしいが、それすら低く見積もっての距離だというのだ。つまるところ、ピューはドアから一歩も外に出られないということだった。それほど離れたところから命中させられるスナイパーが相手では、警護の手だてなど無いも同然だった。

「そうだ、どちらの数字を信じるにしろ、笑いごとではない」ムーアは言った。「DEAの密告者は、自分の依頼した殺人契約にまちがいないと断言している。むろん、香港警察が確証を求めて動いたところで、はっきり言えるのはルイ・スンユーは正真正銘死んでいる、ということのみだろう。事件はインターポールやCIA、FBI、そしてわれわれにも伝達された。ほんのしばらくの間はなにも起こらなかったが、やがてスコットランド・ヤードがべニー・ハリスン暗殺事件を解決した。その事件のことは覚えてるか？」

ベンジャミン・ハリスンは英国インターナショナル石油社の最高経営責任者で、六十代でありながら二十代のような生活を送っていた。ハリスンは三年ほど前にコーンウォールで休暇中に亡くなった。滞在していたスイートルームにあった電話が、かけている最中に爆発したのだ。当初、この暗殺はテロリスト、おそらくはIRAの仕業であろうと見られていたが、警察はしぶとく捜査をつづけ、最終的に逮捕したのは四十年連れ添ったハリスンの妻、キャサリンだった。キャサリンは殺し屋を雇ったことを自白したが、その殺し屋がつかまることはなかった。

「それがドウだったのか？」わたしは訊いた。

「ある主任警部がキャット・ハリスンの口座をいくつか見てみたところ、多額の金が動かされていることに気がついた。夫人を連行して訊問してみると、自白に至ったわけだ。キャサリンが契約料を口にすると、その主任警部は飲んでいた紅茶を相手めがけて吹いてしまったそうだ。なんと百五十万ポンドだぞ。そこで全員が坐り直し、しかと注目したわけだ。こいつは月並みな殺し屋とはわけがちがう、とな」

「その額ならたしかに並じゃないな」わたしも同意した。アメリカには、だれかの膝を撃ち抜いてもらう費用よりも安い金額で殺し屋を買える場所がいくつもある。殺人の場合は被害者が生きてこちらに不利な証言をすることがない、という理屈だ。最近耳にしたところでは、千ドルにプラスマイナス二ドルの誤差程度で他人の死を買うことができるらしい。

「スコットランド・ヤードは暗殺者の捜索に六ヵ月を費やしたが、収穫はカリブ海の三つの銀行に宛てた電信振込記録だけで、口座はいずれもその送金を境に閉じられていた。ほかの収穫は皆無だ。照合してみたところ、キャサリン・ハリスンの用いていた接触と採用の手順が、ラオスの麻薬密売人のものとほぼ同一であることが判明した。結論――ヤードが追っているのは同一の暗殺者であり、その殺し屋は何者でもあり得る。かくしてスコットランド・ヤードのうぬぼれ屋がその謎の男をジョン・ドウ（身元不明人）と呼びはじめ、以後それが定着したというわけだ」

「ほかには？」

「モサド（イスラエル秘密諜報機関）によれば、雇われの暗殺者がトルコの裁判所の首席判事の口を封じたそうだ。モサドはそいつがハリスンやスンユーを殺した人物と同じであると考えているが、その根拠はあきらかにしようとしない。どうやら判事閣下は、トルコに潜伏していたイスラム聖戦機構のメンバー三人を裁判のためイスラエルに引き渡す件に同意したあと、突然の死を迎えることになったと見られる。五十七歳、死因は呼吸停止のみで、自宅にて死亡。同意の決定を下した一週間後のことだ。解剖ではなにも犯罪をにおわすものは見つからなかったが、あまりに都合がよすぎる。

それから、エルサルバドルのコロンビア革命軍《FARC》のメンバー四人が、修道院の外で足から逆さ吊りにされているのが見つかった、というのがある。その修道院では、事件の四ヵ月前に三人の修道女がレイプされて殺されている。噂では、近隣国の麻薬カルテルに所属する敬虔《けいけん》なメンバーが、おのれのカトリック信仰を真摯《しんし》にとらえ、FARCはみずからの命を持って悔い改めるべきと感じた、とのことだ。さらに、タイにおける売春ビジネスを調査していた国際赤十字のある調査員の件もある。調査員の首はジュネーブの赤十字本部に送りつけられた」

「パターンがないな」

「〝テン〟の一員だからな」ムーアは言った。「行動を読まれるような真似はしない。あと二つある。聞きたいか?」

「つづけてくれ」

「去年、ニク・アーンゼンという名のアメリカ人武器商人が、レッドマーキュリー(旧ソ連開発の高性能放射性物質。実在しないと噂されている)の輸送にからんでシリア人をだました。百万ドルの手付けを受け取ったうえで、送らなかったんだ。この武器商人は、パリからカンヌに向かって車を走らせていたところ、乗っていたポルシェが突如ロケットと化し、南仏の土地一帯にその体を吹き飛ばされる羽目になった。目撃者の話では、爆弾が炸裂した瞬間、車はおよそ六メートル飛びあがったそうだ」

「ひどいもんだな」

「待った、つぎのがわたしのお気に入りだ。『ハード・ロウ2』撮影中のデイヴィッド・マコーマックの事件」

「それなら捜査がおこなわれて、自殺ということで決着したはずだ」わたしは言った。マコーマックは六ヵ月前、空砲が装塡されているはずだった小道具の銃でみずからの頭部を撃ち抜いたのだ。「あの俳優はしばらく前からセラピーにかかっており、リハビリ施設を出たり入ったりしていた鬱病の大金持ちだ」

「あの映画にもその頃にはすでに一億ドル近くの金が投じられていたんだ」ムーアは言った。「撮影所はすべて回収不能となりかねない状況に直面していた。そんなとき、マコーマックが死に、ロンドンのロイズ保険が撮影所に一億五千万ドルに近い金をすぐに支払ってくれることになった」

わたしはキッチンテーブルの下から椅子を引きだして腰をおろした。太陽が昇りかけ、光が部屋に射し込みはじめていた。スイッチを切って、頭上の明かりを消す。

「聞いてるのか?」ムーアが訊いた。

「考えてるんだ」わたしは言った。

「これらを結びつけているものは、大半が情況的な事柄でしかない」

「ドウ個人についてはどうなんだ?　なにもわからないのか?」

「せいぜい推測できるのは、やつが白人であること、ヨーロッパ系で、おそらくは元ソビエト連邦の出身であること、四十代前後であることくらいだ。壁の崩壊以来、KGBは秘密裏におこなわれている闇の作戦活動について以前より口をひらいてくれるようになってきたが、この男が自国の人間であるとは認めようとしない。ドウは下調べに助手を使うという噂だ。DEAの密告者もキャット・ハリスンも、殺害の計画段階では毎回違う人間がコンタクトをとってきたと言っている。ハリスンは男ひとりに女ひとりだったと断言し、DEAのやつは男ふたりだったと言っている。モサドは女ふたりであると考えているが、さっきも言ったように根拠を明かそうとしない」

「人相は？　写真は？」

ムーアは声を立てて笑った。

「すると、記録上、ドウと顔を突きあわせた人間はだれもいないということか？」

「だれもそうと認めないいんだよ。わたしだって認めないだろう。警察にドウがどんな声だったか話すのさえ腰が退けてしまうだろうな。やつがもどってきて、わたしを撃ち殺そうと判断するかもしれんのだから。わたしが証人であるとドウに勘違いされるのは御免こうむりたい」

「あんたならやつを仕留められるだろうが、ロバート」

こんどはムーアの笑い声が衛星経由ではっきり聞こえ、まるで隣の部屋からかけているようだった。「で、きみはその男に立ち向かおうというのか？」

「おれじゃない」わたしは言った。「知り合いのある人物さ」頭のなかは、またしてもある考えをたどろうとしてざわついていた。

「やめておくように友達に伝えるんだな。こいつは緻密な仕事だ。われらが殺し屋どのが二発目の弾を撃つ羽目になったことは、かつて無かったと思う。じゃあ、これでいいか？」

「ああ」と、いったん答え、それからつけ足した。「なあ、ロバート、証言録取についてなにか知ってるか？」

「皆目知らんね、相棒。元気でいろよ。あの子によろしく伝えてくれ」

わたしは電話を切ると、メモ帳を持ってカウチにもどった。ムーアは多くのことを教えてくれたが、それでいてなにも教えてはくれなかった。ジョン・ドウという名の暗殺者はまちがいなく存在する、とムーアは言った——それはすでに知っていた。わたしはまちがいなく憂慮すべきである、とも言った——すでに憂慮している。

ムーアが伝えてくれた情報について、メモを見ながら考えた。緻密、とムーアは言った。そして計画、とわたしは思った。大量の計画。ムーアが聞かせてくれた殺しのなかに、簡単にできる仕事はひとつとしてなかった。どれも時間が要求される——標的を観察し、標的の動きをたどり、殺害に必要とされるものを作成または購入するための時間が。武器商人、トライアッドのメンバー、裁判官、俳優——いくつもの噂によって、その噂のみによって、死後にリンクされた犠牲者たち。

一貫性がまったくなかった。ひとりの暗殺者の仕業であるかもしれない。もしくは七人の。判断する術《すべ》がまるでないのだ。手口にはありとあらゆるものがあったが、そのことにもなんら意味はなかった。人はさまざまな理由で殺し屋を買う――通常は金、復讐、セックスのビッグ・スリーだ。メッセージを伝えたい場合もあり、ＦＡＲＣのメンバーたちをみずからの犯した犯罪現場の外に吊したり、よけいなくちばしを突っこんだ相手から厄介者はおよびでないと反感を買われた男の首が郵送されたりするのはこれにあたる。ときにはたんなるビジネスのこともある。車の下に爆弾を仕掛けるのは、取引を清算するためのきわめて簡潔な方法だった。

だがいま、はっきりわかっている事実がひとつだけあった――ジョン・ドウが足取りも軽くオルシーニ・ホテルに入り、プールじゅうに弾丸を撒き散らしはじめることは、断じてあり得ないということだ。その襲撃が精緻さに欠けるからではなく――ドウは都合に合わせて、巧緻な策を採ったり採らなかったりし得る――その襲撃が賢明ではなかった、ということだ。ドウなら下調べをおこなったはずだ。ジョン・ドウなら、撃とうとしている相手が、金をもらって殺そうとしている当該人物にまちがいないことを、かならずたしかめていたはずなのだ。

オルシーニ・ホテルで死んだのがだれであったにせよ、そいつはジョン・ドウではなく、ただのダミーだった。トレントとそのダミー・ガードを喜ばせるために贈られた替玉暗殺者《ダミー・アサシン》。

より大きな計画――センティネル側の守りのレベルを下げさせる計画の一部だったのだ。

そしてその計画は成功し、いま、ジョン・ドウがジェレマイア・ピューを殺しに向かう道はひらかれていた。

11

わたしのアパートメントからミランダのオフィスまでは、歩いて二十分で行くことができる。ブロードウェイが五番アヴェニューと交差し、フラットアイアン・ビルが二十三番ストリートに華麗なへさきを突きだしている場所の南側だ。途中マディソン・スクエア・パークを突っきり、市《まち》のあちこちの公園で楽しい夏のひとコマを撮影している映画クルーを避け、ウィリアム・ヘンリー・スーアード像のそばで信号待ちをした。〝スーアードの愚行〟、すなわちロシアからアラスカ領買収を行ったことでとりわけ有名なニューヨーカーを尊ぶ像だ。スーアードの鼻にだれかがチラシを貼りつけていたが、鼻が地面からゆうに三メートル半を越える高さにあることを考えると、みごとな偉業である。チラシは金曜の夜にウエストサイドのミートパッキング地区でひらかれるレイヴ・パーティーの宣伝だった。わたしは遠慮させてもらうことに決めた。

ミランダの職場であるフェレンツォ、ドゥーリトル&グレイザー法律事務所に到着したとき、わたしの時計は十時を過ぎたばかりであると告げていた。受付デスクにいる男の前にわたしは立った。男は若くて身だしなみがよく、「グレイザーさんにお会いしたい。コディアックと申します」と言っても、作業から顔を上げなかった。

「ミズ・グレイザーはただいまたいへん多忙ですので」

「わたしが来ていることを伝えてもらえませんか。ほんの二、三分で済みますから」

受付係はしげしげとわたしを観察してから、人工的な笑みを発動させた。「お役に立てるか確かめてみましょう」そのセリフもやはり人工的に聞こえた。

「ありがとう」わたしは待っているほかの依頼人たちに混じって受付エリアの席についた。七人の人間が椅子やカウチに坐っており、そのうち二、三人はさまざまな雑誌の旧刊を読んでいた。わたしは三年前の《タイム》を見つけだした。

十五分かかったが、ようやく受付の仕切りの脇にあるガラスのドアがあき、ミランダ・グレイザーが首を突きだしてわたしの姿を捜した。ミランダは三十二歳で、ほっそりしており、ショートの黒髪に大きな茶色い目をしている。きょうはじめて気づいた——無声映画のスター、ルイーズ・ブルックスに驚くほど似ている、と。ミランダはスラックスとブラウスを身につけ、ファイルの束を片手でしっかりと胸に抱いていた。わたしが手を振ると、ミランダは空いた手で手招きをした。

「だれか殺した？」

「おはようの挨拶をきみにも返そう」わたしは言った。

「たしかめただけよ。ついてきて、ささっと済ませましょう。二十二分後には裁判所にいることになってるの」

そう言うと同時に、ミランダは廊下を進みはじめた。追いつくには、駆けださなければならなかった。「質問があるんだ」

「前回の請求書の件？　あれは思ったよりも――」

「ちがうちがう、請求書は問題ないし、もう払ってある。きみに証言録取について説明してもらいたいんだ」

ミランダは自分のオフィスのドアを蹴りあけ、机にファイルを投げだした。机上のファイルにさらなるファイルが加わったことで、いっときの雪崩《なだれ》が生じ、それが終わるとミランダは悪態をつきながら、床にしゃがんで書類を集めた。

わたしも手を貸そうとしゃがんだところ、ミランダに断られた。「なにも触らないで。どうして証言録取のことが知りたいの？」

「学問的な好奇心さ」

「図書館には行けないってわけ？」ミランダは不満そうに言った。「証言録取。証言録取とは、相互の開示手続のため、公判に先だって証人による証言の記録保存をするためにおこなわれる」

「というと？」

「双方の弁護人は、法廷に入る前に、それぞれ相手方の証人に対して反対訊問をおこなう機会を得られるの。ミニ裁判みたいなものね。テレビドラマの〈弁護士マトロック〉と現実を分かつのがそれよ。証人リストに秘密の切り札が加わることもなければ、ペリー・メイスンのどんでん返しもない。両当事者は、法廷で自分たちが立ち向かうものがなんであるかを知ってるわけ」

「で、それはつねにおこなわれるものなのか？」

ミランダは深くため息をついた。「もしあなたに裁判で使おうと考えている証人がいるとすると、開示手続期間のあいだに、相手方にその情報をあきらかにしなければいけない。じっさいに証言録取を求めてくるかどうかは相手次第よ。要求が出されたときには、かならず応じなければならない。そうしなかった場合、相手方は判事のところに出向いて、簡単に言うと、あなたが開示手続中に情報を隠匿《いんとく》した、と申し立てることができる。その場合は通常、判事があなたの証人の証言を禁じるという結果になる。そういうわけで証言録取はできるかぎり速やかにおこなわれる」

「いつ？　厳密には？」

ミランダは書類の束を床でとんとんと揃えて立ち上がり、机の上に置きなおしてから、椅子に載せてあった弁護士用ブリーフケースに手を伸ばした。

「開示手続期間が終了する前に。通常は、審理がはじまる六十日前」

「三週間じゃなくて？」

ミランダは苛立たしげな視線をわたしに投げてよこしてから、ブリーフケースにあらたなひと揃いのファイルを詰めこみはじめた。ブリーフケースは古く、すりきれた茶色の革製だった。「なんらかの手違いでもないかぎりはね。開示手続は終わったら終わりなの。期間を再開することができるのは事実審判事だけで、それも特別な状況に限られる」ミランダはブリーフケースをカチリと閉じた。「質問はそれだけ？　ほんとにもう行かないと」

「もし証人が死んだらどうなる？」わたしは訊いた。

その言葉がミランダの関心を惹いた。片方の眉毛をあげて、不審そうにわたしを見る。

「厄介ごとに巻きこまれてるの？」

「証人が死んだらどういうことが起こる？　証言録取がおこなわれたあとで」

「証人が双方の弁護人による適切な証言録取を済ませていれば、なにも起こらないわ。証言録取によって保証されることのひとつは、そこでの証言が法廷で審理される、ということなの」

「死んでしまった場合でも？」

「とくに死んでしまった場合に。まず第一に証言録取をおこなう理由のなかで、かなり気の滅入るもののひとつがそれね」

まるでレンガで頭を殴られたようだった。ただし、その衝撃を感じたのは頭より腹のほうだったが。

アティカス、おまえは愚かだ。つくづく愚かな男だ。

DTSの弁護士たちがピューの証言録取を急がなかったのは、ジョン・ドウに仕事をする時間を与えていたからだ。事務的な手違いというのは、仕組まれたものだったのだ。マーガイルズはピューがきょう、はじめて証言録取を受けると言っていた。だが、ピューの証言録取がきょうであるなら、ピューが口をひらく前に息の根を止めなければならないということだ。問題は裁判ではない。少なくとも裁判だけではない——重要なのは証言録取だ。ドウはいかなる場であれピューが証言するのを事前に阻止しなければならない。

ドウはきょう、ピューを殺さなければならない。

「電話を使わせてくれ」そう言ったときには、すでに手を伸ばしていた。

「ええ、どうぞ、気がねなく」

わたしは手帳を引っぱりだし、マーガイルズの番号を見つけた。ミランダは机から一歩離れて場所をゆずり、興味と懸念と苛立ちの入り混じった目でわたしを見ている。少なくともそこには興味と懸念が含まれている、と思いたかった。

「マーガイルズ、ヨネムラ&ディフランコ法律事務所です」受付嬢が言った。聞き慣れない声だ——あの元気のいい受付嬢は休みをとっているのだろう。

「レスリー・マーガイルズさんを頼みます」わたしは言った。「緊急の用件です」

「申し訳ありません、ミスター・マーガイルズはただいま証言録取の最中でして」

「わかってます。でも、急ぐんです」

「電話には出られませんので、申し訳――」

「そこにいるんですか？　証言録取はそこで開かれてるんですか？」

「そういった情報を口外してはいけないことになってるんです。お名前と伝言をおっしゃっていただければ、かならずお伝えいたしますので」

「ニューヘーヴンからかけてるんですよ。奥さんとヒラリーのことで」

電話線の向こうの声が三オクターブ高くなり、音量が半分に下がった。「なにかあったんですか？」

「事故が起きたんです」

「まあ、なんてこと」受付嬢は言った。「待って……レイミア＆ブラックマン法律事務所にいますわ。オフィスがあるのはチェンバース・ストリートです」受付嬢は電話番号を教えてくれた。「証言録取は十一時にはじまる予定ですが、もう着いているはずです」

わたしは電話を切り、ふたたびダイヤルし、時計をたしかめた。十時三十七分。二回鳴った後に応じたのはボイス・メールで、回線はすべてふさがっていると告げられた。そのまま待ち、ミランダに電話帳を貸してくれと頼む。

「なにを探そうとしてるの？　なにが起こってるの？」

「レイミア＆ブラックマン法律事務所の住所が要る」

「どっちの事務所？　あそこは市内だけでも二ヵ所の事務所を持ってるわ」

「チェンバースにあるやつだ」

ミランダはわたしの脚を迂回して机のひきだしに手を伸ばし、ベル・アトランティック社の最新版電話帳をとりだした。わたしはそれをひったくり、破るようにページを繰りはじめた。電話に流れていたメッセージが終わって、別のメッセージが割って入り、もうしばらくお待ちください、と告げた。わたしは目的の住所を見つけ、そのページを破りとり、ミランダに受話器をほうった。

「だれかが電話に出たら」わたしは言った。「証言録取を中止して、ピューを至急そこから連れだせと伝えてくれ。ピューの命が危ないと言うんだ」

ミランダはわたしを、まるでいきなり服を脱ぎ捨てて、尖《とが》った尻尾《しっぽ》と蹄《ひづめ》を露わにしたかのように見ていた。「あなたのことはなんて伝えるの?」

「空を飛んでいけなくて悔しがってたと言っといてくれ」わたしは駆けだした。

運のいい日でも、いまわたしのいる十番台ストリート界隈からチェンバース・ストリートに行くのにおよそ三十分はかかる。それも車の流れが味方をしてくれたらの場合であり、英語のわかる運転手にあたればの場合であり、タクシーをつかまえられればの話だ。

そんな時間は、わたしにはなかった。

わたしはミランダのいるビルのロビーを蹴って、五番アヴェニューに飛びだし、どのルートでいくか頭をしぼり、七番アヴェニューめざして西に進もうと決めた。時刻は午前十時四十二分で、通りでは仕事用の車の群れがいがみあっていた。一台のバイク便と、配達用バンと、へこんだジャガーをかわし、十六番ストリートに走りでる。渡ろうとすると黒のサターンが発進しかけたので、わたしはその上を乗り越え、スニーカーのいかした足跡をボンネットに残して、十八番ストリートの角に着地した。だれかがスペイン語でわたしのことをくそったれと呼んだ。通行人は道をあけ、だれかに追われているのかと、わたしのうしろを見た。だれもわたしを止めようとはしない。なんたって、ここはニューヨークだ。

六番アヴェニューに到達するころには、すでに汗だくだった。信号はこんどは味方をしてくれ、わたしは十代のガキどもを蹴散らしながらひた走った。ガキどもが悪態をつく。わたしは無視した。残り一ブロックとなり、次の段階が楽になることを祈る。両脚のすねが痛い。

七番アヴェニューで、道の端に沿って南に走りはじめ、車の波に目を凝らし、タクシーに手を振った。ここからはチェンバースまで一直線、二点間の最短距離だ。通りの車は混んではいるが流れていた。四台のタクシーが通過していった。二台は賃走中で、二台は目にしたものが気に入らなかったらしい。わたしは走りつづけた。

十二番ストリートを越えたところで、一台のタクシーが客をおろしていた。背中の曲がったヒスパニックの女性で品物を入れた網の袋をふたつ提げている。女性が運転手に料金を払っているあいだに、わたしはなかに飛び乗った。

「チェンバース」ほとんど叫んでいた。「七番をひたすらまっすぐ、それも全速力で頼む」

運転手は白人で太っており、リアビューミラーでわたしを見た。わたしは仕切りの防弾ガラスにのしかかるように身を乗りだした。

「はやく出してくれ！」

運転手がどんな瀬戸際で迷っていたにしろ、わたしの怒鳴り声がその背中を押した。アクセルを踏みこみ、車の波にタクシーを強引にもどす。空いた手でメーターをスタートさせてから、背を丸めて周囲の車に神経を集中させた。

「なにかから逃げてるのかい、なにかに向かってるのかい？」運転手は東欧の訛《なまり》があった。ウクライナ人かもしれない。

「向かってる」呼吸を整えようと努めながら、わたしは言った。「断然向かってる」

運転手はふたたびこちらをちらっと見やり、わずかに速度をあげた。わたしには充分な速さではなかったが、口をつぐんでおいた。これはリスクだ――自分の移動を完全に赤の他人の手にゆだねてしまった。走っているときも無力感はあったが、少なくともそのときは、自分がなにかをやっていると感じていられたのだが。

キング・ストリートを走り抜けると同時に、わたしの時計がカチリと十時五十分を指した。財布を引っぱりだして、十二ドルしか現金がないことに気づく。七番アヴェニューがヴアリック・ストリートと名前を変え、林立するビルの隙間に世界貿易センターが見えてきた。数珠つなぎの赤信号にひっかかり、車線変更で別のタクシーと喧嘩になる。わたしは腕時計を見たくなる衝動を抑えつけた——どれだけの時間を無駄にしていようが関係ない。いま、わたしにできることはなにもない。

証言録取がどのようにとりおこなわれるのか、どちらの当事者がいつ到着しなければならず、いつその場にいなければならないのか、わたしは知らなかった。モウジャーにほんのわずかでも分別があれば、ぎりぎりまでピューを連れてこず、危険に晒される機会をとことん最小限に留めておくだろう。ヨッシはすでに現場一帯の全面点検を済ませているはずだ。外まわりも各道路も進入退出ルートも。内部のセキュリティはモウジャーとトレント率いる先遣チームによって手配されているはずだった。

タクシーは合流地点でウエスト・ブロードウェイに乗り入れ、そのときふいに理性がわたしの頭を蹴りとばした。いったいおれはなにをやってるつもりだ？　現場にはすでに少なくとも二十人のボディーガードがいるはずだ。センティネルのプロ集団が。トレントはこのために多大な努力をはらってきたのであり、わたしもそれを知っている——ひとつでも脅威が存在すれば、すでにだれかが見つけているだろう。ピューはだいじょうぶだ。きっとだいじょうぶでいてくれる。

コンソリ《コ》デーテッド《ン》・エジソン・オブ《エ》・ニュー《ド》ヨークのトラックがチェンバース・ストリ

ートの角の路肩に停まって、地面に点検用の格子枠をはめていた。往来の車は作業員を避けて徐行している。わたしの運転手は割りこんですり抜けようとしたが、茶色い制服のメトロポリタン交通局《MTA》職員が手を振って下がらせた。

「ここでおりる」そう言ってわたしは、なけなしの十二ドルを脇の坐席に投げ、ドアから飛びだした。

さらに走る。右へ、西に向かって。わたしに道を譲る人々が、ビジネス用の衣服に身を包んだ男女に替わった。スーツ姿の一団がチェンバース・ストリート478番地正面の回転ドアのそばにたむろし、全員が携帯電話を耳にあてていた。わたしは一団のあいだを強引にすり抜け、ビルに入った。

守衛デスクとは逆側の奥の壁に、ガラスケースに収められた案内板があった。レイミア&ブラックマン法律事務所は二階だ。ロビーの時計はきっかり十一時であることを宣言していた。わたしにはエレベーターと階段の選択肢があった。階段に向かうと、デスクの守衛が止まれと叫んだ。階段に通じるドアを思いきりあけて、そのまま進んだ。

階段の上がり口には私服のボディーガードがおり、わたしの姿に驚いた。そいつはあとじさりながら、無線呼びだしと武器呈示を同時にやろうとしていた。

「証言録取だ」わたしは相手に怒鳴った。「証言録取はどこでやってる?」

「三階だ」ボディーガードが答え、わたしは自分の怒鳴っている相手がラングであることに気づいた。ラングは拳銃に手を伸ばすのをやめていた。

「襲撃《トライ》があるぞ」わたしはラングの脇を抜け、すばやく階段をあがった。「みんなに連絡しろ」

ラングが無線に呼びかけはじめた。足の下で、ロビーとつながるドアが再度大きくひらく音と、さっき無視したデスクの守衛の猛り狂った怒鳴り声が聞こえた。ラングがなにか怒鳴りかえし、ふたりともあとを追ってきているようだったが、そのときにはわたしはすでに三階に着き、廊下に出ようとしていた。

連中を見つけるのは簡単だった。平服姿の数人のボディーガードが廊下の突きあたりにかたまっている。通路に足を踏みだした瞬間、いま通ったドアに配備されていたボディーガードに両腕をつかまれたが、わたしはそいつを振りきってまた走った。男は止まれと怒鳴った

——おあいにくさまだ。

「味方だ、味方」大声でそう叫びながら、わたしは両手を高く掲げて廊下を進んでいった。ボディーガード集団は各自武器を抜いていた。モウジャーはでかい黒のベレッタでわたしを狙っている。やつなら何発かぶっ放してくるかもしれない、とわたしはなかば覚悟していた。

「撃つな」モウジャーがほかのメンバーに命じた。「こんなところでいったいなにをしてるんだ、コディアック？」

連中が警護している部屋は、幾枚ものガラスの壁で廊下に面しており、まるで金魚鉢を思わせた。内部《なか》に堂々たる長方形のテーブルが見え、そこにピューとマーガイルズと、ほか三人が坐っている。ピューは端近くに坐り、マーガイルズがその左側、ラップトップ・コンピュータを持った別の男が右側に坐って、コンピュータは三脚に据えた速記タイプ機《ステノタイプ・マシン》に接続してあった。ステノタイプ・マシンは大型のキーがついた奇妙なタイプライターのように見え、ちょうど用紙を吐きだそうとしていた。トレントはピューのうしろで壁を背にして立ち、腕を組んで監視している。テーブルの反対端には、スーツ姿の男女が坐っていた。奥の壁は一枚の大きな窓になっており、チェンバース・ストリートの様子が眼下にうかがえた。

「あの男をそこから連れだせ」わたしは言った。

「まさか。もうはじまるところだ」モウジャーは武器をホルスターにおさめ、背中をドアにつけた。

「バカ野郎」わたしは怒鳴った「ピューをそこから出すんだ！」

その声が金魚鉢のなかにいる全員の注意をひいた。わたしはノブに手を伸ばしたが、モウジャーがその手首をつかみ、ややこしいマーシャル・アーツの関節技をかけようとした。わたしは空いている手でモウジャーの顔面を殴り、腹に膝を叩きこんだ。モウジャーは体を折って手を離した――わたしは前からどかせるついでに、脇に立っていた三人のボディーガードめがけてモウジャーを突き飛ばした。

トレントはわたしをねめつけており、まだドアも通り抜けないうちから、出ていけと怒鳴った。テーブルについていた者は全員立ち上がろうとしていた。わたしはまっすぐピューのところへ行き、両手でつかみかかった。片手で腕を、もう一方の手で襟をつかんで担ぎあげた。

「いったいおまえは何様のつもりなんだ？」トレントが叫んでいる。

わたしはピューをドアから廊下に押しだそうとした。トレントが叫んでいる。「おれなら一斉退去する。それもいますぐに」と、叫び返す。

わたしの体が敷居を越えた瞬間にモウジャーが体当たりを喰らわせ、危うくまた部屋に倒れこみそうになった。ほかのボディーガードたちがピューをつかんで引き離そうとしていたが、見えたのはそれがすべてだった。というのも、モウジャーがこちらのあごを狙って拳を繰りだそうとしており、そいつを阻止するのに集中しなければならなかったからだ。阻止は成功せず、わたしはドアの枠にぶち当たった。だれかが部屋からわたしを押しだした。モウジャーがわたしのシャツをつかんだままくるりと体を回転させ、わたしは反対側の壁に投げ飛ばされた。やつは腎臓《キドニー》を狙ってまたもやパンチを入れてきた。さらにもう一発、蹴りだったと思うが、脚の裏側に喰らったところで、わたしはカーペットに倒れた。

仰向けに転がると、トレントとボディーガードのひとりがモウジャーを制止しているのが見えた。金魚鉢はすでに空になり、わたしのいる場所からは、これから証言録取に参加しようとしていた者たち全員の怒った顔が見えた。ジェレマイア・ピューさえも、わたしに一日を台無しにされたといった顔をしている。

「このマザーファッカーはおれをぶちのめそうとしやがった！」モウジャーが釈明していた。

マーガイルズが上からわたしをにらみつけた。「いったいこれはどういうことだね？」

トレントが前に歩みでて、わたしを見下ろした。「言い訳でもするか？」

わたしは二度ほど息を吸って、眼鏡をまっすぐにした。モウジャーのキドニー・パンチで、腰の裏側あたりがずきずきしている。腕時計に目をやった。

十一時七分。

わたしが口をひらきかけたそのとき、証言録取会場のテーブルが爆発した。

12

「スージーが通知の送付を忘れてしまってね」ニール・レイミアが説明していた。「そちらの証人リストを受領してから二、三週間後にスージーにメモを送って、ピューの証言録取の日取りを設定するよう伝えたんだ。スージーはレスリーのオフィスに電話を入れて秘書と話をし、四日間録取用に空ける予定を相談して決めた。だが、結局通知は送られずじまいで、わたしも三週間前までピューの訊問が済んでいないことに気づきもしなかったんだ。いやはや、この種の裁判がどれほど大量の書類仕事を発生させるかわかってもらえるだろうか？スージーには宣誓供述書をしたためてもらうことになり、それをわたしが判事に提出して、開示手続を再開してもらったわけなんだ」

レイミアは飲んでいたスコッチを空け、レスリー・マーガイルズとわたしを見やった。

「事務上の手違いなんだ」レイミアは繰り返した。これでわれわれが席に着いてから四度目だ。レイミアは空っぽのグラスを見やった。「もう一杯欲しいな。きみたちも、もう一杯どうだね？」

マーガイルズもわたしもけっこうだと答えると、レイミアは仕切り席から身を乗りだしてウエイトレスに手を振り、おかわりを持ってきてくれるよう頼んだ。今回はウエイトレスも近寄ってさえこず、ただうなずいただけだった——これが五杯目であり、二杯目を空にしたころには、ウエイトレスはパターンを察していた。

あの爆弾が炸裂した直後は、だれもかれも過熱状態になっていた。トレントは即時撤退を命じ、数秒のうちにはピューやモウジャーや負傷していないボディーガードたちは廊下から姿を消し、負傷した者と混乱した者だけがあとに残された。われわれの大半は運が良く、装置が爆発したときにはガラスの壁から離れていた。ボディーガードのひとりで、わたしと同年代のトニー・ラモンドという男は、ガラスの破片で顔、両腕、胸に裂傷を負い、大量に出血していた。最終的にだれかが聞いてきた話では、セント・ヴィンセント病院に入院しているラモンドの容態は安定しているそうだ。

救急隊が到着したのち、二、三の事柄を知ることができた——ほかの出席者は、訴訟手続記録人とDTSの弁護人だった。名前は聞き逃したものの、記録人は、穏やかな口調の上品な五十代男性で、警察の事情聴取に答え終わると長居せずに帰っていった。そしてニール・レイミア——目の前のこのニール・レイミアこそが、今回の訴訟でDTSの弁護の先鋒を務めるために雇われている男であり、この証言録取に際してアトランタにある同事務所のオフィスから、クレア・マロリーというアソシエイトのひとりを随伴していた。マロリーもほかの者と同じくすっかり動揺して、警察の事情聴取を受け終えるとすぐに帰ってしまったが、レイミアのほうはその場にとどまって、マーガイルズとわたしの事情聴取が終わるのを待っていた。

爆弾はジョン・ドウというプロの殺し屋によって仕掛けられたものであるとわたしが話すと、無理からぬことながら、警察は怪しんだ。マーガイルズの証言に助けてもらい、おそらくそのおかげで容疑者にもならずに済んだのだろう。マーガイルズは質問を受けるあいだも、まだ爆発のショックから覚めやらぬ状態だった――普段の仕事で、テーブルが爆発するような事態が起こることはめったにないだろう。

「FBIのスコット・ファウラーと話してみてくれ」事情聴取をした刑事にわたしは言った。「スコットが証明してくれるはずだ」

刑事は、もちろんそうさせてもらう、と答えてから、この場を離れないように、と言い置いた。ニューヨーク市警はその後、センティネル社のしかるべき社員たちをつかまえて調書を整えるのに三時間を費やし、わたしをこころよく解放してくれるまでには、さらにもう一時間半を費やした。その間にわたしが探り当てた唯一事件に関連のある情報は、使用された仕掛けが爆発力を一方向に集中させる指向性爆薬であり、テーブルの一部分のように偽装してすり換えられていたことだ。時限装置で起動させたのはあきらかだった。もし爆弾が破裂した瞬間にピューが自分の椅子に坐っていたら、体はまっぷたつになって、片方は天井に刺さっていたことだろう。

皮肉なのは、もしピューが自分の椅子に坐っていれば、衝撃で怪我を負う者はほかにひとりもいなかっただろうという点である。ピューの体が衝撃をすべて吸収していたはずだった。

通りに出ていこうとしてレスリー・マーガイルズに引きとめられたのは、六時ほんの少し前のことだった。マーガイルズは顔色がもどり、いくぶんましな様子になっていた。

「ニールとわたしでこれからちょっと呑みにいくんだ。よかったら、きみに一、二杯ごちそうしたいんだが」

わたしは誘いを受けることにし、公衆電話で自宅に電話を入れて、遅くなる旨、留守番電話にエリカ宛の伝言を残した。それからレイミアとマーガイルズとわたしの三人は、最初に見つかったバーにもぐりこんだのだった。

レイミアがおかわりをもらったところで、マーガイルズが訊ねた。「連中はピューを殺そうとしていると思うか？」

ニール・レイミアは答えなかった。マーガイルズとほぼ同年輩だが、マーガイルズより小柄でずんぐりしており、黒い髪と茶色の目をして、夕刻になると目立ってくる濃い髭剃り跡は、最初に会ってからいままでのあいだに目に見えて濃さを増していた。左手首にはめた腕時計は青みがかったグレーに輝くプラチナで、指の爪はマニキュアを好む男に特有の艶を浮かべていた。

「ニール?」答えずにいるレイミアに、マーガイルズは問いかけた。

レイミアは首を横に振った。「いいや、レス。わたしの依頼人は卑《いや》しいろくでなしどもかもしれん。そいつは認めるよ。だが、連中が殺人を犯してまで本気で司法妨害をはかるとは、わたしには信じがたい」

「ならば、けさ、われわれが坐っていたテーブルを爆発させたのは、単なる偶然にすぎなかったと信じているのか?」

レイミアは自分のグラスを覗きこんだ。「その質問にわたしが答えられないのは、きみも知ってるじゃないか。たとえなにか思い当たることがあるにしてもだ。そんなものありはしないが」

「もう思い当たってるはずだ」

「たぶんわたしは、黙って手を引くことにするよ」

「きみがこの件を放棄すれば、DTSは穴埋めに別の弁護士を見つけてくる」マーガイルズは言った。「きみほど道徳観念のない弁護士をな」

「こうしよう」レイミアは言った。「わたしが調べてみる」

「よろしければわたしから訊きたいんですが」わたしは口をはさんだ。「そもそも、なぜあなたはこの訴訟の弁護を引き受けたんです?」

レイミアはわたしに焦点を定めた。「きみもDTSがみんな人殺しのくそ野郎だと思っているのかね?」

「起こったことを考えれば、そういう考えに傾いています」

「どんなことだって起こる可能性はある」レイミアは首を振った。「このわたしがあした月におり立つ、なんてことはまず起こらないだろうがな。そうだ、きみは車を持っているかな?」

「バイクを」

「なおけっこう。では、きみはバイクを持っており、それはきみのものであり、きみはさまざまなリスクを承知の上でそれを購入した、そうだね? バイクは危険をともなう交通手段であることをきみは知っている。そして、乗っていればじつにあっさり死んでしまう可能性があるし、少なくとも重傷を負う可能性があると知っている。ここまではよろしいかな?」

「先をどうぞ」

レイミアは酒を半分あおった。ふらついてはいない。

「そこで、ある日きみは事故に遭う。ハンドルを飛び越してイースト川に落っこちるとか、ありえないことではなかろう? 死んでしまうか命拾いするか、そこはどうでもいい。問題なのは、ハーレーかヤマハか、どこにしろきみのバイクを作った会社が、きみに起こったことの責任を負うべきである、とだれかが判断することなんだ。そいつらはバイクの製造元を訴えるんだよ、きみがリスクは当然あると想定していたにもかかわらず。自分がどんなものに足を踏み入れようとしているか、きみ自身がはっきりと承知していたにもかかわらずね。きみが事故に遭うのは、可能性のあることだった。予測しうることだったときみが言うなら、なぜきみはそもそもバイクを買ったんだろう?」

マーガイルズは小さく首を振っていた。

「レスリーは、それとこれとは話がちがうと考えてるんだ」レイミアがわたしに明かした。

「似通っていることではない」マーガイルズは肯定した。

「このバーのなかで、煙草を吸うのが体にいいと思っている人間をひとりでも探してみせてくれ」レイミアはマーガイルズに言った。

「論点がちがう。製造元も製品に対する責任を当然想定してるんだ。危害をおよぼす製品を売り、買ってくれる一般大衆にその危害の内容を知らせずにいた場合、製造元はその責を免《まぬか》れない。とくに製造元が積極的に、みずからの商品を人々に常習させようとしていた場合にはな」

「煙草はやめられる。昔からみんなそうしてきている」

「だが、それが簡単にできる人間はめったにいない」マーガイルズは言った。「常習率は高く、たいていの者がやめようとして何年も苦しむ。そこがDTSのような会社の落ち度なんだ。自社の製品が常習性を生むように調合しておきながら、一方でその同じ製品について嘘を言っている会社のな」

「きみは自由意志を否定してるぞ」レイミアは反論した。「きみは喫煙者が自分の選んだ銘柄の奴隷であるとほのめかしているんだ」

「ならバイクの例にもどるが、もしわたしがきみに不良品のヘルメットを売りつけて、これは完璧に安全かつ頑丈な品だと請けあった場合、わたしを信用したのはきみ自身の落ち度ということになるのかね?」

レイミアは消費者にもさまざまな責任があるなどと言って応じたが、わたしはもう聞いていなかった。バー・カウンターに、昼間見かけた覚えのある女性がいた。おそらく二十代の後半で、まっすぐな茶色の髪を頭の丸みどおりに短くカットし、ジーンズに半袖の服を着ている。スツールに腰掛け、小鉢からピーナッツを食べてはビールを飲み、しきりにわれわれのほうを見ていた。

わたしは断りを入れて議論から抜け、女性に歩み寄った。どちらの弁護士もわたしがいなくなったことに気づいていないようだ。この二時間ほどのあいだに、バーは満員になっていた。溢れかえった客はその大半が非番になった警官で、摂取されたアルコールの量にともなって騒音のレベルも上昇していた。

わたしがやってくるのを見た女はピーナッツに注意をもどし、そのあいだにわたしはバー・カウンターに割って入った。

「ギネスを」バーテンダーに注文する。

「あたしにつけといて、バーニー」女が言った。

バーテンダーはうなずいて、ジョッキにわたしのビールを注いだ。バーテンが向こうへ行ってしまってから、わたしは言った。「ありがとう」

「どのみち、あなたに一杯ごちそうしようって考えてたの」女は言った。「クリス・ハヴァルよ」

わたしも名前を名乗って握手を交わした。ハヴァルのてのひらにはピーナッツの塩がついていた。

「あたしが見ているのに気づいたのね、でしょ?」

「きょうの昼、第一分署できみを見かけた」わたしは言った。「警官なのか?」

「はずれ——記者よ。《デイリーニューズ》の事件記者なの。あなたさ、ボディーガードなんでしょ? それとも、そう呼んじゃいけない?」

「パーソナル・セキュリティ・エージェントと呼ばれるほうが好きだな」

「覚えておくようにするわ」ハヴァルはにっこり笑った。気持ちのいい笑顔で、よく似合っていた。目ははしばみ色だ。「センティネルのクルー?」

「ノーコメント」

「でもきょう、連中といっしょだったじゃない? 単独でやってるの? あそこでレイミアとマーガイルズとなんの話をしているの? 爆弾のこと?」

「ノーコメント」そう繰り返して、わたしはジョッキに口をつけた。

「何者かがきょう、あの証言録取会場にいた人物を殺そうとしたんだ、とあたしは考えてる」クリス・ハヴァルは言った。ふたたびマーガイルズとレイミアのほうを指し示す。わたしが見やると、なおも白熱した議論をたたかわせているふたりが見えた。「まだ詳しく調べてみる機会はないんだけど、証人がだれであるにしろ、あのふたりの訴訟にとって重要人物であるってことには賭けてもいいわ」

「ほんとうにそういう話はするわけにいかないんだ」

「ねえ、いいじゃない、アティカス」ハヴァルは喰いさがった。「せめて、ふたりのどちらかのために働いてると認めるくらいならできるんじゃない?」

「いや、できない。これは警護の仕事なんだ、クリス。悪人だって新聞を読む」

「オフレコにしてもいいわよ」

わたしは首を横に振った。

「ダウンタウンの一流法律事務所で爆弾が炸裂。秘密の証人。ボディーガード——失礼——パーソナル・セキュリティ・エージェントが往来に潜伏。レイミア&ブラックマンが小物の依頼人を弁護する話はあまり聞いたことがない。金のにおいがするわ。それに記事になるネタのにおいが」

「なにか別のもののにおいってこともあり得る」わたしは言った。「偶然とか」

「あたしが阿呆に見える？」

「いや」わたしは認めた。クリスの目は茶より緑が勝っている。とくに面白がっているときには。

「だったら、ごまかさないで。手を貸してくれたら、すばらしい記事を書いてあげるわ」

「興味がないんだ、申し訳ないが。ビールをごちそうさま」

「ひょっとしたら、あとで話す気になるかもしれない？」

わたしは自分のジョッキを持ちあげた。「ひょっとしたらな。でもおれなら、そのために輪転機を停めて待っていたりしないぜ」

クリス・ハヴァルはまだ笑みを浮かべていたが、かすかな怒りが目元を翳《かげ》らせた。「面白い人ね」

わたしは仕切り席にもどった。マーガイルズとレイミアはまだやっていたが、どうやらレイミアの形勢が不利になりかけているようだった。

「そろそろ帰るとしよう」わたしを見ると、レイミアはそう口に出した。「うちに帰って、ワイフにキスし、子供たちにキスし、犬を撫でて、あしたがもっと良い日であるように祈るとするよ」

「タクシーを拾ってやろう」マーガイルズが言った。

ふたりでレイミアを道路脇まで連れていった。マーガイルズがタクシーに手を挙げているあいだ、わたしはレイミアのそばに立っていた。レイミアの脚もとにはしっかりしているものの、目の焦点が定まっていなかった。ほんとうに酔っぱらっているのか、そうありたいと思っているだけなのか、わたしには判断がつかなかったが、どちらであっても別にかまいはしなかった。

黄色いタクシーが停まった。ホンダのあたらしいワゴン車仕様だ。われわれはレイミアを後部座席に乗せてやった。マーガイルズがドアを閉める前に、レイミアは身を乗りだして言った。「レス、すまない」

「きみの謝ることじゃないさ、ニール」

「ろくでなしどもめ」レイミアはつぶやいた。

タクシーが出ていき、マーガイルズはため息をついた。「なかにもどって残りの酒をかたづけてしまおう。二、三、きみと話し合っておきたいことがあるんだ」

もとのテーブルにもどると、ちょうどわれわれのグラスをかたづけようとしていたウエイトレスを呼び止めるのに間にあった。わたしはマーガイルズの向かいに坐った。弁護士はひとくちごくりとビールを飲み、それから首のボウタイをほどいた。きょうのボウタイは緑と白で、黒のハイライトが入っていた。コンクリートの塵《ちり》がまだいくらか服にこびりついていた。

マーガイルズはため息をもらした。「きみはきょう、爆弾が仕掛けられていることをどうして知っていたんだね？」

「知りませんでした。ですが、ジョン・ドウに関する話がどうにも気に掛かってしかたなかったんです。そこでゆうべ電話を一本かけて、できるかぎりのことを調べたんです。けさはわたしの弁護士に証言録取について説明してくれと頼み、説明が終わった瞬間、頭のなかで警報器が鳴りだしました。レイミアがなぜピューの証言録取を最後の最後まで引き延ばしたのかがどうしても理解できなかったんですよ。ＤＴＳがドウに殺人実行の時間を与えたかったのでないとしたら」

「書類手続きに不手際があったというのをきみは信じていないんだな？」

「ええ」

マーガイルズは眉をひそめ、考えていた。わたしはバーのなかをもう一度見渡した。クリス・ハヴァルの飲み物は空になってぽつんとカウンターに残され、新聞記者のいた席にはいつの間にか男が坐り、なにやらなかにオリーブを入れたものを飲んでいた。

「ジェリーの警護をきみに替わってもらいたい」マーガイルズが言った。

「無理ですよ」

「アティカス、もしニールがこの訴訟から手を引けば、ＤＴＳはあたらしい弁護士を雇わねばならなくなる。それはすなわち、すべての手続きが一からやり直しになるということなんだよ。そうなってしまえば、また一年の大半を費やすことになってしまう。たぶんもっとだろう。ジェリーが生き延びる見込みはあるまい」

　マーガイルズの言うことには一理あった。一年もの時間があれば、ジョン・ドウはなんの苦もなく契約を履行するだろう。その場合、だれが警護を担当するかもどうでもよくなってしまう——リードタイムがそこまで長くなると、警護側はだれてきて、決められた手順もマンネリ化するが、暗殺者には忍耐するだけの余裕があるのだ。

「まあ、レイミアはたぶん手を引かないと思いますよ」

「きみもわたしと同様、ジェリーの命がきっとまた狙われることはわかっている。たとえニールがこのまま訴訟を担当するとしても、危険であることにかわりはないんだ」

「お申し出はありがたいんですが」わたしは言った。「しかしこれは、わたしが扱えるような仕事じゃありません。おれが助力を頼める人間は、最高でも三人しかいない。あなたにはおれが提供できる以上の助けが必要だ」

「トレントが気になるのなら、わたしからつつみかくさず話をするよ。あの男に金を支払っているのはわたしなんだ」

「これを言うのは辛いんですが、トレントがわたしを疫病神扱いするのももっともなんです。ここのところ、わたしの実績は、さほどかんばしいものではなかった。この一年ちょいのあいだに、わたしは仕事中に警護対象者をひとりと友人をひとり失い、さらにもうひとりをそこに加えるところだったんです」

「そのすべてがきみの責任だったというのかね?」

それは自分自身に何度となく問いかけてきた質問だった。わたしは失敗を犯してきた。いくつかの失敗を。一個人としても、プロとしても。たぶんブリジットがそういった失敗の最たる例だろうが、ほかの事柄にも失敗はその痕跡をとどめていた。たとえば、エリカが髪を撫でつける仕草をするたびに。

「すべての責任はおれにありました」わたしは答えた。

「それに関して、わたしはなにも言えない」レスリー・マーガイルズは、いっとき間を置いてから言った。「なにか言えるほど事情を知らないからね。だが、この目で見たものについては知っている。きょうジェリーの命を救ったのはきみであって、わたしはきみにこの仕事をやってもらいたいんだ」

「センティネルがすでにやっていること以外に、こちらができることはなにもありません」

「センティネルは家に帰って〝電話をかける〟ことをしなかった。センティネルは爆発の三十秒前に危険からジェリーを引きずりだしてはくれなかった」

わたしは飲み物をテーブルに置いた。

「やってもらえるか?」マーガイルズが訊く。

「監査ならできます」わたしは言った。「センティネルのセキュリティを査定し、弱点や欠陥を見つけ、その後それらを修正できるようトレントに教えてやるんです。トレントには事前に伝えておかなければならないが、ほかのボディーガードに知らせてはいけない」

その日会ってからはじめて、マーガイルズの渋面がやわらいだ。「そいつは気に入ったよ」

「トレントは気に入らないでしょうね」モウジャーも気に入らないだろう、とわたしは思った。

「トレントに金を支払っているのはわたしなんだ。トレントのセキュリティを査定するために外部のコンサルタントを雇いたいとわたしが言えば、文句は言えまい」

「あの男なら文句をいう方法を見つけますよ」

「それはわたしにまかせてくれたまえ。それで、報酬はいくら払えばいいのかね？　いつからはじめられる？」

わたしは眼鏡を押し上げ、目をこすりながら、自分が業務用サイズのトラブル壜《びん》の蓋《ふた》をねじあけようとしているのだ、と考えていた。マーガイルズは辛抱強く待ち、いまや笑みを浮かべていた。この人がそれをわかってくれたらいいのに。

「日当二百五十ドル、プラス経費で」わたしは言った。「あすからはじめられます」

13

翌朝、小便をすると血が混じった。こういったことはこれがはじめてではなかったし、おそらくこれが最後になることもないはずで、二日も経てばおさまるのはわかっていた。とはいえ、やはり不快であることに変わりはなく、それがこれからやる仕事へのはずみを与えてくれた。

モウジャーに恥をかかせてやるのは、キドニー・パンチに対する恰好の仕返しとなるだろう。

よその警備会社のセキュリティ監査は、状況や脅威のレベルに応じ、さまざまな方法で実施される。つねに変わらないのは、監査はかならず徹底的におこなうという鉄則である――すべての弱点を洗いだすために必要な試みをひとつでも怠れば、その演習はまったく台無しになってしまう。わたしはベストを尽くし、レスリー・マーガイルズが払った金に見合うだけの値打ちを提供する所存だった。

バイクのサドルバッグにはちきれんばかりの荷物を詰めこみ、さらなる装備をゴムロープでバックシートに縛りつけて、わたしはフォレスト・ヒルズへ、デイル・マツイの家へと向かった。デイルはクイーンズ大通りの南、並木道沿いに似通った家々の居並ぶ閑静な地域に自宅を構えている。いかにも郊外らしい、家庭的で、のどかな界隈だった。七時ちょうどにデイルの家の前にバイクを停め、ささやかな芝生を横切って玄関に向かった。きっと起きているにちがいない――わたしの知っているかぎり、デイルはいつも早起きだった。

ノックをして待っていると、一分後にドアがあき、見知らぬ男が応対に出た。スウェットパンツの上に、オルタナティヴのシンガー、メリッサ・フェリックのTシャツを着て、アーティチョークに似せたばかでかい陶製のマグカップを持っている。マグの取っ手は曲がった木の枝のかたちをしていた。

「なにか?」

「デイルを探してるんだが」わたしは言った。

「まだ眠ってる」男は言った。「ぼくはイーサン」

「アティカスだ」

「なかにどうぞ、デイルを蹴飛ばしてくるよ。キッチンにコーヒーがある」

キッチンは、昨夜の食器がシンクに置いてあるほかは片づいていた。わたしはマグを見つけてコーヒーを注ぎ、なかを見まわした。これまでデイルの家に来たのは二回だけで、一回目は引っ越しの手伝い、二回目は転居祝いのパーティーでビールをごちそうになった。デイルがこの家を買ってから一年以上が経っているが、久しく来ていなかったのはふたりが仲たがいしていたからではないし、わたしが来たくなかったからでもない――たんにフォレスト・ヒルズがわたしの行動範囲の外にあるだけのことだ。普段いっしょに過ごすときには、市内で会っていた。

六分かかったが、デイルはキッチンに現れた。ボクサーショーツをはき、しょぼついた目でわたしを見ている。イーサンがもうひとつのマグを棚からおろして——こんどはサボテンのかたちだ——コーヒーを満たし、デイルに手渡してから言った。「新聞のつづきを読んでくる。会えてよかったよ、アティカス」

「コーヒーをありがとう」わたしは言った。

デイルは両手でマグを握って、おぼつかない足で立っていた。デイルはじつにデカい日系アメリカ人で、幅広の顔に筋肉隆々の体をしており、わたしの旧知の友人で、知りあいの人間のなかではいちばんいいやつかもしれなかった。イーサンはデイルの肩をぽんと叩いてから、部屋を出ていった。

「つきあってどのくらいになるんだい？」わたしは訊いた。

「一ヵ月」音を立ててコーヒーをすすりながら、デイルはもごもごと言った。「すてき《スイート》だよ」

わたしはにっと笑った。デイルはコーヒーのことを言っているのではなかった。「そのようだな」

「株の仲買人なんだ。きょうはあんたにしちゃあ、少し早いんじゃないか？」

「仕事なんだ」

「雇いにきたのか？」

わたしは首を横に振った。デイルは、わたしがフォートブラッグの軍事教練所で受けたのと同じ要人保護教程を履修しており、ふたりともほぼ同時期に国防総省《ペンタゴン》に配属された。デイルはさまざまな警護技能を身につけているが、なかでも運転手としての腕はずば抜けていた。「おれはこれからエリオット・トレントを監査する」

その言葉がいくらかデイルの目を覚まさせるのに役立った。「トレントは知ってるのか？」

「知らせてある。きょうはまず現地の監視をはじめるんだが、装備をいくつか借りられたらと思ってな」

「なにが要る？」

「ビデオカメラを二台」

「あんたのはどうした？」

「火事でおしゃかさ。あれからずっと買い換える金がないんだ」

「書斎のクロゼットにしまってある」デイルは言った。「取ってこよう。だがウォッチマン（ソニー製携帯テレビ）には電池が要るぞ」

「かまわん」

デイルはサボテン・マグを置いて部屋を出ていった。わたしは待った。イーサンが朝刊をがさがさいわせる音が聞こえ、その音におもわず笑みが浮かぶ。この一年ばかりのあいだ、デイルはずっと日照りつづきだった。どうやらそんな状態も終わったようで、わたしも嬉しかった。

デイルはダッフルバッグを手にもどってくると、そいつをわたしに手渡した。わたしはその中身を自分のバックパックに移した。

「だれのためにその仕事を？」

「ミッドタウンの弁護士だ。その男が民事訴訟で使おうとしている証人をトレントが警護している」

「あんたが巻きこまれたいきさつは？」

わたしはデイルに話して聞かせた。

「助けが要るときは電話しろよ」話が終わったところでデイルは言った。

「監査に加わってくれてもいいぞ」

「それ以外で、という意味だ。土のなかを這いまわるのは軍隊時代に堪能したんじゃないのか？」

「ああ、だがときどき恋しくなるのさ。古き良き思い出が」

「おれのほうは、這いまわるならうちの庭の土だけに限定しておくよ。楽しんできてくれ」

デイルはドアまで送ってくれた。

「イーサンにまた会おうと伝えてくれ」わたしは言った。

「ほんとにあいつが気に入ったのか？」

「あまり話はできなかったがな。なかなか感じがよさそうだ。株の仲買人にしては」

「かわいいやつなんだ」そう請《う》けあって、デイルはわたしを送りだした。

タコニック・ステイト・パークウェイに入ったときは肌寒かったが、ヨークタウン・ハイツのコンビニエンスストアにバイクを停めるころには気温が上昇しはじめていた。デイルに借りたウォッチマンに使う予備の電池とあたらしいビデオテープを二本、飲料水を二壜、スナック類を少々買いこんだ。レジ脇のスタンドに近辺の地図がいくつか置いてあったので、ざっと見比べてアマウォーク貯水池周辺地域が詳しく載っているものを探しだし、それも積みあげた購入品の上に加える。レシートはマーガイルズ宛の請求書に含めるためにとっておいた。

くだんの屋敷から二キロ半ほど手前で、主要道路から外れた藪《やぶ》のなかにバイクを残してフロントフォークをロックしたあと、用意してきた迷彩服に着替えた。体の模様に合わせて顔をペイントし、買ってきた地図にコンパスを照らし合わせ、それから歩きはじめた。東から接近するために迂回し、敷地の外周をまわるのにさらにもう一時間近くかかった。木立が密に茂っているため遮蔽《しゃへい》物にはことかかないし、見つかる心配はまだあまりしていなかった。それでもやはり、人家とおぼしきものからはなんであれ距離を保っておいた——保安官に一本電話が入れば、山ほどの釈明をする羽目になってしまう。

たいていのボディーガードはふたつのモード——模範行動モードと、おきまりの手抜きモード——を使い分け、平素から危急呼びだし《SOS》に備えている。わたしもオルシーニ・ホテルにいたときは、そのパターンに陥っていた。ボディーガードたちは、もし監査を受けていることを知れば、模範行動モードに切り替えるだろう。その場合叱責は免れるが、なにひとつ学ぶことはできない。わたしの仕事は連中のミスを見つけることであり、揺さぶりをかけて向こうがどう対処するかを見ることである。これをいかに遂行するかについては、当然ながら制限があった——警護活動を損なうような行為をしてはならないし、警護対象者に恐怖を与える可能性もあってはならない。

　もうそろそろ、マーガイルズはトレントと話を済ませ、わたしがなにをする目的で雇われたかを伝えているはずだった。トレントがフェアに対応していれば、周辺警護チームの長であるヨッシにはその情報を流しているだろうが、モウジャーには話していないはずだ。監査陣は直近警護チームとはいかなる直接コンタクトも取ってはならないからだ。わたしはトレントの自我が本人に正々堂々とふるまわせるだろうと踏んでいた——そうなれば腕と腕の勝負となるわけで、トレントはわたしを打ち負かせると信じているにきまっている。

　十一時までに、木の根元に装備を入れておく即席の隠し場所をこしらえ、それから二台のビデオカメラと塹壕《ざんごう》掘削用具を手に取って、経験に基づく監視所選択に足る入念な周辺調査をおこなった。木立はヒマラヤ杉や唐檜《とうひ》に松が混じった常緑樹の混生林で、恰好の目隠しになってくれ、場所によってはそれが敷地を囲んでいる古びた石壁まで切れ目なくつづいている。石壁からざっと六十メートル離れた斜面上に、絶好の場所があった。そこから四十メートルほど、窪地のように落ちこんでおり、その地勢のおかげで、家の南側と東側、一部北側までも、まずまず視界をそこなわれることなく観察することができた。試しに老木の下に腰を落ち着けて屋敷を監視してみたが、八分後には第一監視所をまさしく見つけたと決断を下すに至った。

　わたしは陸軍で即席戦闘壕と呼ばれているものを掘った――要は五十センチほどの深さで棺桶のかたちに土を掻きとった、寝そべるくらいはなんとかできるという代物だ。穴の上にスペース・ブランケット（アルミニウムをコーティングした保温用極薄シート）をひろげ、棒切れを数本刺して押さえ、その上に土や枝葉を撒いておいてから、一台目のビデオカメラの据えつけにとりかかった。タイマーを念入りにチェックし、録画にセットし、それから百メートルばかり後退して、建物沿いに四角く歩いて西の警戒域境界線に到達する。

　二台目のビデオカメラを設置しようと移動していたとき、石壁がちらりと見えて、思っていたよりもはるかに壁に接近していたことに気がついた。生い茂る月桂樹の灌木をかき分けて進んできたのだが、コンパスのチェックを怠っており、気づいてみると壁はせいぜい五メートルほどの距離にあった。退却しかけたところで、ドッグ・パトロール班の姿が視界に入った。パトロール員も犬たちも四日前に顔を合わせたのと同じ組み合わせだった。前回わたしに唸ったジャーマンシェパードが動きを止めてこちらを見やり、ぐいっとリードを引いた。

「どうした、マックス？」シェパード担当の男が訊いた。「どうしたんだ、坊主？」

ジャーマンシェパードはわたしのいる場所をじっと見ている。

吠えるな、とわたしは念じた。頼むから吠えないでくれ。

わたしはひたすらじっとしていた。マックスはわたしのにおいを嗅ぎつけており、それに関していまのわたしにできることは、そのにおいがマックスを心配させないでくれるよう祈る以外になにもなかった。太陽はほぼ頭の真上にあり、その点は恵まれていた。つまり、わたしの眼鏡から光が反射される可能性がないことを意味している。パトロール員たちには、まずわたしの姿は見えないだろうと自信があった。それでも、コンタクトレンズに投資すべきだろうかと考えている自分がそこにいた。

「リスだろ」しばらく経ってから、もうひとりのパトロール員が口をひらいた。男の連れているロットワイラーが鼻面でマックスを突ついている。

「いや、こいつはなにか見つけたんだ。なんだい、マックス？　だれかあそこにいるのかい？」

「報告を入れるか？」

マックス担当の男が目を細めてわたしのいる方角を見た。「なにも見えんな」

「リスだよ」

「たしかめたほうがいい」

「いまいましいリスを追っかけるマックスを追っかけたいってか?」

マックスは振り向いて、主人のほうを見た。男はもういっときわたしのいる方角に目を凝らしていたが、やがて犬を撫でて言った。「やめた。行こう」

連中が行ってしまってから十二分間、わたしは藪のなかにじっとしていた。モウジャーに殴られた腰のうしろのあたりがずきずきした。引き返してこないことを確信すると、わたしは静かに退却した。


二台目のビデオカメラを設置したのち、仮の隠し場所にもどって、装備を第一監視所から四百メートルほどはなれた地点に移した。そこはベース・キャンプに恰好の場所で、常緑樹の落ち葉が積もり、鬱蒼《うっそう》と影が落ちていた。ここからなら屋敷までは姿も音もまず届く心配はなく、自由に行動することができる。

わたしは荷物をほどいて整理し、音を立てるものがないかセルフチェックした。耳を澄ましている者を警戒させるようなものはたいして身につけていなかった。ポケットベルを着信ブザーから〝刺激的な〟バイブレーション・モードに切り替え、ついで二、三回跳びはねてみた。足が松葉にあたる音しかしない。バックパックのなかには手帳とボールペン二本、カメラ用の予備のフィルムが一本、双眼鏡、トイレットペーパー少しと飲料水の壜が二本、それにウォッチマンが入れてあった。

数秒のあいだわたしは、耳を澄ませ、じっと待ち、自然を守るオーデュボン協会の特攻隊員にでもなったような心持ちで、静かに立っていた。そののち、せいいっぱい着飾って、いざ第一監視所へと出陣した。到着すると、わたしはウォッチマンをビデオカメラに接続し、テープを巻きもどしてから、ブランケットの下に滑りこんで自分用の穴のなかにおさまった。

ビデオテープを見終えるのに十五分かかった。なんらかの動きが見つかるまで早送りし、見つかったら一時停止し、巻きもどして、目にしたものがなんだったかを再生画面で確認していく。わたしはテープから各パトロール員が巡回した時間を書きとめていった。ある時点で、家のなかから私服のガードがこっそり一服しに出てきた。わたしはそれも記録にとどめた。

つづく三時間かそこらはその場でじっとしたまま、双眼鏡をのぞいたり、二、三枚写真を撮ったりして過ごした。耐え難き仕事とはまさにこのことで、単調で退屈なうえに、かなりの集中力が要求される。セキュリティの欠陥を見つけるためには観察が必要であり、それには時間がかかる。しかし、どんな子供に訊いても教えてくれるだろうが、動かずにじっとしているというのはじつに辛いものなのである。

トレントは、前回わたしがここに来たときに比べて徒歩パトロール員の数を倍に増やしていたが、犬は依然として二匹だった。ときおりモーター音を立てて巡回するゴルフカートの姿が目に入る。一度、制服を着たガードのひとりと口論らしきものをしているモウジャーを見かけ、ヨッシが二度、任されている警戒域をチェックしに歩いて通りすぎた。二度目に通りがかったとき、ヨッシは立ち止まってちょうどわたしが寝そべっている並木のあたりを見渡した。三十秒ほどすると、またもとのように警戒域を歩きはじめた。

写真を撮ったりメモを取ったりして過ごし、ちょうど四時を過ぎたところで、ポケットベルが振動をはじめた。スイッチを切ってから番号をたしかめ、ビデオカメラの録画を再起動させてから、ベース・キャンプに引き返してマーガイルズに電話を入れた。

「トレントには知らせておいた」マーガイルズが言った。「金を無駄遣いしていると言われたよ」

わたしは水をひとくち飲んだ。「いつでもクビにしてもらっていいですよ」

「もうはじめたのかね？」

「ほぼ一日中ここにいました。それほど遅くならないうちに引き揚げます。きょうは日中のみです。あすはここで夜を過ごします。夜間の警備態勢がどんなものか見ておきたいので」

「レイミアが手を引く意思を表明したよ」マーガイルズは言った。「いまのところ、レイミアとはまだ連絡がついていない。トレントに話したところ、痛し痒《かゆ》しと考えているようだ」

「たしかに。ピューへの当面の脅威が減少する反面、殺し屋にさらなる時間を与えてしまう」

「トレントもまったく同じことを言っていた」

「意見が一致することもあるとわかって嬉しいですよ」

「それから連邦検察局にも連絡をとったんだ」マーガイルズはつづけた。「わたしがピューの身の安全を心配している旨伝えた。きのうの爆弾は殺人を意図したものであると同時に、司法妨害の試みであったのではないかと疑っていることをね。検察局ではFBIの人間が調査に入ると言っていた」

「あの爆弾の件では、すでにニューヨーク市警がFBIとの共同態勢をとっているはずです」わたしは言った。

「それにアルコール・タバコ・火器局《BATF》からも何人か動員されているだろう。さてと、仕事の邪魔はこのくらいにしておこう。今晩電話をもらえるかね?」

「たぶんあしたに。でも、毎日連絡は入れます」

「早朝か夜遅くがいちばんいい。わたしの自宅の番号は知ってるね。ところで、きみはエイドリアンに、わたしの妻と娘が事故に遭ったと言ったんだって?」

「エイドリアン?」

「うちの受付嬢だ」

「あなたの居場所を見つけなければならなかったので」

「大勢の人間を動揺させてくれたぞ」

「みなさんに申し訳なかったと伝えてください」わたしは謝った。「帰る前に、あなたに二、三やっていただくことがあるんですが」

「というと？」

「わたしが監査のために雇われている、という内容の手紙を一筆書いてもらう必要があります。それを至急わたしのアパートメントに届けていただけるとありがたい。長いものでなくてけっこうです。わたしがいまここでやっているのはやるべきことであると、それだけ書いてあれば。そうしておくと、ガードに捕まった際に釈明する手だてになりますから」

「事務所を閉める前にバイク便で送っておこう。ほかには？」

「だれかに頼んで、あの屋敷へピュー宛のフェデックスの荷物を届けさせてください。箱型の小さな包みにして、なかには適当な紙屑と、なにか金属製のあまり重くないものを入れるように。ボールペンを入れた箱をアルミフォイルで包んだものとか、そんなものでかまいません」

いっときの間があったのち、マーガイルズは言った。「爆弾に見せかけるのかね？」

「ええ。じっさい、紙切れに大きな字で『爆弾』と書いてもらうとなおいいですね。それをあすの午後に届くように送っていただけると、非常に助かります」

「そうするよ。わたしがここから送ると、荷物に事務所の住所が記載されることになるのは承知してるんだね？」

「それも目的の半分です」わたしは言った。

「その殺し屋がわたしの事務所にアクセスしていると考えてるのかね？」

「可能性はあります。あなたがだれであるかは確実に知ってますよ。プロならそういった偽装はわけもない」

「そいつはちょっと心配になるどころではないな」レスリー・マーガイルズは言った。「即刻秘書に手配させよう。連絡を絶やさずにいてくれたまえ」

わたしは携帯電話を切り、そろそろ二台目のビデオカメラからテープを回収する時間だと考えて腕時計をたしかめた。すぐそばの丸太の上から、一匹のシマリスがわたしを見つめている。わたしが動くと、そいつは目でわたしを追った。

なにかぴかぴかしたものを囓《かじ》っている。

こいつめ、おれの昼飯を盗んだな。そう思ってわたしは一歩踏みだした。シマリスは駆けだし、ごちそうを取り落として、そばの樫の木にするりと駆けのぼった。

そいつが囓っていたのはエネルギー・バーで、ヤッピーのハイカーや週末だけのアスリートが手軽な栄養補給に用いるたぐいのものだった。わたしは残骸を拾いあげた。シマリスは歯で包装紙をあけ、なかの茶色いバーをひとかけ囓りとっていた。新鮮な食べ物、とわたしは思った。シマリスは気難し屋である——なんであれ汚いと感じたもの、虫がたかったものなどは、食べようとしない。

わたしは、いま手に持っているエネルギー・バーのたぐいは、なにも持ってきていなかった。持ってきたのはハーシーのチョコレート・バー二本にジャーキーを少し、それにグラノラ・バーを一本で、エネルギー・バーはひとつもなかった。

もう一度ゆっくりと周囲を見まわし、ついで地面を三十センチ刻みに調べてみた。作業を終えるころには暗くなりかかっていたが、収穫は充分だった。

きょうここに来てから、わたしの前にほかの人間がこのあたりに来たことはわかっていた。子供やハイカーや、たぶん周辺警護チームのメンバーが何人か、おそらくヨッシ自身も来ていたかもしれない。それを示すいくつもの印をわたしは目にしていた。日光で色褪せたり、錆びたりしているさまざまなゴミや、折れた枝、擦れた樹皮やちぎれた木の葉。

だが、ささやかな活動拠点をこしらえた場所から三十メートル弱の地点に、別の作戦基地があったことを示す印が見つかった。藪を抜けたところ、三本の木が近接して生い茂るその下の空間の土に、かかとがわずかに沈む部分があるのを見つけたのだ。膝をついて掘りはじめると、土はやわらかく、なにか出てくるものがある、とはっきりわかった。さらに四十秒かかって見つけたものは、封をしたビニール袋だった。その下にももうふたつ、袋が埋まっていた。どの袋にも人間の排泄物が入っていた。

抜け目のないマザーファッカーめ、とわたしは思った。

野外では人糞は注意を惹くものだ。動物や昆虫を惹きよせてしまう。特殊部隊が敵陣で秘密裏に活動する場合、隊員は封のできるビニール袋に排泄して、土に埋めておくよう教えられる。そうすることにより、だれかがやってきて隊員の数や位置や方向を察知してしまうのを防ぐことができる。痕跡がひとつ減るわけだ。

ハイカーならこんなことは絶対しない。アマチュアの殺し屋もしないだろう。排泄物の分析はわたしの得意とするところではないが、見つかったそれは二週間以内に排泄されたものと推察せざるを得なかった。ジョン・ドウの証拠物件をこの手に握っていると思うと、思わず笑いだしそうになった。分析してくれとFBIに送ってみるのもいいだろう。

三つの袋をもとあった場所にもどし、穴を埋め、それから各監視所にビデオカメラの回収に向かった。すべてをベース・キャンプに持ち帰り、全装備を偽装用ネットで覆った。朝までにそれが発見される可能性はわずかだった。

その感覚は理にかなったものではなく、ひとつには夜のせいだと認めざるを得なかった。バイクを置いた場所にたどりつくころには真っ暗になっていたという事実によるものだと。だが、カムフラージュの塗料を拭いとり、急いで着替えているあいだも、その感覚はわたしにつきまとった。一瞬、わたしは見られていると感じ、とらえられたと感じて凍りついた。

ジョン・ドウが見ている、と。

14

エリカは独自の温もりをもってわたしを出迎えてくれた。「どこ行ってたんだよ？　ことづけがいくつかあるからね。顔についてんの、なに？」

　わたしはキッチンのテーブルに投げるようにヘルメットを置き、肩をすぼめて上着を脱いだ。「ウエストチェスターに行ってた。いくつかことづけって？」

「五時ごろに手紙が一通届いた。そっちの部屋に置いといたよ。ナタリーから電話があったし、それにクリスって名前のねえちゃんからも。クリスのほうは四回もかけてきてさ。あんたの彼女か、ってあたしに訊くの。ちゃんと訂正しといたからね。内縁の妻です、って」

「まだまだお尻を叩くに大きすぎることはなさそうだな」

「口ばっかりでやったことないくせに。お腹すいてる？　スパゲティ・オー（キャンベルの調理済みパスタ缶）でも作ったげようか」

「料理でごまかすわけだな。シャワーを浴びてくる」

「そうすべきだね。臭うよ。それに泥だかなんだか顔中についてるし。煙突掃除屋みたい」

「カムフラージュ用の塗料だ」そう教えて、わたしは自分の部屋に向かった。

「そうでしょうとも」エリカが答える。「〈チム・チム・チェリー〉でも歌ってよ」

封筒はベッドの上にあった。マーガイルズからだ。なかには二通の手紙が入っていて、一通は不特定対象用に、もう一通はわたし用に書かれたものだった。どちらにも、手紙の所持者がマーガイルズ、ヨネムラ&ディフランコ法律事務所に雇用されており、センティネル社によるジェレマイア・W・ピューの警護を監査している旨が明記されていた。わたしは二通の手紙をなかにもどしてから、その封筒を翌朝忘れないように目覚まし時計の上に置いた。

シャワーを浴びて綺麗なジーンズを穿き、ふたたびキッチンに入ると、エリカはボウルにスパゲティ・オーを用意してくれており、背の高いグラスに注いだ水道水も添えてあった。礼を言って食べはじめると、なにをやっているところなのかエリカが訊いてきたので、話して聞かせた。

「あしたから二晩か三晩は帰ってこないことになる」わたしは言った。「あしたからはじめて、できるかぎり長くそこにいる必要があるんだ」

「家の外のそんなとこで寝るわけ?」

「それほど悪いもんじゃない。いちばん悪いのは、その時間の大半は起きている努力をする羽目になることだな」

「いっしょに行ってあげてもいいよ」と、エリカが持ちかけた。「あたしの顔もペイントして、藪のなかを這いまわる方法を教えてくれればいいじゃん。いかした戦闘動作でもいくつか覚えて、ベルトキットをつけて、ふたりでいっしょに犯罪と闘うの。めざせ少女監査官！」

「ふんだ、あたしは森んなかで三日三晩も、茶色と緑色に塗ったくった顔で他人を見張ってようなんて人間じゃないもん」

「参った。ほんとに手を貸したいか？」

「あたしにできるんなら、もちろん。人とつきあう予定がぎっしりってわけでもないし」

「なら、あしたから二日ほど予定を空けておいてくれ。きみにできることを思いついたら電話する」

「満天の星の下で眠ることになる？」

「いいや。だが、目つきのいやらしいガードたちに、少々脚を見せてやることにはなるかもしれん」

エリカはにやりと笑った。「網タイツはいてってもいい？」

「そいつはちょっとやりすぎかもしれん」わたしは電話に手を伸ばした。「かまわなければ、電話の返事をしたいんだが」

「なんであたしがかまうわけ？」エリカは穏やかに言うと、テーブルを離れた。リビングでテレビのスイッチが入る音が聞こえてきた。

わたしはナタリーに電話をかけた。

「夕食はどうする予定?」ナタリーが訊ねた。

「エリカがスパゲティ・オーを作ってくれたところだ」

「うへっ。そのうち基本栄養素について話す機会をもうける必要があるわね。一杯飲みたくない?」

「〈パディーズ〉で半時間後に会おう」わたしは言った。

ナタリーが電話を切ると、わたしはボウルとスプーンをシンクに運び、洗ってから拭いた。エリカはカウチに寝そべり、ひとつめの局から最後の局まで最短時間で移動してやろうとでもいわんばかりに、猛烈にチャンネル・サーフィンをやっていた。

「今夜はくだらないのばっかし」と、文句をこぼす。

「ナタリーと一杯飲んでくる」わたしは言った。

「帰ってくると思っていいの?」

「ああ」

エリカはチャンネル・サーフィンをやめ、疑いの目でわたしをひたと見た。やがては画面に注意をもどした。「ブリディに電話を入れて、これから行くって言うよ」

「今夜はここにいてくれるほうがありがたいんだが」

「うん、でもおじゃま虫にはなりたくない」

わたしは言い返そうとしかけたが、やめにした。そんなことをしてもなんにもならない。

ナタリーがいっしょに帰宅しようとしまいと関係なかった——エリカは自分で決定を下したのであり、いまさらわたしがそれを変えることもない。

「いつ帰るのか、電話して知らせてくれ」エリカにそう言って、わたしはドアへ向かった。ドアに届きかけたところで、電話が鳴りはじめた。一瞬無視しようかと考えたが、昔から応答拒否がそんなにうまくできたためしはなかった。聞いた話では、電話に対して主従関係の主となって、自分が取ると決めたときだけ、取りたいときにだけ取る人間がいるのだという。

わたしはそういう人間ではなかった。わたしはベイビー・ベル（電話会社の愛称）の奴隷だった。

「コディアックだが」わたしは言った。

「クリス・ハヴァルよ」と、クリス・ハヴァルが言った。「都合悪かった？」

「外出しようとしていたところだ」

「今夜、四回もかけたんだけど」

「留守にしてたんでね」

「忙しいこと忙しいこと」と、クリス。「だれかを警護してるんじゃない、そうでしょ？」

「かもしれないな、おしゃべりさん」

「あしたの朝刊に記事を載せるわ、あなたが見たがる内容よ。ジェレマイア・ウェンデル・ピュー殺害未遂についての記事」

「なんの話をしてるのかさっぱりわからん」

「もう、勘弁してよ、冗談ぽい。政治家連中ならそういうくだらない手も使うだろうけど、あなたやあたしみたいな一般人はちがうの。聞くところによると、あの男の命をあなたが救ったんですって」

「単純化しすぎだ」

「いいわ、なら空白部分を埋めて。もう少し複雑化してちょうだい」

「気が進まない。いまでも充分おれの生活は複雑なことだらけだ」

「ねえ、いじめるのはやめてくれない？　あたしがあなたに頼んでるのは、ほんの少し内輪に入れてほしい、なにが起こってるか教えてほしい、ってことだけ。ここにはすごいストーリーがある——危害から守ろうとする者と危害を与えようとする者との苦闘。それがいいネタにならないわけがない」

「すばらしいネタになるだろうな」わたしは同意した。「だが、きみはつかまえる相手をまちがえたんだ。おれは警護班に加わっていない。レスリー・マーガイルズにあたってみるといい。レスリーならストーリーとやらを聞かせてくれるだろう」

「えーえ、法律用語でね。うんざりよ。わかった、いいわ。もし気が変わったら、新聞社にいるときに電話をくれるか、伝言を残すかなにかして」

「そうしよう」

「きっとよ」そう言ってハヴァルは電話を切った。

ナタリーはバー・カウンターのスツールに腰かけていた。バーボンをロックで飲み、煙草を吸っている。こんな夜は〈パディーズ〉には珍しい——静かで、たいして混んでいなかった。敷居をまたいだ瞬間、わたしの胃袋がねじくれた。ブリジットかと思える女の背中が目に入ったのだ。だが人違いで、わたしは自分の飲み物を頼んでから、ナタリーの隣のスツールに腰をおろした。

「あの人はあたしを追っぱらうつもりよ」挨拶抜きでナタリーは切りだした。「マイアミでのふざけた屑仕事にあたしを任命したのよ。二週間、どこぞの女がフォンテンブロー・ヒルトンでこんがり体を焼いてるあいだ、あたしが手を握っててやるらしいわ」

「親父さんが？」

「ほかにだれが？」ナタリーが噛みつくように言った。「あたしをそばに置きたくないのよ。『すまない、おまえが正しかった、ジョン・ドウはまだ健在だ』と認めて、あたしの力を借りるかわりに、街から追いだすんだわ」

「行くつもりなのか？」

「それがあたしの仕事でしょ？　結局のところ、あの人はあたしの上司なんだから」ナタリーはグラスの氷を鳴らした。「あたしの上司は、自分の監査をあなたがしてるってことも言ってたわ」

「マーガイルズにきのう雇われたんだ」

「もうはじめてるの？」

「監視所の準備とメモ取りで、ほぼ丸一日費やしたよ。すでにドウはあそこに来ていて、同じことをやっていたと思われる。汚物が埋めてあるのを見つけたんだ」

「ゴミを持ち帰らなかったの？」

「排泄物だ」わたしは正確に言いなおした。「ビニール袋に密封して、松葉の覆いの下を三十センチかそこら掘って埋めてあった」

「くそっ《シット》」ナタリーは毒づいた。

きみなら少し努力するだけでもっと気の利いたセリフが吐けるだろうに、と言いたい気持ちを表情に込めて、わたしはナタリーに視線を投げかけた。

「だったらどうしてあたしに手伝いを頼んでこなかったの？」ナタリーが問いただした。

「利害の衝突を作りだして、きみをつらい立場に立たせたくなかった。起こったことを全部考えあわせてみると、そんな話を持ちかけるだけでもきみと親父さんとの関係を悪化させかねないと判断したんだ」

「これ以上どう悪化するのよ」

「ほんとにそこまでひどいのか？」

ナタリーはそれには答えず、酒を空けてしまうあいだ、ただじっとわたしの肩越しに一点を見つめていた。そののち、わたしがなにを見たかとか、センティネルのセキュリティを試すためになにをやるつもりでいるかとかいったいくつかの質問をした。それ以外にはろくになにも言わず、わたしがビールを飲み終えてしまうと、われわれは席を立ってドアに向かった。

「あした早起きしなきゃいけないのよね」セカンド・アヴェニューを北に歩いてもどっているとき、ナタリーが言った。角の食料雑貨店の表で、韓国人の女が花桶の水を側溝に捨てていた。

「八時までにはなんとか着こうと思っている」わたしは肯定した。

三十二番ストリートの角、わたしの自宅から一ブロックのところで、われわれは立ち止まった。一組のカップルが信号待ちをしている。男と女、どちらも鮮やかなブロンドで、手をつないでいた。

一瞬ためらってから、ナタリーが言った。「あがっていってもいい？」

「そうしたいなら」

「エリカはいるの？」

「ブリジットのところに行くと言ってた」

「前はあたしのことを好いてくれてたのに」

「いまも好いてるよ」

ナタリーはわたしの両手をとり、唇にキスをした。ナタリーの唇は硬く、悲しかった。

ふたりが情熱というものに近づいたのはこの数ヵ月ではじめてであり、その炎はなによりもナタリーの怒りから発していた。われわれはベッドを避《さ》け、リビングの壁に体を押しつけて、家具を支えに愛を交わした。ナタリーは二時近くまで部屋にいた。ナタリーが服を着るあいだ、わたしは寝室の机に腰掛けたまま、窓にもたれていた。

「マイアミに発つ前のお別れのファックね」ナタリーは言った。「ありがとう、激しくしてくれて」

ナタリーが去ったあとには苦しさがタールのように垂れこめ、眠りに落ちたわたしを毛布のように覆った。

15

夜明け前に起きて、いつもの見まわりを済ませたあと、角の食料雑貨店までコーヒー一杯とマフィンと《デイリーニューズ》を買いにいった。表の花桶にはあたらしい花が満たされていた。韓国人の女の姿は見あたらなかった。

ハヴァルの記事がそこに載っていた。署名入りで、八ページ目に掲載されている。十センチほどの長さのある欄を二段埋め、記事の隣には車輪付き担架《ガーニー》でチェンバース・ストリートのビルから運びだされるトニー・ラモンドの写真が添えてあった。見出しには「爆弾がダウンタウンのビル破壊」と書かれ、小見出しに「ボディーガード、重要証人の命を救う」とつけくわえられていた。わたしの名前も言及されている。

キッチンのテーブルでコーヒーを飲みながら、記事を読み返した。見出しはおおげさすぎるにしても、ハヴァルは事実をなかなか率直にとらえていた。わたしの名前は一行目のしょっぱなに出ており、文面はこうだ――「パーソナル・セキュリティ・エージェントのアティカス・コディアック氏がチェンバースとウエスト・ブロードウェイ角にあるレイミア&ブラックマン法律事務所に到着したときには、すでにわずかな時間しか残されていなかった……」残りの部分もだいたい似たような調子だった。一度だけ、ハヴァルはわたしの言葉を引用していた。『ノーコメント』コディアック氏は、爆発のあとで述べている。『悪人だって新聞は読む』」

少なくとも、誤った引用はしていなかった。

ハヴァルは段落ふたつを費やして、爆発の状況と〝未詳〟の証人が〝間一髪〟で救出されたことについて述べ、そのあと市内にある警備保障会社の話につづけていた。わたしが個人で独立している一方、センティネルは大規模な会社組織であることも、手際よく指摘していた。ダビデ対巨人ゴリアテになぞらえた論旨は、ハヴァルが「他人のためにみずからの命を賭けるこのような人々」について二行ほどつけくわえたところで、さらに勢いづいていた。

コーヒーを飲み干してから新聞をゴミ箱に投げこみ、ついで紙コップを投げこんだ。記事はいくつかの理由から、わたしの気分を害していた。わたしは世間的な認知を望んではいない。そんな値打ちはないと、はっきり感じていた。たまたま運がよかったのであり、それと有能であるということとは、天と地ほどのへだたりがあった。

ハヴァルは、本人にそのつもりがあろうとなかろうと、トラブルを巻き起こすことになるだろう。わたしの勘では、このネタを可能なかぎり追いかける気にちがいなかった。報道と警護は、けっしてうまく混じりあうことがない。

わたしは自分の部屋にもどり、いくつかの荷物をバックパックに入れ、バイクを出しにガレージにおりていった。発進したとたん、危うくナタリーにぶつかりかけた。歩道に立っていたのだ。

「あなたが監査料をたっぷりもらってるといいんだけど」わたしがエンジンを切ると、ナタリーは言った。「あたしもいっしょに支払名簿に載せてもらうことにしたから」

「どうしたんだ？」

ナタリーの笑顔は混じりっけなしの喜びそのものだった。「辞めたの。今朝五時に父さんに電話して、だれかほかにマイアミまでミセス・ノータリンのエスコートをする人間を見つけてもらわないといけないわ、あたしはやるつもりがないから、って言ってやったの。きょうもやらないし来週もやらない、これからもずっとやらない、って」笑顔がさらにもう少しだけ広がった。「そういうわけで、あたしは突如自分のスケジュールが空っぽなことに気づき、そこへあなたがぼったくりのインチキ弁護士のために監査をおこなうという話を聞きつけた」

「つまらん仕事さ」わたしは言った。「市内のあるいいかげんな警備保障会社が、自分たちの仕事は万事抜かりがないと思いこんでいる。おれは連中がまちがってることを証明するために雇われたんだ」

「へーえ、それは面白そう。あたしも行っていい？」

わたしは頭のてっぺんを掻くふりをし、必然的にヘルメットのてっぺんを掻くこととなった。「どうかな。あまり女性向きの仕事じゃないんだが」

「いまはとても機嫌がいいから、その言葉はあえて寛大な気持ちで受けとめてあげましょう。さあ、出発進行よ、兵隊さん。果たすべき監査と恥をかかせるべき人たちが待ってるわ」

少なくとも二日間は〝藪のなか〟となるわけなので、ナタリーとわたしはたっぷり朝食を摂るのがよかろうと判断した。〈ガースキーズ〉と呼ばれるヨークタウン・ハイツのレストランに入り、炭水化物を補給しながら計画を話しあった。ナタリーは、本人が奥ゆかしく形容するところの〝ろくでなしどもの顔をぶっ潰す〟方法を、溢れるほどに思いついた。車にさまざまな道具を積みこんできており、ひとつかふたつびっくりさせるものもあると請けあってくれたが、五分間の検討ののち、さらに買い物をしたほうがいいという結論になった。が、どの店も開店までにあと一時間ばかりあったので、各自とてもおいしいチェリー・パイをもうひときれと、コーヒーをもう少し飲むことにした。わたしはナタリーにハヴァルの記事の話を聞かせた。

「父さんはとてもその記事を気に入るでしょうね」ナタリーは言った。「きっと、あなたが言葉巧みに父を悪人にしたてあげたんだ、と言うわ」

「ピューを入室させる前にだれも室内を全面点検しなかったことは、おれの責任じゃない」わたしは言った。「モウジャーがその手配をすべきだったんだ」

「室内は点検したのよ。ただ空気中の化学物質をチェックしなかっただけ。たぶん、やってもなにも見つからなかったでしょうけどね。あの爆発を喰い止める唯一の方法は、部屋に入ってくるすべての電波を妨害することだけだった」

「爆弾は時限式だったと思ったんだが」

「爆発直前に内蔵時限装置が起爆電波受信機を作動させる仕掛け。推測では、起爆電波発信機を持ったドウがすぐ近くに、たぶん建物内にまで進入していたんじゃないかという話」ナタリーはパイをひと口かじった。「父さんが言ってたんだけど、マーガイルズの監査に応じた唯一の理由は、あなたの印象を悪くすることにつながると考えたからですって。あの人はあなたにこのビジネスを辞めさせようとしてるの」

「おれがあの男になにをした？」

「なんにも。問題は、あなたがこの業界に対してやっているとあの人が思ってることよ。ボディー《B》ガード《G》がどんな悪評を浴びているかは知ってるでしょう。一般人の大半がＢＧのことを、ミラーシェードをかけた筋肉むきむき男で、教養が無くて、過剰武装してると考えてる」

　わたしはパイの皮をつまんだ。軽くてさくさくして、すてきだ。

「自分が非難されてると思ってるのね」ナタリーが言った。

「ほかにとらえようがあるかい？　結局は、自分がこの仕事に向いているのかどうか考えてみるべきだという点に行きつくんだ」

「あたしとおなじことを言ってるわよ」

「きっとパイのなかに入っているもののせいだろ」

ベース・キャンプに到着すると、わたしはビデオカメラを設置しに行き、その間にナタリーは自分の装備を選り分け、隠した。監視所は二ヵ所ともとくに荒らされた様子はなく、隠しておいたわたしの装備にまったく触れられた形跡もなかった。

もどってみると、ナタリーの姿はどこにも見えなかった。ベース・キャンプに二、三歩近づき、姿を探して周囲を見渡す。ナタリーの荷物はまだそこにあった。

「どうかした？」ナタリーが訊ねた。

わたしはその声の源を探した。かさっと音がして、木立の一本を背にナタリーの姿が形を現した。ほんの一メートル半ほどのところにいたのだ。

「へえ」

「自分で作ったのよ」ナタリーはよく見えるようにゆっくり一回転してくれた。「うまくいくみたいね」

「効果絶大だよ」わたしは請けあった。ナタリーはスナイパー用の偽装服、ギリースーツに着替えていた。その服はもともと緑褐色のフライトスーツとして世に生を享《う》けたものだったが、ナタリーはその背中側に両腕両脚の先まで偽装用ネットを縫いつけていた。ネットの糸にくっつけてあるのは、無数の偽装用ゴム布の細片だった。そこにその辺の木の枝を数本つけくわえ、網目を縫うように通して、さらに見栄えを改良していた。ブーツも手袋も茶色の革製で、周囲一帯の自然の色とよくなじむ色合いだった。頭にはスナイパー用の頭巾《カウル》をつけて毛髪を隠し、同じ模様の巻きつけ式ヴェールで顔を隠していた。

わたしが着ている迷彩柄の偽装服とはちがい、ナタリーのものは動く。風が巻き起こり、葦の茂みが揺れると、ナタリーのカムフラージュはそれに応じて体とは無関係に動くのだ。折れ重なる細片が光線と陰の落ち具合を自然に見せ、シルエットをぼやけさせる。この直接光のなか、ナタリーがどこにいるかを知っていてさえ、わたしはその輪郭を見失ってばかりいた。

さらに十分間かけて、音を立てるものがないかたがいにチェックしたあと、第一監視所に移動した。わたしがまわしておいたテープを再生して見ているあいだに、ナタリーは自分用の壕を掘ってもぐった。再生が終わるころには、すでにナタリーは自分の双眼鏡をのぞきこんでいた。わたしがブランケットの下にもぐりこむと、ナタリーは双眼鏡をわたしによこした。

「おれも持ってる」わたしは言った。壁から六十メートル離れているので、声を低く保っているかぎり、話をしても安全だった。

「こっちのほうが上等よ」

ナタリーの言うとおりだった。その双眼鏡は高倍率なうえに視界がクリアで、レーザー式測距器《レンジファインダー》が内蔵されている。

「高価なオモチャを持つのはいいもんだな」

その双眼鏡で敷地内や建物をながめてわたしが遊んでいるあいだに、ナタリーは弾着標定鏡《スポッティング・スコープ》を据えるための三脚を設置した。

「レーザー式マイクを持ってくればよかった」ナタリーがつぶやく。「盗聴できたのに」

「レーザー式マイクを持ってるだと？」

「父さんがね」ナタリーは無線スキャナーを掲げてみせた。「これで間にあうでしょう」

「きみがいなかったら、どうなってたか想像もつかないな」

「あたしがいなかったら失敗に終わったわよ」

「たぶんそのとおりだ」

夕方まで監視所にとどまり、分担して仕事をした。わたしは警邏《けいら》巡回のログをつけ、ガードの人数、巡回区域、巡回パターンを書き記していった。ナタリーは家を監視し、外から見えたものをもとに内部の見取図を描いていた。スキャナーは交代で聞くことにし、各一時間程度でヘッドフォンを行き来させた。屋内からは相当量の無線電波が出ており、その多くは平凡な交信だった。ガードが司令室に連絡を入れたり、ときおりモウジャーまたはヨッシが標準作戦規定《SOP》の変更命令を出したりしていた。

二時十三分、スキャナーで通信を傍受していたナタリーが、「フェデックスが届いたわ」と、わたしに知らせた。

「こっちから送ったやつだ」詰所内の様子を見るために双眼鏡を動かす。

「なにを届けたの？」

「偽の爆弾」わたしは言った。「マーガイルズからの」

「陰険ね」ナタリーはそう言ってからつけくわえた。「オーケー、ゲート担当は応援を呼んだわ」

「無線を使用したことで減点」と、わたし。「だが、協力を要請したのはほめてやろう」ガードは配達用バンにじっさいに何人乗っているのか知ることはできない。さらに言えば、それが本物のフェデックスの車かどうか知る術はなかった。ゆえに対応人員を増やすのはおそらく適切な考えだろう。しかし、配達されようとしている物がもし爆弾であれば、漂遊電波が早期爆発を誘発する可能性があった。

視界のなかにゴルフカートが現れ、ゲートのそばに停まった。乗っていたふたりがおりてくる。詰所からマールが外に出てきた。

「詰所は配達物が届く予定のないことを確認した」ナタリーが交信内容を伝える。

フェデックスの運転手が、普通サイズの箱とクリップボードを抱えてバンからおりてきた。壁に近づき、そこで立ち止まる。マールが片手を突きだして、運転手になにか言っていた。短いやりとりがあとにつづく。ボディーランゲージからは、フェデックスの運転手がだんだん苛だってきている以上のことは、たいしてわからなかった。

「詰所は差出人を確認するよう指示を受けた」

わたしはマールがその要求を運転手に伝えるのを見守った。運転手が抱えている箱を見やり、なにか答えた。

「詰所は『マーガイルズからです』と伝えてる。無言……待つように言われてる……司令室《CP》が確認の電話をかけている……」

運転手はバンにもたれた。顔はよく見えなかったが、笑みは浮かんでいないだろうと察しがついた。三分が経過し、その間にあらたにふたりのガードが南から近づいていたが、壁から見えない位置にとどまっていた。的確なサポートだ、とわたしは思った。

「CPが詰所に、マーガイルズに連絡がつかないと伝えてる」ナタリーが中継した。「事務所のアシスタントと話をしたところ、きのうはなにも送っていないはずだと言われたそうよ。連中は受取りを拒否するわ」

マールがその知らせを運転手に伝え、運転手は信じがたいといった表情で二秒ほどマールを見ていたが、やがてあきらめると箱を抱えて車にもどっていった。バンがUターンして出ていくまで、ガード全員が動かなかった。

「警備態勢を解くわ」ナタリーがわたしに知らせた。「成績はCね。交信が多すぎる」

「Bマイナスくらいだろう」ガードたちはそれぞれの持ち場にもどっていった。

「もっと意地悪くいかなくちゃ」

「おいおいな」わたしは答えた。


日が暮れかかるころ、ナタリーはテープ交換と見取図の仕上げのために第二監視所に移動し、わたしは撤退した。基地でふたたび合流し、糧食を取りだして、食べながら今後の進めかたについて話しあった。明朝を皮切りに、われわれは小さな混乱やイベントを仕掛けはじめ、様子を見ながら適度にエスカレートさせていくことにした。

「今夜の分担はどうしたい？」ナタリーが訊いた。

「なんとでも」

「じゃあ、あたしは十二時から四時までを受け持つわ。あなたは四時から八時までということで」


それで申し分ないと答えると、ナタリーはわたしのショベルを持ってゴミと排泄用の穴を掘りにいき、そのあいだにわたしはマーガイルズに電話を入れて経過報告をした。マーガイルズは、偽爆弾の配達はどうなったか、と訊いてきた。

「受取りを拒否されました」わたしは言った。「ゲートさえ通過しませんでしたよ」

「それはいいことなのかね？」

「邸内にいるピューの身の安全について、少しは気が楽になりました。近いうちにまたピューが外出する予定はありますか？」

「ないはずだ。ニールが本件から抜けるとなれば、被告側のＤＴＳがあたらしい弁護人を確保できるまで待機することになる。だれであれ引き継いだ弁護人はジェリーの証言録取を求めてくるだろうが、数週間のうちにおこなわれることはないだろう」

「では、われわれは屋敷での作業をつづけます」

「われわれ？」

「ナタリー・トレントが手伝ってくれてるんですよ。ナタリーにはわたしの報酬のなかから支払います」

わたしは次にエリカにかけ、やってもらいたいことを話すと、エリカはそれを承諾し、明朝九時から十時のあいだに行くから待ってて、と言った。エリカにマーガイルズの電話番号を教え、電話をして要るものを伝えるようにと話す。エリカはそうすると答えてから、昼間にクリス・ハヴァルが何度も電話してきたと教えてくれた。

「自分の記事をあんたがどう思ったか知りたいんだってさ。連載することになった、って言ってたよ」

「一部買っといてくれ」

「うん、いいよ。スクラップブックを作ってるとこだもん」

ナタリーが先に監視所に引きかえしていき、わたしは穴を使いにいった。ふたりともビニール袋方式は採用していなかった。そのあとわたしは小さな火を起こし、インスタントのコーヒーを淹れて保温瓶に注いだ。水をかけて火を消したあと、保温瓶とわたしは連れだって監視所へと引き返した。

　ふたりで監視をつづけ、やがて零時になるとわたしは眼鏡をはずし、ふたり用の壕のなかで、ナタリーのかたわらで背中を丸めた。ナタリーはわたしの頭を軽く叩いて、いい夢を、と言った。冷えこんできてはいたが、スペース・ブランケットがふたりの分けあう体温を包みこんで温かさを保ってくれると同時に、赤外線を使っているガードがいても体温徴候が視認されるのを防いでいた。わたしは横になるとすぐ、眠りに落ちた。

ナタリーは四時に脇腹をつついてわたしを起こした。よくありがちな前日の出来事を反映した夢を見ていたわたしは、ナタリーと位置を替わりながら、既視感にとりつかれていた。夢のなかで、ジョン・ドウが森のなかにいた。われわれにつきまとう人影として。

ナタリーは頭巾《カウル》をほどいて枕がわりに使い、わたしに体を押しつけて丸くなった。わたしはナタリーの持ってきた小型フラッシュライトでページを照らしながらログをつけた。ライトは指に装着できるようになっており、暗視できるようにレンズがアンバー色をしている。

　いくつか興味をひかれるものは目にしたが、著しく不適格な行動はなかった。犬たちは暗くなると犬舎へもどり、徒歩パトロール員がもう一名追加された。動作感知式の投光照明灯《フラッドライト》が建物の四隅、および敷地内のほかの場所にも二ヵ所設置されている。窓の奥でなにか動きがあったが、カーテンはいずれも閉ざされたままだった。夜行性動物が遊びに出てきており、連中を無視するには集中力が必要だった。そっちのほうが見ていて面白いのだ。

午前八時二分ほど前にナタリーをつついて起こし、いまから二台目のビデオカメラを起動させにいくことと、ベース・キャンプで合流する旨告げた。わたしがもどってくるまでに、ナタリーはコーヒー用と身支度用に湯を沸かしてくれていた。手短に野外沐浴を済ませ、ふたたび服を着て迷彩の塗料を塗りなおす。即席オートミールとドライフルーツの朝食を分けあってから、われわれは張りこみにもどった。

わたしが無線スキャナーを担当していたとき、きっかり九時半に詰所のガードの声が耳に入った。「進入車両です」

「戦術《タック》チーム、正面詰所に対応せよ」司令室が命じる。

「車が入ってくるぞ」わたしはナタリーに言った。「エリカだ」

ナタリーはにっこり笑い、森林用迷彩のヴェールの奥に白い歯が垣間見えた。ナタリーは双眼鏡で様子を追い、わたしも単眼の望遠鏡でそれにならったので、ふたり同時に見ていることができた。

マーガイルズはエリカの仕事に最適の車をあてがってくれていた。フォード・ムスタング・コンヴァーティブルの黒だ。エリカは停止するまでにゲートから六メートルあたりの距離まで近づいていた。

「近すぎるわ」ナタリーがつぶやく。「毎回あんなにゲートのそばまで人を近づけてしまってる」

詰所のガードはふたりとも見覚えのない男で、どちらもこれといった特徴がなく、おそらく三十代か四十代前半と思われた。ともに壮健な印象だった。うちひとりがエリカと話しに出てきた。

もう一方のガードは詰所内にとどまったまま、無線を取りあげた。スキャナーから「運転者のみ。女性です」と、その男の声が聞こえる。

「訪問客の予定はない」司令室が応答した。

「了解《ラジャー》。なんの用かたしかめます」

相方のガードはゲート越しにエリカに話しかけており、エリカはもっとよく聞こうとするように、傷のないほうの耳に片手をあてている。詰所から十メートル弱の地点にゴルフカートが停車しており、徒歩パトロール員のひとりが芝生の南端から駆け寄ってきた。エリカは、なにを言ってるのかわからない、とガードに首を振ってみせ、車からおりてきた。革のナップサックもいっしょに持っており、両手で抱えている。

「頭のいい子ね」ナタリーが言った。「あれはあなたのアイデア？」

「あの子のだ」と、答える。

エリカはわたしのワイシャツを着ていた。袖をまくり、ボタンはかけずにみぞおちのあたりで裾を結んでおり、ミニスカートにアンクルブーツを履いている。口元を赤で強調しているのが、スコープから見えた。じっさいに網タイツを穿いてはこなかったものの、もともとそんなものは必要なかった。

ガードに制止される前に、エリカはゲートからおよそ三メートルの距離に到達していた。うしろの道路を指さす。

詰所内のガードが無線を送った。「道を訊いてます」

「追っぱらえ」迅速な応答があり、わたしはその声がヨッシのものだと気づいた。

「さあ、さあ」ナタリーが繰り返している。「どじを踏みなさい」

いまやエリカはゲートのガードを会話にひきこんでおり、相手との距離をしごく友好的な一・五メートル程度にまで縮めることに成功していた。徒歩パトロール員は離れて見ていたが、カートに乗っていたひとりはおりてこようとしている。

見ているとエリカは笑いだし、タクティカル・ギアに身を包んでゴルフカートからやってくる男を指さした。そっちを見ようとして、ガードがエリカに背中を向けた。

ナタリーがうなった。

「愚か者」と、わたしも同意した。

エリカがそこからさらに六分間、ゴルフカートからおりてきたガードもひっぱりこんで会話をつづけていたとき、わたしの耳に「状況はどうなってるんだ?」と、訊ねるヨッシの声が聞こえた。

「カラモア・ジャズ・フェスティバルへの道順を教えてやってるところです」

「その子を追っぱらうんだ」

「諾《だく》」

「ヨッシが頭にきはじめてるぞ」わたしは言った。

「そうなるころね。エリカが来てからどれくらい経った?」

わたしは時計を確かめた。「姿を現してから十一分だ」

詰所のなかにいたガードが外に出てきていた。おそらくエリカを帰らせるためだったのだろうが、どうやら会話の仲間に引きこまれてしまったようだ。エリカはバックパックを地面におろして、あけようとしていた。ガードはだれひとり武器に手をかけていない。エリカが取りだしたのはメモ帳とボールペンで、それをタクティカル・ギア姿のガードに手渡すため、じっさいにゲートの向こうまで手を通した。

「状況は?」ヨッシが再度訊ねる。

「いま追い返すところです」

ヨッシはなにやらつぶやいたあと、交信が途切れた。

「ヨッシが出てくるぞ」ナタリーに伝える。

「時間は？」

わたしはもういちどチェックした。「十四分」

「この件では、不合格のFを与えることにするわ。特大かつ極太のFをね」

エリカはすでにメモ帳を返してもらい、髪を撫でつけている。

「ほうら来た」とナタリー。

すばやく視界を移動させると、ゲートにつづく小径《こみち》を憤然とやってくるヨッシが見えた。視界をもどすと、エリカのほうもヨッシの姿を見つけていた。エリカはガード連中になにか言って手を振ると、小走りに車にもどっていった。ヨッシが詰所にたどり着くころには、エリカはカーブに沿ってムスタングをバックさせはじめていた。車が見えなくなる前にヨッシがエリカを見たかどうかはなんとも言えなかったが、それは形式上の興味にすぎない——ヨッシはすでに監視モニターでエリカを視認していたかもしれなかった。

ナタリーとわたしが見ていると、ヨッシはその場にいたガード全員に胸のすくような一喝を与え、持ち場に追いかえした。それから林の境界線をねめつけるようにして、警戒区域内を歩きだした。

「ふむ、エリカだと気づいたな」わたしは言った。

「かまわないわ。ヨッシはやりかたを心得ているから」ナタリーは言った。「あの子、電話をかけてくるの？」

「電話のある場所にたどりついたらポケベルを鳴らしてくることになってる」

「行ってきなさいよ」

「イエス、ボス」そう答えると、わたしは遮蔽の下から滑りでて、ベース・キャンプに引き返しはじめた。五分もしないうちにポケベルが振動しだし、さらに五分をかけて携帯電話のありかに到着した。

「あたし、どうだった?」

「みごとだったよ」わたしは言った。「あいつらになんと言ったんだ?」

「カトナでやってるジャズ・フェスティバルでボーイフレンドと待ち合わせてる、ってね。もし彼がすっぽかしたら振ってやるつもりだ、とも言っといた。すごい重装備だったやつ、あいつの名前はマーカス・ヴァン・ホルトだよ。地図を書いてやろうとか言って、あたしの帳面に自分の電話番号を書いてよこしたんだ」

「ほかにも名前がわかったか?」

「最初に話をしたのはアーサー、詰所のなかにいたもうひとりがショーン。わかったのはそれだけ。ヨッシはあたしに気づいた?」

「どうだっていいさ、きみはまさにおれがやってもらいたかったことをやってくれた。それもじつにうまくやってくれた。連中が書きこんだ紙をおれの部屋に置いといてくれ。報告書を書くときに要るから」

「これでおしまい?」

「状況によるな。車はあとどのくらい借りていられる?」

「マーガイルズさんは、丸一日使っていいって言ってたよ。ところで、あの人、なかなかクールだよね」

「おれも好きだ」わたしは言った。「正午を少しまわってから、〈マリアズ・ピッツァ〉という店に行ってもらいたいんだ。118号線沿いにあって、すぐに見つかる。ピザを屋敷に配達するよう注文して、代金をキャッシュで払ってくれ」

エリカがくすくす笑った。「ピザ?」

「そうだ」

「ねえ、人によっちゃ、あんたのやってることを陰険だと思うかもしんないよ」

「陰険かどうかは、見る者の主観できまるものさ」わたしは言った。

ピザは十二時三十分に到着し、一件落着に一時近くまでかかった。それから十五分後、地元のCATV修理のバンが、エリカと話したあとでかけておいた修理依頼の電話に応えてやってきた。その一時間半後、CATVのバンは近所の花屋のバンにとってかわり、詰所のアーサー宛に一ダースの赤い薔薇が届けられた。おしまいに午後五時ごろやってきたのは、民間の救急車だった。

「医師のレイチェル・モウジャーと申しまして、患者の代理でお電話しております」ナタリーは通信指令員に言ったものだ。「患者の名前はマーカス・ヴァン・ホルトとおっしゃるんですが、お気の毒に睾丸癌《こうがんがん》を患《わずら》っています。放射線療法のせいですっかり衰弱なさってましてね。ホルトさんをアマウォークからマンハッタンのシーダーズ・シナイ病院に移送しなければならないんです」

われわれは様子をうかがい、メモや写真をとり、しばしば子供のようにくすくす笑った。とくにヨッシが屋敷の裏手にふらりと現れて、木立に向かって中指を突き立ててみせたときには。ヨッシは九十度あさっての方向を向いていたが、われわれはそのメッセージを受けとめ、笑い声が届いてしまわぬよう頭を引っこめなければならなかった。さらに、ゲートに呼びだされたマーカス・ヴァン・ホルトの反応が、これまた死ぬほど笑えた。

「おまえ癌だったのか？」だれかが無線でそう訊ねるのが聞こえた。

われわれはいくつかの事柄を学んだ。ガードは全員、部外者の侵入についてはよくやっていた。どれほど怒鳴り散らそうとも、ゲートを通過できた者はひとりもいなかった。たとえば花屋やケーブルテレビの作業員はさんざん怒鳴ったのだが、要求はまったく通らなかった。しかし、一貫して、詰所のガードは見知らぬ人間をあまりにもゲート近くまで接近させすぎていた。

これらの大半は軽微な過失であり、こちらの与えた混乱もかなり見え透いたものだった。

われわれがじっさいにあきらかな挑戦を仕掛けたのは一度だけで、それは前日の朝食の席でわたしが思いついたアイデアだった。

わたしはガムを一枚抜いて入念に嚙みほぐし、それを陽にあてて硬くしたあと、包み紙にくるんだ。午後三時を少し過ぎたころ、わたしはリストロケット・スリングショットを使い、そのガムをフェンスの向こう側へ発射した。

ドッグ・パトロール班のひとりがそれに気づいたのは午後六時十五分前、ちょうど暗くなりはじめたころだった。無線スキャナーを聞いていたナタリーが、ぴんと身を反らせ、「おっと、これはいいわね」とつぶやいた。

「どうした？」

ナタリーは片手を挙げてわたしを待たせ、耳を澄まし、スポッティング・スコープの向きを変えて見つめた。わたしも双眼鏡でナタリーの行動にならった。ふたりのドッグ・パトロール員は直近エリアをくまなく点検し、うちひとりはその間も無線を使っている。

「連中はガムを発見したわ。ひとりが総員に宛てて無線を送り、リグレーのガムを嚙んでいた者がいないか訊ねている。〝否〟の返答を山のように受けてるわ。これから屋敷内の全面点検をおこなう。さて、これはAを稼いだわね」

その夜十時半、ナタリーは言った。「これってあたしのせい？　それとも少し遠出するにはここの徒歩パトロール員は用心が過ぎるの？」

「やつらはセンサーを避けている」わたしは言った。夜の闇が訪れてから動作感知機《モーション・ディテクター》の感知領域内にだれかがじっさいに入ったのを目にしたのは、たった二回だけだった。そういった際には即座に照明がつき、その部分の芝生の四半分がハロゲンの強い光に満たされた。なぜガードたちが感知機を避けて行動しているかは理解できる——照明は目を眩《くら》ませる——範囲内にいる者の夜間視力を破壊してしまうのだ。

しかし、それは警戒域のなかでも建物に近接した部分の警護がおろそかになることを意味していた。

「それに対してなにかやるべきだわ」ナタリーが言った。

「たとえばどんな？」

「たとえば狙撃してみるとか」ナタリーは顔のまわりに頭巾《カウル》をきつく巻きなおして、ふたりの隠れ場所から忍びでていった。

わたしは暗がりに坐って、ナタリーは冗談を言っていたのだろうかと思い巡らし、きっとそうだったのだと結論を下したそのとき、ナタリーがライフルを抱えてもどってきた。そんなものを持ってきていたことすら、わたしは知らなかった。

「ナタリー？　きみはふざけてるんだ、だろ？」

「ただの二二口径。使いやすくて静かよ」ナタリーは言った。「音は抑えてあるの、ほら」

そのライフルはボルト・アクション式の二二口径で、銃身の端のサプレッサーを装着した部分が膨らんでいる。わたしが武器を眺めたあと、ナタリーは腹這いになり、フィンガー・ライトを使って光学機器をチェックした。

「父さんが手に入れてくれたの」

「サプレッサーもか?」

「ワシントンDCに何人か友達を持つのも悪かないわよ」

「で、それでなにをしようと考えてるんだ?」

「照明のひとつを撃って壊す。それが作動していないことに気づくまで、どれだけかかるかを見るの。射程を測ってくれる? 南東角のやつを狙うつもりなんだけど」

わたしはナタリーの双眼鏡を使って電球を探した。闇のなかで消えている照明を見るのは容易ではなく、これだと確信するまで一分近くかかった。レーザーのスイッチを入れ、射程百十七メートルとの測定結果を得て、その数値をナタリーに伝えた。

ナタリーはうなずいて銃身下部の二脚をおろし、ライフルのスコープを調整した。それから息を吐き、心を静め、狙いを定めにかかる。

パンと音がした。そばの茂みから生き物があわてて逃げだしていった程度の音だった。双眼鏡をのぞくと、壊れた電球が見えた。割れたガラスは暗がりでは見えにくいはずだ。照明がまったく作動していないことにだれも気がつかない可能性はおおいにあった。

ナタリーが息をついてライフルをおろした。

「上出来だ」わたしは言った。「ジョン・ドウも鼻が高いだろうな」

午前二時に、ナタリーは警戒域の外周をたどって西側へまわりこんだ。一時間後にもどってくると、ナタリーは「そろそろよ」と言い、言ったとたんに遠くでババババッ、パンパンパンッと一連の破裂音が鳴った。ナタリーが時限信管にセットしてきた爆竹だ。

「爆発です」パトロール員のひとりが報告する。「西側警戒域です」

「了解《ラジャー》。第三地点、なにか見えるか？」

「否」

さらなる火薬が、より近く、やや大きな音で炸裂した。

「いまのはこっちでも聞こえました」と別の班。「どうします？」

「待機しろ」

ナタリーがどうだと言わんばかりにわたしを見た。

「これで終わりか？」

「待ってなさいって」

次の連続爆発はずっと近く、ずっと大きな音で、はるかに大量だった。

「全班、全域を徹底点検せよ」司令室が噛みつくように言った。「あのフェンスを見張れ」

家のなかで、三つのライトが次々に点灯した。見ていると、それらのライトは一階の一室から階上《うえ》にあがり、建物の南側に面した一室へと移動した。それからライトは消え、階下《した》で別のライトがついた。

「ピューを移動させてるんだろうか？」

「そのようね。強化された部屋はどこ？」ナタリーが訊ねた。建物が攻撃に遭った際にモウジャーがピューを移動させるであろう部屋のことを言っている。

「わからん」わたしは言った。「照明の様子では、一階じゃないかな」

われわれは蟻のように慌てふためいているガードたちを眺めていた。


翌日はほぼ丸一日、ガードたちに息抜きの機会を与えてやった。ヨッシは屋根の上に男を一名配備し、そいつがなにやら高性能光学機器とおぼしきものを手に仕事をしているため、ナタリーとわたしは前日まで以上に慎重を期して行動する必要があった。

ヨークタウン・ハイツの狩猟用品店で狐の小便を少々買ってきていたナタリーは、午後になると風上に移動し、そいつを若干散布した。ちょうど出番のドッグ・パトロール班がやってきたところで、においを嗅ぎつけると、ロットワイラーが吠えはじめた。ジャーマンシェパードのマックスは主人の命令を受け、口を閉ざしたまま警戒している。

午後三時でシフトが入れ替わると同時に、われわれはその夜のフィナーレを準備するために引き揚げた。二台のビデオカメラは撤去。ベース・キャンプを壊して、車を停めた場所まで装備を運んだ。今夜、連中はわれわれを探しにやってくる。捕まらないためには、身軽に行動する必要があった。これからやろうとしていることには、ひとつの危険な要素がある──ガードたちは怒っていると同時に恐れているはずで、実弾を携行してくると考えられた。

かたづけが全部終わったあと、わたしはマーガイルズがバイク便でアパートメントに届けさせた手紙を取りだして、不特定対象のほうをナタリーに渡した。ナタリーはにやりと笑って受けとると、言った。「捕まえられるもんですか」

「あいつらは無能じゃないぞ、ナタリー」

「ええ、無能じゃないわ。でもこれはプライドの問題。あしたの朝、部下たちの犯した失態のリストに耳を傾ける父さんの顔を見てやりたいのよ。結果の発表は何時にやるの？」

「マーガイルズは、午後三時に邸内で会おうと言っていた」

ナタリーが手紙をたたんでギリースーツのなかに忍ばせると、われわれはゆっくりと第一監視所に引きかえした。わたしは双眼鏡を持って配置につき、ナタリーのほうはわれわれの悪ふざけを仕掛けにいくと同時に、これから使うほかのいくつかの装置を準備しに向かった。

わたしはお開きになるのが待ち遠しかった。監査をおこなう楽しみは、わたしにとって学究的なパズルのようなものだ──欠陥を見つけ、それを表面化させていく。デイル同様、わたしも地面で寝るよりベッドで寝るほうが好きだった。熱いシャワー、温かな食事、頭を枕につけている八時間が、いまやわたしの優先順位リストのトップに近づいていた。

午後十時十五分過ぎにナタリーに肩を叩かれ、死ぬほどぎょっとさせられた。なんとか悲鳴はあげずにすんだ。

「よしてくれ」と、わたし。

「近づいてくるのが聞こえてると思ってた」

「なにも聞こえなかったぜ」

ナタリーはわたしに、紙袋ひとつとコーヒー用に使っていた保温瓶を渡した。

「仕掛けは万全よ。あと五十六分あるわ」

「どうぞくつろいでくれ」

ナタリーはわたしのかたわらにしゃがみこんだ。ナタリーの暗視ゴーグルの電源が入り、ごく微かな振動音がした。わたしは無線スキャナーの番をしたまま紙袋をあけた。なかには四本のロケット花火が入っていた。わたしは花火をセットし、すぐ手の届くところにナタリーの持参した使い捨てライターを置いた。

十一時十分、ナタリーが言った。「配置についてくる。あすの朝に会いましょう」

「捕まるなよ」

「まず生け捕りにはされないわ」

ナタリーは茂みのなかに下がって姿を消した。無線スキャナーはわたしのベルトに装着されており、わたしはヘッドフォンをつけなおして腕時計をたしかめた。時計が十一時を指したところで、わたしは保温瓶をあけた。暗闇に小さな湯気の雲があがる。湯を捨ててから、水筒のなかで温められていた十六個のスーパーボールのうち、一個をてのひらに取りだした。

スリングショットとスーパーボール一個を手にとり、もう一度時計を確認したのち、ボールを飛ばした。ガード詰所に狙いをつけているときにゴルフカートが視界に入り、そっちを標的にすることにした。暗すぎてボールがじっさいに当たるところは見えなかったが、発射後二秒ほどでカートがブレーキをかけた。

再装塡し、建物めがけて温めたボールを高く打ちあげる。

「なにか起こってるぞ」スキャナーから声がした。「いま、どこかの窓になにか当たったように思う」

「待機しろ。だれかに調べさせる」

〝調べさせる〟という言葉で向こうが意図しているのは、ナタリーのものとさして違わないゴーグルをつけただれかを屋根にのぼらせるということだ。ここが、エリカならきっと言うだろうが、陰険な部分だった。温めたゴム製のボールは、赤外線で見ると明るい線となって浮かびあがる。それらは曳光弾《トレイサー》の航跡に、さらには弾丸にさえも、驚くほどそっくりに見えるのだ。

さらに六十秒待ってから立てつづけに三発、どれも建物を狙って発射した。三発目を装塡しているとき、スキャナーから声がした。「たいへんだ！　何者かがわれわれに発砲してるぞ！　弾が見える、弾が見える――」

「待機して、位置を特定できるかやってみろ。こちら司令室、全班に告ぐ、警戒せよ」

あわただしい声のやりとりがあり、複数の交信がたがいに中断しあった。モウジャーが警護対象者を強化部屋に即刻移動させろと命じるのが聞こえた。不安げな声だ。

よしよし、とわたしは思った。

わたしはスーパーボールを発射しつづけ、建物や敷地内に雨のようにふらせてやった。無線はやかましく頻繁に交わされていたが、まだだれも出動する様子はない。相手側に1ポイント――脅威の実体解明を試みるより先に、警護対象者の安全を確保しようとしている。

ヨッシの声が無線に流れた。「戦術チーム、対応準備。全員、冷静を保つんだ。第二チーム、フェンスを固めろ。第三、第四チーム、徹底点検の準備。第三は北側警戒域を、第四は南側だ。ドッグ班？　ドッグ班？」

「ドッグ班です、どうぞ」

「においが嗅ぎつけられるかやってみろ。犬を放すんじゃないぞ」

「了解《テン・フォー》」

あらたな声が割りこんできた。おびえて悪態をついている。「向こうになにかあります！」

ナタリーがタイマーに仕掛けておいたストロボライトが光った。わたしの位置とは逆側の区域で点滅する眩しい光は、ぞっとするほど不可解に見える。

「照明をつけろ」ヨッシが命じた。

バーン、バーンと二度、大きな爆音が響き、ロケット花火の斉射がはじまった。さらなる狼狽とさらなる怒声が無線で飛び交う。わたしも紙袋から残り半分のロケット花火をとりだし、敷地内に狙いを向けて打ち上げた。

屋根にのぼったガードが照明弾《フレア》の発射を開始し、四方八方の木立の上方からその向こうへと撃ちだして、こっちの方向には一発余分に飛んできた。フレアは小さなパラシュートにぶらさがり、白々と輝きながら、その下にあるものすべてを真昼の光に照らしだしていく。たちまちのうちに、わたしの隠れ場所はほとんど用をなさなくなった。

撤退の潮時だ。そう判断して、無線スキャナーの接続を外しはじめた。さらに三本のロケット花火があがり、もう二発のフレアがあがる。犬たちが吠えているのが聞こえた。吠え声は大きい。すぐ近くで聞こえる。

わたしは逃げた。

二十秒かそこらの間隔で、ちょうど先のものが燃え尽きるころに、あたらしいフレアが打ちあげられる。光は影を消しさり、どこにも隠れる場所を残さない。犬たちは吠え声に唸り声を加えはじめ、わたしはそいつらが三メートルか、せいぜい五メートル足らずのところにいると確信していた。わざわざ見たりはしない。アドレナリンが流れだし、わたしは林床を飛ぶように駆け、つまずき、転び、ふたたび立ち上がって走りつづけた。

連中は怒っており、手紙があろうがなかろうが、モウジャーはその怒りをわたしに炸裂させるにきまっていた。

連中がどこまでも追ってくることはないとわかっていた。ヨッシが、敷地から一キロ以上離れるなとガードたちに命じているはずだ。

だが、ともかく、わたしはバイクにたどりつくまで走るのをやめなかった。

ナタリーはすでに車で立ち去っており、あたりは物音もなく静まりかえっていた。遠くで、敷地の周囲に打ちあげられるフレアが見える。

わたしはすばやく服を着替え、汚い迷彩服をサドルバッグに詰めこみ、ジーンズを穿き、シャツと上着を身につけて、その間ずっと呼吸を整えようと努めていた。BMWを始動させ、エンジンが暖まる暇もないうちに発進し、エンストしかけるのを防ぐためにふかさねばならなかった。速すぎるスピードで走りだし、カーブごとに思いきり車体を倒し、やがて片田舎から脱出すると、ハイウェイにのって自宅に向かった。

ようやく笑いがおさまったころには、ほぼ市内に帰り着いていた。見かたによっては、ちっとも可笑しいことではない——ナタリーとわたしは、ガードたちを存分に脅かしてやった

　――同時にわたしは、ここしばらく味わったことのなかった達成感を得ていた。われわれはいい仕事を、きつい仕事を成し遂げたのであり、わたしは誇らしかった。

　ガレージにバイクを駐め、階上《うえ》にあがりかけて、ビールくらい飲むに値するだろうと思いなおした。角の食料雑貨店でアンカー・スチームを四本と、売れ残っていた《デイリーニューズ》を買い、もどって階段をあがる途中でぺらぺらとめくってみた。ハヴァルがあらたな記事を書いており、ネイサン・ダンジェロウの名前が目に入った。新聞を畳んで買い物袋に突っこみ、鍵束と格闘しながら楽しみを天秤にかけていた。わたしは、髭を剃るのはどんなにすばらしいだろうと思い巡らせていた。それから、シャワーを浴びている最中に、一本ビールを飲んでしまう計画を立てた。

　エリカはブリジットのところに泊まってくると言っていたから、ドアをあける際に静かにしようと気を遣ったりはしなかった。片足で蹴りあけてなかに滑りこみ、閉めるのは尻を使った。街灯で充分見えたので、そのままキッチンに行って買い物袋をどさりとテーブルに置いた。明かりのスイッチに手を伸ばそうと向きなおったとき、ひとりきりではないことに気がついた。

「やあ、エリカ」わたしは言った。

　影が動き、片手を挙げた。とたん、視界が真っ白にはじけ、なにも見えなくなり、またしてもわたしはどこにも隠れ場のない閃光《フレア》の下にとらえられた。

16

「電気矢発射銃《テーザー》よ」と、女は言った。「二、三分もすれば、もとにもどるわ」

ホワイトノイズと強烈な痛み。

しゃべろうと試みる。

失敗。

体じゅうの筋肉がこわばり、ショックで痙攣していた。女が動いており、その両手がわたしの体に置かれてボディーチェックをしているのはわかった。目の端で、女がわたしのポケットベルと財布を外しているのが見える。

布を裂くような、なにかが破れる音がして、雑音と痛みがやんだ。動くのを助けてくれと筋肉に要請したが、脳がいかなる命令を発しようとも、筋肉はまったく応じようとしなかった。わたしは呼吸を整えようとし、自宅への侵入者を見ようとしたが、相手が自分の真上に立っていると悟ったとたん本物の恐怖が湧きあがった。女は黒い手袋をはめ、テーザーはナイフに替わっていた。

動けない。

女が片膝をついた。金属の刃が喉に触れるのを感じる。わたしは目を閉じた。刃が移動し、シャツが二度切り裂かれるのがわかった。ぼろきれと化したシャツが体からはがれ落ちる。靴が次で、その次が靴下。それから女はわたしのベルトを外し、ジーンズを引きおろして脚から抜き取った。両手でわたしの両脚を上になぞり、うしろへ回し、ショーツを調べる。

女の顔はどこかが変だった。やたら大きく、半分の色が白すぎ、もう半分は闇に溶けてまったく見えなかった。

女はナイフをしまい、拳銃を取りだした。サイレンサーを装着したセミオートマチックで、わたしの頭を狙って小揺るぎもせず、女がふたたび廊下をチェックしようとあとずさったときでさえ、おろされることも引っこめられることもなかった。だれも聞き耳をたてていないと確信すると、女はわたしに向きなおった。

「武器は持ってないわね」女の声はやわらかだったが、いくらかくぐもっていた。アクセントはニューヨークを中心とする中部大西洋岸のものだ。

「ああ」わたしは答えた。

「立って」女が命じる。

わたしは立ち上がった。冷めていく鉛のように動いていた。

「その情けないカウチに坐って」女は言った。「よかったらあぐらをかいて、手は膝の上に置いてちょうだい」

わたしはリビングに歩いていき、指示されたとおりに坐った。床が素足に冷たく、歩いても歩いてもたどり着けない気がした。夢を見ているんだろうか、と思った。タコニック・パークウェイで事故に遭ったんじゃないのか。死んでいるか、死にかけているんじゃないのか。

もしくは、これから死ぬところなのか。

女はわたしに向けた銃を握ったまま、カウチの正面の椅子に坐った。行儀良く足首を組んでいる。着ているものは黒で光沢があり、ジョン・ウーの映画にでてくる盗賊連中が身につけているたぐいの代物だった。たぶん背丈はわたしくらいで、いくぶん細身。ちらりと見えた髪は茶色のようだった。ジャンプスーツは体に密着し、ベルトにはポーチがついている。スタイルは抜群と見えた。

女の顔はプラスチックの仮面に隠されていた。半分は大理石のような白をした喜劇面、もう半分は漆黒の悲劇面。口の部分の切り抜かれたところには縁取りが施され、赤いようだがはっきりとはわからなかった。

女はなにも言わず、わたしに見つめさせていたが、やがてその仮面をわずかに動かして部屋を見まわした。片手でわたしの頭上の壁を指さす。もう一方の手は依然として銃を握っていた。銃は依然としてわたしをぴったり狙っていた。

「不気味ね」女は言った。

わたしはうなずいた。女が指さしているのは、ルービンが死ぬ前に描いた絵だった。ふたつのコマでひとつの作品になっており、ルービンが『ガン&ヘッド』と呼んでいたものだ。ひとつめのコマは、セミオートマチックの拳銃をふたつめのコマに向かって発砲している手が描かれており、円錐状に破られたコマ枠と排出される薬莢《やっきょう》によって完結している。第二のコマは目をかっと見ひらいた男の頭部であり、逆の縁から飛びでていく弾丸と、あとをひく血糊が描き添えてあった。作品はアクリル絵具で描かれ、じつにヒトコマ漫画風でありながら、その境界を越えて、真摯と滑稽が共存しうるものになっていた。撃たれた男の表情は、苦痛や怒りよりも、驚愕し信じられないでいるそれだった。

ここにきてわたしは、まさにこの絵とまったく同じ心境になっていた。

劇《ドラマ》の仮面をかぶった女が言った。「わたしは、ジョン・ドウという名であなたが知っている人物の仲間なの」

「もちろん、そうだろう」わたしは言った。「で、なんだ?」

「で、わたしたちは話をするの」女は言った。「ちょっとした会話ならなんとかできそう?」

「そっちは銃を持ってる」

「持ってるわ、たしかに」女がわたしのことを可笑しいと思ったにしても、それを現しているのは仮面の半分だけだった。

女の手のなかにある武器はまたしてもH&K-P7、ただし消音用に作られたSモデルだ。これまでわたしは写真以外でそいつを目にしたことはなかった。その武器は独第九国境《GSG》警備隊《―9》や米海軍特殊部隊《SEAL》といった、対テロ・グループによってのみ使用されるはずのものだった。

「しゃべらないじゃない」そう言うと女は手真似で口をこしらえ、親指を下唇に見立てて動かした。

「きみの武器に見惚れてたんだよ」わたしは言った。

「なかなかすてきでしょう？」

「みごとだ」

減音された破裂音と、薬莢が床にぶつかる音がして、にわかに火薬のにおいが立ちのぼった。

「それに正確なの」女は言った。

わたしはカウチにあいたあたらしい穴を見やった。わたしの左肩からたった一センチのところだ。

「二度とそういうことをやらないでくれるとありがたい」わたしは言った。どうにか声がうわずるのをこらえる。

「銃が人を殺すわけじゃなく……」

「弾が殺すんだろ、ああ、知ってる」

　女は空いている手でわたしの腹を示し、人さし指で傷跡を指した。「最近？」

「かなり最近だ」

「腹部の損傷は最悪だわ」

「たしかに」

「わたしも撃たれたことがある。一度」女は言った。「三八口径の貫通創」空いた手を使って左脚を軽く叩き、人さし指で腿の外側に線を描く。「死ぬほど痛かったわ」

「どうして撃たれる羽目に？」

　女が返事を思案しているつかのま、仮面が横に傾《かし》いだ。「いまより若いころ、まだジョンと出会う前に、わたしもあなたと似たような仕事をしていた」やがて女は言った。「そのときわたしのことを快く思わない人がいたの」

「そんな人間がいるとはとてもありそうにないのにな」

「でしょう。自分では、だれとでも仲良くできるほうだと思ってる」

「銃を握っているときは、余裕でそう言っていられるものさ」

「皮肉ね」女は言った。「あなたはだれとでも仲良くできる人じゃないの、アティカス？」

「ちがうね」

「ちがうと思った。ジョンもちがう」

「それだけは共通しててよかった」

「あら、それだけじゃなくてもっとあるわ、ほんとうよ。ジョンのためにあなたのことを調べていたの。あなたがチェンバース・ストリートの証言録取の最中に標的《マーク》が殺されるのを喰い止めて以来ずっと。ジョンは感心してたわ。わたしも感心したけど、評価を下すのはジョンの役目よ、もちろん」

「たまたま、いいときにいい場所にいたんだ」

「いいえ、あれは運だけじゃなかった。あなたは技量であのラウンドを取ったのよ。あなたは腕がいいとジョンは思ってる」

「ジョンは少数派さ」

「謙遜しないで、アティカス」女は優しくたしなめた。「あなたはあきらかにトレントよりいい仕事をしている。オルシーニ・ホテルのあれは、いったいなに？ 侮辱のつもりだったのかしら？ 標的の名前で宿泊客をチェックインさせるなんて。トレントはあれでうまくいくと思っていたの？」

「ああ、そうだと思う」

「あなたはあの男がひどい屈辱を受けることから救ったのよ、少なくとも最新版の《ニューズ》の記事によれば。ミスター・ハヴァルの記事はもう読んだ？ なかなか上手にあなたを持ち上げているわ」

「しばらく新聞を読んでいられなかったんだ」わたしは言った。クリス・ハヴァルを男だと思っているとすると、少なくともいくらかは、この女のまだ知らないことがあるわけだ。

「藪のなかにいたんじゃ、宅配してもらうのは難しいわね」

「ずっとおれの動きを見張ってたのか？」

「うぬぼれないでね。ジョンの進む道とあなたの進む道が、あなたが知っている以上に何度も交差したというだけのこと。さっきも言ったように、ジョンは感銘を受けた」

「で、きみはそんなくだらんことのために、おれをスパイしてたってわけか？」

「暇つぶしの方法としては、まったくつまらないということもなかったわ」

「おれにも人を楽しませる価値があるとは嬉しいね」

「監視下に置かれていたとわかるのって、気に障る？　男性によっては、女性の注意を惹きつける対象になっていたんだと知って、有頂天になる人もいるようだけど」

「もしおれをデートに誘いたいと思ってるなら、いますぐどうぞ。食事をして映画でも？」

「やめておくわ。ありのままのわたしをただ愛するようになんて、けっしてできないでしょうから。結局、あなたがイエスと答えるのは、わたしが銃を握ってるからなのよ」

「武器をおろせばいい」

「まさか」

「そんなに危険な男じゃないぜ」

「見くびらないで」女はぴしゃりと言い、銃がそれまでよりさらに床と平行の度を増した。

暗闇にかすかに見えるサイレンサー先端の開口部は、完璧な円をなしている。「おろす必要はないわ」

「そいつは、あんたが銃口を見ている側か、照準を見ている側かによるな」と、わたしは言った。たぶん賢明なセリフではなかっただろう。たぶんこれで殺される羽目になる。あの世にいってもシャワーを浴びて、六缶入りのうまいビールを飲めるのだろうか。シンプルな快楽。

女は返答しなかった。外をだれかがスペイン語で歌いながら通りすぎていくのが聞こえ、その声は悲哀にしわがれていた。歌声が消えていく。

「わたしたちは情報を集めなければならないの。あなたがこっちの情報を集めなければならないのと同様にね」女が言った。「どんな場合でも、立ち向かう相手について少しでも知っておくのはいいことだわ。あなたとジョンはとても似通っている」

「皮肉だな」わたしは言った。「だが、まちがってる」

「どんなふうに？」

「うーん、そうだな……ひとつ、おれは生活のために人を殺したりしない。ふたつ、おれは生活のために人を殺したりしない。みっつ……つづけたほうがいいか？」

「あなたは単純化しているわ。古くさい道徳観念を、いまの時代における行動の作用反作用にあてはめるのは無理よ。あなたならもっとよくわかってると思っていたのに」

「おれたちが世界を同じように見ているとは、どうも思えないんだがな。おれの世界では、人を殺すことはまちがってるんだ」

「ジョンのこと、気が変だと思ってるのね」

「ああ、やつの配線はいかれてると思ってる」

「わたしのも？」

「陪審はまだ審理中だ」

「あなたの弁護士はどう考えてる？」

「依頼人はシャワーを浴びて寝たほうがいい、とおれの弁護士は考えてるよ。きみの弁護士は？」

「わたしたちはもう少しおしゃべりしたほうがいい、と考えてるわ。あなたは楽しんでないの？」

「ああ、あんまり」

「でも、わたしのほうは、ふたりでとてもいい時間を過ごしていると思ってるのに」

「いま、陪審がもどってきた」わたしは言った。「きみの配線はぶっとんでいる」

女はわたしの返答が気に入ったようで、わずかに身を乗りだした。女の声は親しげで、のんびり落ち着いている。「いいえ。ジョンとわたしはプロフェッショナルなの。これがわたしたちの職業であり、警護があなたの職業であるのと同じ。ジョンやわたしを、死にフェティシズムを覚える異常者におとしめようとするのはまちがいだわ。ジョンは仕事をする、それもとびきりうまくやるの」

「不道徳な仕事だ」

「気に入らない人間を警護したことは一度もない？　標的は標的なのよ」

「同じじゃない」

「まったく同じだわ」

眼鏡が鼻からずり落ちようとしていたが、女に撃たれるかもしれない恐さで直さなかった。だが、どちらにしたって撃つかもしれないと思いなおし、やっぱり直した。

「コンタクトにしたほうがいいわよ」と女。「フレームがないほうがいい男に見えるわ」

「おしゃれのコツをどうも」

「ショーツもいまひとつね」

「シルクのやつは洗濯中なんだ」

「いいえ、簞笥《たんす》に入ってる。左側の上のひきだし。あまりあなたの好みには思えないけど」

「あっちは特別な機会用さ。オルシーニで死んだのがきみでなかったなら、あれはだれだったんだ？」

女が反応し、一時的に仮面が上下に軽く揺れた。

「わたし？　あなたはわたしがジョンだと思ってるの？」

「いまのところきみがおれに話したことは全部嘘だと思ってる。ジョン・ドウが男でなければならない理由はどこにもない」

「傷ついたわ」女は言った。

「それにおれは、ドウが——男であれ、女であれ——賢いやつであり、単独で仕事をすることこそ、完全に正体不明で通せる唯一の方法であると心得ている、と思っている」

「単独で仕事をしていると淋しくなるのよ」

「それはきみの気持ちかい？　淋しいのか？」

「あなたはどうなの？　わたしが来たときにはアパートメントは空っぽだった。あなたは淋しくないの、アティカス？」

「淋しいわけないだろ？　きみがいるのに」
二、三秒のあいだ、女はじっと動かなかった。セレナーデを歌ってくれた男はとっくにどこかに行ってしまい、沈黙だけがあった。「オルシーニの死体はとるにたりない人間よ。ジョンに雇われた、ただの下請け」
「おとり相手に、ずいぶんと手をかけたものだ」

女は肩をすくめた。「あの襲撃が成功していたらどうなっていたか、考えてごらんなさい。そうなるとトレントは山ほどの釈明をする羽目になっていたはず、そうじゃない？」

わたしはなにも言わなかった。もしドウの襲撃が成功していれば、コリーもナタリーもフアイフもダンジェロウも、そしてわたしも死んでいた。成功していれば、トレントは恥をかくだけではすまなかっただろう――破滅に追いやられたはずだ。仕事も、評判も、娘までも失い、ピューに対する警護もわれわれとともに消し飛んでいたにちがいない。

「わかるでしょう」女は言った。「ジョンもあなたならわかるだろうと言っていたわ」

「そのジョンだが、なんとも悪賢い野郎だな。今夜はごいっしょできなくて残念だよ」

「まあね、忙しい人だから。それに、率直に言うと、わたしはあなたと話をするチャンスが欲しかったの」

「なんで？」

「言ったでしょう。わたしはずっと調査をしてきた。ずっとあなたを見ていたのよ」

「そしていまやおれのすべてを知っている」

「じっさい、そのとおりよ。聞いてみたい？」

「いい内容ならな」わたしは言った。「他人が自分について話すのを聞いて楽しいのは、その内容がいいものであるときだけだ」

「努力するわ。さてと……あなたは二十九歳で、誕生日は十月九日。社会保障番号《SSN》は550-02-0012。シティバンクに当座預金と普通預金のふたつの口座を持ってる。合計残高は四千ドルと少々。ロサンジェルスのUCLA医療センターで生まれたけれど、育ったのはサンフランシスコね。

あなたは十九歳で合衆国陸軍に入隊した。ノースカロライナ州にあるフォートブラッグの要人保護センターで、警護のプロとしての訓練を受けた。服務履歴に問題はなく、ちょっとした不服従によるもめごとはあったけれど、いくつか褒賞勲章も受けている。二十五歳の誕生日直前に除隊し、士官付護衛官《OCBG》として三人の幹部将校のために働き、憲兵隊犯罪捜査部《CID》にも勤務した。

どんなものかしら？」

「なかなかだ」そういった情報はすべて入手可能だ。コンピュータのどこかに、見る方法がわかってさえいればかならず載っている。この女——もしくは女の雇い主——がそれを調べあげたことは驚きではなかった。女がその知識をわたしと共有する必要を感じたこと、それが気にくわなかった。

「つづけるわ」劇の仮面をかぶった女は言った。「あなたはここで、エリカ・ダニエル・ワイアットとともに暮らしている。エリカの父親はあなたがペンタゴンで護衛していた人物だった。エリカの両親はふたりとも亡くなっている。あなたはエリカの法定後見人であり——」

「もしもあの子に——」わたしは口をはさもうとした。

「落ち着いて、アティカス。あなたを動かすのにエリカを利用したりはしないわ。わたしたちはそういう仕事のやりかたはしないの」

「それを聞いてずいぶん気分がよくなったね」わたしは嘘をついた。

「そういう仕事をしたほうがお気に召すかしら？」

「まったく仕事をせずにいてくれるほうがお気に召すよ」

「でも、そうするとあなたが職にあぶれてしまうわ。わたしたちはおたがいを必要としてるのよ」

「くだらん」

女は一瞬黙り、またもやわたしは、仮面の下の表情を読むことができたらどんなにいいかと思った。両の目すら細いスリットに隠れて見ることができない。茶色だろうと想像したが、それもただのあてずっぽうだった。

「あなたの両親はふたりともカレッジの教授ね」女は先をつづけた。「母親は英文学を教え、父親はユダヤ学を教えている。あなたには弟がおり、やはり学究肌で、ユージーンのオレゴン大学に入学した。でも、なにを専攻しているのか調べる時間はなかったわ」

「あいつはアメリカ文学で博士号をめざしてるよ」

「あらそう？　学者一家でありながら、あなたは陸軍に入隊した。なぜ？」

「きみならそれも解明済みかと思ったが」

「わたしはＦＢＩじゃないわ。プロファイリングはやらないの。あなたの人格についてわたしの評価が聞きたいというなら、それは教えてあげられる。でも、心のなかが読めるわけじやない」

「おれがいま考えていることは、きっとあんたの気に入るだろうな」

「いやらしいこと？」

「あきらかに卑猥《ひわい》だ」

「教えてくれる？」

「仮面を取れよ」

「取るとあなたを殺さなければならなくなるわ」

「ということは、おれはこのおしゃべりから生きて抜け出せることになってるんだな？」

「その予定よ。じつは、そろそろ行かなくちゃならないの。ずいぶん遅くなったわ」

「おれは今夜これからずっと空いている。ビールの二、三本でも分けあって、愉快にしゃべりまくるとか？」

「うーん、そそられるけど、ごめんなさい。かたづけるべき仕事に、会うべき人間、わかるでしょう」女は優雅に椅子から立ち上がった。銃はわたしに照準をあわせたままだ。

「なにを急ぐことがある？」

「まだ聞いてなかったの？　レイミアは訴訟から手を引くという決断を考え直すことにしたのよ。裁判は予定どおりおこなわれる。これからの二週間は途方もなく忙しいものになるわ」

女はわたしの坐っている場所から一メートルほどの位置に立ち、わたしを眺めようと首を曲げた拍子に仮面が傾いた。ひょっとして自分はほんとうはどこかの病院で横たわっているんじゃないだろうか、この場面はぜんぶ頭で作りあげているんじゃないだろうか。またしてもそんな気がした。

もしそうなら、わが潜在意識とわたしとは、じっくりと話し合いをする必要がある。

「見送らせてくれ」わたしは言った。

「いいえ、その場にじっとしててもらってかまわないわ、ありがとう」女は空いた手をポケットに突っこみ、ふたたび出したときには、先端から小さな金属の突起がふたつ突きだした、黒い小さな箱を握っていた。

「そんなものは必要ない」わたしは女に言った。

女は優しく笑った。「これからも頑張って、と言っておくわね。会えて楽しかったわ、アティカス・コディアック。残念だけど、わたしたちがふたたび顔を合わせることはないでしょう」

わたしが身動きできずにいるうちに、女はスタンガンをわたしの首のうしろに押しあててスイッチを入れた。

意識消失《ブラックアウト》。

17

気がついたときには、女はとうにいなくなっていた。ビデオデッキの時計はすでに朝の六時近いことを示し、部屋に漏れ入る陽の光がその数字を裏打ちしていた。頭が痛い。胸の左乳首の少し上に、二つの小さな穴が約七センチほど離れて穿《うが》たれていた。テーザーが当たって皮膚を破ったところだ。いくらか赤味を帯びていたが、血は出ていなかった。

伸びをしてから、ふたたび動きだす前にもう一時間ばかり、下着姿のままカウチに坐ってここでいったいなにが起きたのかと思い巡らしていた。なぜジョン・ドウが挨拶をよこしてきたりするのか？　なぜそうするために従僕を自分の代わりに送ってきたのか？　なぜこんなことを少しでも信じたりするのか？

女は、ピューの命を狙うあらたな攻撃が差し迫っていると教えたも同然だった。わたしにピューを守らなければならない責任があると知っていながら、なぜそんなことをする？　女が――もしくは、ふたりが別人であると仮定するなら、ジョン・ドウが――結局わたしのことをたいして高く評価していないのでなければ。

わたしの頭はフル回転し、次から次へと仮説を吐きだした。ジョン・ドウという人物は実在せず、仮面をかぶったあの女、〝ドラマ〟だけが存在しているのかもしれない。もしくはジョン・ドウは存在し、ドラマとはなんの関係もないのかもしれない――ドラマはジョークであり、テストであり、ギャグであったのかも。モウジャーとトレントの報復手段なのかもしれない。たぶんこの数日間にわたってわたしがおこなった仕事への仕返しに、向こうがわたしを監査しているのだ。いや、もしかしたら女が言ったことはすべて真実なのかもしれない。女はジョン・ドウのために働いており、ジョン・ドウは感銘を受けており、その旨を伝えたかったのだ。〝デン〟のひとりが計画を邪魔されるなどという事態は、そうめったにあるものではないだろう。

だが、わたしには信じられなかった。そんなことより、もっとなにか意味があるはずだった。わたしが相手にしているのは、立てようとしている計画について計画を立てるような人間である。ドラマかジョン・ドウか、だれであるにしろ、自分たちに有利にならないかぎり、なにもしないはずだった。自身の目的に近づくためでないかぎり。

筋肉が疼《うず》き、よろよろ立ち上がると大腿四頭筋がへたりそうになった。わたしは壁で体を支え、両脚がバランスの原理を思いだしてくれるまで待ち、それからのそのそとキッチンに入った。電話をとってマーガイルズの自宅にかける。

「アティカスかね？」マーガイルズは訊いた。

「レイミアは訴訟にもどるんですか？」

「どうしてそれを？　わたしも昨晩、知らされたばかりなんだ」

「レイミアはどうして気が変わったんです？　なぜもどったんですか？」

「わからないんだよ。あの爆弾事件以来、何度電話をかけてもなしのつぶてなんだ。わたしの秘書がきょう、向こうの事務所から証言録取のやりなおしの日取りについて連絡をもらうことになってる」

「録取を阻止する方法はないんですか？」

「ないな。レイミアには裁判の前にピューの証言を録取する絶対的な権利がある。その録取ができなければ、レイミアはヘイレンダール判事のところへいってピューの証言を禁じるよう願いでるだろうし、ヘイレンダール判事はその申立てを認めるだろう。そうなるとわたしはピューの証言なしに審理に入ることになり、ピューの証言がなければ、わたしに勝ち目はない」

「やつらはまた仕掛けてきます」わたしは言った。「ジョン・ドウはふたたび仕掛けてきますよ。やつはそのために金をもらってるんだ」

「たぶんジョン・ドウは、あらたに証言録取がおこなわれるとは知らんだろう」

「知ってます」わたしは言った。

電話を切って寝室に入る。わたしはベッドに横になり、眠ることができるふりをした。

午後四時十五分前、ウエストチェスターの屋敷の正面ゲートにバイクをつけた。勤務に就いていたのはマールで、ひび割れた唇はうまく治ってきていた。マールはわたしに身分証明書の呈示を求め、わたしの身元と訪問者リストに載っていることを確認してから、神聖なる地に足を踏み入れることを許してくれた。ナタリーのインフィニティが、マーガイルズのメルセデスに並んでドライブウェイに駐まっていた。わたしは遅刻しており、自分でもそうとわかっていた。

ドアに配備されていたガードが教えてくれたのは、ちょうど一週間前、ナタリーとわたしがトレントに会ったのと同じ書斎だった。ナタリーは閉ざされたドアの外で、しびれをきらし、いらだちながら待っていた。

「遅れて悪かった」わたしは言った。

「いったいどこにいたのよ」

「寝坊したんだ」

「なにそれ、もう四時よ」

「長い話なんだ。昨夜帰ったとき、おれのアパートメントに女がいて、そいつはエリカじゃなかった。女はおれに数十万ボルトもの電気ショックを喰らわせ、そのあとジョン・ドウがおれのことを好いていると教えてくれた」

ナタリーは言った。「なんとでも言ってれば」

「神に誓う。仮面をかぶり、つけいる隙をなにひとつ与えなかった。徹底したプロフェッシヨナルで、じつにクールだった。みごとな手際だった」

「あなただいじょうぶ?」

「いまはましになったよ。怖かった」

「その女がなにを言ってきたの?」

「ドウのために働いてると言って、ドウが敬意を払いたがっているとか、ごたくを並べていた。おれが爆弾からピューを救出したのは、いい仕事だったと言ってたよ。きみの親父さんについていくつか辛辣な言葉もつけくわえていた」

「ほんとうにあなたはだいじょうぶなのね?」

わたしはうなずいた。「もう発表はしたのか?」

「十五分前に終わったわ。モウジャーは態度が悪く、ヨッシは熱心に聞き、マーガイルズはものめずらしそうで、父は――」ナタリーは肩をすくめた。「あたしは外に出てくれって言われたの。あたしたちの指摘した箇所について、いまみんなで話し合ってるんだと思う」

「コピーを持ってるかい?」

ナタリーは肩掛け鞄から、隅を金属のクリップで留めてまとめた数枚のタイプ打ち書類を出して渡してくれた。

「あなたの分はどこ?」

「作る時間がなかった」

「どのみち変わりないわね。父さんは虫眼鏡でくまなく読んで、あなたをこけにする方法を探すだろうから」

「おれがいったいなにをした？」

「あなたは記者に情報を漏らしたんですって」

「ハヴァルに？　いいや、そんなことはしてない」

「あたしも父にそう言ったわ。あたしたちはふたりとも、記者にたれこんでるような暇はなかった、と。でも、きのうの《デイリーニューズ》にオルシーニ・ホテルでのセンティネルの警護の仕事の記事が載っていて、そこにダンジェロウの証言と警護側の匿名情報源による証言が、両方引用されてたのよ」

「悪く書かれていたのか？」

「父さんに対しては悪くね。異常者に見えるようにとりあげられていたわ。ダンジェロウはいまも告訴うんぬんの話をしてる」

ドアがひらき、ヨッシがわれわれをなかに手招きした。真顔だったが、わたしが横を通ると低い声で挨拶の言葉を投げてきた。

トレントはあいかわらずデスクの向こうにおり、まるでこの七日間そこから動いていないかに見えた。モウジャーがそのうしろに立っており、マーガイルズは読書用の椅子のひとつに腰かけている。ヨッシはカウチの上の自分の居場所にもどった。ナタリーとわたしは、授業中にいたずらをして校長室に呼びだされた子供のようにそのまま立っていた。

「きみたちの報告書を検討した」トレントが言った。「討議の結果、報告には若干の価値があるという合意に達した。われわれはいくつかの点できみたちの助言に従うことにする。とくに、警戒域の対偵察態勢強化のために家の屋根に歩哨《ほしょう》ガード二名を配備することと、徒歩パトロール員を一名追加することなどを実行する。さらに、ゲートにおける防御域は最低でも十メートルを確保するよう、ガードに指導する」

ナタリーはうなずいた。

「ふたりとも坐ったらどうだね」マーガイルズが声をかけた。「このあと、少し仕事の話があるから、きみたちに同席してもらいたいんだ」

モウジャーもトレントもそんな話は気に入らなかったが、口をひらいたのはトレントだけだった。「このふたりは今回の仕事に加わっていない。残ってもらう必要はありません」

「そうだとしても、わたしはふたりにここにいてもらいたいんだよ」マーガイルズの声はやわらかく、トレントにおおめに見てほしいと頼んでいた。

「マスコミにもっと情報が漏れてもかまわないというんですか？」トレントはマーガイルズに訊いた。「このミーティングの内容は、知る必要のある人間だけにとどめておかねばならない」

ナタリーがわたしを見やり、わたしは肩をすくめてマーガイルズの隣の椅子に腰かけた。

ナタリーはヨッシに並んでカウチに坐った。

「この男がここにいるなら、話し合いはできない」トレントははっきり言った。

「おれは報道機関になにも漏らしていない」わたしは言った。

「嘘だ」

わたしは首を振った。

「では、そのハヴァルという男はどうやって情報を得ているんだ？」

「まず第一に、ハヴァルは女だ。男じゃない。第二に、たぶんハヴァルは腕がいいんだろう」

「ハヴァルは匿名の情報源の言葉を引用してるんだ」トレントが吐き捨てるように言った。

「わたしが悪く見えることを望んでいるだれかのな」

「で、それがおれだと思ってるのか？」

「おまえにきまっている」

わたしはモウジャーを見やった。「そう思うのも無理はないな、エリオット。なにしろ、最近は、あんたのところの従業員もずいぶんといい待遇を受けてるからな」

「筋ちがいの言いぐさだよ」マーガイルズがトレントに言った。「あの記事はピューのことに触れていないし、ここで現在やっていることについて詳細を漏らしているわけでもない。たんにオルシーニ・ホテルできみがやったことを書いているだけじゃないか」マーガイルズの声には棘があった。「ニール・レイミアは月曜にピューの証言録取をするつもりでいる。われわれはミッドタウンのシェラトン・ホテルで録取をおこなうことに同意した。スイートを借りて、録取が終了するまで確保しておく」

「そいつはまずい考えです」ヨッシが異議を唱えた。

トレントが言う。「同感だ」

マーガイルズはわたしのほうを振り向いた。「きみもこの件では同意見なんだろうね？」

「わたしの考えはすでにご存じのはずです」わたしは言った。

レスリー・マーガイルズはうなずいて顎をこすり、ひげをがさがさいわせた。先をつづける。「けさもアティカスには説明したんだが、この件に関してはどうにも選択の余地がないんだ。開示手続上の問題なのだ。レイミアには公判に先立ってピューに訊問をさせてやらねばならない。そうでないかぎり、レイミアは断じてピューを証言台に立たせはしない。この状況がジェリーを危険に追いこむことは承知しているが、ほかにどうすることもできないんだ」

「わかりました」トレントが言った。「その方向で対処します。レイ、先遣チームをただちにマンハッタンに連れていって、シェラトンを徹底調査し、われわれがもっとも無防備になるのはどこか突きとめてくれ。ヨッシ、きみは――」

マーガイルズが咳払いをした。「失礼だが、エリオット、わたしはきみの娘さんとコディアック君に証言録取のセキュリティを担当してもらいたいんだ」

「言葉を返すようですが、レスリー、あなたは——」

「問題があるかね？」

「このふたりはふさわしくない。マンパワーも、サポート体制も、この種の仕事に対する専門知識も持ちあわせていない」

「きみは誤解してるよ」マーガイルズはおだやかに言った。「わたしはふたりにきみのところと交代してほしいと言ってるわけじゃない。ただ、ふたりにジェリーを守ってもらいたいだけなんだ。直近警護をおこなう、たしかきみらはそんなふうに言うんだったな」

モウジャーがにらみつけた。

「断じてできませんな」トレントの目はマーガイルズをまっすぐ見据えていた。「その目的を任じられたチームがすでに存在し、レイがその指揮をとっている。わたしは仕事の途中で人員を交代させるようなことをするつもりはない」

「したらいいじゃないかね？」

トレントが黙り、考えを巡らせているのが見てとれた。マーガイルズの指示に従いたくない理由には、筋の通るものがいくつかあったが、ひとつだけ個人的なものがあった。しかし、請求書に支払いをするのはマーガイルズである。そのことで、たとえこんな通常考えられないような内容であっても、ある程度の要求をする権限を与えられていた。

トレントはようやく口をひらいた。「ふたりには独自に動いてもらう」

「きみの会社が協力してやってくれるものと期待してるよ」マーガイルズは言った。

「われわれはここでの仕事を続行し、証言録取の際にはガードを手配します」

「証言録取の最中と移動時は、ふたりにジェリーの警護を頼みたいのだ」

トレントの顎の筋肉が動いた。「それは標準作戦規定に反しています」

「それでジェリーの命運についてわたしの気が休まるんだよ」マーガイルズは穏やかに言った。

トレントはナタリーとわたしに顔を向けた。ふたりの話している様子では、われわれは部屋から消え失せてしまったかのようだったが、ここでようやくもどってきて、気にかけてもらえたようだ。「きみらはわたしの部下と連携をとってもらっていい。連絡を取る方法はむろん承知しているはずだ」

「よかった」そう言って、マーガイルズは椅子から体を起こした。「きみたちは全員これからやるべきことが待ってるんだろう。アティカス、車まで送ってくれないかね？」

わたしは立ち上がり、ナタリーを見やった。「表で落ちあおうか？」

ナタリーがうなずこうとすると、父親がそれをさえぎって言った。「おまえに話がある、ナタリー。かまわなければ、ふたりだけで」

「いいわ」

わたしはマーガイルズについて部屋を出ていき、ヨッシとモウジャーがそのうしろにつづいた。モウジャーはドアを叩き閉めると、跫音《あしおと》高く廊下を歩いていった。ヨッシはわたしの背中を軽く叩き、「その辺で待ってる」と、言った。

「探しに行く」わたしは言った。

マーガイルズは自分の車までわたしを連れていった。「きみならきっとできるだろう？」

マーガイルズは訊いた。

「ピューを守ることがですか？　なんの保証もできません」

「トレントだってできない。センティネル社を使うことにしたときに、そのことはトレントから、はっきり言われたよ。だがトレントは楽観的に考えている。きみは、わたしが思うに、もっと現実的だ」

「いいえ、悲観的なんです。状況はよくない。ジョン・ドウは証言録取のことを知っています。すでになにか計画しているでしょう」

「それならやつが計画しているのはなんであれ、きみが阻止してくれると信じているよ」マーガイルズはベンツのドアのロックを外した。「監査の請求書を用意するついでに、きみとミズ・トレントを雇用する旨の契約書を、わたしがサインできるように送っておいてくれ」

「契約書は持ってません」

マーガイルズが驚いた顔をした。「パートナーシップ契約をしているものと思っていたが」

「いや、ただの友人同士です」

「ふむ、それでもなにか書いておいてくれないか。きちんと書面を残しておきたいんだ。ほら弁護士ってものは、わかるだろう」

「金額の話をしておかないと」わたしは言った。

「一括報酬で支払うことになるかね、それとも日割りで？」

「短期業務は一括です。ひとりにつき三千五百ドルということで」

マーガイルズは片眉を吊りあげた。「七千ドル？」

「おそらくたいへんな仕事になるでしょうから、撃たれるかもしれませんし」わたしは答えた。

マーガイルズはその意味を咀嚼《そしゃく》してから、一回うなずいた。「契約書を送ってくれ。それにサインを済ませ次第、きみ宛に小切手を切らせる」

わたしは去っていくマーガイルズを見送った。マーガイルズの車が出ていってゲートが閉まってから建物のほうにもどり、ドアを守っているガードにヨッシはどこにいけば見つかるかと訊ねた。

「ぼくがお呼びしましょう」そのガードは百七十センチほどの背丈で、こざっぱりとして引き締まった体つきで、明るい茶色の髪をしていた。わたしより二、三歳若いといったところだろう。

「ありがとう」

無線で用を伝えたあと、そのガードが問いかけた。「あなたがコディアックさんですか?」

「そのとおり。アティカスだ」わたしは片手を差しだした。

「ホワイトです。ピート・ホワイト」わたしの手を握る。「あなたはくそったれですよ」

「ああ、昨夜はすまなかったな」

「陽が昇ってからは、そこらじゅうであのくそいまいましいゴムボールが見つかりました。最強不安要因、というところですね」

「当ててみよう」わたしは言った。「陸軍出身だろ?」

「イエッサー。歩兵からスタートして、第八十二空挺部隊までいきました」

「落下傘部隊員《パラトルーパー》か」

ホワイトは連隊の誇りをこめて、にっこり笑った。「イエッサー。民間人のころ、少々スカイダイビングを経験していましたので、ゴールデン・ナイトに配属されました」

その言葉で相手を見る目は一変した。パラシュートの紐の引きかたを知っているくらいでは、ゴールデン・ナイト・デモンストレーション・チームに選抜されることはかなわない。陸軍は恥をかくより、腕をひけらかすことを好むのだ。

「ホワイト」わたしは言った。「そんなきみが、こんなところでなにをやってるんだ?」

「いやあ、四年間飛行機から飛びおりて給料をもらってきたあとでは、自動車整備店で働くのはちょっとちがうかな、と思ったんですよ」

「昨夜の件は恨みがあってしたことじゃないんだが、わかってくれるな?」

「イエッサー」ホワイトの笑顔がさらに広がった。「でも、あなたはやっぱりくそったれですよ」

ヨッシは「ちょっと変わってるぞ」と言いながら、わたしをピューの部屋に案内した。

「変わってるって、どんなふうに?」

「見ればわかる」

われわれはドアの外で立ち止まり、ヨッシは歩哨役を務めるガードにわたしを紹介した。ガードはわたしを認識してから、廊下の監視にもどった。とくに口をきくことはない。たいていのガードは、ホワイトを例外として、口をきくようなことはなかった。どうせ気の利いたことが言えないのなら、などなどの理由からだ。

ノックをすると、がなり声が返ってきた。「だれだ?」

「アティカスです」わたしは言った。「先週お会いしました」

「なんだ、坊主か、入ってこい。鍵はかかっていない」

「あとで会おう」わたしはヨッシに言った。

「あんたが帰る前にでも」

わたしは部屋に足を踏み入れた。すべての壁にピューのコラージュが飾られている。煙草の広告を切り抜いてかたどったキノコ雲や猛り狂う業火、戦車、銃、爆弾、銃剣、槍、ナイフなどが、どの壁にもかかっていた。カーテンは閉ざされており、室内の光源は天井の電灯と三台の電灯だったが、どれもシェードがとりはらわれて光り輝いていた。裸電球におもわず目をしかめる。

ジェレマイア・ピューは床に坐っていた。白と見まがうほど色あせたブルージーンズと黒いデニムシャツを身につけ、汚れた服と切り刻んだ紙の山に囲まれている。あらたな芸術作品にとりかかっているところで、はさみで慎重に馬の頭部を切り抜いていた。

「『ゴッド・ファーザー』を見たことがあるか？」ピューが訊いてきた。

ゴム糊の容器が蓋をあけたまま厚紙に載せてピューの前に置かれており、それに気がつくと同時に体に悪そうな瘴気《しょうき》に包まれていた。そのうえ、アルコール臭と体臭、食べ物のにおいまでする。

「外に出してもらえないんですか？」わたしは訊ねた。

「一日一回、囲いのなかを一周させてくれるとも。だが、わしはいま波に乗ってるところでな。もうすぐ十九時間目になる。この辺のをちょっと見てくれ」ピューははさみの先を使ってコラージュの束をわたしのほうへ押しやった。

わたしはしゃがんでその束をめくってみた。初対面のときに見せてくれたものと同様、いずれも陰気なものだったが、より完成度が高く、より不安をかきたてられるものばかりだった。切り抜かれたものはどんどん小さくなっていっていた。ひとつのコラージュはグローリー・ビーをかたどったもので、すべてグローリー・ビーを扱った広告の切り抜きで成りたっていた。パッチワークの虎の仔の口から、子供でできた煙草が突きだしている。

「挨拶していこうと思ったもので」わたしはピューに言った。

「ちょっと待ってくれ、もう終わる」

　わたしはうなずいて、手に持っていたコラージュを束のいちばん上にもどし、もういちど部屋のなかを見渡した。空になったウォッカのボトルが茶色のスラックスから卑猥に突きだしている。また腰に痛みが走るのを感じて体を伸ばすと、箪笥の上に注射器が見えた。ピューのカウボーイブーツは、ベッドの足もとにきちんと立ててある。数冊の本が散らばり、ペーパーバックもあれば医学誌もあった。ペーパーバックはどれもルイス・ラムーアのウエスタンだ。ハーシー・バーの包み紙が三つ、ベッドの上に丸めてあり、枕もとのナイトテーブルの上に、ひとりの青年の写真が飾られていた。十七歳か十八歳くらいで、鮮やかなブルーのサテン地に金色の縁取りをあしらった卒業式のガウンを着ている。

「息子さんですか？」わたしは訊ねた。

「ああ、せがれだ」ピューは作業していた切り抜きを貼り終え、手についたゴム糊を両腿になすりつけた。それから握手の手を差し伸べた。「寄ってくれてよかった。礼を言う機会がなくてな」

わたしが手をとると、ピューは握られた手を支えに立ち上がった。握力は強い。立ち上がると、ピューはわたしの肩をぴしゃりと叩いた。

「感謝しとる」と、言った。その息にはアルコールの気配と、おそらくは昼食の痕跡が残っていた。

「どういたしまして。なかなかたいした場所ですね」

「気に入ったか？　我が家と呼んどるんだ。一杯どうかね？」

「いや、けっこうです」

ピューは簞笥のところにいって、ひきだしからボトルをひっぱりだした。「レスリーは、いまのところわしに用がないから、午後の景気づけをひっかけるとしよう」

ピューはシンプルなグラスに二センチばかり酒を注ぐと、ボトルに栓をしてかたづけた。酒に口をつける。「わしをアル中だと思うか？」

「まだ知りあって日が浅いですから」

「だが、たぶんそうだと？」

「たぶんそうでしょうね」

「ほれ、ちょっと嗅いでごらん」そう言って、ピューはわたしにグラスを突きだした。

「ウォッカでしょう」わたしは言った。「ボトルを見ました」

「そう思うだろう。味を試してくれ」

　わたしはグラスを受けとって、口に傾けた。たしかにウォッカだったが、極端に水で薄めてあった。

「ウィンストン・チャーチルはみんなにアル中だと思われていた。いつだってスコッチを片手に持ってたからな。最初の一杯を注ぐのは朝の九時だったんだ、嘘じゃない。マンチェスターが書いた評伝を読んでみてくれ、わしの話を裏付けてくれるから。しかし、ほとんどだれにも知られていなかったのは、酒を水で薄め、そのまずい代物を何時間もちびちび舐めていた、ということなのだ。どこぞのうすのろがウィニー爺さんの手のなかのグラスを見て、『あの御仁は底なしに飲んでる！』と言う。だが、飲んじゃいない。たんに他人のペースを常に崩しておくのが好きだっただけ、変人でいるのが好きだっただけだ」

「で、あなたのやっていることもそれなんですね？」

「あのポニーテールのやつはこいつでかんかんになるんだ、ほら、あのモウジャーってやつだ。わしがへべれけになって、まぬけなことをしでかすと思っとる。いいや、やつに言ってやるさ。まぬけなことなら、わしはすでにやってきた。人生の大部分でやりつづけてきたんだ。これからは賢くやるさ」

「お話ししておきたかったんですが、わたしの仲間――ナタリー・トレント――とわたしで、月曜の証言録取のあいだ、あなたを警護することになりました」

ピューはベッドの縁に腰をおろした。「それは嬉しい。もう安全になった気がしてきた」

「われわれの言うことを聞いていただく必要が生じてきます」わたしは言った。「あなたの命を狙うあらたな襲撃がある可能性が非常に高い」

「しっかり話を聞いて、的確に反応して、哀れな自分のケツがばらばらにならんようにするから、信用してくれ。DTSの連中は、わしが話し終えるまで自分たちになにが起こったかさえわからんだろう」ピューは音を立てて見せかけのウォッカをすすった。「だれもが長いこと勘違いしつづけてきたんだ。煙草が体に悪いかどうかという問題じゃない。DTSがどれだけはっきりといかに体に悪いかを知っていたか、という問題なんだ。連中がわしを、より安全な煙草の企画に五年間取り組ませたのを知ってるかね？　その後、やつらはその仕事を打ちきった」

「どうして？」

「坊主、考えてみてくれ。やつらにいったいどうしてそんなものが売れる？　ほかの自社煙草が安全ではないと認めなきゃならなくなるじゃないか。すなわち、自分たちの売っている製品が毒であることをずっと知っていたことを認めざるを得なくなるわけだ。そうなのだ、煙草自体の問題じゃない。煙のうしろにいる人間どもの問題なんだ。連中が責任を取るべきときが来た。連中が起立し、おのれの行為はまちがっていたと認めるときが来たんだ。神と国家の面前で、連中は代償を払わされるんだよ」

話しているあいだピューの声は終始平静を保ち、理性を失うことなく穏やかだったが、終わりに近づいたとき、わたしは別のトーンに気づいた。罪悪感だ。

廊下が騒がしくなり、叫び声がして、わたしはピューをかばおうとして、考えるより先につかみかかっていた。左手をピューの腕にかけ、右手を腰におろしたところでいきなりドアがあき、廊下からガードが駆けこんでまっすぐピューに向かった。

「撤退命令だ」ガードがわたしに伝える。「来てください、強化部屋にあなたをお連れしなければ」

「なにが起こってる?」わたしは訊いた。

ガードは片手でピューを抱え、わたしから力まかせに引き離そうとしている。わたしはピューを離した。ピューはカウボーイブーツをすくいあげた。不安げだが、パニックは起こしていない。ガードがドアのほうへピューを引っぱりはじめる。平服のガードがもうふたり、撤退を助けに部屋の外まできていた。

「また爆弾が見つかったんだ」ガードはそれだけ言うあいだ足を止めた。「こんどのは敷地内だ。いまにも爆発しかねない」

18

爆弾は厚紙の箱に入れられ、その箱はプロパンボンベのカーブした面、金属が地面に接している箇所に寄り添うように置かれていた。箱はたいした代物には見えない。ありふれた容《い》れ物で、縦横十センチもない大きさで、なんの印もなく、なんら識別できるようなところはなかった。唯一、置かれた場所を除いては。ボンベを破壊して大火事を引き起こすのに、さしたる量の爆発物は要らないだろう。

ボンベ自体は家の西面から五メートルもないところに設置されており、壁に充分近かった。爆発すれば、建物もろともやられてしまうだろう。衝撃ではそこまでいかなくとも、あとの炎でやられるのはまちがいない。

三人のガードに手を貸して、ピューを強化部屋――ピューを攻撃から守れるように用意した地下の仮避難場所――に移してから外へ出ていくと、ナタリーと父親のエリオット、ヨッシ、それにもうひとり見たことのない女性がいて、タンクを凝視していた。

近づいていくと、その女性が「あの人、まともじゃないわ」と言うのが聞こえた。女性は長身で肩幅が広く、ブロンドの髪ときりりとした顔立ちの持ち主だった。美人だ。

レイモンド・モウジャーが、きちんと刈られた芝生の上をプロパンボンベに向かって這い進んでいる。兵士のように匍匐《ほふく》前進しているが、動きはのろく、早く動きすぎると起爆装置を事前に誘発させてしまうとでもいったふうだ。

「どうしてみんなここに突っ立ってるんだ？」わたしは訊いた。「どうしてこの場からさっさと退去しない？」

「待機してるんだ」ヨッシが答えた。「おとりかもしれん。われわれを外に誘いだすためのな」

「モウジャーが近くで見てみたいんだって」ナタリーが言った。「スーパーマンを演じるチャンスというわけ」

「消防にはすでに連絡してある」トレントが言った。「無線は全部切った。撤退の準備は万端だ。レイには爆発物処理の経験が多少あって、装置を調べる役を買ってでてくれたんだ。われわれは本物か否かを知る必要がある。偽物ならば、屋敷から撤退することで、ピューを待ち伏せに遭わせかねない」

ヨッシはうなずいたが、懸念を抱いている面持ちだった。

「本当に爆弾だった場合、レイは命を落としかねない」ブロンドの女が言った。「そして、わたしたち全員が道連れになるのよ」

モウジャーはボンベの端で停止しており、われわれが見守るなか、ポケットからペンライトを抜きとった。一分近くもかけて、厚紙の箱の上をライトで照らしている。それから振り返ると、手振りでわれわれに待てと合図をよこした。

ナタリーが言った。「ばかばかしい。ばかばかしいにもほどがある」

「やるだけやらせてみよう」ヨッシが言った。

「ヨッシ、あたしはここの周辺を三日間見張ってたのよ。ジャーマンシェパードに尻を嚙みつかれずに壁を乗り越えるのは、まず無理。何者かがここに忍びこんで爆弾を仕掛けられる方法なんてどこにもない。警戒域の内部からやって来たにきまってるじゃない」

「お褒《ほ》めにあずかって光栄だ」ヨッシは言った。

「だれのことを言ってるのかわかってるでしょう」ナタリーは小声でそう言うと、モウジャーをあからさまに見やった。「ボンベを破壊するなら、もっと簡単な方法がいくつもあるわ。爆弾を使う理由がどこにある？　なぜ五百メートル先に車を停めて、曳光弾を邸内にぶちこまないの？　筋が通らない。賢いやりかたじゃないわ」

ヨッシは眉間に皺を寄せて首を振った。「きみのお父さんは正しい。われわれは確かめる必要があるんだ」

ナタリーは声ともつかぬ音を立て、わたしに呆れ顔をして見せた。「こんなの信じられない」

わたしも信じられるかどうかわからなかった。たとえ昨晩のドラマとの対面がこけおどしだとしても、ジョン・ドウが屋敷に爆弾を、それも見るからに、そう、爆弾にしか見えないものを仕掛けるとは、まだ信じる気になれなかった。前回は爆発物を隠すためにテーブルの一部を細工した人間が、なぜ突如そんなローテクになりさがって、プロパンボンベの下に紙箱を置いたりするのか？

それに爆破の衝撃にしろ、その後の火事にしろ、ピューを殺せるという保証はない。

「おとりかもしれんな」わたしは言った。「別の装置がどこか別の場所に仕掛けてあるのかも」

「あたしたちがここにいるときに起こるなんて、できすぎよ」ナタリーがわたしに向かってつぶやいた。

モウジャーは腹這いであとじさり、ボンベをまわりこんで別方向から箱に近づく用意をしていた。

ブロンド女性があごをこわばらせ、「トレントさん？」と、声をかけた。

「待つんだ。罠に向かっていこうとしている可能性もある。どんな危険も冒したくはない」

女性は言った。「わたしはセキュリティの仕事をしてるわけではありません、トレントさん。でももしあれが爆発したら、わたしが手を貸せることはなくなるでしょうね。みんな、ちりちりの黒焦げになるんだから」

「あなたの仕事は？」わたしは訊ねた。

女性は見下すようにわたしを見やった。「看護婦よ」

「アティカスだ」そう言って、わたしは手を差しだした。

「カレン・カザニアンよ」その手を無視して相手は言った。

モウジャーはボンベの背後に這いこんでいき、脚しか見えなくなった。われわれはじっとして黙ったまま待った。

ナタリーが深く息を吸った。「もうたくさん」

わたしはなにをするつもりかを悟り、名前を呼ぼうとしたが、すでにナタリーは飛びだして走っていた。モウジャーとボンベに向かって猛然とダッシュしていく。父親がなにか叫び、ヨッシはそばを走り抜けていくナタリーの腕をつかもうとしたが、すばしっこくて、つかみそこねた。

わたしがあとを追おうとすると、ヨッシが身を翻《ひるがえ》し、肩でわたしをとらえて押しとどめた。「行くな」

「ナタリーはきっと——」

「われわれは下がってなきゃいかん」

ボンベに到達したナタリーは急停止をし、芝生に足を滑らせ、バランスを崩しそうになった。プロパンボンベで体を支え、右足で箱を蹴とばした。ボンベの下から飛びだした箱は芝生を転がり、跳ね、角がつぶれ、なかに入ったプラスチックのまぎれもない白い色をとらえた。典型的な高性能爆薬。

モウジャーが怒鳴りながらボンベの下から転がりでてきており、ナタリーは相手の額をフィラのスニーカーで踏んづけそうになりながらまたぎ越すと、壊れた箱を追っかけた。両膝をつき、裂け目に指を突っこむ。白い物質を少量とって鼻の下で振り、舌先で触れた。

われわれは待った。モウジャーが体を起こして立ち上がる。

ナタリーが芝生に唾を吐き、こっちを見た。「合成粘土《プレイ・ドー》よ」と、高らかに言った。

わたしはげらげら笑いだした。

トレントが息をついた。「みんなに警戒解除を伝えろ」と、ヨッシに命じる。「それからこいつを報告してきたろくでもないガードを見つけだし、ログの見直しにとりかかるように。どうやってあんなものが敷地内に入ったのか知りたい」

ヨッシが背中を軽く叩いてわたしを放してくれた。屋敷に向かいながら、笑みを嚙み殺していた。

ナタリーはあいた箱を膝に載せて坐りこんでいる。粘土をひとつかみ握って構えると、「ほら、レイ！　受けなさい！」と、言って、モウジャーに投げつけた。

モウジャーは飛んできたものを宙ではたき落とし、ナタリーをにらみつけた。「よせ。そいつを爆発させたかもしれないんだぞ」

「かりかりしないの、レイ」ナタリーは言った。「手柄を横取りするつもりじゃなかったの。次の偽爆弾はあなたにまかせるわ」

「ファック・ユー、きみは危うくおれたち全員を殺すところだったんだぞ、ファック・ユー！」

ナタリーはばらばらの粘土をひとつにこねあわせはじめた。「忘れていたなあ、これがどれだけ楽しいものか」

モウジャーは訴えるようにトレントを振り返った。「ナタリーはわれわれ全員を殺しかねなかったんですよ。本人だって死にかねなかった。あれが爆弾ではないとわかったはずがない。きっとドウの仕業です。われわれを混乱させて、神経をまいらせようとしてるんだ」

「ヨッシがこれからログを調べなおす」トレントはモウジャーに言った。「その箱がどうやって敷地内に入ったか突きとめねばならん」

「やつですよ」モウジャーはいいつのった。「やつがわれわれを試しているんだ。われわれのバランスを崩そうとしてる」

「なにが見つかるか、いずれわかる。ドウの仕業という可能性もある」

わたしは背を向け、ヨッシと話がしたくて屋敷に向かった。ポーチまできたところで、ピューが玄関ドアから現れた。ひとりきりで、陽射しに目をしばたたいている。

「インチキだったのか、え？」額に汗の玉が浮かび、声には安堵の思いがにじんでいた。命の危険に怯えていたのであり、それがありありと表れていた。

わたしはピューの胸をどんと突いて、なかに押しもどした。ピューがよろけ、尻もちをついたところで付き添いのガードふたりが走って廊下をやってきた。わたしの姿を見たとたん、どちらのガードもばつの悪そうな顔をした。わたしは振り返ってドアを閉めた。ふたたびガードたちに向きあうと、ピューは立ち上がっており、その頰にたちまち朱が差してきた。

「坊主、二度とわしを突き飛ばすんじゃない、いいな？」と、怒鳴りつけてきた。「二度とこのわしにそんなことをするな」

「撃たれたいんですか？」

ピューはぐいっと頭を反りかえらせた。「なんという愚にもつかぬ質問だ」

「なら、警護なしで外へ出ないでください」わたしはふたりのガードを指さした。「警護がこのふたりの仕事です。あなたに同行することが。ふたりがあなたをかばう。かばってくれる人間なしで、以後けっして外に出てはいけない。わかりましたか？」

「あの爆弾はインチキだったんだろうが。わしが吹き飛ばされるような心配はなかったじゃないか」

「で、あなたはインチキ爆弾を見ようと走って駆けだしてきて、スナイパーがそこを狙い撃つ。簡単だ」

ピューの目はその意味を悟って見ひらかれた。ついで徐々に理解が浸透する。「ああ、なんと」息を呑んで、ピューは言った。

「二度としないでください」

ピューは呼吸を静めようとしながら、腹部をかばうように両腕を体に巻きつけていた。喉のくぼみに汗が光っている。恐怖はいろいろと妙なかたちで人に作用するもので、一瞬わたしはピューが過呼吸で気を失うのではないかと不安になった。だが、ピューはしっかりと立っていた。

「突き飛ばしてすみませんでした」わたしは謝った。

「そこまで考えるべきだった」ピューの両腕が体の脇にもどった。なんとか掘り起こした笑顔をわたしに見せる。「人でなしどもにやられちまう前に、かならず自分の仕事をやり遂げなくてはな。こいつをしくじるわけにはいかん、そうだろう?」

「そうですとも」わたしは言った。

ピューは右の袖口を使って額を拭った。「部屋にもどるとしようか、諸君。みんなにウォッカをごちそうしてやろう」

「月曜にお会いしましょう」わたしは言った。

「もちろん会ってもらうとも」ピューは階段を上がりはじめた。前を歩くガードにピューは言った。「下にいるあの坊主、あの男はきっとわしを生かしておいてくれるだろうよ」

19

「絶対あいつだわ」

「モウジャーが仕掛けたのよ」ナタリーはわたしに言った。

「どうしてわかる?」われわれはわたしのアパートメントから一ブロック半のところにある中華麵の店で、夕食を食べながら話していた。わたしの部屋で食べようと提案したのだが、ナタリーはエリカと顔をあわせたがらなかった。

「ゴールデンボーイであるはずが、このところあたしたちのせいで凡人に見えてしまってたじゃない。少し父さんの信用を取りもどす必要があったのよ」

「おれも似たようなことを考えてたんだ。おれたちがピューの直近警護を担当することになれば、あいつはなにをすればいい？　たぶん仕事にあぶれてしまう」

「ええ、一部にはそれもあるでしょうね」

「なんの証拠もないがな」

「ともかく、ひとつの仮説ではあるわ」

「おれがヨッシに話した仮説だ」

「あら、話したの？」

「冗談めかして」

「で?」

「ヨッシは調べてみると言ってた」わたしはふたりのあいだにある急須に手を伸ばし、たがいの茶碗におかわりを注ぎながら、その動作を口実にして店内に目を走らせた。見覚えがあるような気がする女がカウンターに坐っている。白人でブロンドのまっすぐな髪。スラックスにブレザーという黒っぽい仕事着を着て、高そうなランニングシューズを履いている。

ナタリーはわたしの肩越しに遠くを見やり、わたしの存在すら忘れてしまった様子なので、わたしは口をひらいた。「マーガイルズがおれたちに契約書を送ってもらいたいそうだ。なにか書かなきゃならない」

ナタリーの注意がわたしにもどった。「あなたの家になにかあったんじゃない？　契約書の雛形とか？」

「ああ、食い終わったらそいつを出してくるよ」

「この仕事にはもっと人手が必要になるわ」

「デイル」わたしは言った。

「もちろん。たぶんコリーも」

「コリーはきみの親父さんから給料をもらってる。双方にとってややこしいことになりかねない」

「で？」

ナタリーはかぶりを振ると、ポニーテールを肩のうしろにもどした。「いいえ、コリーは辞めたわ。オルシーニの件の翌日。父さんに言ったのよ、部下を消耗品と考えるような人のもとでは働けない、と」

「おれがどれだけコリーに敬服しているか、話したことがあったっけ？」わたしは訊いた。

ナタリーがにやりと笑った。「ええ、テストパイロットのセリフじゃないけれど、コリーには必要な資質《ライトスタッフ》がそろっている」

ドアに吊されたベルが音を立て、わたしが見張っていた女が出ていき、入れ替わりにクリス・ハヴァルが入ってきた。ハヴァルは紫色のノースリーブにブルージーンズという格好で、店内を入念に見まわした。

「あれが例の新聞記者だ」わたしはナタリーに教えた。

ナタリーはハヴァルに背中を向けた。「もう見つかった？」

わたしはうなずいた。ハヴァルはわれわれのテーブルに向かってこようとしている。止まらせようとにらみつけてみたが、逆効果だった。じっさいのところ、ハヴァルの動きはいくらか速くなった。

ナタリーの口の動きが「くそっ」と悪態をついた。

「ハイ、ごいっしょしてもかまわない？」

「かまうわ」と、ナタリー。

「そろそろ出ようとしてたところでね」と、わたし。

「時間はとらせないわ」ハヴァルは椅子を引いた。「仕事上の食事？」

「社交上だ」わたしは言った。

「ほんと？ そんな時間があるとは思えないけど。裁判はもとの予定にもどったし、きょうは屋敷で爆弾騒ぎがあったし」ハヴァルは肩をすくめた。「自分の知ってることをばらしちゃったかな」

「驚くほどよく情報に通じてるわね」ナタリーが言った。

「クリス・ハヴァルよ。会うのははじめてだけど、察するところ、あなたはナタリー・トレントでしょう」

「だれから話を聞いてるの？」

「情報源があって」

「センティネルの内部に？」

「そんなこと答えられるわけがないじゃない」

「なにが望みなんだ、クリス？」わたしはナタリーの癇癪を回避しようと、あいだに割って入った。

「ふたりのどちらでもいいから、ピューを殺害する目的でプロの暗殺者が雇われているという事実を認めてもらえない？」

「あたしたちは食事中なの」ナタリーが答える。

「もう済んでるように見えるけど。ふたりともこの件について公に書かれるのを望んでいないのね？」

「引用する証言が欲しい？」ナタリーが訊いた。「この話はそういうことなの？」

「証言をもらえたらとても嬉しいわ」ハヴァルは尻ポケットから手帳をひっぱりだし、黒いクロスのペンの端を回転させると、白紙のページにペン先を構えた。

「『他人事には首を突っこむな』」

「それってあたしのこと？」ハヴァルは苛立たしげに手首をひと振りして手帳を閉じると、ペン先をわたしに突きつけた。「どうしてあたしに一枚嚙ませてくれないわけ？」

「あたしたちはあなたのことを知らない」と、ナタリー。

「おれたちは報道してもらう必要などない」と、わたし。「ほかに心配しなきゃならないことがあるんだ」

ハヴァルは身を乗りだし、テーブルに両腕を載せた。左肩に黒と灰色の狼の入墨が刻まれていた。まだ、あたらしいものに見える。ハヴァルは言った。「これはあたしにとってビッグチャンスなの。いい連載記事になる見込みがあるし、本を出せるところまでこぎつけられるかもしれない。ボディーガード、暗殺者、生きるか死ぬか、意志と技量の競いあい、じつに古典的な内容。あたしをあなたたちの仕事に潜りこませて」

わたしは首を横に振った。

「あなたには誠意をつくしてるわ」ハヴァルはつづけた。「あたしの記事はつねにフェアで客観的で、それから、そうね、いささか扇情的だった。でも、できるかぎり正確に事実を伝えてきたし、あなたにはいい評判が立ってる。あなたの役に立っているのよ。もっと協力できるわ。あなたたちがなにかしてほしいと言えば、あたしはそれをやる。引き換えにあたしが望むのは、あんたたちの頭のなかに入りこませてもらうチャンスだけなの」

「だめ」ナタリーが言った。

ハヴァルは食い入るようにわたしを見た。「あたしはこのネタをあきらめないわ。どんな方法であれ、手に入れてみせる」

「きみのことを信じている」わたしは言った。「だからこそ、おれはこの件について冷静でいようとしているし、腹を立てないでいようともしてるんだ。きみが特ダネに惹かれるのはわかる。だが、きみのために仕事を危険に晒すわけにはいかない。きみには引き下がって、われわれを放っておいてもらうほかない」

「このまま寝かせておけるもんですか」

「おれたちからは、なにも手に入らないよ」

ハヴァルは手帳とペンをしまいながら立ち上がった。「気が変わったら編集部に電話して」

ハヴァルが店を出ていくまで待ってから、われわれは支払いを済ませて外に向かった。外は暗かったが、金曜の夜とあって、かなりの人間がうろうろしていた。高価なランニングシューズを履いたあの女が、三軒向こうでワインショップのウィンドーに飾られたボトルを眺めていた。

ナタリーはわたしの腰に腕をすべらせ、耳元でささやいた。「見張りがいる」

「シャルドネを検討中。三軒先。女性」わたしは言った。

ナタリーがわたしの正面に移動し、ほほ笑みながらわたしの上着の襟をなおすふりをした。ごくかすかにナタリーが首を振った。「あなたの背後、通りを撮影するふりをしてる。男性。こっちにやってくるわ」

わたしはうなずいて両腕をまわし、ナタリーはわたしの肩に頭をあずけた。ナタリーの体を感じ、同時に自分の腰のひきつりを感じる。モウジャーから喰らったパンチの名残。神経過敏になっている。じっと立って恋人同士のふりをしていると、写真を撮るふりをしている男がわれわれの脇を過ぎ、ワインに見入るふりをしている女の横を通り過ぎていった。男は少なくとも十五センチは女より上背があり、やはりスラックスとブレザーを着て、やはりブロンドの髪をしていた。路上の明かりが男の髪に青い光沢を与えていた。

女とすれちがったとき、男は右手を持ちあげて首すじを掻いた。それだけがその場で交わされたふたりのコミュニケーションだった。

だが、それで充分だったらしい。なぜなら、女はウインドーを覗きこむのをやめて、われわれのほうに向かってきたからだ。女の右手が上着のなかへ、左腕の下へと隠れた。

わたしはトレントのことを考え、ダウンタウンにおけるわたしの過去の銃撃戦についてトレントから言われたことを考えた。

「女がなにかに手を伸ばしている」そうささやくと、わたしはナタリーから一歩下がった。片手をおろし、武器を構える用意をする。ナタリーも向きなおりながら右手をうしろにまわしていた。

女が立ち止まり、やってくる車を停めようとする警官のように左手を突きだした。女の顔のかたちは猫のそれのようで、器量は十人並みだった。女はほほ笑んでいた。

男は通りから姿を消していた。

わたしの周辺視野で、ふぞろいのスウェットを三枚重ね着したホームレスの女が角のゴミ箱を漁っていた。

猫顔の女は、ゆっくりと右手をブレザーから引き抜いた。左手が体の脇にもどる。ナタリーもわたしも動かずにいると、女はふたたび足を踏みだした。

われわれから二メートル弱の位置まで近づいてきたとき、ナタリーが言った。「そこまでいいでしょう」

女はうなずき、右手に持った封筒を差しだした。合わせた目をそらさずに、ナタリーはそれを受けとった。

「今夜のもの」と、女は言った。車の騒音を縫ってかろうじて聞こえる程度の声だったが、〝今夜〟を強調していた。「急げば、幕間《まくあい》までに間に合うわ」

それだけ言うと、女は踵を返し、歩み去った。

20

わたしは五十万ドルを見つめていた。

二枚の銀行小切手。一枚はナタリー宛で、もう一枚はわたし宛。ぱりっとして、染みひとつなく、四隅がぴんととがっている。厚手の紙に数字の打ちこまれた部分の感触がわかる。数字がやたら大きく見えた。並んでいるゼロが感動的だ。

ステージの上では、ヴェルマ・ケリーが殺人容疑から救ってくれとビリー・フリンに懇願していた。

ナタリーは舞台に注意を向けてはいなかった。並んだゼロにも注意を向けてはいない。注意を向けているのは、ここシューバート劇場のボックス席でわれわれと向かいあって坐っている、アトランタからやってきたクレア・マロリーだった。ニール・レイミアのアソシエイトだ。マロリーはくつろいだ様子で、二枚の小切手はひざに載せたハンドバッグの上に置かれていた。ハンドバッグは大振りの黒革製で高級品だった。ハンドバッグというより、デンマークのスクールバッグのように見える。

「おひとりに二十五万ドルずつ、依頼料として支払います」マロリーがそう言ったのは二回目だった。「契約時のボーナスと考えてください」

われわれが見つめるなか、マロリーは二枚の小切手をすっとバッグにしまった。爪は整えてマニキュアを塗ってあったが、あまりにも色が薄くて、最初わたしはなにも塗っていないものと思っていた。マロリーはバッグを膝に置き、地下鉄に乗ってひったくりを心配しているみたいにしっかりと握っていた。

ビリー・フリンが、この世はすべてショー・ビジネスだと歌いはじめた。

ナタリーとわたしがブロンド女から手渡された封筒をあけてみると、なかに入っていたのは、その夜の『シカゴ』公演のチケットだった。

「もうはじまってるわ」チケットをあらため、時計を確かめてから、ナタリーは言った。「二十分前に」

「くそっ。それじゃあ、筋がさっぱりわからないな」

「教えてあげる。五月に観たから」

「よかった？」

「もう一度観る価値はある」片眉を吊りあげて見せるナタリーにわたしがうなずいた。ナタリーはタクシーを停めに歩道際のところまで出ていった。とやかく言ってもあまり意味はない――チケットは招待であり、そうそう拒絶してしまえるものではなかった。あのふたりの使者がだれであったにしろ――ジョンとドラマだろうが、ポーギーとベスだろうが、マットとジェフだろうが——さしたる問題ではなかった。

タクシーは九時少し前に、われわれを劇場の正面におろした。案内係がチケットを見て、幕間までは席に連れていけないと説明したので、ステージから聞こえる音楽に耳を傾けながらロビーで待った。待っているあいだに、ナタリーが劇の筋を手短に聞かせてくれた。

やがて音楽が止み、観客がどっと溢れでてきてトイレと売店に向かった。案内係はナタリーとわたしに《プレイビル》（ブロードウェイで入場者に無料配布されるプログラム）を二部差しだし、それから先に立って階段をのぼると、プライベート・ボックス席の列を過ぎて、舞台左袖から十メートルほどのところにあるボックスまで連れていった。

そのなかにクレア・マロリーが、チェンバース・ストリートでおこなわれたピューの最初の証言録取ではじめて会ったときとさして変わらない様子で、ひとりで待っていたのだ。前回の仕事用の服から、丸首で袖のない短いワンピースにかわっていた。ドレスの色はセージグリーンで、裾は膝のすぐ上で終わっている。クレアはわれわれふたりと握手を交わしたあと、もっと早くいらっしゃれなくて残念でしたと言い、見損ねた部分のあらすじを簡単にお聞かせしましょうかと訊ねた。

「聞きたいのは」わたしは言った。「事情の説明だ」

「よろこんでお話しします」

そして取りだされたのが例の金で、仕事のオファーがあとにつづいた。

「料金が問題なら、わたしには交渉する権限が与えられています」マロリーは言った。言葉を聞き取るのに、身を乗りださねばならなかった。マロリーが頭を動かすたびに香水のにおいがし、フルーツと花をミックスしたそのにおいに息が詰まりそうになった。

「DTSの代理として交渉するわけね」ナタリーが言った。

「もちろん。この件はレイミア&ブラックマン法律事務所とはなんの関係もありません」マロリーはふたたびバッグをひらき、二組の書類を取りだした。さっきの小切手とヘアブラシとコンパクトがちらりと見える。マロリーはわたしたちに一組ずつ書類を手渡した。

契約書だ。十五ページもあり、溢れんばかりに合法的だ。

「どうぞご自由にあらためてみてください」

「簡略版を聞かせてくれ」わたしは言った。

「よろこんで。この契約書は、あなたとミス・トレントをDTSインダストリーズ専属のセキュリティ・コンサルタントとして、明朝より一年間にわたり、一ヵ月当たり八万四千ドルの給与にて雇用するというものです。もちろん、加えて、契約時のボーナスもついているということです。本契約では、おふたりの医療給付を扶養家族も含めて全面的に保障し、交通費、雑費その他、当該年に生ずるであろういかなる費用も負担します」

「それらと引き換えにあたしたちはなにをするの、具体的に?」ナタリーの目は舞台の上を見ていた。

「あなたとコディアックさんには、DTS役員の国内外でのセキュリティに対する責任を、家庭内と業務上の両面で引き受けていただきます」

「DTSはすでに警備保障会社と契約しているんじゃないのか？」わたしは訊ねた。

「たしかに、DTSは三つの警備保障会社を使っています。アンダースン・ヴィジラントが提供しているのは、ヴァージニア州と南北両カロライナ州のプラント・セキュリティ。スレット・ディフェンス2000が扱うのは、LA、ヒューストン、セントルイスでのオフィス・セキュリティ。そしてオメガ・テクノロジーは産業スパイ活動を阻止するための逆監視とエレクトロニック・セキュリティを提供してもらう契約になっています」

「優秀な会社ばかりだ」わたしは言った。どの会社も、社名は間抜けだとしても、じっさいに優秀だった。そのうえ三社ともその道のスペシャリストを大勢抱えた大会社だ。ナタリーとわたしでは格がちがうどころか、そもそも土俵が同じではなかった。

「非常に優秀な会社です」クレア・マロリーは同意した。「求められている仕事に関しては。でも、お気づきでしょうが、これらの会社はいずれも個人の身辺警護だけを専門にしているわけではありません」

「だからDTSがあたしたちを望んでるというの？」ナタリーの口調は疑念をあらわにしていた。

「個々の重役が危険にさらされる懸念があるんです」マロリーは答えた。「あきらかに誘拐やゆすりが発生する可能性は高まってきています。DTSは転ばぬ先の杖を用意しておきたいんです」

わたしは契約書をぱらぱらとめくってみた。わたしにわかるかぎりでは、マロリーは公正に取引をしている。金が文字どおり紙面から飛びだして、わたしの頭に飛びこんできた。舞台の歌が終わり、観客のあいだに丁重な拍手が沸きおこった。マロリーも拍手をしたが、われわれから注意をそらしはしなかった。

契約書を畳みなおして、手のなかのそれを見やる。相手の思惑どおりにわたしは計算を済ませたが、マロリーは念のためにそれを口に出して言った。

「ひとり当たりの給与額は、年間百万八千ドルになります」

「半端な数字ね」ナタリーが言った。ばかにしているのか、本気で文句を言ってるのかよくわからない。

マロリーはそれを本気だと受けとった。「申し上げたように、わたしにはいくらか交渉する裁量が与えられています。そちらの提示額がありますか？」

「あしたから？」と、わたし。

「そうです」

「で、おれたちはDTS専任になる？」

「十二ヵ月のあいだは。先方の思いとして、それだけの額を提供するからには、必要なときにいつでもあなたがたの手を借りられるようにしたいのです。そのために、おふたりにはチャールストンに引っ越していただくことになるでしょう」

わたしはうなずき、契約書から目をそらそうと努めた。舞台の歌声がまたはじまっていたが、聴いてはいなかった。わたしはエリカとカレッジのことや、アパートメントのこと、請求書のことを考えていた。隣では、ナタリーがショーを見つめていた。

この契約書が提示している額の金を持つような人間には、まったく別の世界が存在する。その種の人間は持ち家があり、借りるのではない。その種の人間は扶養家族を確実に大学に行かせてやれる。その種の人間は請求書の支払いを期日どおりに済ませ、ウォール街で投資し、道具や現金を貸してくれと友人に頼んでまわる必要はない。大金持ちは病院の支払いや臨時の出費や不渡りになりそうな小切手や、次の仕事が来るまで食いつなげるかどうかなんてことを心配したりしないのだ。

ナタリーはわたしが答えるのを待っており、一瞬わたしはナタリーを死ぬほど嫌いになった。

「現在抱えてる仕事が終わるまで、ＤＴＳが雇用を延期してくれる可能性は、まったくない？」わたしは訊いてみた。

マロリーは首を横に振った。「ええ、残念ながらありません。その点については、先方からはっきり言われています。おふたりを一刻も早く雇いたがっています」

「なんて間のいいこと」ナタリーがつぶやいた。「ある仕事にとりかかったとたん、DTSが別の仕事をしてくれと、おいしい話をぶらさげて現れるとは」

「ピュー氏の警護に関わった結果、あなたがたは先方の目にとまったんです」マロリーは言った。「この件でおふたりが微妙な立場に置かれるのは承知していますが、気の長い人たちじゃないんです。先方は動けるときにすばやく行動するのを好みます。コディアックさん？」

「うーむ？」

「なにか支障でも？」

わたしは首を振った。

「月額九万ドルなら問題は解決します？」マロリーの目の無邪気さは、信じてしまいそうになるほどだった。

「レイミアは、きみがこんなオファーをしていることを知ってるのか？」わたしは訊いた。

マロリーは首を横に振った。

「法の倫理には詳しくないが、ミズ・マロリー、きみはなんらかの背信行為をしてはいないか？　利益相反の行為をしてもいいのか？」

マロリーはためらったが、やがてうなずいた。われわれが信用できると判断したのだろう。「DTSからこのオファーをするよう頼まれたんです」

「きみを危険な立場に追いこむだろうに？　つまり、もしおれたちが断り、レイミアの知るところとなったら、きみをクビにするぞ」

「その可能性はあります」

「今回の訴訟から外すのは絶対だ」

「まちがいないですね」マロリーは言った。「でも、そういう事態になるとはかぎりません。この話には悪意はまったくないんです、コディアックさん。たんなる仕事のオファーです。もしわたしがあなたなら、絶対に飛びつくはずの」

ナタリーは契約書をきちんと畳んで膝に置いていた。わたしはもう一度、自分用のを見やった。握っていた角の部分が皺になっている。

マロリーが最後にもう一度バッグをひらいた。中身をがさごそやっているとき、マロリーはわたしに見えるようわざとその位置に置いているのだ、と気がついた。ふたたび小切手が見えた。そしてコンパクトと、ヘアブラシと、口紅と、帯状のコンドームの袋が。マロリーは上目づかいにわたしを見てほほ笑んでから、バッグに視線をもどして探していたものを見つけた。太いパーカーの万年筆で、胴まわりに青い大理石調の仕上げが施してある。マロリーは万年筆のキャップをはずして、わたしに差しだした。

おれみたいな大バカ野郎は金輪際《こんりんざい》いないだろう、とわたしは思った。「受けられない」そう言って、わたしは立ち上がった。「申し訳ないが」

ナタリーがつづいて腰をあげると、マロリーは椅子の上で体を引いてわれわれを見上げた。がっかりした以外の様子はなにも見られなかった。「その返事はおふたりからのものですか？」マロリーが訊いた。

「あたしはそんな丁寧に答えるつもりもなかったけどね」ナタリーが言った。

わたしは契約書を返し、マロリーは空いた手でそれを受けとりながらわたしの表情を探っていた。「このオファーにはたくさんの旨味があるのに。役得が山ほどあるんです。考え直されたほうがいいと思います」

「あたらしい職場での幸運を祈るよ」そう言って、わたしはロビーに向かった。


ブロードウェイと四十二番ストリートの角で、ちょっと待ってよと呼びかけながら、ナタリーが追いかけてきた。わたしは立ち止まり、追いつかれるのを待った。〝超美人揃い、極上オールヌード〟と書かれた看板を前後にぶらさげたサンドイッチマンが、タイムズ・スクエアで生き残っている最後のポルノショップ群の一軒で、店頭に立ってチラシを配っている。そばの角では、中年太りをした男が裏返したふたつのバケツでパーカッションを演奏し、十歳にも満たないであろうヒスパニックの少年が吹くハーモニカに伴奏させていた。広告ネオンがまばゆく、四方八方で輝いている。

ナタリーがそばにきて立ち止まり、片腕をわたしの腰にまわした。わたしは一瞬、また尾行を発見したのかと思ったが、ナタリーはどんなゲームもしているのではなかった。ナタリーはわたしの口にキスした。サンドイッチボードを提げている男がひやかしの声をあげた。

「残念賞よ」ナタリーは言った。

「この先ずっと、あの役得ってのはなんだったんだろうかと考えつづけることになるな」わたしは言った。

「想像はつくわ。まず手はじめに、クレア・マロリー」

「どうだか」

「あなたの鼻先であのコンドームの帯を振って見せたも同然じゃない」

わたしは笑いだし、ナタリーも笑いだして、腕をわたしの腰にまわしたままいっしょにそのブロックを歩いた。ふたりでタクシーを停め、後部座席に乗りこみ、ナタリーが運転手にわたしの住所を告げた。そういえば監査にとりかかったとき以来、ベッドをともにしていなかった。そう考えたとたん当然のように緊張がもどってきて、タクシーがわたしの自宅の外に停まったときには、ぎこちない空気が漂っていた。わたしは財布をとりだし、ナタリーに自分の分の五ドルを渡した。

「朝にはあなたがシェラトンに行く？」ナタリーがふいに訊ねた。「それともいっしょに行ったほうがいい？」

「おれはレイミアに連絡がとれないかやってみるつもりだ。なんで心変わりをしたのか、どうしてまたこの訴訟にもどったのかを知りたい。ピューに対する前回の襲撃は、無意識であったにしろ、レイミアを通じて手配されたんだ。なにか役に立つことを知っているかもしれない」

「マロリーについても訊いてみて」

「そうするよ」

「あたしが現場のチェックをするわ。正午頃に電話をちょうだい、携帯を持っておくから。デイルとコリーに会う時間を相談しましょう」

「わかった」わたしは言った。「いい夜を」

「あなたもね」

われわれはさらに数秒のあいだ見つめあい、それからわたしはもう一度「おやすみ」を言ってタクシーをおりた。


「で、おれのパートナーのジョンはへたりこみ、こう叫んだ。『おまえのうしろ、うしろだ！　女は銃を持ってるぞ！』おれが振り返ると、女の子はそこにいたよ、たしかに。ただ、握ってるのはデリンジャー銃みたいなちっぽけな代物だった。おれはそいつを放せと怒鳴ったが、相手はひたすらじっとこっちを見てる。そこでおれはまじに恐くなり、武器を取りだして相手に突きつけ、そして考えてたんだ、おれはこの女の子を撃たなきゃならなくなる、と。その子はせいぜいきみくらいの歳だった」

「で、それから？」エリカが訊いた。

「で、それから、女の子は引き金を引いた。すると、こんな炎がちょろりと出てきて、はじめてわかったんだ——その子は銃を握ってるんじゃない、ライターを握ってるんだ、と。その子はもう一方の手にクラックのパイプを持っていて、そいつを口に突っこむと受け皿に火を点け、深々と一服した」スコット・ファウラーはそこで中断し、その記憶に笑いを漏らした。「それからその子は全部手から落っことし、咳きこんでこう言った。『ヤクはやってないよ《アイム・クリーン》（武器は持っていない、の意もあり）』」

エリカは笑い声をあげた。

「犯罪は人を間抜けにしちまうんだ」スコットはそう言うと、リビングに入ったところで立っているわたしを目にした。「アティカス」

「スコット」わたしは答えた。

エリカがわたしに手を振った。「この人、一時間ほど前にきたんだよ。あんたはすぐ帰ってくるから、って言ったんだ。どこにいってたんだい？」

「文化を吸収してた」わたしは言った。

エリカはわたしに向かって舌を突きだした。見え透いた嘘を言ったときの反応だ。

「あんたと話がしたくてな」スコットは言った。

「どうぞ、話せよ」わたしは言った。

無礼な応対にエリカがはっと頭をあげ、わたしたちふたりを見、昨晩ドラマが坐っていた椅子から腰をあげた。「自分の部屋で待っとくことにする」と、エリカは言った。

スコットはエリカが行ってしまうのを待ってから、床に置いてあったボトルに手を伸ばした。ボトルは白い薄紙でくるんであった。

「和解の贈り物だ」そう言って、スコットはそれをわたしに差しだした。

わたしはボトルを受けとった。スコッチで、グレンリヴェットだった。

「すまん」スコットは言った。

わたしはボトルを見つめ、その気になれば自分がいかにひねくれた小心者になれるか垣間《かいま》見て、身が縮む思いをした。わたしは首を振って腰をおろすと、言った。「あんたが謝ることなんかない。おれの物事の扱い方がなってなかったんだ。見捨てずにいてくれて嬉しいよ」

「おいおい、少しは信用してくれよ。なにを考えてたんだ？　おれがふたりの友情をチャラにしようとしていたと？　あんなことで？」

「ああ、そう思ってた」わたしは言った。

「まわりの人間をもう少し信頼しないとな、アティカス。ブリジットとおれは週に一回程度会ってふたりで食事をする。それだけだ」

「あんたらふたりがいっしょになにをしようと、おれに関係はない」

「かもな。おれたちがメシを食いながらなにをするか、わかるか？」

「レシピの交換でも？」

「ブリジットが話し、おれが聞くんだ。ブリジットはおまえのことを話す。ナタリーのことも少し話す。ときたま仕事の話をあいだにはさむ。ブリジットはおれをベッドに誘うことに興味はないし、それに正直言って、これだけブリジット・ローガンに心酔しているおれも、そっちの寄り道には同じく興味がないんだ。だからこそこのおれに、ブリジットは自分の生活を話す。ブリジットはデイルのもとへは行けないし、もちろんナタリーのところには行けない。おれのところに来る。あんたはブリジットに電話をしなきゃいけないんだ。手を伸ばして、現状を改善する努力をしなきゃいけない」

「おれはブリジットの親友と寝たんだ。改善できるようなことじゃない」

「あんたはブリジットを傷つけた。あんたは人でなしだった。この先ずっとナタリーと寝ていたんでは、現状は改善できまい」

「エリカが話したのか？」

「そんなのはおまえには関係がないことだと言うつもりなのか？」

「いいや」わたしは言った。「だが、そっちが言っているほど簡単でもないんだ」

「ただ受話器を持ちあげて、そこから先をつづけるだけのことじゃないか」

「なんと言ったものかわからない」

「なにか思いつくさ。そのボトルをあけて、胃が熱くなるものをわけてくれないか？」

わたしは立ってキッチンに行き、ふたつのグラスに注ぐと、それを持ってもどった。スコットは「仕事はどうだ？」と訊きながら、自分の分を受けとった。

「手に負えなくなってきた。今夜、ＤＴＳから百万ドルのオファーを受けたよ」

「引き換えになにを望んでる？」

「おれの専属奉仕さ。だれかから魂を買おうというオファーを受けるのはどんな気持ちがするだろうと常々思ってきたものだが」

「それで？」

「変なもんだ。歳をとった気にさせられたよ。爆弾のことは聞いたか？」

「ああ。連邦検察局がうちの支部の捜査官をふたり、ア《B》ルコール《A》・タバコ《T》・火器局《F》と合同で調査にあたらせている。いろいろあるが、連邦裁判に対する干渉という罪状になるらしい。まだなにも出てないけどな」

「三日以内に再度の証言録取を予定してるんだ。ピューが生きて証言するのをドウが放っておくわけはない」

「センティネルなら万全の働きでピューを守るさ」

「センティネルじゃない。ナタリーとおれだ」

「ケヴラーを着ろよ」スコットは忠告した。「ところで、ようやくオルシーニの死体の身元が割れたぞ。カナダ人でケベック解放戦線《FLQ》のメンバー、名前はガストン・レイフェル。カナダ騎馬警官隊にそいつの分厚いファイルがあり、ケベック内および周辺の複数の死亡事件とやつとの関わりを見つけだすことに成功していた。だが、やつがジョン・ドウだったとは思えんな」

「ちがうさ」わたしは言った。詳しいことは言わなかった。なにを言っていいものかよくわからなかったし、昨晩ドラマがわざわざ訪問してきたことを説明しようとしたところで、スコットが信じてくれるかどうかもわからなかった。自分でも信じられないくらいなのだ。

「インターポールもそうは考えていない」スコットは言った。「向こうはひとつふたつ確実な日付を押さえてるんだ。なんでも数年前に香港で起きた事件らしいが、そのときレイフェルは刑務所にいた。これくらいしか教えてやれることがなくてすまんな」スコットは自分の酒を飲み干した。「さてと、そろそろ行くか。そのうち電話でもよこせよ。いっしょにメシ喰って、ヤンキースでも観にいこう」

「そうしよう」わたしはスコットを外まで送っていった。ドアを閉めて鍵をかけてから、自室にもどりかけた。廊下にエリカが立っていた。

「そうしなきゃだめだよ」エリカが言った。

「また盗み聞きか？」

「ブリジットに電話しなよ」エリカは怒ったようにそう言うと、また自分の部屋にもどっていった。

21

翌朝、マーガイルズからレイミアの事務所の直通番号を聞いて、電話をかけた。多少の説得を要したが、最終的にレイミアは面会に同意してくれ、わたしは地下鉄でチェンバース・ストリートまで南下し、十時少し前に当人と会った。レイミア&ブラックマン法律事務所は、一階から九階までの全フロアを占めていた。レイミアのオフィスは八階にあり、爆発のあった部屋よりはるかに上で、建物のどこかでなにかが爆発した痕跡はそこにはなかった。レイミアは受付エリアでわたしを迎え、はやく面会を終わらせたくてしかたないのか、人造大理石《テラゾ》貼りのフロアをトップサイダーの爪先で踏み鳴らしていた。わたしはオフィスまでレイミアについていき、別の証言録取室と立派な法律図書室を通りすぎた。廊下にはほとんど人けがなかった。事務所で週末を無駄にしたがる人間はあまり多くないということだ。

「どういったご用件かね?」レイミアはわたしに椅子をすすめた。

「月曜の証言録取時のピューのセキュリティに関して、二、三質問があるんです。そちらが何人の人間を連れてこられるのか知っておく必要があるので」

「クレアだけだが」

「マロリーさん?」

「そう、クレア・マロリーだ。それがなにか問題でも？」

「ことと次第によります。マロリーさんがDTSの遣い走りをしているのをご存じですか？」

レイミアの眉根が寄せられた。「なんと言った？」

わたしは昨晩のシューバート劇場でのやりとりについて、ナタリーとわたしをつけまわしていた謎のカップルの件を皮切りに、話して聞かせた。マロリーとの会話を詳細に伝え、チケットの半券を見せる。

「信用できなければ、ナタリー・トレントに電話してください」そう締めくくって、ナタリーの携帯の番号を教えた。

レイミアはその番号を書きとめなかった。「その男と女だが、連中はどんな風体《ふうてい》だったね？」チケットの半券をしげしげと眺め、ちぎられた端を親指で撫でる。

「どちらも三十代の白人でした。女は百八十センチ弱で細身。ブロンドの髪に平凡な顔。男も髪の色は同じです。大男でした」

レイミアは半券を机に落としてから、それを人さし指でわたしに押しもどした。あいかわらずわたしと目を合わそうとしない。「雄鴨《ドレイクス》たち」と、レイミアは言った。

「アヒルに似た？」

レイミアは首を振り、その先を詳しく言おうとしなかった。「クレアは月曜の録取には出さん。クビだ。本人がまだそうと知らないだけで」

それはどうだろう。クレア・マロリーはすでにチャールストンに行き、DTSからの最初の高額小切手を現金化しているのではないだろうか。「われわれを尾行していたふたりはだれです？　あなたが〝ドレイクス〟といったのは、そのふたりのことですか？」

「だれなのか、わたしには確信がない」

「推測してもらいたい」

わたしの口調がレイミアの気に障ったようだ。腕を組み、こちらをにらむ目つきがさらにきつくなった。「ここに来たのは、それを訊くためかね？　とても忙しくて——」

「ここに来たのは、月曜のピューのセキュリティについて話すためです。マロリーが抜けるとすると、あなたひとりで来るつもりですか？」

「代わりをさがしてみるつもりだ。こんな急な話では、だれになることやら」

「だが、だれが代わりになるにしろ、その人は部屋に同席するんですね？」

レイミアはうなずいた。

「われわれ警護陣は、開始前にあなたとあなたの同僚、ほかにもピューと同席する人間がいればその人にも、身体検査を求めることになります」

「そのくらいのことは承知している」レイミアは言った。忍耐心がすり減ってきている様子だ。

「ほかにだれが出席を？」

「わたしのアソシエイトとわたしのほかには、記録人と、異議および動議を判断するためのジャムズの判事がひとり」

「ジャムズ？」

「ジュディシャル・アービトレーション＆メディエイション・サービス（司法仲裁調停サービス）。ＪＡＭＳ。レンタル判事だ。ベンチに下がった隠居メンバーを送ってよこし、席について審判をさせ、その専門家としての判断に対して五百ドルを要求してくる。それで時間の節約になる」

「その人も身体検査させていただきます」

「当然だな」

「あなたの事務所で、録取がどこでひらかれるか知っている人はほかにだれがいます？」

「わたしとクレアと、わたしの秘書のスージー——それで全部だ。知らせるのは最低限にとどめておいた」

「ＤＴＳにはもう知らせたんですか？」

レイミアは咳《せき》をした。「ウィリアム・ボイヤーが電話をよこして、いつおこなう予定かと訊いてきた」

「ボイヤー。上院の公聴会で証言した人ですね？」

「そのとおり」

「ボイヤーになんとおっしゃいました？」

「われわれはピューの証言録取をできるかぎり早急におこなうつもりだと言ったよ。どこでやるかはまだ決めていなかったから、場所は教えられなかった」

「訊いてきましたか？」

「いや、訊いてこなかったな」

どうでもいいことだ。クレア・マロリーはどこで録取手続がひらかれるか知っており、それはすなわちＤＴＳも知っていることを意味した。

「質問は以上かね？」レイミアは書類をがさごそいわせて、わたしに時間を無駄遣いされていることを強調してみせた。

「あなたがこの訴訟にもどった理由に関心があるんです」わたしは言った。

「気が変わったんだ」

「前回お話ししたときには、抜ける決意をかなり固めていらしたような口振りでしたが。いささか妙だなと思うんです。辞めたと思ったら、すぐにもどってくるとは」

机ごしにレイミアはわたしをにらみつけた。「なにをほのめかしてるんだ？」

「さあ、わたしはなにかをほのめかしているんでしょうか。ですが、起こった状況からなにかを推察できる人間はわたしだけじゃない。ＤＴＳはあなたを脅迫したんですか？」

「なにを言っているのかわからんな、コディアック君。さて、質問が以上なら、こっちにもやるべき仕事がある。ひとりでお帰り願えるね」

「連邦検察局に連絡すればいい」わたしはレイミアに言った。「なにがあったかを話すんです」


レイミアは首を横に振った。「いい一日を」

レイミアはわたしなどいないようなふりをしてファイルをひらき、黄色のマーカーで目の前のページに走り書きをはじめた。わたしは腰をあげ、出ていこうとした。

「お時間を取らせました」わたしは言った。「月曜の朝にまた」

ドアを通り抜けようとしたとき、レイミアが言った。「待ってくれ」

わたしは振り返った。レイミアは机上のファイルの配置のせいで、たこつぼ壕のなかの機関銃手のように見えた。

「きみにはピューの安全を守ることができる、そうだな？　証言録取のあいだ絶対になにも起こらないようにできるんだろう？」

ええ、できます、と言いたかった。心底そう言いたかった。

だが、法曹関係者に嘘はつきたくはなかった。

わたしは後ろ手にドアを閉めて、立ち去った。


受付エリアの周囲を縁取るように並んだ大振りな革張りクラブチェアに坐って、ふたりは待っていた。女のほうはコーヒーテーブルに両脚を載せ、首がないかと見まがうほどだらしなく椅子に沈みこんでいる。昨夜履いていたのと同じランニングシューズを履いていたが、服はブルージーンズと黒いTシャツに着替えていた。革のジャケットが両脚の下の床に丸めてあった。レイバンのサングラスをかけている。

男のほうは女の隣に座り、やはりブルージーンズを穿いていたが、Tシャツは白だった。男のほうが姿勢はいい。背筋は伸びて両脚は床の上にあり、ファイルフォルダーを目の前のテーブルに広げている。一枚の写真、白黒の8×10《エイト・バイ・テン》がちらりと見えたのは、男がそれをコピー機のトナーで線状に汚れた書類の下に滑りこませたときだった。

女が先にわたしを見つけ、体を起こした。「ハンター」と、女は言った。

男は女を見やり、それから相手の視線を追ってわたしを目にした。すばやくフォルダーを閉じ、両のてのひらをジーンズの腿でこすってから、腰をあげた。女は動かなかった。

男はわたしがエレベーターのほうを向くまで待ち、そこでわたしの名前を呼んだ。「アティカス・コディアックかい？」

「だいたい常に」わたしは答えた。

男は最初に思った以上にでかく、わたしの身長を軽く十センチ、おそらく十三センチは越しており、骨太の土台に筋肉の層をまとっていた。デイルよりもでかく、たぶん腕っぷしでも勝るだろう。青い目でわたしを頭から爪先までしげしげと眺めていたが、その目尻にはカラスの足跡が刻まれていた。男はじっくりと見ていたが、こちらにはそれが楽しくなかった。その視線には相手を萎縮させるものがあった――わたしは体の各部を意識した。

吟味は十秒近くつづいた。

「こんどは背中を向いてみようか?」わたしは問いかけた。「そうすれば全体像が拝めるぞ」

「あんたが行っちまうときに見られるさ」男はわたしの肩越しに身を乗りだすと、親指で壁のボタンを叩いた。まるでだれかの目でもえぐらんばかりに。

女が椅子から腰をあげた。「失礼よ、ハンター」

男はわたしににやりと笑いかけた。「すまんな」

「水に流そう」わたしはエレベーター上部の階数表示をさがした。表示はなく、上と下を指すふたつの矢印があるだけだった。どちらも点灯していない。どちらでもかまわないのだが。

女はわたしに名刺を差しだしながら言った。「昨夜よりももっと丁寧に自己紹介したほうがいいわね。あたしはチェサピーク、こっちは弟のハンターよ」

わたしは名刺を受けとった。シンプルで上品なものだった。中央に印刷されているのは〝ドレイク・エージェンシー〟の文字で、その下の隅のほうには〝チェサピーク・ドレイク〟と記されている。電話番号はあるが、住所はなかった。

「長年の調査がやっと終わった」わたしは女に言った。「とうとうおれ以上に変な名前を持った人間に巡り合った」

ハンター・ドレイクは姉の背後にまわりこんで、両腕で姉の肩をくるんでいた。結婚指輪をはめており、太いホワイトゴールドのそれは、手がもっと小さければこれみよがしに見えただろう。ハンターの姉は弟の腕のなかに沈みこむように体をあずけ、その仕草で自分をごく小さく、弟を巨大に見せている。熊がアライグマを抱いている姿を見ているような感じだ。

「歴史に一家言ある両親なのよ」チェサピークがわたしに明かした。髪をうしろになでつけており、耳が小さい。両の耳たぶにスタッド式のパールのイヤリングをしている。

「もしくはユーモアの」わたしは言った。

「うちの一族はプリマス植民地（ニューイングランド最初の植民地）の建設に加わったんだ」ハンター・ドレイクが説明を加えた。

「そりゃすごい」わたしはふたたび矢印をたしかめた。まだ点いてない。階段のほうが早かったかもしれない。「それで、あんたらはレイミアに雇われてるのかい？　それともDTSに？」

「あいにく、そこは明かせないわね」チェサピークが言った。スニーカーの丸みに乗って前後に体を揺すっている。

「ドレイク・エージェンシー」わたしは言った。「どこかで聞いた名だ。私立探偵だな」

「かもしれない……」ハンターが言った。

「……ちがうかもしれない」姉があとをつづけた。

わたしはうなずき、ほほ笑んで、まとめて撃ち殺してやりたい衝動を抑えこんだ。

「そして、あなたはアティカス・コディアック」チェサピークが言った。

「あんたはＰＳＡ……」と、ハンター。

「……ボディーガード……」

「……タフガイ……」

「……しぶとい男……」

「……もしくは、そうであるとおれたちが聞かされている男」ハンターが言った。

「おっと、よしてくれ、顔が赤くなってしまうじゃないか」わたしは言った。

チェサピークは弟の右親指をふざけてかじり、その両手を自分の両手でつかんで、ひっぱった。ハンターは最後にもう一度ぎゅっと抱いてから、姉を放した。チェサピークが身を乗りだして言った。「エレベーターが来たわ」チェサピークはヴィクトリア・シークレットの店内みたいなにおいがした。

「ありがたい」そう言って、わたしはエレベーターに足を踏み入れた。「あんたらふたりとは、めったにない出会いができたよ」

「おたがいさま」チェサピークは軽いお辞儀のまねごとをした。

「また会おう、すぐに」ハンターが言った。

「こっちが先にあんたらを見つけなければな」わたしは言った。

「それはないわね」チェサピークが保証した。「あなたが先に見つけることは絶対にない」


帰宅すると、アパートメントの入口の階段にエリカが坐って、図書館から借りてきた『私が愛した男と女／ヘンリー&ジューン』を読んでいた。わたしを見ると立ち上がって片手で尻を払い、「自分で閉めだされちゃった」と、言った。

「どうしてオルテガか管理人のベルを鳴らさなかった？」

「呼んでみたよ。留守だったんだ。どっちみち、うちの部屋には入れないじゃん、あんたがあんなふうに錠をかけてたら」

わたしは正面入口のドアをあけて、エリカがなかに入るのを待った。郵便を取りだし、階段を上がりながら選りわける。弟から手紙が来ていて、前回の手紙に返事をだしていなかったと気づいたわたしは、ちくりと疚《やま》しさを覚えた。四階の踊り場にきたときに顔を起こすと、うちの真下の部屋のドアがあいているのが見えた。

「だれか越してきたのか？」わたしはエリカに訊いた。

「手がかりがないな、ワトスン」エリカが答える。「もう少し調べてみるかね？」

わたしは廊下を進み、あいているドアをノックした。ペンキの刺激臭がわたしめがけて押マーガイルズ弁護士――異議ありません。
答――はい。
問――どの程度でした？　一日ひと箱くらい？
答――思いだせません。
問――もっと多いですか？　少ないですか？
マーガイルズ弁護士――質問には返答済みです。
答――思いだせません。
問――ここでピュー氏にご自分が宣誓をなさったことを念押ししておきたいと思います、閣下。辛いかもしれませんが、もし覚えているなら、氏は答えなければなりません。
フラニガン判事――思いだせないなら、そう申し述べてくださってけっこうです。しかし、もし覚えているなら、かならず質問に答えなければなりませんよ。
答――一日ひと箱。それより少ないこともあった。
問――多いことも？　ピューさん？
答――あったかもしれない。
問――ジョーダンさんはどうして亡くなったんですか？　ピューさん、お願いします。質問に答えてください。息子さんの死因はなんでしたか？
答――脳動脈瘤を患いました。

問――ありがとうございました。

マーガイルズ弁護士――判事、証人に落ち着く時間を与えるために、短い休憩をいただけますか。

フラニガン判事――許可します。

25

夕刻五時五分。なにかがおかしかった。

レイミアはようやくDTSに関わる質問までたどりついていた。ピューは、打ちのめされ憔悴《しょうすい》しきっていたものの、答えるうちに徐々に生気を取りもどしていた。レイミアはピューが書いた研究開発報告書、なかんずく開発が化学分析段階にあった時期のものについて、その配布対象を知りたがり、ピューは自分の論文を受けとったと思われる一連の人物名を思いだそうとしていた。マーガイルズは顎ひげを掻いている。

ナタリーがわたしと目を合わせ、表情からナタリーもそれに気づいたのがわかった。ナタリーは軽くイヤピースを叩いた。

無線の交信が止んでいた。左耳が静寂につつまれている。無線に繋がっているイヤピースは一日じゅう休みなく、部屋の外で起こっていることをわたしに伝えつづけてきた。コリーやデイル、ときにはモウジャーが経過を知らせてきた。

それがいま、静まりかえっているのだ。

ナタリーが人さし指でわたしを指さし、ついで出口を指さした。うなずいて無言で外に出ると、デイルとモウジャーがバルコニーのドアの脇に立って、声をひそめて話していた。録取会場を出たわたしを目にすると、ふたりとも口をつぐんでわたしがそばに来るまで待った。

「無線を切ったんだ」デイルはそう言うと、バルコニーのコンクリート・デッキの上を指さした。小さな、ほぼ正立方体の箱が、じかに置かれている。その箱は証言録取がおこなわれている部屋の壁にぴたりとつけて置かれ、緑色のリボンがかけてあった。

「ああ、なんてこった」わたしは無線のスイッチを切った。

「発見したのは三分前だ」デイルが言った。「コリーは周囲の点検に行ってる」

「全面点検は済ませたと言ってたんじゃないのか?」わたしはモウジャーに訊いた。感じのいい訊きかたはしなかった。

モウジャーの頬が赤く染まった。「点検はしたさ。開始の時点ではそんなものはなかった。ボイヤーの野郎が一服しにきたときにはここになかったし、おまえら全員が最後に休憩をとったときもここにはなかったんだ。この一時間かそこらのあいだに仕掛けられたとしか考えられない」

「おれたちの上の階からおろされたとも考えられる」デイルが言った。「もしくは、おれたちが階下《した》にいて、おまえがなかにいるときに持参したのかも」

ふとドラマの姿が目に浮かんだ。あの仮面と黒ずくめのスーツを身にまとい、ビルの側面をスパイダーマンよろしく懸垂下降しながら、あらたな爆弾をそっと壁際に仕掛けていく姿が。

　愉快なイメージではなかった。

　あけてみないことには、本物かどうか見極める方法はない。

　緑色の蝶々結びに心底腹が立った。

「撤退したいか？」デイルが訊く。

　もしピューを殺すためにこの爆弾が仕掛けられたのだとしたら、ずいぶん下手な仕掛けかただ。ナタリーとわたしは標準作戦規定《SOP》に準じて、ピューを外壁から離れた席につかせておいた。ドラマならわれわれがそうするのは承知のはずだ。とすると、この包みを仕掛けたのがドラマだとした場合、おとりであるか、甚大な威力を持つ爆弾であるかのふたつにひとつだ。どちらの選択肢もいただけなかった。

　胃が、頭と同様に痛みだした。可能性が多すぎる。危険が多すぎる。

「アティカス？」デイルが問いかけた。

「ボイヤーをここに連れて上がってくれ。あれがあいつからのプレゼントでないことを、きっちり確信しておきたい。それからホワイトに、ドレイク姉弟がまだ831号室にいることを確認させろ」

　デイルが階段に向かい、モウジャーのほうは憤然となった。「言っただろう、ボイヤーがなかにもどったときには、そいつはそこになかったんだ。この一時間のあいだに仕掛けられたにちがいない」

「聞いてたとも」

「おれはあれを調べてみたい」

「動くな、そばに近寄るんじゃない」わたしは言った。「そこでじっと待ってろ」

わたしは証言録取会場のなかにもどった。レイミアがピューに、かつて自宅で個人的な日記をつけ、そこに仕事上の記録も書き留めたようなことはあるか、と訊ねている。わたしは咳払いをした。全員がわたしに注目した。フラニガンが身振りで静粛をうながした。

「外のバルコニーで不審な箱を発見しました」わたしは言った。「近くでよく調べてみるあいだ、下がっている必要があります。グリアさん、ブリーデンさん、ここまでの作業を保存してコンピュータを切っていただくようお願いしたいんですが」

グリアはフラニガンを見やり、判事はうなずいて言った。「本手続きは追って連絡があるまで緊急中断する。可能になり次第、再開しよう」

「全員階下《した》に行ってください」わたしは一同に伝えた。「爆弾ではないという百パーセントの確信が持てない場合は、撤退して警察を呼ぶことになります」

「だめだ」ピューが言った。

「議論の余地はないんだ、ジェリー」

ピューは人さし指をわたしに突きつけた。「わしはこいつを済ませねばならんのだ、アテイカス。こんな中途半端でやめさせるな。わしにそんな仕打ちをせんでくれ。きょう一日これだけ耐えてきたあげくにそれではあんまりだ」

「この人を階下《した》へ」わたしはナタリーに言ったが、言うより早く、ナタリーはすでに椅子からピューを立たせていた。わたしは場所をあけて全員を通した。

「やめろ、くそったれ」ピューはなおも訴えていた。「頼む、どうしてもやり遂げなきゃならんのだ」

部屋は空になった。バルコニーにもどると、ちょうどデイルが箱を見せるためにボイヤーを連れてあがったところで、すぐあとにマロリーがつづいていた。ビリー・ボイヤーはだれかにストック・オプションでも盗まれたかのような顔をしており、クレア・マロリーはピューをみならってバスルームに駆けこもうかといった様子だった――ふたりとも、ナタリーがピューを階下に急きたてていっても、老人に一瞥すらくれようとしなかった。

わたしは箱を指さしてボイヤーに訊いた。「あれはあなたのですか?」

ボイヤーは首を横に振った。首筋に汗が光っている。

デイルがわたしに眉を吊りあげてみせ、わたしはうなずいた。デイルがウィリアム・ボイヤーをふたたび階段まで連れていくと、そこへコリーが二段飛ばしで駆けあがってきた。

「ドレイク姉弟はノックしても応じない」と、コリー。

「まだなかにいるのか?」

「ホワイトは確信がないそうだ。出ていくところを見てはいない。ホワイトはずっと廊下にいたんだが、部屋から返事はない。ホテルの管理部門に連絡して、部屋をあけてもらうこともできるぞ」

「いや、それにはおよばん。撤退指示を出すことにする。トリッガーに移動の用意をさせてくれ」

モウジャーは中腰にかがんでおり、熱心に箱を見つめていた。箱はさっきから動いていない。

「みんなここから出るぞ」わたしは言った。

モウジャーがこちらを見やり、わたしにはモウジャーの考えが読めた――わたしは頭を振っただけで、ほかの者に撤退を告げに行った。

ナタリーとデイルとコリーの三人が、入口そばのホールに全員を集合させてくれていた。カレン・カザニアンは救急キットを抱えてピューのそばに立っていた。ボイヤーはうつろな目をしており、弁護士たちもみな似たり寄ったりだった。連中のことをとやかくは言えない。わたしだって怖いのだ。

だが、ピューはわたしをにらみつけ、その目は充血してうるんでいた。「それで?」

「撤退します」わたしは言った。「デイル、廊下にいるガードをふたり連れて車に直行し、おれたちに五分くれ。ホテル正面で合流する」

「後生だからやめてくれ、アティカス。ただのつまらん箱じゃないか」

「訓練じゃないんです」わたしはピューに言った。「あの箱になにが入っているか、われわれにはわからないんだ」

「おい、ビリーボーイ」ピューがボイヤーに問いただした。「おまえはきょうわしを殺すつもりなのか？」

ボイヤーはあえぎを漏らした。一、二秒、言葉にならないままぱくぱくと口だけ動かしていたが、そこへマロリーが言い返した。「不穏当な言葉にもほどがあるわ」

「わかっとる」ピューが嚙みつき返す。「不穏当だとも。貴様ら人でなしどもが、きょう一日中ずっとそうだったようにな。こいつらはわしを木っ端微塵に吹き飛ばそうとはしとらんぞ、アティカス。ここにビリーボーイがいる以上、そんなことは起こらん。また偽物だ、坊主、そうに決まっとる」

「よく調べてみないことにはわからない」わたしは言った。「そして、あなたがたがここから退去するまで、調べてみるつもりはないんです」

「モウジャーはどこだ？」ピューが訊いた。

わたしは周囲を見まわした。うしろにモウジャーはいない。「くそっ」そう言ったあと、コリーに向かってつけくわえた。「連れて来てくれ」

コリーが二歩もいかないうちにピューが言った。「あいつを見つけたら、その箱は今朝おまえが持ってた緑色のリボンがついたやつか、と訊いてみてくれ」

「やつが今朝それを持っていた？」しくしくする胃の痛みがねじくれに変わるのを感じた。

ピューがうなずく。

「ぶっ殺してやる」と、ナタリー。

「この一時間で、モウジャーが階上《うえ》に上がっていたことはあるか？」わたしは訊いた。「単独で？」

「前回の休憩のあとで、ボイヤーが一服吸いにバルコニーに出た」デイルが言った。「済んでからモウジャーが施錠した」

「あいつは例のバッグを持ってたな」コリーが言った。「戦術装備《タック》バッグを」

「何度でもぶっ殺してやる」ナタリーが言った。

「とっつかまえて、ここに連れておりて来い」わたしはそうコリーに言ったが、そんな必要はなかった。なぜならそのときモウジャーが、箱を持って階段をおりてきたのだ。モウジャーはその箱を、子供を抱いてやるように優しく両手に抱えていた。

「道をあけろ」モウジャーは小声でわたしに言った。「こいつを浴槽に入れて、衝撃を封じる」

だれも身じろぎしなかった。フラニガン判事が一度咳をしたが、それは痰《たん》を切るためではなかった。

モウジャーが言った。「こいつはいまにも爆発しかねない。おれがおまえなら撤退するけどな」

「それ、あたしがもらうわ」ナタリーが言った。

「なんなんだ、おまえらはいったいどうなってるんだ？　ここから脱出しろ！」

ナタリーが一歩踏みだして、箱に手を伸ばした。だが、モウジャーは届かないよう箱を引っこめた。

「おれたちは知ってるんだ」わたしは言った。

「知ってるってなにを？　いいからさっさと退去してくれないか？　それに頼むから爆弾処理班を呼んでくれ。こいつは本物だ」

「いいや」わたしはモウジャーに言った。「そいつは偽物だ。そしておまえもそのことを知ってる。おまえが仕掛けたんだからな」

「でたらめだ」その言葉は怒りに満ちた否定であり、その裏に屈辱があった。ばれたという認識があった。

「渡しなさい」ナタリーが言う。

「コディアック、トリッガーをここから退去させろ。こいつはいまにも爆発しかねない」

わたしは首を振った。

モウジャーはわれわれを見渡し、最後にわたしに視線を定めた。わたしの眼鏡の奥に見えたもので、充分だったにちがいない。その顔からいくぶん色が薄れていき、両目を茫然としばたたいたあと、どうにかもとの仮面を取りもどした。が、その仮面は前ほどぴったりと合ってはいなかった。

その数秒は気が滅入るほどぎこちなく、長かった。それからモウジャーはナタリーに箱を渡した。わたしをにらみつけてくる。目をそらすことによって降伏してしまうのが恐く、われわれをとりまくほかの者たちの顔になにが見えるかが恐くてそうしているのだ。うっすら目がうるみ、涙をこぼすまいと必死でこらえ、堅く口を閉じて、鼻から深く息をしていた。

屈辱がそうさせているのだ。

ナタリーがリボンをほどき、爪でテープを切って蓋をあけた。ナタリーはなにも言わず、ただわれわれに箱の中身を見せた。

またしても白い粘土。

「コリー」わたしは言った。「しばらくおれと交替して、階上《うえ》にいてくれ。残りのみなさんは、さっきのつづきにどうぞもどってください」

みんなが動きはじめるまでに、もう一秒を要した。ナタリーが一行を連れて上の階にあがり、階段にいたモウジャーとすれちがった。モウジャーはだれの顔もいっさい見なかった。デイルがカザニアン、マロリー、ボイヤーを誘導してスイートルームに連れもどす気配が聞こえた。

ふたりだけになると、わたしは言った。「装備をとってきて、帰れ」

モウジャーは口をきける程度に顎をゆるめて訊いた。「トレントに連絡するのか？」

「そうだ」わたしは答えた。

「なんと話すつもりだ？」

「起こったままのことを話す」

「その必要はない」

わたしはわざわざ返事をしなかった。モウジャーの表情が硬くなった。階段から離れて横を通り過ぎていき、装備を肩掛けバッグに詰め直しているあいだ、わたしもうしろをついていった。われわれは正面のドアを出て、エレベーターまでまっすぐ廊下を歩いていった。ホワイトが物問いたげに見ていたが、ほかのガードたちと同様、ほどなく答えを知ることになるだろう——いまこの場で話せば、モウジャーにさらなる屈辱を与えるだけにしかならない。そうはしたくなかった。

モウジャーはエレベーターが来るとすぐに乗り、ロビー階のボタンを叩いた。その目はもううるんではいなかった。両の扉が音を立てて閉まるあいだ、モウジャーの視線はわたしをとらえつづけていた。

そしてモウジャーは立ち去った。

スイートルームにもどろうと廊下をなかば進んだところで、無線がオフになったままであることに気がついた。わたしはスイッチを入れ直し、送信キーを押した。

「ナット？」

「どうぞ」

「やつはエレベーターに乗って、下におりている。おれがそっちへもどったら、親父さんに電話してなにがあったか伝えてほしい」

「あなたから聞くより、あたしから聞いたほうがいいと？」

「おれが思ってるのはそういうことだ」

いっとき、わたしの耳にはなにも聞こえてこなかったが、やがてナタリーが言った。「まあ、これで心配の種がひとつ減ったわけかしら？」

わたしは、去り際にモウジャーの顔に浮かんでいた表情を、目に最後に浮かんでいたもののことを考えた。

「あるいは、ひとつ増えたのかも」わたしは言った。

26

証言録取はその夜八時五十五分、レイミアが最終質問を済ませたと宣言したところで終了した。「あなたは、わたしがマーガイルズ氏の事務所に送付した証言録取書の記入を終えましたか?」

「はい、書きました」と、ピュー。

「それでは、これにて記録を完了することを提議します」レイミアがマーガイルズに言った。

「それに異議ありません」

フラニガン判事は椅子の上で伸びをし、咳払いをした。この十一時間の疲労が顔に現れている――われわれ全員にとって長い一日だった。「グリア君、本件の記録はこれにて完了しました。たいへんありがとう、お役ご免だ」

にわかに弾けるように部屋に動きがあふれ、坐ったままの議事があまりに長時間つづいたために、みなまごついていた。ブリーデン、レイミア、マーガイルズは自分たちの書類を揃えなおし、それぞれのブリーフケースにしまっていた。グリアはラップトップ・コンピュータからフロッピーディスクを取りだしてから、ステノ・マシンにつないだコードをはずしはじめた。フラニガンは立ち上がって伸びをしていた。ナタリーはわたしを見て確認を得ると、退出の準備に出ていった。ピューだけが席に坐ったままでいる。

「これで終わったのか?」ピューはマーガイルズに訊ねた。

「終わった」

「やりとげたのか? ほんとうに? もう呼びだされたりしないのか?」

「裁判まではな。きみは解放されたんだ」マーガイルズは顎ひげを撫で、それからつけくわえた。「きみは少し眠ったほうがいい。疲れきった様子だ」

その言葉を考えるピューの顔にぎゅっと皺がより、やがてため息をつくと、椅子のひじ掛けを両手で握り、腰を持ちあげた。そのときはじめて、きょう一日でどれほどピューが老けたのか気がついた。ピューはテーブルに身を乗りだし、最大の礼を尽くしてその手をレイミアに、ついでブリーデンに、フラニガン判事に、そして最後に記録人のグリアに差しだした。ブリーデンとレイミアの両者はその仕草に驚いたように見えたが、それでも全員が立ち去る前にピューの手を握っていった。

「いつでも帰れるぞ」ピューはわたしに言った。

「デイルが車を取りに行ってます。その連絡を待って、移動します」

目を閉じてふたたび深く息をするピューは、目の前で倍ほど老けていくように見えた。

「なんともはや、からっぽになったような気がする」

「キャンディ・バーがありますよ、もし腹が減ったのなら」わたしは言った。永年かかってもできなかったものをこの一日で成し遂げた。わたしは自分がひとりの老人を見ているのだと悟った。見せかけのウォッカと、ゴム糊と、潑剌さで武装したあのピューは、眼前の老人にすり替わってしまっていた。これほどまでに疲れて見える男を、かつて目にした記憶はなかった。

ピューはふたたび目をあけた。「まだ胃がむかむかする。うちに帰ってからトーストでも食うとしよう」

マーガイルズを先頭に、われわれは階段をおりていった。レイミアは戸口でグリアと話をしており、廊下のふたりのガードはまだ配置についていた。コリーとナタリーが階段の下で待っていた。

「ボイヤーとマロリーは帰ったのか?」わたしは訊いた。

「六時ごろに」コリーが答えた。

「どんな様子だった?」

「なんとも言えないな。なにか起こると思うのか?」

「わからん」

ナタリーが言った。「危険にさらされていた窓は閉じられたのよ。ピューは証言録取を終えた。いま殺してもなんの役にも立たないわ」

「肩の力を抜いてよかろう」コリーがつけくわえる。「屋敷にもどってピューの安全を確保したら、そのあとは肩の力を抜いてもいい」わたしは言った。

「もうだいじょうぶよ」ナタリーは言った。わざと楽観的に言っているようにすら聞こえた。

「長いドライブになるぞ」わたしはそうナタリーに告げた。

われわれは来たときと同じように車に乗りこんだ。ピューはナタリーとわたしのあいだで身を縮め、デイルは運転席、コリーはライフルを構えて厄介ごとはないかと目を光らせている。先導車両と追走車両は、帰路もわれわれといっしょだった。シティから出ていく車の流れは神経がまいりそうになるほど混みあっていたが、ようやくデイルはソーミル・ロードへと抜けだした。緊張が腹に居座り、こめかみを圧迫しているのを感じる。タコニック・パークウェイに到達するまでにピューが二度会話の口火を切ろうとしたが、二度とも返ってきたのは沈黙だった。

「みんなリラックスしていいぞ」ピューが声をはりあげた。疲れていると同時に浮き立った声に聞こえる。

「まだです」わたしは言った。

「いまさらなにが起こるというんだ？　やつらには時すでに遅しさ。すでにダメージは与えられた」

「まだ裁判がある」

「いや、もう終わったんだ。証言録取は済み、わしの証言は取られた。わしはやらねばならないことを済ませたんだ。死者たちの代弁をしたんだ」

「それでも法廷に出席して、証人台に立たねばならないでしょう」

ピューは首を振った。「もう終わった」

その口調のなにかが否応なくこちらの注意をひき、窓から振り返ると、ナタリーもやはりそれを察知していた。ピューはまっすぐ前方の先導車両のテールライトを見据えていた。

「わしらは灰皿を手にしたいそう幸せな家族だった」ピューは穏やかな声で言った。「喫煙で脳動脈瘤ができるなんて、ほとんどの人間は知りもしない。心肺機能への危険と癌がすべてだと思っとる。ところが、煙草は血栓の原因にもなるんだ。血管にかっちりと栓をしちまって、そのうち血圧がひどく上がり……とんでもなく上がりすぎて……裂けるんだ、わかるか？　血管がただ……裂けちまうんだ。

で、そうなると体内に出血が起こる。そしてそれがさらに血圧を上げ、血がみんな一ヵ所に溜まってくる。おのれの血が、おのれの臓器を押し潰してしまうんだ」

車内のだれひとりとして、なにも言わなかった。

「妻は息子のいない暮らしを嫌がった」ピューはおだやかに言った。「ひとりきりになるのを嫌がった。だが、わしは、いるべきときに家にいなかった」

デイルが車線変更の合図を出した。方向指示器の点滅音が大きく響いた。ナタリーはまた道路注視にもどっており、コリーは視線を前方に保ったままだったが、われわれ全員が耳を傾けていた。

「人はまちがったことをしていると知りながら、それをなおつづけることができる。行為に顔などあるわけじゃないから、そいつを無視し、忘れ、屁理屈でかたづけてしまえる。とどのつまり、相手は山ほど金を払ってくれるんだ。手にできるとは思ってもみなかったような額を。おこないに見合った金銭の見返りを。だが、やがて時が来て、ふと見ると、行為の目がまっすぐこちらを見返している。そのときはじめて、ほんとうにみずからに問いかけなければならなくなる。『それでおまえは、これからなにをするつもりなんだ?』と」

ピューは、なにをしゃべっていたのかふと気づいたかのように、自分から口をつぐんだ。

デイルはタコニック・パークウエイを離れ、ヨークタウン・ハイツへとわれわれを連れもどそうとしていた。ダッシュボードに取りつけた無線機から、先導車両が屋敷に送信して、修正済みの予定到着時刻《ETA》を伝えているのが聞こえた。

「もうすぐ我が家だ」ピューが言った。「坊主たちは、しばらくいっしょにいられるのか?」

「市内に引き返すことになると思います」わたしは言った。「ずいぶん長い一日でしたね」

「まったくだな、坊主」

ヨッシが車まで出迎えてくれ、わたしといっしょに部屋までピューに付き添い、あとに残ったナタリー、デイル、コリーは、デイルのワゴン車に装備を積み替えにかかった。部屋まで来るとピューはまっすぐウォッカのところへ行き、かなりの量を自分用に注いだ。

「ありがとう、坊主。あんたがしてくれたことには、あんたが思っている以上に感謝しとるよ」

「たいしたことじゃありません」わたしは言った。

「ばか言うな」ピューは穏やかに言った。

「ぐっすり眠ってください」

ピューはうなずいてわれわれに背を向け、ヨッシとわたしはその部屋にピューをひとり、酒とともに残した。ガードがひとりだけドアを守っていた。ラングだ。ヨッシがラングに手短な指示を与えるあいだ待って、それからわれわれはいっしょに階下へもどった。

「トレントがあしたここに来る」ヨッシは言った。「モウジャーはクビになり、おれが現場で指揮をとることになったと言ってた」

「理由は聞かされたか？」

「いや、だが想像はつく。レイモンドは自分をヒーローに仕立てあげようとしたんだろ？」

「レイモンドは大事なときにそれをやらかしたんだ」

「暗殺者の攻撃を回避する事態になるよりはよかったじゃないか」

「回避したんだかどうだか」

「冷たくなっていくピューの死体がないってことは、任務が達成されたと言ってもよかろう」

「電話を使いたいんだが」わたしは言った。

ヨッシがうなずいた。「おれは外にいる。あんたの相棒たちがうちのクルーと喧嘩しないよう見張っておくよ。〝テン〟のひとりと対決したあとじゃ、無敵の気分になってるかもしれんからな」

わたしは人けのないキッチンに向かった。エリカは二、三回鳴ったあとで応答し、わたしは、あと四時間のうちに帰る、真夜中を過ぎるのはまちがいないが、と伝えた。

「いいよ」エリカは言った。「食べてから帰るの？」

「たぶん。ナタリーとおれで、デイルとコリーを食事に連れていって、吹き飛ばされなかったお祝いをしたくなるだろうから」

「そういうのって普通、タダメシの理由になんの？」

「きょうはなるのさ。あしたは、たぶんならんだろうが」

「あしたって言えば、例のハヴァルねえちゃんがまた電話してきたよ。その先は想像できる？」

「想像できるし、すでにしたよ。電話番号を残していったか？」

「うん、ふたつも。聞きたい？」

「断じて聞きたくない」

エリカは笑い声をあげた。「ディナー、楽しんできてね」

外に出ると、ヨッシとデイル、コリー、ナタリーが、ワゴン車を囲んで冗談を交わしあっていた。わたしはささやかな拍手喝采で迎えられ、正直言って、いささかむっとした。

「おれたちは腹ペコだ」コリーが言った。「餌をくれ」

「それに祝いの酒もたのむ」デイルがつけ加えた。「きみのリーダーシップとレディ・トレントのたしかな腕により、本日われわれはジョン・ドウの銃弾をかわすことができたことを祝して。ぜひともアルコールにてそれを祝いたい」

「それと肉」

「そう、大量の肉だ。極上あばら肉がふさわしかろう」

「おれたちはなにもかわしちゃいない」わたしは言った。「かわすものなど、なにもなかったじゃないか」

「えらく不機嫌だぜ」コリーがデイルに言った。

「アルコールと肉でそれも直るだろ」

ナタリーがわたしに眉をあげ、怪訝な表情を浮かべた。「なにが気になるの?」

「なにも起こらなかったことだ」

「だからって、あたしたちの仕事がまずかったという意味にはならないわよ」

「ああ、ならん。ドラマが電話をかけてきたとき、おれをからかっていたということになる」

「いいか」と、デイル。「こちらがあれだけ完璧な仕事をしたから、やつらに突破口を与えなかったということも考えられるぞ」

「〝テン〟のひとりよりおれたちが一枚上手だったと、本気で考えてるのか?」

「まあ、おまえが上手ってことは絶対ないが」

「ああ、ちがうさ」そう言ったとき、わたしのポケットベルが鳴りだした。自分の声が怒気を含んでいるのはわかった。番号をたしかめ、マーガイルズのものだと見てとった。

「あとにできないの?」ナタリーが訊いた。

「だめだ」と、わたし。

「急いでくれよ」コリーが言う。「早いとこなにか食い物をもらえないと、自分の脚を食いちぎってしまうかもしれんぞ」

わたしはなかのキッチンにもどり、電話に向かった。マーガイルズにダイヤルする。即座にマーガイルズが出た。

「グリアが死んだ」マーガイルズは言った。

手のなかの受話器は硬く、わたしの握力に頑《がん》として抵抗した。

偶然だ、と思った。

「聞こえたかね？　グリアが死んだんだ」

「どうして？」わたしは訊いた。

「心臓発作だ。家に帰ろうと地下鉄を待っている途中だった。プラットフォームで死んだんだ」マーガイルズの声は張りつめていた。「レイミアに連絡を取ろうとしてるんだが、見つからない。アティカス、われわれはもう一度ピューの証言録取をしなければならなくなった」

「もう終わったじゃないですか。わたしにはどういうことか――」

「録取は済んだが、記録提出はまだだったんだ。グリアは今夜、記録メモを清書して、録取書のコピーをとり、それから公式記録として提出するはずだった。なのに、その記録メモがなくなったんだよ。口述筆写を書きこんだディスクがなくなって、警察も発見できていない。法的に見れば、それはすなわちきょう一日がまったく存在しなかったことになる」

「その記録メモというのは、どこにあったんです？」

「ラップトップ・コンピュータから出したディスクがプリントアウトやステノ・マシンといっしょにブリーフケースに入っていたはずなんだ。だが、どれもないんだよ」

「ドウだ」わたしは言った。

「どこにも犯罪をにおわす証拠は――」

「ドウ、もしくはドラマ、もしくはだれであれ、おれの頭を弄んでいるくそ野郎だ」わたしは遮るように言った。「やつらははなから、きょうピューを殺すつもりなどなかったんだ。だからボイヤーは爆弾騒ぎにあれほど怯えていた。だからドラマはおれに電話をかけてきた。やつらは最初からグリアを狙ってたんだ。われわれに誤った方向を見させておきたかったんだ」受話器にかかる自分の熱く速い息づかいが聞こえた。「そして、おれはまんまとそれに引っかかった」

マーガイルズが言った。「証言が記録されるまで、なんとしてもジェリーの身の安全を守ってくれ」

「わたしはこのままここにいられます」わたしは言った。「ほかの仲間は帰宅させます」

「怒ってるんだね？」

「グリア以上に怒ってますよ」そう言ってわたしは電話を切り、いったん仲間のところにもどりかけてから、玄関ドアを無視して階上《うえ》に上がった。ピューになにが起こったかを話さなければと考えながら。ラングはわたしを見て眉に畝《うね》を立てた。

「もう帰るんだと思ってたが」ラングが言った。

「おれもそう思ってた。ピューはまだなかにいるのか？」

「あんたとヨッシが置いて出ていってから、顔も覗かせてない」

わたしはドアをノックして、ノブに手を伸ばした。するとドアが大きくひらいて、ピューがふところに飛びこんできた。腕を振りまわし、目は死人のようにどんよりしている。ぶつかられた衝撃でわたしはバランスを崩したが、なんとか自分を支え、それから崩れ落ちてくるピューを両腕で支えた。ピューの息は速く、ウォッカのにおいがして、その体はじっとり湿って熱いゴムのようにこわばっていた。ピューは口をひらいてなにか言い、わたしの名前もあったように聞こえたが、まったく要領を得ず、意味を持たない言葉の羅列だった。

助けを求めて叫びかけたが、すでにラングが警報を発しており、わたしはもがきながらピューを部屋のなかにもどした。ピューは凶暴な酔っぱらいのように抗っていた。

われわれは失敗した、あの男は死んだ、グリアは死んだ、証言録取はおじゃんだ、われわれは負けた。わたしに考えられるのは、またしてもやってしまったこと、またしてもどじを踏んだこと、またしても警護対象者を失ってしまったこと、守ってくれると信じてわたしに命を託してくれた人をまたひとり殺してしまったことだけだった。ドウか、ドラマか、モウジャーか、だれかが邸内に忍びこんだんだ、そうにちがいない、起こったのはそういうことだ、そしてわたしの目の前で、ピューは死にかけていた。

なにか硬いプラスチックでできたものを踏みつけ、靴の下でそれが弾け、わたしは散らかったカーペットの上でピューを引きずっていき、ゴム糊の容器をひっくり返し、半分残ったストリチナヤ・ウォッカのボトルをひっくり返した。スリック雑誌の束をスニーカーで踏んで、ふいに危なく滑りそうになる。

「だめだ、だめだ、だめだ、だめだ、死ぬな、ジェリー、頼むから死ぬんじゃない、死なないでくれ」自分の声が聞こえた。「頼むから、死ぬんじゃない」

ピューは激しく四肢をばたばたさせ、両腕両脚が引きつけを起こし、筋肉が固まっていた。力が強く、予測できない動きのせいでよけいに強くなり、つかんでもつかんでも手がはずれてしまう。ピューはなおもわけのわからない言葉を吐いていた。手首がわたしの顎を強く打ち、歯が舌先を貫通してしまい、口のなかに溢れる血を感じた。ラングの助けを借りてどうにかピューをベッドに載せると、ピューは逃れようとするように即座に身を反転させ、ふたりで押さえつけなければならなかった。複数の足音が全速で向かってきて、部屋に人が入ってきた。ヨッシとほか数人で、ガードのひとりがピューは酔ってる、酔っぱらってるだけだ、と言うのが聞こえた。

ヨッシがこちらに脚を踏みだすと同時に、ピューがひきつけるようにわたしの脇腹に脚を叩きこみ、そのときわたしはカーペットの上の壊れたプラスチックを見て、ピューから手をゆるめた。

「看護婦はどこだ?」わたしは叫んだ。

「いま向かってる」と、ヨッシ。

「ジュースを、ジュースと砂糖を持ってこい」わたしは怒鳴った。「急げ！」

ヨッシが背を向け、だれかに行かせるだろうと思ったが、そうはせずにそのまま飛びだしていった。二、三人のガードが手を貸そうとベッドに近寄ってきたが、逆に人間の団子になってしまった。近づきすぎているうえに、あれこれやろうとしすぎており、そのあいだもピューは身をよじってわれわれを罵《ののし》りつづけていた。握っていたわたしの手を逃れ、ベッドから落ちて頭が電気スタンドに跳ね返った。痛みに大声をあげ、片脚を蹴りだし、ラングのひざに命中した。ラングが悪態をつくのが聞こえ、ついでカザニアンの声がして、ピューを起こしてやるよう命じられた。われわれはピューを再度ベッドに載せ、体を支えようと努めた。カザニアンは救急キットを引っ掻きまわし、ガーゼやテープを放りだして、なかを探っている。

「ブドウ糖はどこなのよ？」

「ヨッシがジュースを持ってくる」わたしはそう告げて、しゃべりながら血を吐いた。

「起こしておいて」カザニアンがぴしゃりと言った。「起こしてじっとさせておくのよ」

ピューの頭が、その首には重すぎるとでもいうようにがくんがくんと前後に傾ぐ。ヨッシがグラスに注いだオレンジジュースと片手いっぱいの角砂糖を持って現れた。カレンにピューの頭を押さえてもらって飲ませようとしたが、ピューは受けつけようとせず、首をひねってそらし、脚で蹴りつけた。ジュースはグラスからこぼれ、わたしの両手にかかり、ベッドの上にかかった。カレンがもう一度試みると、ピューはうしろにがくんと頭を落とし、ラングがそれを支えた。わたしが飲ませる。ジュースはこぼれてピューのシャツに流れ、口元で泡になったが、そのときピューは口をひらき、飲みこんだので、わたしはグラスを空にしていった。

「横にしてあげて」カレン・カザニアンは言った。

皺だらけのベッドカバーの上にふたたびピューを横たえると、カザニアンはまた救急キットを探って、聴診器と血圧計を取りだした。ピューの茶色い目は見ひらかれ、天井を見ていた。ふいに吐《と》瀉《しゃ》物とオレンジジュースのにおいが強くなった。わたしの記憶に残るあのにおい。わたしを泣きたくさせるにおいだ。

カザニアンが聴診器を胸にあてると、ピューは弱々しく文句を言った。「冷たいよ」

「ジェリー」わたしは言った。

ピューは頭を動かしてわたしを見、わたしがそこにいることに驚いた顔をした。「わしは疲れた」と、ピューは言った。

「救急車を呼びますからね」カザニアンがピューに言った。「きょうはインシュリンを打った？」

ピューは目を閉じ、われわれから顔をそむけた。

「ピューさん、インシュリンを打ったの？」

「ひとりにしてくれ」ピューはつぶやいた。「疲れた」

カザニアンはピューの手首の脈をとり、それからうなずくと手振りで全員を下がらせた。ヨッシがみんなを部屋から退去させはじめる。そのときはじめてわたしは、デイルとナタリーとコリーがそこにいたのを知った。

「もうだいじょうぶですからね」カザニアンはピューに言って聞かせた。

「くそっくらえだ、くそ女」と、ピュー。

そのたぐいのことなら年中耳にしているというように、カザニアンはもう一度うなずいた。聴診器と血圧計が救急キットのなかにもどされ、カザニアンは腰をあげた。わたしは戸口までついていった。

「救急車はこっちに向かってるの?」カザニアンは訊ねた。

「もう来る」ヨッシが答えた。

「いったいなにが起こったんだ?」デイルが訊いた。

「ピューは糖尿病なんだ」

「なんだって?」

「知らなかったの?」カザニアンは驚いてデイルのほうに首を傾げた。

「ええ、知らなかったわ」ナタリーが言った。「だれかがあたしたちに言い忘れたにちがいないわ」

「インシュリン・ショックに陥ったのよ」カザニアンは言った。「血糖値が低下して、脳に供給するブドウ糖が不足したの。危険な状態よ。脳障害を引き起こし、やがて死に至る」カザニアンはわたしを見た。「あなた、あのキャンディ・バーを食べさせなかったのね、そうなのね？」

「きみがピューに食べさせたがっていた理由をはっきりと知っていれば、食べさせていたんだが」わたしは言った。

「でもあなたはピューが糖尿病だと知っていたんでしょう？」

「ピューをベッドに載せて、ヨッシが注射器の上に立っているのを見たとき、はじめて気づいたんだ」

「ピューはインシュリンを打った？」

「わからない。証言録取の最中に打っていなかったことはたしかだ」

「昼食はまともに食べた？」

「いや、あまり。たいして食ってない」

「サンドイッチをひとくち齧ったわ」と、ナタリー。「それと水を少し」

カレン・カザニアンはピューを振り返った。われわれは小声で話しており、それでもたぶんピューには聞こえていただろうが、そうとわかるそぶりはなにも見せていなかった。

「ばかなおじいちゃん」カザニアンが言った。「もし発見されていなかったら、いまごろは死んでいたかもしれない。わかってるはずなのに」

ヨッシに無線が入り、ゲートのガードが救急車が着いたと知らせてきた。ヨッシは救急隊を迎えに行き、カザニアンはピューの面倒をみるため部屋のなかにもどった。ふたりの救急救命士《EMT》が階段を上がってきて、われわれはカレンがそのふたりに手を貸して車輪付き担架にピューを載せるのを見守っていた。ピューは救命士たちの質問にはひとつも答えず、われわれのだれの顔も見ないままだった。ふたりの救命士はピューの載った担架を押して出ていき、ぎこちなく持ち上げて階段をおりていった。

仲間とわたしは救急隊について外に出、救急車の後部に担架が積みこまれるのを見守った。ヨッシが直近エリアに四人のガードを配備しており、ゴルフカートが正面ゲートのすぐ内側に停まっていた。

わたしは担架がきちんと固定されるまで待ってから、カザニアンと救命士のひとりとともに、救急車の後部に乗りこんだ。

「場所がいっぱいなんだ」その救命士はわたしに言った。

わたしはピューが寝ているのと逆側のベンチに体を押しこんだ。ピューは目を閉じ、その両頬を滴がつたっていた。シーツの上に涙でできた染みが見える。

救命士は険しい顔でわたしをにらみ、もう一度言ってやろうと口を開けたが、そのときカレンが言った。「この人は患者のそばにいなければいけないの。それがこの人の仕事なのよ」

救命士は唸ってから「どうとでも」と言い、それから後部ドアを閉めるよう手振りで示した。両のドアが閉まりきる寸前、ナタリーがなかに身を乗りだして、自分とあとのふたりがついていくからと言った。

そしてドアは音を立てて閉まり、救急車が前方に揺らいで、われわれは動きだした。

ピューはずっと泣いていた。

27

われわれはその夜を、マウント・キスコにある北ウエストチェスター病院の五階の待合室で肩を寄せあって過ごした。マーガイルズから受けた電話の全容、つまりグリアが死んだという知らせを伝えたところ、異口同音にみなの下した決断はこのまま帰らずに警護につくというものだった。デイルは椅子に坐ったままうとうとし、コリーはカーペットに寝転がった。ナタリーはカウチを使うことになり、枕にしようと上着を畳んでいたとき、ポケットから煙草の箱が落ちた。ナタリーはなにも言わず、壁に取りつけられたテレビの下のゴミ箱にそれを投げこんだ。

わたしは眠れなかった。

ピューは滞りなく入院となり、医師の診察が終わるとすぐにカレン・カザニアンが状態を教えてくれた。カザニアンの話では、もうだいじょうぶのようだが今後も観察下に置く必要がある、少なくとも病院側で血糖値がまた安定したことを確信するまでは、ということだった。

「それから精神科医の診察も受けてもらいたいそうよ」カザニアンは言った。

「ピューは息子さんが亡くなったあと、自主的に診察を受けてる」わたしは言った。「鬱病だったんだ」

「自分の命を絶とうとしたことはあるの？」

「ないと思う」レイミアは入院治療の件に関してひとしきり質問していたが、ピューが自殺を図ったようなことにはなにも触れていなかった。

「わたしがあの屋敷で仕事をするようになってほぼ三週間になるけど」カザニアンは言った。「糖尿が問題になったのは今回がはじめてなのよ。それまではなんのトラブルも起こさなかった。それに、そう簡単にはあんなふうにインシュリン・ショックに陥ったりしないわ。努力を要するの。ほんの一本余分に注射したくらいじゃ、ああはならない」

「おれが見た注射器は一本だけだったぞ」

「ベッドの上にもう二本、使用済みのがあったわ。あの人を担架に移していたときに見つけたの」カザニアンは脱色した髪を額から掻きあげると、険しい目つきでわたしを見た。「あなたはほんとうにピューが糖尿病だと知らなかったの？　言い逃れをしようとしてるだけじゃなくって？」

「おれたちは知らなかったんだ」わたしは言った。

「あなたがたにはモウジャーが説明したと思ってた」

わたしは黙ったままでいた。モウジャーかトレントのどちらかが、ピューの病気をわれわれに伝えておくべきだった——だが、どちらも伝えなかった。そのことがわたしに怒りのあまり吐き気を催させた。

カザニアンは、もうピューも自分より適切な人たちの手に委《ゆだ》ねられたことだし、少し眠っておきたいと言って出ていき、屋敷に帰っていった。わたしはピューの病室の外を警護することにし、談話室から椅子を一脚、廊下づたいにひきずってきた。ドアには窓がはめこまれ、立つとそこからピューの姿が見えた。ベッドに横たわり、腕に点滴のチューブが刺さっている。見たところ眠っているらしく、ベッドの上にいるピューはこころなしか小さくなったように見えた。空気はかすかな漂白剤となにか滅菌ガーゼを思わせるにおいがした。ときおり、遠く離れた病室からの声や、滑り止め用のくぼみつきリノリウムの床を歩く跫音が聞こえたが、概して静かだった。病人にも眠りは必要なのだ。

午前二時にヨッシが三人のガードを連れて現れ、ヨッシとわたしはドアの警護をだれが受け持つかで言い争った。

「あんたは疲れきってる」ヨッシはわたしに言った。「わたしの部下にやらせてくれ」

「おれは帰るつもりはない」

「だれが帰れと言った？　ただ談話室で横になれと言ってるんだ」

「疲れてなどいない」

「なら、あんたは嘘つきだ。あとで体力が必要になってくるんだぞ、アティカス。朝にはトレントがここに来る」

「だれかマーガイルズに連絡したか？」

「わたしがした。マーガイルズもトレントといっしょにやって来る。休んでこいよ、相棒。しばらく代わっておくから」

ベッドのなかのピューは向きを変えてしまい、もう顔は見えなくなっていた。なかに入ってだいじょうぶかと訊いてみようかと考えたが、そんなことをするのはばかげていると思いなおした。ピューは病院にいて、見ず知らずの人間や銃を持ったガードに囲まれており、インシュリンの過剰摂取をしたばかりなのだ。だいじょうぶであるわけはない。

「だれが会おうとしてもなかに入れないでくれ」わたしは言った。

「いいか、わたしもしばらくこの仕事をやってるんだ。そのくらい心得てるつもりだぞ」

「侮辱するつもりで言ったんじゃないんだ」

「休んでこい」ヨッシは言った。

一時間ばかり待合室のテーブルの前に坐って、テレビで『俺たちは天使じゃない』のひどく雨の降った映像を見つめていた。三時過ぎに映画が終わり、エリカに電話をしていなかったことに気づいたとき、ふいにデイルが上半身を起こした。

「なにがあった？」デイルが訊いた。

「なんでもない。映画が終わったんだ」

デイルはきょろきょろし、テレビの画面に映しだされたテストパターンに目をしばたたき、それからうなずいた。「なにかあったのかと思った」

「変わりないさ」

「どうしたんだ?」

「なにもないって」

「おれは、おまえはどうしたんだ、と訊いてるんだ」

「なんにも。寝直せよ」

デイルは顔をしかめ、そしてうなずいた。二、三秒ほど椅子のなかで向きを変え、やがてそのでかすぎる体軀に心地よい姿勢を見つけると、ふたたび眠りについた。

わたしは電話をかけるべき人たちのことを考え、だれにかけるにしても遅すぎる時間だと思い直した。

午前四時を過ぎてしばらく経ったころ、わたしはまどろみ、レム睡眠の深い淵に落ちていった。あまりに疲れすぎてまともに体が休まらないときによく起こるたぐいの眠りだ。六時を少しまわってポケットベルに起こされたとき、夢の名残は暴力の印象だけで映像は忘れてしまっていた。

片腕に頬を載せて眠っていたため、手だけが体から分離されたように痺れてしまっていた。しばらくもたもたしたあげく、ようやくポケットベルを黙らせることができた。表示された番号に見覚えはなかった。

デイルはまだ眠っており、ナタリーも同じだった。コリーの姿は見えなかった。わたしはフロアを横切って公衆電話を見つけ、夢にエリカが登場したのを思いだした。それにブリジットも。ポケットベルに表示された電話番号はマンハッタンのもので、小銭の持ちあわせがなかったので、クレジットカードを使った。

「ハヴァルです」

なんという起こされかただ、とわたしは思った。「アティカスだ。なんの用なんだ?」

「用は前と同じだけど、ただ今回はテーブルに出せる手土産があるのよ」

わたしは眼鏡をはずして鼻梁をさすった。わたしの目覚めは頭痛をともない、そいつは証言録取の最中に生まれたものだったが、ただし今は成長し、結婚して、そいつのガキどもまでできていた。「おれのポケベルの番号をどうやって手に入れた?」

「あたしは調査する記者なの。あたしの口からなにが出てくるか興味はない?」

「きみがおれをひとりにしておいてくれることに興味があるね」わたしは言った。

ハヴァルが耳元でさげすむように唸った。背景にモーニングショーの音声が聞こえている。テレビではなくラジオだ。どうやらナショナル《N》・パブリック《P》・ラジオ《R》のようだった。

「しょっちゅうひとり寝をしているんでしょ?」クリス・ハヴァルはそう言って、わたしが答えないでいるとつけくわえた。「ちょっと、怒んないでよ」

「きみには丁重に応対しようとしてきたんだが、それをわかっていないようだ。だったらおれも試してみる――ちょっかい出さずにすっこんでろ」

「そうする、約束するから、話だけは聞いて。いいことアティカス、あたしは例の記録人のことを知ってるの。フランクリン・グリアのことを」

「グリアは心臓発作を起こした」

「ええ、あの女はあたしたちにそう思わせたいのよね」

そこではっきり目が覚めた。「『あの女』？」

「ははん、その口調の変化からすると、とうとうあなたの注意を惹けたみたいね？」

「戯《ざ》れ言《ごと》はよせ。なぜ『あの女』と言ったんだ？」

「なぜならジョン・ドウはジェーン・ドウであり、それを証明できる目撃者をあたしが押さえてるからよ。これを追っかけるのに徹夜だったんだから。人相だってつかんでるわ」

「聞かせてもらおうじゃないか」

ハヴァルはくすくす笑った。「なにか保証をちょうだい。いまどこにいるか教えてくれたら、会いにいって望みのものを教えてあげるわ。そのあとあなたと行動をともにさせてもらう」

「それはできん」

「直接会うまではオシッコひとつ漏らしてやるもんですか。それがこっちの条件よ」

「きみを排除するようなことはしないよ、クリス。約束する」

「約束なんてあたしには意味ないの。直接会って、話はそれから」

わたしは眼鏡をかけ直し、腕時計をたしかめた。六時二十二分だ。「きょうの午後」わたしは言った。「午後三時から四時のあいだは自宅にいる」

「もっと早くできない?」

「無理だ」

ハヴァルはほかの方向から攻め口を考えていたようだが、やがてため息をついた。「いいわ。どこに住んでるの?」

「当然きみなら調べはついているはずだろ」

「それって挑戦?」

「じゃあな、ミス・ハヴァル」電話を切って振り向くと、ナタリーが目を覚ましてカウチからわたしを見ていた。

「ハヴァルがなんて?」

「ジョン・ドウの人相をつかんだと言ってる。ただし、ジョンではなくてジェーンだそうだ」

「さほど驚きはしないわ」

わたしも同意してうなずいた。

ナタリーはカウチからおり、デイルを見やった。

「二度とまっすぐ立てないんじゃないかしら、あんな寝かたをしてちゃ」と、ナタリーは言った。「コリーはどこ?」

「わからん。おれが起きたときにはいなかった」

「たぶんピューの部屋を監視してるんでしょう」

「そうする価値があるのかどうか」わたしは言った。

「ちょっと、ひどい眠りだったみたいね」

「そうにちがいないな。けさ、おれにそれを指摘したのはきみで二人目だ」

「コーヒーを飲む必要があるわ」

「いや、でも飲んだからといって、これ以上気分が悪くなることもないだろうな」

ナタリーはナースステーションに向かい、わたしもついていった。頬がふっくらとした童顔の三十代の看護士に場所を訊ねた。男は陽気だったが、小声で話すので、ナタリーはカウンターから身を乗りださなければ聞きとれなかった。ナタリーがそうするとその看護士はナタリーの胸を見つめ、ほとんどそこに向かってしゃべっているも同然だった。

「本物だぜ」わたしはそいつに教えてやった。

看護士は真っ赤になり、ナタリーはむっとするよりも面白がっているような顔をわたしに向けた。われわれは廊下を進み、エレベーターに乗って一階までおり、カフェテリアを見つけた。がらがらに空いていて、医者と看護助手と看護婦が数人、それにおなじような緊張した表情をした一握りの人たち——病院のどこか別の場所で起こっていることを考えたくないという顔の人たち——がいるだけだった。

コーヒーを買って壁際の席につき、しばらくしてナタリーが言った。「あなたの同性の共通点ね」

「きみの胸をじろじろ見るのが?」

「しょっちゅうよ」

「おれなら頭に来るな」

「あたしも頭に来るときもある。無視するときもある。あなただって女性からモノ扱いで見られないわけじゃないのよ」

「おれは見られないさ」

「いいえ、あなたが気づかないだけ」ナタリーは誤りをただした。「気づかないからといって、そういうことが起こっていないわけじゃないの。で、あなたを苛つかせてるものはなに?」

わたしはコーヒーを少し飲んだ。これをまずいと表現しては機械油に対する侮辱になりかねない。「もう手の施しようがない」わたしは言った。

「ピューはまだ生きてるわ」

「あとどれだけのあいだ? ピューは自殺したがってるんだ。きみはそれを知ってるし、おれも知ってる」

　ナタリーがコーヒーに口をつけた。

「考えてみろよ」わたしは言った。「車のなかでのモノローグがすべてを語ってたじゃないか。ピューは食事を避けて、わざと血糖値を下げておいた。インシュリンがなにを引き起こすか知っていたんだ」

「もう一度言うけど」と、ナタリー。「ジェリーはまだ生きてるのよ」

「だが、グリアは死んだ。この仕事であとだれが死ぬんだ、ナタリー？　きみか？　デイルか？　コリーか？」

「あなたかも」ナタリーはじっくり考えて言った。

「そう願うことはできるな」

「よして」ナタリーは落ちかかってきた幾筋かの髪を耳のうしろにかけ直した。「まだ終わったわけじゃないわ。レイミアはもう一度証言録取をやる。あたしたちはそれを成功させる方法を見つけだす。あたしたちでピューを生かしつづけてみせる」

「当人に生きていく気がなくてもか？」

「あたしたちが説得するの」

「ずいぶん早起きだな、坊主？」

わたしはうなずいて後ろ手にドアを閉めた。コリーとナタリー、それにセンティネルのガードであるフェルナンド・ピカチオの三人はみな外にいた。コリーはピカチオといっしょに警備についていたのであり、ナタリーには、ピューとふたりだけで話をさせてほしいと、わたしから頼んだ。ナタリーはしぶしぶ承知した。

ベッド脇の椅子に坐ってピューを見下ろした。蛍光灯の光が、その青白い顔を黄疸でも患ったように見せていた。色あせた枕カバーは、ピューの髪を雪の小山のように見せていた。

「ひどいもんだったな、え?」ピューは陽気な声で言った。「自分があれほど間抜けだったとは信じられんな」

「間抜けでしたか?」

「食ってないことを忘れとった」

「と、あなたは言ってましたね」

ピューは毛深い眉の片方をつりあげた。両の足先が毛布の端で小さな頂をつくり、ピューはそれに焦点を合わせていた。やがてピューは口をひらいた。「わしがほんとに忘れていたんだとしたら? 薬をとっくに飲んだものと思いこんでいたとしたら? あんたはそれをどう思う?」

「信じないでしょうね」

「だれしも物忘れはするもんだぞ、坊主。だれしも失敗はする」

「でも、あなたはああいった失敗はしない」

「あんたはわしを買いかぶっとるんだろう」

「そうは思いません」

「さて」いかにもふたりが共通の結論に達したかのようにピューは言った。たぶん達したのかもしれない。「あんたの言いたいことはそれだけか？」

「いいからあれは故意だったと言ってください、ジェリー。これ以上たわごとはなし、ゲームもなし、ウィル・ロジャースの演じるイカボット先生（スリーピー・ホロウの伝説を映画化した作品での役柄）のへたな物真似など見たくもない。はっきり言ってください。どうしてあなたは自分の命を絶とうとしたんですか？」

ピューの視線がわたしの視線とからみあった。「あんたにはもう言ったじゃないか。わしは用済みなんだ。わしは真実を話して記録に残し、あの下劣な豚どもを壁に釘付けにして、札束の詰まったやつらの腹をかっさばいてやれるようにした。あとはもう、なにも残っちゃいない」

「裁判がある」わたしは言った。

「あんたもわし同様わかってるはずだが、証言録取だけでことは足りたんだ。あんたが自分でわしにそう言ったんだろうが」ピューは左手を動かして左の目をこすった。そうやると腕につないだ透明な点滴がかたかたと揺れた。「ときには生きて証言に立つよりいい場合もあると聞くぞ。証人が話を変えることはできず、反対訊問で叩かれたり陪審の面前で間抜けに見えるようしむけられることもない。レイミアにああいったことを仕掛けられたあとでもあるし、マーガイルズに手助けをしてやろうかと思ってな」

「とんだ手助けがあったもんだ、ジェリー」

ピューの手がシーツにもどった。「生意気な口をきくんじゃない、坊主」

「わたしもそう思います、とでも言わせたいんですか？ あなたは正しいことをしたんです、とでも？」

「賛成などしてもらわなくてけっこうだ、坊主。こいつはわしの人生であり、わしの決めたことであって、なにがどうなろうとあんたにゃこれっぽっちも関係ない。あんたがなにを言おうがわしのやりたいことをやめさせることはできんし、あんたにはわしを止められないとわかるだけの頭はあるだろう」

わたしはうなずいた。精神科のスタッフ・ドクターがピューに自殺願望があると考えるかどうかなど関係ない――だれがなにをしようと関係なかった。われわれは一日二十四時間、春夏秋冬ピューについてまわることもできるが、それでもピューはきっと、みずからの命を絶つ機会を見つけ、遅かれ早かれやり遂げてしまうだろう。

それはたんに別の種類の暗殺だった。

わたしは吐息を漏らし、腰をあげた。「昨夜、グリアが死んだんです、ジェリー、証言録取の口述筆記を記録として提出する暇もないうちにね。ゆえに、あなたのその一大パフォーマンスというか、懺悔《ざんげ》というか、なんとでも勝手に呼んだらいいが、そいつも延期してもらうことになる。あなたはまた弁護士たちの前に坐らされる羽目になったんですよ」

ピューは嘘を探してわたしの顔を確かめ、そしてそこに嘘を見つけられないと、両の目をぎゅっと閉じた。

わたしが立ち去るとき、ピューは声をあげて笑っていた。

コリーはカフェテリアから持ってあがった紙コップ入りのコーヒーをみんなに手渡した。壁のアナログ時計によると、時刻は午前九時八分だった。エレベーターがひらく場所は待合室からほんの五、六メートルの距離で、トレントが先にわれわれを見つけ、軌道を修正し、まっすぐわたしのほうにやってきた。トレントは、仕事の資料を収めるのに使っている黒革のポートフォリオを抱えていた。トレントの表情は読めなかった。隣にはマーガイルズがいた。

男ふたりがわれわれのところに到着し、トレントはナタリーに片手を差し伸べて頰にキスをしようとした。ナタリーは抵抗こそしなかったが、そのために体を傾けることもせず、トレントは氷に口づけしたかのような顔をして離れた。

「きみたちが無事でよかった」トレントはわれわれに言った。

た。

「ピューの容態は？」マーガイルズが訊ねる。

「安定して、恢復《かいふく》しつつあります」わたしは言った。「精神状態については、なんとも言えません」

「どうしてあたしたちに、あの人が糖尿病だと話さなかったの？」ナタリーは父親に訊いた。

エリオット・トレントは目をぱちくりさせた。「モウジャーと、それにカザニアンにも、おまえたちにピューの体の状態を知らせておくように言っておいたぞ」

「そう、ならふたりは伝えるのを忘れたんだわ、父さん」

「レイモンドの責任ということになるだろうな」トレントはそう言うと、マーガイルズに向きなおった。「その件は謝罪するよ、レスリー。レイモンドはわたしの部下であり、うちの社員だった。わたしはあの男を見誤っていたんだ。信頼に足る人間だと思っていた」

「モウジャーのことは、いまのわたしにはどうでもいい」マーガイルズが言った。「それよりも、今後きみたちがどのようにピューの安全を守っていくかを聞かせてもらうことに関心がある」

トレントはうなずいてポートフォリオを左手から右手に持ち替えた。右手の人さし指と中指の付け根をバンドエイドで覆っている。わたしには読めないあの表情が、まだその目のなかにあった。

「アティカスとわたしで、その件を話し合いたいと思っていたんだ」トレントは言った。「二、三分のあいだふたりだけで話をしても、みんなかまわないかね？」

「あたしはかまう」ナタリーが言った。「あたしも参加させてちょうだい」

トレントはわずかに首を振った。「長くはかからんよ、ナタリー。それにできればふたりだけの話にしておきたい」

ナタリーの表情が険しくなり、わたしに向けられた。

「別にかまわない」と、わたし。

「どこか話のできる場所は？」

「さっきどうにか一度カフェテリアまでたどりついた。あそこでいいだろう」

「案内してくれ」トレントはそう言ってほほ笑んだ。

わたしは案内していった。途中トレントはひとことも口をきかなかったが、なにか飲み物を買ってこようかとだけ、テーブルを見つける前に訊いてきた。わたしは辞退した。カフェテリアはうってかわって混んでおり、食器の鳴る音と会話に満ちあふれていた。

トレントは自分用にレモンティーを買い、人工甘味料を二パック加えて掻きまぜた。テーブルを挟んでわれわれは腰をおろした。テーブルにトレントはポートフォリオを載せた。閉じたままにしてある。

「おまえに手を引いてもらいたい」トレントは言った。

「断じて引かんぞ、エリオット」

「おまえの運は尽きかけているんだ、アティカス。ここまで来られたのはまさしく運のおかげだった。もしきのう、ドウがグリアではなくピューを選んでいたとしても、きっと成功していただろう」

「で、センティネルだったらそれも阻止できたはずだと？」

トレントは真顔でうなずいた。

「一方、おれの仲間ならどうだったと言うんだ？　ピューの心臓の前に的《まと》を掲げたとでも？」

「おまえの仲間ではドウのつけいる隙を作っただろう。おまえには今回の任務に必要な人的資源がない。必要な設備もない。おまえがここまで来られたのは、ひとえにわたしの援助があったからこそだ」

「モウジャーのことを忘れてるぞ」

「わたしはまちがいを犯した。それを認めるだけの分別は持ちあわせている」トレントは紅茶に口をつけた。カップはプラスチック製で、義足や義手に使われるものと同じ黄褐色をしていた。「こんどはおまえが自分には荷が重いと認める番だ。これまでのところ、おまえは重大な事故もなくやって来た。だが、そろそろだれかが死ぬことになるかもしれん」

「ピューのようなだれかが？」

「もしくはわたしの娘が。もしくはその両方が、そしてそれ以上の人間が。ケイティ・ロメロを思いだせ。ルービン・フェブレスを思いだすんだ。またあんなことを起こしたいのか？」

「もう二度と起こることはない」わたしは言った。「そうはさせるものか」

「おまえの思いあがりでピューの命が守れるものか」

「ちがう、おれの能力が守るんだ。おれの、そしておれのチームの」

「わたしの協力がなければ無理だ」

わたしはうなずいた。この男はずっとこの瞬間をめざして話していたのだ。着陸態勢に入ったパイロットが滑走路のライトを見るように、わたしはそれを目にしていた。「センティネルを撤退させるつもりなのか？」

「必要とあらば、そうだ」

「非常勤の人間の手を借りるさ」

トレントは吹きだしかけた。「だれがおまえなんかと仕事をする？　そんな急な話で二十人のボディーガードをどこから見つけてくるつもりなんだ？　そいつらの装備は？　移動用の車両は？　それにオペレーションにかかる費用をどうまかなう気だ？」

「マーガイルズを頼ってなにが必要かを話す。あの男なら借金の連帯保証人にだってなってくれる」

「あくまでもわたしに対抗しようというんだな」

わたしはにやりと笑った。

トレントはプラスチックのカップをテーブルの端に押しやり、ポートフォリオをひらいた。なかから写真の束を出し、わたしに手渡した。

「こんなことをしたくはなかったんだが」と、トレントは言った。

写真は二十四枚あった。8×10《エイト・バイ・テン》のモノクロで撮った盗撮写真。大半は極端な高倍率のせいでピンボケだったが、どの写真についても被写体は明白だった。

「けさ早く、わたしのところに持ちこまれた」トレントは言った。「盗撮写真としてとらえるかぎり、これまで見たなかで最高なものではない。が、用は足りているだろう」

「だれがあんたにこれを？」

「ハンター・ドレイクだ。わたしがきみと娘との関係に気づいているかどうかを訊ねにきたんだ」トレントは絆創膏《ばんそうこう》を貼った指の付け根をさすった。「やつに話してやったよ、もし二度とふたたびきさまやきさまの姉がわたしを脅迫するようなことがあれば、殺してやる、とな」

わたしは写真をテーブルの上にもどした。裏返しにし、自分の動きに気を配りながら。憤りはまだ両手までは達していなかった。

写真に収められた場面のいくつかは容易に思い当たった——マロリーと会う前にレストラ

ンの外で抱きあったとき——タイムズ・スクエアの片隅でのキス。たんに親愛の情を写した写真であり、猜疑心を持って見ないかぎり他愛もないものだった。

だが、それ以外の写真もあり、そちらには想像の余地は皆無だった。一連の写真はすべて同じ夜に撮られたもので、わたしのアパートメントを通りの向こうから盗み撮りされたものだった。〈パディーズ〉でナタリーと会った夜。ナタリーがセンティネルを辞めて、わたしの監査に加わる前日の。あの夜のふたりは激しく、みずからの怒りに突き動かされて、たがいの体を思うままに使いあった。目の前の画像とともにその記憶が蘇り、なにもかもを安っぽく感じさせた。

「連中はあんたになにを要求してきたんだ？」わたしはトレントに訊ねた。

「センティネルを撤退させるように言ってきたんだよ、もちろん。おまえを窮地に置き去りにしろとな」

わたしは聞きまちがえたのではないかと耳を疑った。「それであんたは要求どおりにしてやろうというのか？」

「いいや」トレントは言った。「センティネルは残る。撤退するのはおまえだ」

わたしは愕然として声もでなかった。

「おまえは警護チーム内の他メンバーと感情的に親密な関係に陥ることによって、警護対象者の安全を脅かした」トレントは断言した。「おまえは根本的なルールのひとつを破ったんだ。それ以上悪いことがあるとすれば、警護対象者と寝ることくらいだろう。客観的に任務にあたれるはずなどない。おまえは周囲の人間によって注意をそらされ、周囲の状況よりも、守るべきものの安全よりも、わたしの娘に注意を払っているんだ」

「あんたはおれとナタリーの両方を侮辱しているんだぞ」

「ドレイク姉弟がフィルムのかわりに銃弾を撃っていたなら、おまえたちはふたりとも死んでいた」

「だが弾など撃ってなかった」

言葉遣いに最大限の気を遣いながら、トレントは言った。「おまえとナタリーの関係がオペレーションの妨げとならずに済むことはありえない」

「おれたちはここまでうまくやってきた」ナタリーとの関係を説明しようとしたところで意味はない。ふたりはもうベッドをともにしていないのだとトレントに話したところで意味はなかった。トレントの目から見れば、そんなものでなにも変わりはしない。

「プロとして、おまえには任務から抜けてもらわねばならん」トレントは言った。

「断る」

わたしにこの議論を受け容れる気がないと悟ると、おもむろにトレントの指がテーブルの端を叩きはじめた。勢いよく繰りだすモールス信号のような叩きかただ。やがてそれははじまったときと同様、だしぬけに止まった。

「娘がセックスしているのを知りたがる父親などいない」トレントは静かに言った。「きっと父親はだれしも自分の小さな娘が永遠に処女であることを望んでいるんだろう。はかない夢だ。だが、ある時点で父親は、娘がみずからの権利において大人になり、決定を下すのも失敗を犯すのも自由にできるようになることを悟らなければならん。父親は娘の選んだ相手がいいやつであることを願うんだ。娘にふさわしく、娘を大切にしてくれる男であることをな」

「エリオット――」

「黙れ」トレントが吐きだすように言った。「これはそっちが思っているほどおまえに関わりのあることじゃないんだ。わたしはよしとしないが、ナタリーには、父親の意志に従うよりも、本人の心に従わせてやろうと必死に努めてきた」

「だったらなぜ――」

「なぜなら娘の幸せよりも、娘の命のほうが大切だからだ。さらに警護対象者の命はいかなるオペレーションにおいても最優先されるものであるからだ。おまえはこんな写真の内容など気にもかけないかもしれんし、征服したものを自慢するたぐいの男かもしれない。わたしにはわからん。ともに仕事をしている人間から受ける敬意や、おまえの指示に進んで従おうとする仲間の気持ちなど、どうでもいいのかもしれん」

トレントはテーブルごしに手を伸ばし、写真の束を揃えた。ポートフォリオに写真をもどしながら、それを見ないように努めていた。

「だがナタリーは、そういったことを気にするんだ」トレントは言った。「自分の評判、人から受ける敬意、そういったものはあの子にとって大きな意味を持つ。それらが損なわれたのを同僚たちの表情から知れば、娘はひどく動揺してしまうだろう。センティネル社の同僚の表情から知ればな」

「あんたはそんなことをするもんか」わたしは言った。

「ナタリーを生かしておくためなら？　ピューを守るためなら？　おまえがわたしに強《し》いているんだ」

トレントの顔を探ったが、見えたのは強烈な意志だけであり、真実を告げてくれるものはなにも読みとれなかった。はったりにきまっている。トレントがどれほど必死にわたしを排除したがっていようと、ナタリーの写真を表に出すはずはない。実の娘をそんなふうに辱めたりするわけがない。トレントがナタリーをそんな目に遭わせられるはずがなかった。

だが、トレントがそれをやると脅している事実、ナタリーをポーカーゲームのチップのように使うと言っている事実だけで、すべてを物語っていた。

わたしはかぶりを振って席から立った。「おれはずっと思っていたんだ、あんたは、あんたなりのひねくれたやりかたであっても、ナタリーのことをつねに最優先で考えるのだ、と。おれのまちがいだった」

「マーガイルズに抜けたと言うんだ」トレントは言った。「裁判がはじまったらすぐ、写真は煙となって消える」トレントはポートフォリオを取りあげた。立ち上がり、つけくわえる。「ほかに選択肢を残さなかったのは、そっちなんだぞ」

両手が痛くなり、自分が拳をかたく握りしめていたことに気づいた。もし炭でも握っていたら、いまごろダイヤモンドに変わっていたにちがいない。

「どうするんだ、アティカス？」トレントは訊いた。

わたしはトレントがマーガイルズになんと話すのだろうかと考えた。ジェリー・ピューにはどう話すつもりだろう。はじめてあの写真を見たとき、トレントはハンター・ドレイクに強烈なパンチを喰らわせてやったのだろうか。そうであってほしかった。縫わねばならぬほどの被害を与えていてほしかった。

わたしは言った。「知ってるだろうがピューは糖尿病だ。食べさせるのを忘れるなよ」

そして、わたしは立ち去った。

28

真下のアパートメントに住んでいるミッジが、階段を上がっていくわたしを呼び止め、ちょっと寄って玄関ドアの錠を調べてくれないかと頼んできた。「そのことできのうの夜、あなたのルームメイトと話をしたら、あなたは帰ってくると言ってたんだけど」

「足止めを喰ったんでね」

「一分だけ時間はある?」

「あとにしてくれるほうがいいんだが」

「ほんの一分しかかからないわ。いいでしょ?」ミッジはにっこり笑い、ふと、この女は我を通すことに慣れているのだと気がついた。にわかにこの相手のことがエリオット・トレントと同じくらい嫌いになった。「お願い、いいわよね?」

わたしは身震いをこらえ、くだんの玄関ドアを見にいった。錠に問題はなかった。少し傷があると言えばある。だがわたしは錠前屋ではないから、その旨伝えた。

「そうなの? じゃあ、正確にはあなたはなにをやってるの?」ミッジが訊いた。

「警護対象者を守っている」わたしは言った。

ようやく階上《うえ》に上がってくると、アパートメントは空っぽだった。わたしは電話に直行し、振鈴機能をオフにし、留守録装置に入っていた一件のメッセージを再生した。

「きっと仕事が長引いたんだよね」録音されたエリカの声が言った。「だからきょうはブリジットと過ごすことにします。よかったら電話してね。番号は知ってるんだから」

わたしはボタンを押してメッセージを消去し、留守録装置を切って自分の部屋に入った。拳銃をおさめたままのホルスターをベッドに投げ、ポケットベルのスイッチを切り、服を脱ぎ捨てた。バスルームで髭を剃り、熱い湯が出なくなるまでシャワーを浴びつづけ、冷たい水の下でさらに二分とどまってから、栓をひねって止めた。

ベッドに潜りこみ、眠ってしまいたくてその努力をしたが、無惨にも失敗した。一時間もシーツをこねくりまわしたあげく、わたしはもう一度起きあがって服を着た。なにか音楽でもかけよう、大音響のレスター・ボウイかそれともチャーリー・パーカーでも聴こうかと思った。だが、やめにした。

窓際の椅子に坐り、ビルの谷間にかろうじて見える街の細長い切片を眺めた。きょうもまた地獄のように蒸し暑い一日だ。眼下の通りでは、アスファルトのタールが溶けだしたみたいに、車も人間も足をひきずるように動いていた。

寂しさが襲ってきて、わたしをへこませた。わたしは思った。いまこそおれがすべきは電話をかけることだ。簡単さ、ほんとうだ、番号を押したら声が聞こえてくる。それのどこがそんなに難しい？「やあ、おれだ」と、ひとこと言って、あとはなりゆきまかせでいいのに、なにがそんなに難しいんだ？

なのに、わたしはただずっと窓の外を眺めつづけていた。

インターコムが、つづけざまの怒鳴り声でわたしの目を覚まさせた。怒鳴り声はなおもやまず、立てつづけにだれかが何度も何度もボタンを押している。その耳に心地よいことといったら、スタッカートで猛打されるトラックのクラクションに匹敵するくらいだ。

わたしは廊下に出ていき、応答ボタンを押しながら、相手がナタリーでもデイルでもコリーでもないことを祈った。わたしの祈りは叶えられた。

「ちょっと、ハヴァルだけど。なかに入れてくれるつもりはあるの、どうなの？」

「帰ってくれ」と、インターコムに向かって言ったものの、相手が帰るはずがない、ハヴァルが来るのを自分が忘れていたのだと気がついた。

「それいったいどういうことよ？　いまは三時三十分、あなたがあたしに来いと言ってた午後三時から四時のあいだぴったりじゃない。さあ、なかに入れて」

「予定を変更しよう」

「だめよ。入れてくれないんならこのくそったれビル全部のブザーを鳴らして、5Dに住んでる男はアパートメントで児童ポルノを販売してるって言ってやるからね」

わたしはボタンを押してハヴァルを通し、玄関のドアの脇で待った。ハヴァルはすばやく階段を上がってきて、満足げな笑みを浮かべて踊り場の上までくると、ごく小さなサングラスをはずして襟にぶらさげた。肩に革のナップサックをひっかけ、着ているブラウスは日焼けした肌とほぼ同じ色合いをしている。パンツはダークブルーだった。

「あなたには苦労させられるわ」クリス・ハヴァルは言った。

わたしはハヴァルを通してからドアを閉め、キッチンテーブルのまわりに置いた椅子を指さした。ハヴァルは腰をおろすと、「なにか飲むものある?」と、訊いた。

「水なんかどう?」

「ビールなんかどうかしら?」

冷蔵庫を調べると、アンカー・スチームが一本残っているのが見えた。前日、家を出たときには三本あったのだが。

「トレントはどこ?」ハヴァルが訊いた。

「ナタリーのことか、それともエリオットか?」

「あなたのパートナーよ」

わたしは首を横に振り、「さあな」と言った。

ハヴァルはわたしを見て片眉を吊りあげ、ごくりとビールを飲んでから言った。「あたしのつかんだものをあなたに教えるから、そのあとそちら側でなにが起こっているか、予備知識を教えてくれるといいわ」

「公平な申し出だ」と、わたし。

「昨夜はずいぶん大勢の人間と話をしたのよ」クリス・ハヴァルは話しはじめた。「地下鉄のプラットフォームにいた人を探し当てては片っ端からね。グリアについて、大半の人は、南行き六番の列車が五十九番ストリートの駅に入ってくると同時に突然倒れた、ということ以外は教えてくれなかった。ラッシュアワーはとっくに過ぎていたから周囲にそれほど大勢の人がいたわけじゃないけど、駅が空っぽというわけでもなかったのよ。さて、この件はまだ警察にも持ちこんでないから、裏づけてくれる医学的な証拠はないわ。解剖とかそういったものは、あれが不当な死であったと断じられないかぎりおこなわれないわよね。つまり、あらゆる点から見て、ミスター・フランクリン・グリアは致命的な心臓発作を起こしたように思われ、それで一件落着とされた。ついてきてる？」

「ぴったりきみのうしろに」わたしは言った。

ハヴァルは罎からもうひとくち飲んだ。「よろしい、それでは。ここからは、聞き取りに協力してくれた人たちが話してくれた、ことのいきさつよ――

グリアはプラットフォームで、仕事の機材を携えて列車を待っていた。ステノ・マシンとラップトップ・コンピュータの入ったふたつの黒いケースと、ゴムロープでなんでもくくりつけてしまえるキャリーカートが一台。プラットフォームには人がたくさんいた。これが九時三十五分から九時四十分のあいだのこと。

　さて、現場には、ある青年がいて——リオの出身と言ってたけど、たぶんクイーンズのフラッシングの出だと思うわ——プラットフォームでギターを弾いていた。青年いわく、若くて似たような背恰好の男がグリアのすぐそばに立ち、会話をはじめた、と。ギター青年は、若い男がグリアのステノ・ケースを指し示すのを見て、ふたりはたぶん装置について話しているんだろうと思った。あたしもその説を買うわ」

「あり得るだろうな」わたしは言った。

「さて、そこには三人の女の子も居合わせた。女の子たちは秘書で、仕事のあとビールを一、二杯ひっかけてきて、これから帰るところだったの。その子たちもふたりの人間が話しているのを見たと認めているんだけど、ただ三人とも、話していたのは男と女で、男ふたりではなかったと主張してるのよ。女が男性用の服を着ていただけだ、って」

「それで？」

「で、そのとき六番列車が入ってきはじめ、待っていた人たちは列車のほうを見ていた。そして、秘書たちが振り返ったときには、グリアがプラットフォームに倒れ、そのもうひとりの人物がグリアのかたわらに両膝をついて脈を調べていたの。周囲の人も気づきはじめた。そのもうひとりの人物は顔を上げると秘書のひとりを指さし、救急車を呼ぶように言った」

「人相は？」

　ハヴァルはバツの悪そうな顔をした。「まあ、たいしてわかってないけど。目は青もしくは茶色だったらしい。髪はブロンドもしくは明るい茶色で直毛、それほど長くない。細身の体型。身長は百八十センチ前後。ほかにはとくになくて、ただその善きサマリア人は眼鏡をかけてたそうよ」

「なるほど」と、わたし。

「でも、あたしの言いたいことはわかるでしょ。女だったってことは、ね？」

「もちろん」

ハヴァルはわたしをにらみつけてから、先をつづけた。「オーケー、いいわよ。善きサマリア人はグリアのために蘇生術を施《ほどこ》しはじめ、三分から四分ほど懸命にそれにかかってたんだけど、そこへ交通警官たちがやってきた。警官たちが小さく取り囲んで、うちひとりが善きサマリア人といっしょに蘇生術に加わった。この警官、名前をホウルマンというんだけど、その人が心臓マッサージをしているあいだにサマリア人は人工呼吸をしてたの。ホウルマンにわかるかぎりでは、グリアが蘇生術に反応しなかったことをのぞいて、問題はなにもなかったそうよ。ホウルマンの見たところ、グリアはすでに息をひきとってたんですって。さらに十分後には救急救命隊《EMS》が到着し、全員を下がらせて遺体の処置にとりかかった。死体袋に入れ、移動させ、マンハッタン交通《MTA》警察職員がグリアのキャリーカートを握って証言をとりはじめた。

すると善きサマリア人は消えてしまってたのよ。それにグリアのステノ機材も」クリス・

ハヴァルは、これでわたしも納得してしかるべきといった顔でこちらを見た。「そういうわけ」

「善きサマリア人はたいがい突然いなくなるもんだ」と、わたしは言った。「自分たちの演じようとした好意のせいで訴えられる羽目になるのが怖いのさ。もしくは、はなから自分は関わりあいになりたくなかったのを手遅れになってから気づいて姿を消す」

「で、あなたはその女性がグリアのケースをたんにうっかり持っていったと思うわけ？」

「妥当なところだ」

「どうして急にそんな鈍《にぶ》ちんになったのよ？」ハヴァルが詰めよった。「この件はあなたもあたしとまったく同じように考えると思ってたのに」

「きみはなんの証拠も持ってない」

「はずれ」ハヴァルは唇を堅く閉じた独特の笑みを閃かせた。

わたしは待った。

「最初、女がどんなふうにやったのかがわからなかったの」ハヴァルは言った。「もしなんらかの武器を使ってグリアを倒したのなら、血かなにかの痕跡が残ったはずでしょ。でも、グリアは病院で即死と診断されたし、その体には見てわかるような痕跡はなにもなかった」

「つづけてくれ」

「でも、女はなんらかの方法でグリアを転倒させせなければならなかった、でしょう？　つまり、いったん相手が地面に倒れてさえしまえば殺すのはわけない。あとはただ蘇生術を失敗すればいいだけ。心臓マッサージの位置を誤れば、剣状突起を砕いてしまうことになる。肋骨底部から突きだしているあの骨よ。それを砕けば、大量の内臓出血を引き起こす」

「さらに腹部の膨満を引き起こし、病院の医師ならまず気づくだろうな」

ハヴァルはうなずいた。「そうよ、でも心肺蘇生術を施した結果ということなら、珍しくはないわ。疑わしいことはなにもない。致命的過失ではあるけれど、殺人ではない」

一秒ののち、わたしはうなずいた。グリアの転倒が偶然ではなく誘発されたものだという説を受け入れるなら、ハヴァルの言っていることはすべて筋が通っていた。それに、善きサマリア人は剣状突起を砕かなくとも目的を達成できたはずだ。体のどこであれ、思うままにできたにちがいない。

だが、それでも、やはりただの仮説にすぎなかった。「きみの言う証拠ってのはどこなんだ？」

「おとなしく聞いてなさい。もしあなたがこの女で、グリアを殺したいとすれば、どうやって転倒させる？　跡を残さずに？　あなたがグリアを転倒させたというなんの痕跡も残すことなしに？」

「おれなら針を使う」わたしは言った。「腿にぐさっといくな、たぶん。薬品のことはあまり詳しくないんだ。そういうことのできる薬はいくらでもあるんだろうが」

「でもそれでは血痕や刺し傷が残るかもしれないわよ。あなたがやったことの証拠が残ってしまうんじゃない？」

「ああ、だが、見つけるにはなにを探すかわかってなければならない」

ハヴァルは椅子の脇に置いていたナップサックに手を伸ばして、膝の上に載せた。蓋《フラップ》のバックルをはずしはじめる。「どんな痕跡もいっさい残したくないのだとしたら？　その場合はどうする？」

考えているあいだ、ハヴァルの両手がフラップを弄んでいるのをわたしは見ていた。「スタンガンを使う」

「この男性にキューピー人形を差しあげてください」クリス・ハヴァルは言った。フラップを持ち上げると、なかから紙袋をとりだした。袋の中身をテーブルの上にぶちまけると、そこにそれがあった。砂糖入れと塩こしょうの小瓶とのあいだに、ずんぐりした小型の黒いスタンガンが。

「二十五万ボルトの規格よ」と、ハヴァル。「真夜中ごろにまたプラットフォームまで行ったところ、柱のあいだに寝ている浮浪者を見つけたの。その人が一部始終を見てたのよ。十ドル渡すと、話してくれたわ。あの列車が入ってきたとき、サマリア人が線路になにか投げるのを見た、って。

三本目のレールを越えてすぐのところにそれを見つけたの。おかげで鼠と格闘するはめになったけど」

そのスタンガンが、前にドラマがわたしに使ったものと同一であるかどうかの判断はつかなかった。指紋などついてるはずがないのはわかっている。利用できるもの、あの女を見つける役に立つようなものは、なにひとつないはずだった。それにしてもスタンガンとは、うまく考えたものだ。わたしは心ならずも感服の念を覚えた。スタンガンは音の静かな武器ではない——というより、音を立てるように設計されており、それもスタンガンを防犯の道具とならしめるのに一役かっている——しかし、列車の到着を待つことにより、ドラマはスタンガンの作動音をだれにも聞かれない状況を確保したのだ。それはきっと、グリアの胸元に触れようとして手を伸ばしているだけに見えたにちがいない。その直後グリアは転倒したのだろう。ふいを喰らい、苦痛に見舞われ、身動きできなくなって。そして、口をきけるようになる前に、ドラマはその首に手を伸ばして脈を調べるふりをし、口元に頬を寄せ、呼吸をたしかめるふりをしたことだろう。

指先をグリアの頸動脈にあて、顔を自分の顔で隠した状態で、ドラマは指をぐっと押し下げる。グリアは相手が自分を殺しはじめているのに、声ひとつ立てられずにいたのだ。グリアの意識がなくなったところで、ドラマは心肺蘇生術を開始した。

残された痕跡は、スタンガンがグリアの体に押しつけられた場所の赤いかすかな変色だけで、それも蘇生処置のあいだ胸に置かれたドラマの両手の圧力によって、たちまち消されてしまう。

「やるもんでしょ?」と、ハヴァル。

「みごとだ」と、わたし。

「ありがと」

ハヴァルは自分への賞賛と受けとったのだと、わたしは気がついた。「そいつは警察に渡したほうがいいぞ」そう言って、わたしはスタンガンを指さした。

「連中にはこれをどう扱ったものかわかりっこないわ。少なくとも警察の考えでは、なんの犯罪も犯されてないんだから」

「FBIに電話して、ファウラー特別捜査官と話すんだ。おれと話をしたことを言って、ジョン・ドウの件だと伝えろ。ファウラーがきみの話を聞いてくれる」

「あたしたちは取引したのよ、コディアック、覚えてる? あなた、あたし、ナタリー・トレント、ほかのあなたの仲間、そのみんなで暗殺者をとっつかまえるの」

わたしはテーブルにあったナプキンを使って茶色の紙袋にスタンガンをもどした。それからその袋をハヴァルに返した。

「おれは抜けたんだ」わたしは言った。

「面白いじゃない。さ、はじめるわよ」

「いいや。きょうの朝をもって、おれは仕事を外れた。グリアの殺害犯を追いたければ、エリオット・トレントに電話してくれ」

茶色の紙袋を握るハヴァルの手に力が入り、皺になった。「いったいなに考えてんのよ?」

「センティネルがあとを引き継ぐ」

「なぜなの?」

「おれが勝手に話せることじゃないんだ」

「この人でなし、こんなとこまでひっぱりだしといて、こっちのつかんだことは教えてやったのに、いまになっておれはもうゲームに参加してないって言うわけ? 冗談じゃないわよ!」ハヴァルはわたしに中指を突きたてた。「くそったれ野郎!」

「まだ仕事に関わっていれば、きみを仲間に入れるつもりだった。けさトレントに無理矢理抜けさせられたんだ」

「どうして? なんでよ?」

わたしはかぶりを振った。「詳しくは話せない」ハヴァルは怒ってにらみつけており、わたしはハヴァルの空になったビール壜をテーブルから取るとシンクでゆすいだ。布巾で壜を拭いてから、リサイクル容器に投げ入れた。

階下の4D号室で、ミッジが壁にハンマーでなにやら打ちつけはじめた。

「あたしのエージェントは今回の件で、もう三つもの出版社と話をしてるのよ」ハヴァルが言った。「あたしだってすでに、ドウに関する本の背景調査を——」

「トレントのオフィスに電話しろ。センティネルに電話して、きみを同行させてくれるか訊いてみるんだ。やつらならたぶんイエスと言うさ。トレントは報道されるのが好きだからな、好意的なものであるかぎりは」

クリス・ハヴァルは紙袋をナップサックにしまい、乱暴にひっぱってフラップを締めた。ナップサックを投げるように肩に担ぐと、立ち上がってドアに向かった。「あなたって最低」と、ハヴァルは言った。

「トレントに電話するんだぞ」

「あれだけ新聞でこきおろしたあとで、あの男があたしを受け入れるはずないでしょ。あなただって知ってるくせに。ありがたくって涙が出るわ、コディアック、骨折り損をどうも」

29

〈パディ・ライリーズ〉は、ふたつの区画にわかれた店だった。入口を入ってすぐの、音楽演奏用の小さなステージをしつらえたメイン・バーと、その奥にある壁からテレビが吊り下がったオープンルームのふたつ。画面に映っているのはヤンキースで、シアトル・マリナーズと好試合を演じていた。マリナーズのほうが優勢だった。わたしはギネスを一本と席をひとつ確保し、試合を見ていた。五回の裏までにマリナーズは三点のリードをとっており、ジェイ・ビューナーの二塁打につづいて打席にグリフィーが入ってきた。わたしはビューナーが好きだ――デイルを白人にして、髪の毛をもっと少なくさせたのを思わせる。

午後が宵へと熟していくにつれてバーは混みはじめ、七回の表までにヤンキースがあと一点差に縮めていたが、もはや解説者の早口も聞き取れないほど客が入ってきていた。ささやかな天の情けだ。わたしはすでに半リットルのジョッキを三杯空けていたが、まるで飲んだ気がしなかった。酔っぱらいたいのに酔えないときの苛立ちに匹敵するものはない。

だれかに肩を叩かれ、振り返るとナタリーがいた。

「驚いたな」わたしは言った。

「酔ってるの？」

「酔ってるか？」

「大酒かっくらってるわ」

「またしても自業自得に苦しんでる。その苦行に最大限の努力を捧げている。そんなところだ」

ナタリーがバー・カウンターの方向に手をひと振りすると、デイルとコリーがステージの脇からこちらにやってきた。デイルが椅子を集めはじめ、三人ともわたしを囲んで坐った。わたしはまた野球観戦にもどり、ジョー・トーレ監督がデイヴィッド・ウェルズをおろしてグレアム・ロイドに交代させるのを見た。わたしはグレアムも気に入っている。ジェイ・ビューナーほどではないが、グレアムも好きだ。

「なにがあった？」デイルが訊いた。

「そろそろ帰らないと」わたしは言った。「住人のドアを調べてやらなきゃならん」

「父さんがカフェテリアからひとりでもどってきて、全員の目の前でマーガイルズに言ったわ――あなたがわれわれの撤退を決めた、って。センティネルがあとを引き継ぐ、って」

「センティネルの幸運を祈ろう」わたしは言った。

デイルがなにか呟いたが、周囲のざわめきで聞こえなかった。

「でもね、あたしたちがピューの病院を出たあとで、ニール・レイミアがあたしに電話をくれたの」ナタリーが言った。「あなたとあたしに会いたいそうよ。八時にあなたのアパートメントで待ってると言っておいた。あと四十三分あるわ」

「そんな約束をしてもらっては困る」わたしは言った。

「不服なの？」

「ああ、不服だね」そう言うと同時に、ロイドがジョーイ・コーラにスライダーを投げた。ジョーイはそいつをレフトに、それもファウルラインぎりぎりにフェンスのそばまで叩きつけ、滑りこむことなくセカンドに悠々たどりついた。「おれのアパートメントだぞ。相談もなしに提供しないでもらいたい」

「あたしたちに相談もなく仕事をやめるのと似たようなものだわ」

「それはおれの決めることだ」

「いいえ、あたしたちみんなで決めることよ。あたしの非礼に文句をいうつもりなら、まずわが身を振り返りなさい」

わたしは試合から目をそらし、ナタリーに向けた。ナタリーは膝に両ひじをついて坐り、まちがいなくわたしに声が届くよう、顔をわずか数センチのところまで持ってきていた。

「きみがグループの代表発言者に選ばれたってわけかい？」

「そのとおりよ。そしてグループは、いったいなにが起こったか知りたいと望んでる。あなたは父にそっくり望みどおりのものを与えてしまったわ、アティカス。いったいどういうつもりでそんなことを？」

「きみの父親はセンティネルの支援を引きあげるつもりだったんだ、ナタリー。われわれがピューのために必要とする支援を断ち、おれたちを窮地に立たせようとしていた。どうやってピューを守るというんだ？　たった四人の警護班で、自殺願望のある警護対象者をどうやって生かしておくというんだ？」

「フリーのボディーガードを雇えばいい」

「おれといっしょに仕事をしたがるフリーのボディーガードがいると思うか？　この街でおれから指図を受けようって人間をひとりでも見つけてみろよ。たったひとりでいい。なにしろトレントが念の入った中傷キャンペーンにまわったあとだからな。正直者をひとり見つけるほうがよっぽど簡単だぜ」

「ああ、そういうこと」ナタリーが言った。「あなたはうちの父がずっと口にしてきたことを信じてるわけね」

「ちがう」わたしは言った。「そうじゃない。おれの腕はいい。すばらしくいいんだ。だが、ものには限界がある」

「まだおれたちは、限界まで行ってないぜ」デイルが言った。「今回、おれたちがその壁の近くにいるのは認めるが、まだぶつかったわけじゃない」

「そんなのは見解の問題だ」

ナタリーがわたしの手をとろうとしたが、わたしはさっと引っこめてジョッキをつかんだ。全員がその動作にこめられたメッセージを察し、しばらく耐え難い静けさがあった。やがてナタリーが訊いた。「父はなんて言ったの？」

「もう話しただろ」

「ほかになんて言ったの？」

「ほかになにかあるはずだと、きみに思わせるものはなんだ？」

「あなたが引き下がるはずないからよ。いままで父の前であなたが引き下がったことは一度もなかった。今回だけそうする理由はなに？」

　わたしはジョッキを空にし、野球の試合に集中しようとした。

「あの人はどんな手であなたを脅したの？　ライセンスを剝奪させるとでも？」

　その回が終わり、シボレー製トラックの宣伝が画面に映った。

「いいかげんにしてよ、アティカス、答えて！」

　ナタリーは体を起こし、背を伸ばして椅子に坐っていた。デイルとコリーはテーブルにもたれて待っている。ウエイトレスが立ち寄ってわたしの空ジョッキを取りあげ、ほかに注文はないかと訊ねた。けっこうだ、ありがとう、とコリーが答えた。

「ドレイク姉弟がきみの親父さんを訪ねてきた」わたしはナタリーに言った。「やつらは贈り物を持ってきたんだ。光沢仕上げの8×10《エイト・バイ・テン》写真だ」

　回答欄を埋めるまでのあいだ、ナタリーの眉間には、わずかに溝が刻まれていたが、やがてその両目が見ひらかれた。ナタリーの反応は、トレントから写真を渡されたときにわたしが見せていたであろうものにそっくりだったが、ナタリーの肌のほうが白いぶんだけ、赤くなるのが容易にわかった。ナタリーはじっくり事情を理解してから、首を横に振った。

「つまり父はあたしたちふたりのことを知っている。だからなに？　あたしはどうだっていい。あなただってどうでもいいはずよ」

「知ってるってなにを？」コリーが訊いた。

デイルがコリーの肩に腕をまわして耳打ちをした。コリーは、あらためてナタリーとわたしをじろじろと見た。

「なんでおれは気づかなかったんだ？」と、コリー。

「あたしたちが努めて慎重にふるまってきたから」ナタリーが言った。

「成功してたよ」

「完璧に成功とはいかなかったのさ」わたしは言った。こんどはマクドナルドのコマーシャルが映っていた。大勢の白人がフライドポテトを喰ってよろこんでいた。

「それだけじゃないんでしょう？」ナタリーが訊いた。

「ドレイク姉弟は、きみの親父さんに写真を預けることにしたんだ」

つづく二分間はだれもなにも言わなかった。試合の映像にもどり、打順なかばからマリナーズの攻撃がはじまった。

ナタリーが言った。「デイル、コリー、あなたたちふたりは九時までここで待機して、そのあとアティカスの自宅に合流してちょうだい」ナタリーがわたしの手をとるのを感じた。「行きましょう、パートナー。ご接待すべき依頼人候補が待ってるわ」

「ああ、やれやれ」そう言ったものの、わたしはナタリーに従った。

アパートメントにもどると、たぶんあとでレイミアが一杯欲しがるかもしれないと思ってコーヒーのポットを火にかけた。帰ってくる途中、ナタリーは一言も言わなかった。八時十分だった。

「レイミアはどんな用か言ってたのかい？」わたしはナタリーに訊ねた。

「いいえ、今夜八時にあたしとあたしのパートナーに会いたい、とだけ」

「おれたちのことをパートナーと言ってたのか？」

「ええ」

「ハヴァルもそう言ってた」

「あたしたちも契約書かなにか交わしておくべきかもね」ナタリーが言った。「名前を考えてよ。トレント&コディアックかな、やっぱり？」

「言いにくい社名だな」と、わたし。

ナタリーは笑顔にならなかった。「もちろん、なにかとややこしいことになるわ、父親の牛耳る街で自分たちの会社をはじめようとすれば」

「トレントは気に入らんだろうな」

「あんな人くそくらえよ」ナタリーは言った。「このあたしを利用してあなたを動かそうとして、この先ちょっとでもあたしに気にかけてもらえるとしたら、よっぽど運がいいわ。あの人への腹いせのためだけにビジネスをはじめたがってる部分もあたしにはある」

「それ以外の部分は？」

「あたしの職業であり、あなたの職業だから。これがあたしたちの得意とする仕事だからよ。ほかにあたしの経験したキャリアといえばひとつだけで、あなたも知ってるとおりだけど、二十八歳にもなってモデル稼業にはもどれないわ」

「きみは大学に行って一般教養の教育を受けている」わたしは言った。「勤め口ならごまんと待ち受けてるさ」

「仏文の学士号。とんだ成長市場ね」ナタリーはわたしの脇を過ぎて食器棚に向かい、自分用にマグカップを出すと、半分だけコーヒーを注いだ。「みんなと病院を出る前にマーガイルズがあたしに教えてくれたんだけど、レイミアと話し合って、次の証言録取の日程をすでに決めたんですって。ピューはあすの午後のうちに退院する予定だわ。マーガイルズの話では、ピューの証言録取を――再度――その翌日、木曜日におこなうそうよ」

「もしそれ以前にピューが消されていなければ」

「いまのところセンティネルが、かなり厳重な警戒態勢でピューを見張っているわ。現時点ではなにも危険はないと思う」

「すると、ドラマは証言録取の場でピューを仕留めなければならない」

「あたしたちはもう、ジョン・ドウなる人物が存在する可能性も、あるいはドラマとドウが組んでいる可能性も考慮していないわけ？」

「きょうの午後、クリス・ハヴァルがおれに、なかなか説得力のある状況証拠を提示してくれたんだ」そう言ってわたしは記録人の死に関するクリス・ハヴァルの説を話して聞かせた。「いま現在おれは、暗殺者は一名のみ存在し、その殺し屋は淑女である、と考えている」

「まあ、女ではあると。少なくとも」

「訂正を認めよう。が、淑女であるなしにかかわらず、ドラマは次の証言録取でピューが口をひらくのを阻止しようとしてくる」

「裁判は月曜にはじまる。今回が、審理開始前にピューの証言を録取する最後のチャンスなのよ」

「すなわちドラマにとっては契約を履行する最後のチャンスを意味する」

「まさにトラップ」とナタリーが言った。

「なんだって？」

ナタリーはわかるだろうにといった顔でわたしを見やり、それからにっこり笑った。「ごめん。スナイパー用語なの。トラッピングの場合、射手は十字線を固定して標的がやって来るのを待つ。自分で射界を選び、待機し、敵の頭がその狙撃ゾーンに入ったときに引き金を引く」

「その反対というと？」

「トラッキングよ。トラッキングの場合は、標的をとらえ、照準器でそれを追い、未来修正をかけ、用意が整いしだい撃つ。たいていのスナイパーはトラッピングよりトラッキングを好むわ。より能動的だから。トラッピングだと撃つ機会がまったく訪れない可能性もある」

「だが、ドラマが時間と場所を知っていれば――」

「ダンクシュート同然よ。弾丸の正面にピューが頭を突きだすのをただ待ってればいい。もののの喩えだけどね、もちろん」

「文字どおりかもしれない」

「ドラマはこれまでのところ遠距離狙撃はやってないわ」ナタリーはじっと考えを巡らせた。「どうしてかしら」

「楽しみに取ってあるのかもな」

「もしくは別の手段を使うよう指示を受けているのかも。五百メートルの距離から頭を撃ち抜けば、犠牲者の死因は疑う余地がない」

「爆破しちまうよりさりげないとでも？」

ナタリーは肩をすくめた。「DTSはメッセージを伝えたいのかもね。『よけいなことを言えば、世の果てまでも吹き飛ばしてやる』って」

「かもな」

インターコムが鳴り、わたしは相手を確認すると、ボタンを押して表のドアからニール・レイミアを建物内に通した。階段を上がってくるまで待つあいだにナタリーは別のマグカップをおろし、ノックが聞こえるとわたしは即座にドアをあけた。

「急いで済ませなきゃならんのだ」前置きなしにレイミアは言った。

「コーヒーでもお出ししようと思ったんですが」わたしは言った。

「けっこうだ。ありがとう」

レイミアはわたしが玄関のドアを閉めて施錠するのをきょろきょろしながらもどかしげに待ち、それからキッチンに進むと、そこでナタリーに挨拶した。弁護士用のブリーフケースを抱えてきており、テーブルに載せてからそれをひらいた。

「わたしがここに来ることを、何人の人間が知ってる？」レイミアはわたしたちに訊いた。

「四人です」ナタリーが答えた。「あたし、アティカス、デイル・マツイ、コリー・ヘレッラ」

「ほかのふたりはきのうあなたがたといっしょにシェラトンにいた人たちかね？」

「そのとおり」

「ほかにはだれも？」

「それだけです」

レイミアはナタリーからわたしに視線を移した。最後に会ってからたった二十四時間しか経っていなかったが、レイミアはその時間を苦しみ抜いて過ごした様子だった。目は腫れぼったく、炎症をおこした皮膚に囲まれた黒胡桃《くろくるみ》のように見える。レイミアは大きく息を吐きだすと、鞄をあけて分厚いマニラ封筒をとりだした。ナタリーにそれを手渡す。ナタリーは封をあけて一枚目の紙を抜きとった。わたしは紙面に目を通すナタリーの顔を見ていたものの反応を探りあてることはできず、やがてナタリーはわたしにその紙をよこした。

それは銀行の取引明細書のコピーだった。ファースト・バンク貯蓄貸付機関、グランドケイマン島ジョージタウン。無記名の番号口座だったが、原本にだれかの書いた走り書きが、その明細書がウィリアム・T・ボイヤーのものであることを示していた。

わたしはレイミアを見た。

「だれに訊かれても、ここへは来たことがないと否定するつもりだ」ニール・レイミアは言った。

「内密に会いたいと言ってくだされよかったのよ」ナタリーは言った。「そうすれば別の場所を選んだのに」

レイミアは鞄を閉じて抱えあげた。「わたしがきみに連絡したんだ。わたしはそのとき自分がなにをしているかわかっていた。いまも自分がなにをしているかわかってるよ」弁護士用の鞄が急にとほうもなく重量を増したように見えた。レイミアにのしかかる重荷はそこにあるのではない、とわたしにはわかっていたが。レイミアはわれわれに黄金を与え、自分自身と、それをここに持ってくる者はレイミア以外にないと知っている人物を裏切ったのであり、その行為を巡る葛藤が目にありありと浮かんでいた。

「どうしてこの訴訟にもどったんです?」わたしは訊いた。

レイミアはナタリーが両手で持っている封筒を見た。

「わたしには家族があるんだよ、コディアックさん」レイミアは言った。「ふたりともいい夜を」

30

翌朝会ったとき、デイルはわれわれふたりにクルーラー・ドーナツ一個とコーヒー一杯をそれぞれ用意してくれていた。デイルは市内まで自分のワゴン車に乗ってきていたので、ガレージをあけて、わたしの区画にバイクと並べて駐めさせた。区画の舗装面には、どこかの車が残していったオイル染みがあった。ブリジットの車がつけたものでないことはわかっていた――ブリジットはたとえ一滴でもポルシェからオイルを漏れさせたりはしなかった。

われわれはドーナツを頬ばり、コーヒーをすすりながら、たいして交わす言葉もなく地下鉄のパーク・アヴェニュー駅まで歩いていった。水曜の朝八時だったが、天気ははやくも息苦しく、はやくも暑くなり、物干しに吊してある濡れた洗濯物のように空気中に湿気が垂れこめていた。

われわれはウィリアム・ボイヤーに会いに行こうとしていた。ちょっとした圧力をかけてやろうと計画していたのだ。

レイミアが残していった封筒のなかには、三十枚近い書類が入っていた。原本は一枚もなく、いずれも銀行の明細書で、ウィリアム・ボイヤーのニューヨーク市内の住所をタイプ打ちした紙が添えてあった。三つの銀行のうちふたつはケイマン諸島、ひとつはスイスにあり、どの口座もウィリアム・ボイヤーが管理していることはあきらかだった。書類は過去三ヵ月前の四月までさかのぼっており、頻繁に取引のあるこみいった記録だった。

だが、われわれは探すべきものを心得ており、次から次へと当たりを見つけはじめるまでそう長くはかからなかった。ここで五万ドル振込、ここでは七万五千ドル振込。四月の電信振込は合計で百万とんで七十五ドルにのぼっていた。五月と六月はそれぞれ五十万と四十ドルが動いている。

「どうしてこんな半端な数字なの?」ナタリーが訊いた。

「振込手数料だ」わたしは言った。「ここまででボイヤーは二百万ドルを動かしている勘定になる」

「振込の相手先口座が少なくとも十五件はあがってきたわ」と、ナタリー。「四月に十件と、五月に別の五件」

「さらに六件、六月分を足してくれ」わたしは言った。

「二十一件ものばらばらの口座?」ナタリーは言った。「いったいドラマは人を殺す時間をどこで調達するわけ?　これじゃ口座の開け閉めで、狂ったみたいに走りまわってなきゃならない」

わたしは首を横に振った。「いや、これらはどれも最近のものじゃないし、おれの左脚を賭けてもいいが、ここに載ってる口座はどれもいまは閉じられているはずだ。ボイヤーが銀行Aに金を送ると、銀行Aは即座に銀行Bにそれを送金するよう指示を受けており、そうなってはじめてドラマはそれを南アフリカとか、どこであれ自分の口座に移すんだ。いくつもいくつもカットアウト・スイッチが備えてあって、たどっていく術はない」

ナタリーは両手に持った書類束をぴしゃりと鳴らし、キッチンテーブルにとんとんと落として端を揃えた。「ともあれ、これでボイヤーがピューのために殺し屋を雇ったのがはっきりわかったわけね」

「いいや、わかっちゃいない」わたしは言った。「わかっているのは、ボイヤーがその支払いをしてるということだけだ。ボイヤーが依頼したということにはならない。だれが依頼したかはおそらく最後までわからないだろう」

「ピューを殺すために二百万ドルか」ナタリーはため息をまじえて言った。「DTSがわれわれに邪魔をさせないだけのために用意した額と同じね。気分がいいと言えばいいわ」

「ドラマにはおそらくもっと払うだろうということを別にすればな。契約履行の時点で、もう百万か二百万。ここに載っているのは、たんなる依頼料だ」

「雇ってもらえるもんなら、おいしい仕事よね」

「おれもキャリア転換を目指そうかな」わたしは言った。「なにしろ、エリカには学資が必要になってくるから」

わたしのセリフがどれだけ面白くないかナタリーが言いかけたところで、インターコムがもう一度鳴った。ボタンを押してコリーとデイルを上にあがらせ、キッチンのテーブルにつかせて、ふたりが書類調査のところまで追いついてくるのをナタリーとともに待った。

「雇ってもらえるもんなら、おいしい仕事だな」と、コリーが言った。

「あたしのセリフを盗んだわ」ナタリーが文句を言った。

「これをどうやって入手した？」デイルが訊いた。「レイミアが持ってきたのか？」

「レイミアって？」と、わたし。

「ボイヤーをドラマやドウの連絡係だと想定していいのかな？」コリーが訊く。

「あたしはそれが無難な考えだと思う」ナタリーが言った。「暗殺者は契約元と連絡するのに、なんらかの交信手順《プロトコル》を持っていてしかるべきだわ」

「だからといってボイヤーが自分から連絡をとる方法を持ってるとはかぎらないぞ」と、デイル。「ドラマはそういったリスクを冒すタイプだとは思えない」

「ドラマに選択の余地はあるまい」わたしは言った。「DTSが殺しの条件を変更したとか、最終的にピューの殺害を望まなくなったと仮定してみろ。ドラマに中止を連絡できなければならない。コンタクトできるようにしておく必要があるんだ」

「するとボイヤーは、ドラマがだれであるか知ってるかもしれない」コリーが言った。「人相まで教えることができるかもしれんぞ」

「顔を突きあわせたことがあるとは考えにくいな」わたしは言った。「話をしたことがあったとしても、すべては例の『わたしはジョン・ドウのもとで働いている』という偽装のうえで、それもおそらく電話によるものだろう」

デイルは首筋をさすった。「となると、もうひとつの点が問題になってくる。おれたちはジョン・ドウが存在しない、とほんとうに確信してるのか？　存在するのはただひとり、おまえが名付けたドラマのみであると？」

「いいや」わたしは言った。

コリーが笑いだした。「どうしようもねえな」

「そう、ここからは悪い方向にしか進みようがない」ナタリーも同意した。

「どっちにも進まんさ」デイルが言う。「おれたちは仕事から抜けたんだ、忘れたのか？」

「指をくわえて見てるわけにはいかんだろう」コリーが言った。「なにか手を打たなきゃ」

「デイルとおれで、あしたの朝、ミスター・ボイヤーと話をする」わたしは言った。「圧力をかけて暗殺者について知ってることを白状させられるかどうかやってみる」

「なんでデイルなんだよ？」コリーが訊いた。

「でかくて恐ろしげだからだ」と、わたし。

「おれだって、でかくて恐ろしげになれるのに」

「それは朝のコーヒーを一杯飲む前だけよ」ナタリーが言った。

列車は六十八番ストリートでデイルとわたしを落としていき、われわれはセントラル・パークと境を接している五番アヴェニューに向かって西へ歩きはじめた。

「なにを考えてる?」デイルが訊いた。

「尾行がついてきてないか確認してるだけだ。おれのあけっぴろげな写真をこれ以上だれかに撮られるのは御免だからな」

「尾けられてないさ」デイルはくっくと笑った。「トレントはおれにその写真を見せちゃくれないかな、どうだろう?」

「おまえはホモなんだぞ、忘れたのか?」

「その写真にはあんたも写ってるわけだろうが、鈍感め。解き放たれた至福を満喫中のあんたが」

「許してくれ、あのときのおれは許しがたいほどの異性愛者だったんだ」

デイルは、ナタリーとわたしのエロ写真を売って作るカネがどうとか言って応じ、七十七番ストリートを曲がるころには、ふたりともげらげら笑っていた。番地を見ながらブロックを進んでいき、通りの両側に並んだ堂々たるファサードに目を奪われていたので、最初はそれに気づかなかった。やがてわたしが並んだ車を目にし、立ち止まり、デイルもそれにならった。

十九分署所属の警察車両四台が、われわれのめざしていたタウンハウスの外の路肩に駐まっていた。そのタウンハウスは鮮やかな煉瓦造りで、出てすぐの歩道に一本の立木が生い茂っていた。ちょうど現場記録課のワゴン車がエンジンを切ったところで、なかから職員が飛びだしてきた。検屍局からはだれも来ていないようだったが、それはまだ到着していないことを意味するにすぎなかった。

「やられた」わたしは言った。

「あの女はおれたちが来るのを知っていたんだ」一秒ののち、デイルが言った。「ここで先手を打った。やつがぐらつく前に叩き潰したんだ」

数人の制服警官がタウンハウスの玄関に立って進入路を守っていた。ふたりの私服刑事が覆面車両からおりてくると、入口につづく階段の下で立ち止まった。そこにいた制服警官たちと言葉をかわし、それから家のなかへ入っていく。

「レイミアに電話しなければ。警告してやらなきゃならん。じつにやばい立場に立たされている可能性がある」デイルは言った。

「いや、レイミアはだいじょうぶだ。ピューを殺《や》るために証言録取が必要で、証言録取をやらせるためにはレイミアが必要なんだ。レイミアは安全だよ」

「ドラマはおれたちが来るのをどうやって知ったんだ？」

「まだボイヤーが死んだかどうかもわからないんだぞ」そう言ったところに検屍官の職員が

到着し、わたしは口をつぐんだ。デイルは自分が正しいと証明されても少しも嬉しくないといった表情をしてよこした。

われわれは通りを進んでいき、犯行現場の入口周囲に集まった十人か十一人ほどの人間に充分まぎれてしまう程度に近づいた。野次馬たちは早口にしゃべりたてて指摘しあい、犯行現場における臆測を巡らしていたが、一分もしないうちに連中がわれわれ以上になにも知らないことがわかった。

「さてどうする？」デイルが訊いた。

わたしは野次馬の向こう端にクリス・ハヴァルの姿をみとめた。携帯電話を耳の下に挟み、手に持った帳面にペンを走らせている。見つかる前に退散すればくだらない質問にあれこれ答えずにすむ、と、思った瞬間にハヴァルはわたしを見つけた。電話に最後の言葉を言ってからスイッチを切り、停まった車を迂回するため通りの真ん中に走りでて、われわれのところまでやってきた。

「ちょっと、ここでなにしてるの？」ハヴァルはわたしに訊いてきた。

「朝の散歩だ」

「あなたの家から五十ブロックは離れてるけど」

「体がじょうぶなんだ」

「あらそう」そう言ってハヴァルは視線をデイルに移した。「こちらもはるばるついてきたわけね」

「デイル・マツイだ」

「クリスチャン・ハヴァル。みんなクリスって呼ぶわ」

わたしはふたりが握手するのを見守った。

「新聞でアティカスを好人物に仕立てているのはきみだな」と、デイル。

「そうしてたわ、この人に閉めだしを喰らうまでは」ハヴァルはわたしを一瞥《いちべつ》した。「まさか仕事に復帰したわけじゃないわよね？」

「そういうわけではない」わたしは言った。

「ここにはウィリアム・ボイヤーに会うために？」

「その予定だった」

「どうして？」

「やつに金を貸してたんだ」わたしは言った。

「遺族からもらうのね。ボイヤーは死んだわ」

それが事実であると知らなかったわけではないのに、ハヴァルがそう言ったとたん、急にしんみりした。ボイヤーは結婚しているとピューが言っていたのを思いだした。

「どんなふうに？」

「けさのうちに撃たれたのよ。近所の人が銃声を聞いて警察に通報したところ、ほんの一ブロック先にパトカーがいて、それがやってきて逃げようとしていたふたりの容疑者をつかまえるのに間にあったの。すでに十九分署で刑事たちと二十の質問ごっこをしてるけど、あたしたち三人はそのふたりがやったんじゃないことを知ってる。そうよね？」

「容疑者の詳細は？」

「男と女、どちらも白人、どちらもブロンド。男は巨漢で、ここにいるあなたの友達みたい。少なくとも、そうだとあたしは聞いてるわ。ふたりとも三十代。あたしが知ってるのはこれくらいよ。なにか思い当たるふしはある？」

「まあな」わたしは言った。「警察がふたりの人間を逮捕したのはまちがいないんだな？」

ハヴァルは黒いクロスのペンで、野次馬のなかにいる十代後半の若者を指し示した。「あそこにいるあの子、このあたりのブロックに住んでるんだけど、逮捕者を見てるの。人相を教えてくれたのはあの子よ。ブロンドの女が捕まえようとする警官に、あなたたちはあたしがだれだかわかってない、って言ったのを聞いたらしいわ」

チェサピークだ、とわたしは思った。「名前はつかんでいないんだな？」

「調べられるわよ、そっちが情報を交換してくれるって言うんなら。また仕事にもどったのね、そうでしょう？　あしたの証言録取でピューを警護するの？」

「この人はおどろくほど情報に通じてるな」デイルが感想を述べた。「なんでこんなに知ってるんだ？」

「本人が言うには、センティネルの内部に情報源を持ってるそうだ」わたしは答えた。

ハヴァルがにっと笑った。「で、あんたたちはどうしてボイヤーに会いに行こうとしてたの？」

「きみの情報源はだれだ？」わたしは訊いた。

「そんなこと教えられっこないのはわかってるでしょ」ハヴァルの笑みが、こずるげなものに変わった。「でも一枚嚙ませてくれるなら、どうやって情報を得てるかについても、そこまで固く口を閉ざしてる必要はなくなるんだけどな」

「だれに情報を流してもらってるか言えば、一枚嚙ませてやる」

「とか言いながら、あなたは前回みたいに約束をたがえ、あたしは記事を書こうにも情報源がないという憂き目にあう。無駄よ、コディアック。まずあたしを仲間に入れる。そしたらこっちの手の内を教えてあげる」

「なかなか厳しい交渉相手だな」デイルが言った。

わたしのポケットベルが鳴った。番号を確かめてスイッチを切り、わたしは言った。「行かないと」

「あたしの電話を使っていいわよ」そう言って、ハヴァルは携帯電話を差しだした。わたしが躊躇していると、ハヴァルはつけくわえた。「心配ご無用、盗み聞きなんかしないから」

電話を受けとって礼を言い、それから五メートルばかり後退した。デイルはハヴァルのそばにとどまってしゃべっている。マーガイルズのオフィスにダイヤルすると、家族について嘘を言ったときと同じ受付嬢が出てきた。エイドリアン、たしかそんな名前だった。わたしは受付嬢に、レスリー・マーガイルズからの呼び出しを受けてかけていることと、自分の名前がコディアックであることを告げた。先方がわたしの声に気づいているかとか、わたしがだれだかわかっているかどうかということまでは、聞き分けられなかった。

「アティカスか？」マーガイルズが言った。「電話してきてくれてよかった」

「ポケベルを鳴らしたでしょう」わたしは言った。「電話くらいはしますよ」

「ポケベルで返事が返ってくるかどうか不安だったんだ。ジェリーがどうしてもきみに、きょう会いたいというんだよ。出向いて会ってやってくれるかね？」

「理由を言ってましたか？」

弁護士が巨体をふたたび椅子に落ち着ける音がした。「最初にきみと話ができないのであれば、あすの証言録取で証言はしない、とそれしか言わないんだ。どうやら本気らしいとわたしも信じはじめている。きみの時間を使うことについては、必要ならよろこんで金を払うよ」

「いえ、会いに行きますよ。ピューはまだ病院ですか？」

「そうだ」

「十一時から正午のあいだに行くようにします」

「そう伝えておこう。ありがとう」マーガイルズはそう言って電話を切った。

わたしは携帯電話をオフにしてから、ふたたびスイッチを入れて自宅の番号をダイヤルした。リダイヤル機能をごまかしておくためだ。それからもういちどオフにして、電話をハヴァルのもとへ返しにもどった。

「仕事の電話?」ハヴァルは訊いた。

「個人的な電話だ」そう答えてから、デイルに言った。「家に帰らなきゃならん」

「おれもいっしょに行くよ。車を拾ってこないとな」

「あたしの電話番号は持ってるわね」ハヴァルが言った。「こちらのオファーはまだ有効よ。電話して。仲間に入れて。あたしに手伝わせて」


自宅にもどるタクシーのなかで、マーガイルズとの会話をデイルに伝えた。

「どうやらピューはあんたにぞっこんのようだな」デイルが言った。

デイルが出ていったあとでガレージを閉めて鍵をかけ、それから上にあがり、4D号室のミッジにどこぞを確認してくれとか調べてくれとか頼まれることなく、なんとか四階を通過することができた。エリカ宛に、ずっとすれちがってて申し訳ない、きょうの午後に会おう、とメモを書きつけ、そのあとナタリーに電話を入れた。

「あなたから連絡があるのだろうかと、心配になってたところよ」と、ナタリーは言った。

「ボイヤーはどうだった？」

「最高さ」わたしは言った。「おれたちが着いたら死んでた」

「またそんなでたらめを」

わたしはなにが起こったかを、現場でつかまったのはドレイク姉弟ではないかと疑っていることも含め、話して聞かせた。

「なにを言えばわたしをにっこりさせられるか心得てるのね」ナタリーは言った。

「やつらは殺ってないぞ」わたしは言った。

「それはあなたにはわからないでしょ。もしかしたらふたりがジョンとドラマだったのかも」

「ジョンとドラマは犯行現場でつかまったりしない」

「つかまることと有罪を宣告されることには大きな違いがあるのよ、アティカス。疑いを払拭するのに有効なひとつの手段となりうるかもしれない」

「逮捕されたのがほんとうにドレイク姉弟だったかどうかも確信がないんだ」わたしは言った。

「こっちで調べられるわ。たいして時間はかからない」

「よかった。というのも、おれはこれからウエストチェスターにもどるところなんだ。マーガイルズがポケベルを鳴らしてきて、ピューがおれに来てもらいたがってると言ってきた」

「いまから病院に行くつもり？」

「マーガイルズにはそうするだけの義理がある」

「車で拾ってあげる。十五分待ってて」

「わかった」わたしは電話を切った。ドアのところでがちゃがちゃと音がし、廊下に出てみるとちょうどエリカが入ってくるところだった。ローラーブレードを履いて、少しふらついている。ドアからなかに入ったところで、わたしはエリカを抱きしめた。

「おおっと、アニキ」エリカは言った。わたしが放してやると、エリカはすばやくバランスを取りもどして、自分の部屋のドアまで廊下を三メートル滑っていった。「ローラーに乗ってるときに、そういうのやめてよね」

「きみに会いたかった」

「あたしに会いたかった？　そんなこと思う暇もないんだと思ってたけど」

「忙しかったんだ」

エリカは首を振り、わたしを見た。「しばらくいるの？」

「ウエストチェスターにもどらなきゃならない。でも、きょうの午後は時間ができそうだ」

「映画でも見たい？」

「そいつはいいな」

エリカは左肩を落とし、バックパックを腕から手に滑らせた。「あたしもいっしょにいるよ」

電話が鳴りだした。エリカが自分の部屋に滑っていって子機をつかみ、それから呼んだ。

「そっちにだよ」

「キッチンでとる」そう言ってキッチンにもどり、わたしは受話器をとりあげた。「いいぞ」と、呼びかける。

エリカが子機を切り、静かになった回線に耳を傾けていると、ドラマが言った。「いい子ね。元気があって」

わたしの胃袋はバイエルン・プレッツェル（B字状にねじったクラッカーの一種）の物真似をみごとにやってのけた。「おれもそう思うよ」

「あの年頃のたいていの子は手に負えないものよ。思春期。楽しい時間を過ごすのに精一杯。たいていの十代の女の子にはがまんならないの。でも、エリカは好きだわ」

エリカの部屋から、スケートを脱いで床に放り投げる音が聞こえてきた。

「あなたが抜けたなんて信じられないわ」ドラマは陽気につづけた。「あなたには過激《ホット》になりすぎた？」

「この気候はあまり体には合わないな」わたしは言った。

ドラマが笑い声をたてた。「正直言うと嬉しいの。あなたは痛い目に遭ったかもしれなかったから」

「ボイヤーのように？」

「あなたの知ってる何人かの人たちのように。ビリー・Bについては、わたしの雇い主にとって問題になりつつあったのよ」

「それできみが抹殺したわけだ」わたしは受話器を別の手に持ち替え、ジーンズの腿でてのひらを拭った。

「ジョンがあの人の死を望んだから」

「きみはでたらめばかり言っている。嘘と糞にまみれて目まで茶色に変わっちまった」

「目が青でないとどうしてわかるの？」

「ジョン・ドウなど存在しない。きみだけ、ひとりだけだ。すべてひとりでやってるんだ」

「そして、確かにあなたは孤高を保つことの利点を理解しているわね、エリカの存在は別として」

「きみのことなどなにも理解できない」

「わたしはみんなと同じ、しがない労働者よ」

「おれとは同じじゃない」

「たぶんあなたとそっくり同じよ。でも、そんなことはどうでもいいの。ジェレマイア・ピューはあした死ぬわ、罠にかかって袋に詰められて《トラップト・アンド・バッグド》。まったく突然に具合が悪くなるのよ。虫に刺されたせいかもしれないけど、それよりはまったく気づかないうちに触られたところからという可能性が高いかもしれない。まず、汗が出はじめ、それから咳きこみ、やがて倒れる。呼吸器系が壊れてしまう。チアノーゼを起こして、ボディーガードたちが人工呼吸を試みると、口いっぱいに血が流れこんでくる始末。最後に一度、鋭く、衝撃的な痙攣を起こしたと思うと、ピューは絶命している。それですべてはおしまい」

わたしは速く呼吸しすぎているか、充分呼吸していないかのどちらかで、ドラマの意のままにされてしまっているとわかっており、それがたまらなく嫌だった。

「どうだっていいさ」わたしは言ってやった。「おれは追いだされたんだ、忘れたのか？」

ドラマがふたたび笑った。その笑い声はまるで練習でもしてきたように響いた。笑い声というものがいかに響くべきか学んできて、いまそれを友人に試しているかのように。

「おまえは嘘をついている」わたしは言った。「おれに話したら、おれがトレントに伝えるだろうと思って話してるんだ。おまえはまたおれを利用しようとしてる。前回グリアを殺したときにそうだったように。だが、その手には乗らないぜ。この話をセンティネルに伝えたりはしないし、向こうのセキュリティに影響を与えるようなことはするもんか」

「もちろんあなたはそんなことはしないわ、アティカス」ドラマは言った。「あなたは辞めたのよ、忘れたの？　もっと早くにそれがわかっていればと思うと残念だわ。だれも傷つけられる必要などなかったのに」

胸のなかで氷が砕け、かけらがわたしの体のなかを巡りはじめた。「なにをやったんだ？」

エリカが廊下を歩いてきて、キッチンに顔を突きだし、訝しげにわたしを見た。

「ほんとうにお気の毒」ドラマは言った。「ピューじゃないの。あなたのことよ、アティカス。なんとなくあなたに好意を抱くようになってたから」

ドラマは電話を切り、残されたわたしはダイヤルトーンを聞いていた。そして、耳のなかで鳴り響く自分の鼓動を。

31

わたしはできるかぎり急いで電話をかけはじめた。最初はコリーだ。

呼びだし音が鳴っているときに、エリカが訊いた。「なにがあったの?」

「予定変更だ」わたしは答えた。「ブリジットに電話して、きょうこれからそっちの家で過ごせるか訊いてくれ。泊まってもいいかどうか訊くんだ」

「どうしちゃったの?」

向こうで受話器があがり、女の声で「オーラ!」と言うのが聞こえた。

「コリー・ヘレッラ、ポル・ファヴォール」

「ウノ・モメント」女は言った。

「アティカス、なにが起こってるのよ?」

わたしは首を横に振り、片手を振ってエリカを待たせた。そのときコリーが電話に出て、「もしもし?」と言った。

「アティカスだ。そっちはなにも問題ないか?」

「万事快調だ」コリーが答える。

「たったいまドラマから電話があった。あの女はおれたちを狙ってる」

コリーは一秒の間をとり、それから言った。「くそ。なにがあった？」

「けさ、ドラマはボイヤーの口を封じた。たったいまおれに電話してきたんだ。ナタリーはここに向かってる途中で、おれといっしょに病院までピューに会いにいく。おまえにデイルの無事を確かめてほしい」

「やつは家にいないのか？」

「いない。ほんの十分か十五分前にここを出たばかりなんだ。おまえとデイルは合流して、そのまま離れずに行動し、おれの自宅に来てもらわなければならん。エリカがいまここにいる。エリカがおまえたちをなかに入れたらすぐ、ふたりでブリジットのところへ連れてってやってくれ。それからここにもどり、ナットとおれが帰るのを待っててくれ」

「ドラマが家族を狙う気だと考えてるのか？」

「あいつがなにをしでかすか、おれにはこれっぽっちも手がかりがないんだ。すでにあいつは、おれたちが知ってるだけでふたりも殺してる」

「行ってくる」と、コリーが言い、電話が切れた。

「あたしはブリジットのところにはもどらないよ」エリカが言った。「あんたといっしょにいるよ」

インターコムが鳴り、応答口に向かいながら、わたしは言った。「こいつに交渉の余地はないんだ、ちびさん。デイルとコリーは一時間もすればここに来る。来たらふたりがブリディの家まできみを車で送っていく」わたしは通話ボタンを叩き、ナタリーが下で待っているのを確認した。「すぐにおりていく」わたしは応答口に告げた。

「あの人のことブリディって呼んだね」エリカが言った。

わたしは廊下を突っきり、全部の窓のカーテンを閉めにかかった。「向こうに電話して、そっちに泊まると知らせておくんだ。もどってきても安全だとわかった時点でおれから連絡する。それから、ここを出るまで窓には近づくんじゃない。なにも食うな、なにも飲むな、電気製品はなにも点けたり消したりしようとするな。ステレオやテレビもだぞ」

窓を隠し終わってドアに向かうと、そのあとをエリカがついてきた。

「おれの言ったとおりにすると約束してくれ」わたしは言った。

エリカの手は耳に置かれ、指先が傷跡を隠している髪をいじっていた。エリカはうなずいた。

わたしはその額にキスをした。「だいじょうぶだから」わたしは約束した。

「でも、あんたは?」エリカは訊いた。

ナタリーは飛ばしていたが、わたしが電話の件を話すとさらにアクセルを踏みこんだ。

「くそ女」ナタリーが呟く。「なんていやらしいくそ女」

「まったくだ」わたしも同意した。「いつかそばに寄れさえすれば、撃ち殺してやる。それが世の道理だ」

車は時速百三十キロで走っていた。わたしはこれ以上スピードメーターは見まいと心に決めた。

ドラマに振りまわされているのが悔しい、などという言いかたをすれば、ほんのわずかしか不安じゃないと言っているようなものだが、じっさいはおおちがいだった。

コリーは無事だ。エリカは無事だ。ナタリーはすぐ隣にいて、ペダルを車の床に押しつけ、現状で得られるかぎりの無事に近い状態にある。

残るはデイルだった。デイルだけはただひとり様子がわからず、ただひとり連絡をつけることがかなわなかった。

だがいま、それについてわたしにできることはなにもなかった。ただ坐って、ナタリーの運転に身を縮めながら、デイルが無事でいることを神に祈るほかはなかった。


それはそんなに容易なことではなかった。

車は正午になる二十分前に病院に到着し、わたしはナタリーがインフィニティを駐めるのを待った。われわれはなかば走るようにしてロビーに向かい、エレベーター乗り場に着いて、籠がおりてくるのをじりじりしながら待っていた。

「ドレイク姉弟」わたしは思いだした。「なにかわかったか？」

「ふたりは今朝、ボイヤーのタウンハウスで身柄を拘束された」ナタリーは言った。「確認できたのはそれだけよ。起訴されたかどうかもわからないし、なぜあそこにいたのかもわからないし、なにをしたのかもわからない」

「もしピューがおれとふたりだけで話をしたがるようなら、きみには厄介ごとの処理にあたってもらいたい」

ナタリーはうなずいた。

「親父さんはここに？」

「あの人のことだから、自分でこの舞台を取り仕切ってるはず」

エレベーターの扉がひらき、乗りこんでピューの休んでいる階まで上がった。三人のガードが談話室に私服姿で配備されており、われわれの姿を認めるとすぐ、ひとりが遣い走りとなって廊下の奥に走っていった。ガードたちは前にモウジャーの警護班にいたのを見かけた連中で、三人ともわたしの姿に驚いた様子だった。

トレントが廊下を歩いてきた。遣い走りをあとに従え、顎を引き締め、きびきびと歩いてくる。

「父さん」ナタリーが言った。

「どんな手で抱きこんだかはしらんが、コディアック、ピューはおまえが抜けたのがわかってからというもの、われわれに厄介のかけどおしだ」トレントは娘を無視して言った。「ガードをいっしょに部屋に入れておくことができん。みんな追いだしてしまうんだ。ガードに向かってひたすら物を投げつけてな」

ジェレマイア・ピューがエリオット・トレントの頭めがけて高々と病人用おまるを投げるところが目に浮かび、吹きだしそうになるのをこらえた。

「笑いごとではない」トレントは冷ややかに言った。「この状況がどういう事態を引き起こしているか、われわれ全員がわかっているはずだ」

「ええ、わかってるわ」と、ナタリーが答え、その口調はいっそう冷ややかなものだった。

「時計は動いてるんだ。証言録取はあす午前十時に開始が予定されている。ドウが行動するのはそのときだ。なのにこの期に及んでわたしは、コディアック、おまえのせいで、警護チームに激しく反抗している警護対象者を抱えているんだぞ」

「本人はどう言ってるんだ?」わたしは訊いた。

「おまえと話がしたいと言ってるだけだ」

「理由は言ってたか?」

「いいや。さあ、行って話をしてこい。よく言い聞かせるんだ。自分のしていることがどういうことなのか、ピューにはっきり理解させてこい。そんな振る舞いをしていると、あしたは殺されることになる、と」

わたしはうなずき、ナタリーを父親のそばに残して廊下を進んだ。ピカチオとホワイトがピューの病室のドアを警護していた。それを楽しんでいるようにはふたりとも見えなかった。

「警護対象者がおれに会いたいそうだ」わたしはホワイトに言った。

「ええ、もうかれこれ二十四時間近く、そのことと『出てうせろ』ばかりですよ」

ピカチオの左頰には、薄い青痣《あざ》ができて腫れはじめていた。「水差しでやられたんです」

ピカチオはドアをあけながら教えてくれた。「ごゆっくりどうぞ」

ピューはあいかわらずベッドの上にいたが、背もたれが起こされており、いまはほぼまっすぐ背を伸ばして坐っていた。ドアにほど近い床には、おまる、プラスチックの花瓶、プラスチックのコップが三つ、そして水差しが転がっていた。プラスチックの花瓶はひび割れていた。テレビがついていて、わたしが入ったときピューはボリュームをいじっており、ゲーム番組らしき雑音がやかましく鳴っていた。ピューはわたしの姿を見ると音を消し、いっとき病室のなかはひどく静かになった。だが、消音スイッチはあまりうまく機能せず、テレビの音声の囁きが背後に浮かぶ亡霊のごとくかすかに聞こえていた。

「わたしに会いたがっていらしたとか」

「坐んなさい。椅子を引っぱっておいで《プル・アップ・ア・ピュー》（「ピューを叱ってくれ」の意にも受け取れる）」ピューは椅子を示しながら、自分の冗談にくすくす笑った。その椅子をわたしがベッド脇に動かすまで待ってから、ピューは言った。「あんたが抜けるというたわごとはいったいなんなんだ？」

「たわごとじゃありません。わたしは抜けました」

ピューは激しく頭を振った。前日よりもずっと元気な様子だった。「そんなことはせんでくれ」

「もうそうなってしまったので」

「なら、撤回してもらうほかはない」

「なぜです？」

「わしはあんたらに命を守ってほしいんだ。ここまであんたはとびきり上等な仕事をしてくれた。この先も、わしといっしょに来てほしいんだ」

「あなたにはセンティネルがついてる。連中は最高です」

ピューは点滴が入っていた場所に貼られた腕の絆創膏をぽりぽり掻いた。「坊主、はっきり言っておく。あんたとあんたの仲間がわしを守るんだ。でなければ、わしはあしたの証言録取には出席しない。これがわしの条件だ」

「あなたに選択の余地はないんです。レイミアはあなたを召喚する。なんとしてもあなたに証言させるでしょう」

「レイミアはそうしようとするさ。だが、時間が足りんだろうな。開示手続の延長期間はあすの五時に終了し、それまでにわしがなにも言わなければ、わしには糞の価値もなくなる」

「あなたは証言台に立たされるでしょう」

「そのころには死んでるさ」ピューは当然のことのように言った。

「自殺するなら、もっと簡単な方法がいろいろありますよ」わたしは言った。「他人を焚きつけてかわりにやってもらう必要はない。熱い風呂に入って手首を掻っ切るんです――前腕を縦に、横にじゃないですよ、そのほうが効果的ですから。あるいは、頭に弾丸を一発ぶちこんでもいい。口蓋を貫通させるんです。三八口径より小型のものを用いたりしないかぎり、かなり効果的だと考えられてます」

「うまくやる方法くらい自分で見つけられる」

「それなら暗殺者にかわってやってもらう必要はない」

「あんたは勘違いしとるぞ、坊主。わしはあんたに、ミス・トレントに、ミスター・ヘレッラとミスター・マツイに、最高の信頼を置いている。シェラトンの証言録取ではみんな本当にいい仕事をしてくれた。もう一度そいつをお願いしたいんだよ」

「断ります」

「わしはあした死ぬことになる」ピューは言った。「ジョン・ドウの銃弾か、自分自身の手のいずれかによってな。わしが思うに、最期の願いには、多少の考慮がはかられてしかるべきだろう」

わたしはいっとき間を置いて、ピューの言ったことを把握した。「わたしになにをやれと頼んでいるのか、わかってるんですか？」

「わしはあんたに自分の仕事をやってくれと頼んでるのさ、坊主。それだけだ」

「あなたのくだらぬ心の平穏だけのために、明白な無差別砲撃地帯に自分や仲間を置くような真似などするものか」意図していたよりはるかに憤った声でわたしは言った。「あした一日が終わればあなたがぽっとおさらばできるようにしてやるためとか、やり残している仕事をあなたにやり遂げさせてやるためとか、そんなのは御免だ。そんなくそったれなことをするものか」

ピューは眉根に皺を寄せ、わたしから自分の両手に目を移した。沈黙が広がって、テレビのつぶやきがまた聞こえてきた。

ピューはため息をついた。「あんたは事情を理解してくれているものと思っていた」

ピューは両手で目を拭った。てのひらの付け根のところを、強く押し当てる。

「話しただろう」ピューは言った。「わしはなにもかも失ったんだ。わしには人殺しの罪がある。十万遍も人殺しの罪を犯している。DTSが切り刻んだすべての人たち、それはみんなわしの体でもあるんだ。そいつにカタをつける方法はひとつしかない。証言を済ませたら、この目で見て知っていることを話してしまったら、わしはお役御免なんだよ。

贖罪《しょくざい》というにはお粗末だが、わしにはそれしかない。わしは息子を失った。妻をみすみす死なせてしまった。あれがわしを必要としていたときに見捨ててしまったんだ」

わたしは立ち上がり、椅子をもとどおり壁につけた位置に押しもどした。

「わしのせいだ」ピューは言った。

「あすの朝、われわれがあなたについて歩けば」わたしは言った。「あすの夜に家に帰り着けない人間があなただけでなくなる可能性は非常に高い。どうしてわたしがそんなことをしなければいけないいんです？　どうして友達にそんなことをさせねばならないいんです？」

「それがあんたの仕事だ」ピューは繰り返した。「それがあんたのなりわいだ」

わたしは首を振り、ドアに向きなおった。

ピューは咳払いをした。「あしたの警護をしてくれないなら、坊主、わしは証言をしない。そうすれば、あのろくでなしどもは大手を振って歩きまわることになるんだぞ」

卑劣な手だ。わたしのなかの一部分はその脅しを信じていなかった――これほどに罪からの放免を願っている男が、こんなことのためにそいつを棒に振ったりはすまい、と。だが、ピューは自分のやりかたで放免されることを望んでいるのであり、もしその両方が――証言と、そして悔悛の自殺が――同時に叶えられないのであれば、確実に成功させられる一方だけでも守るにちがいない、とわたしにはわかった。

わたしは足を止め、その場に立ちつくし、目の前のドアに焦点を定めていた。ピューは無言で待っていた。ピカチオがドアの嵌《は》めころし窓からわたしを見ていた。窓に自分の姿が映って見えた。

「なんて傲慢なろくでなしだ」わたしは言った。「そこまでして実行しようとしているあなたの行為が、あなたの犯した罪をひとつでも修復してくれると、ほんとうに思ってるんですか？」

「ほかになにができる？」ピューは訊いた。

「謙虚になることを学ぶんです」わたしはピューと向きあった。「あなたのやろうとしていることが現在において正しいことなら、わたしはどんな危険も冒しましょう、ジェリー。だが、もしも過去を撤回しようとしているなら、まったくなんの意味もない。われわれ双方にとっても」

「わしがこれをやるのは死んだ者たちのためなんだ」ピューは言った。

「ええ、そうでしょう。ですが、おれは、あなたのためにこれをやるんですよ、ジェリー。おれはあなたの命を守ってみせる。われわれみんなでそれをやる。われわれはあなたを守る。われわれは的確にやる、冷徹にやる、すばらしい技量でやってのけてみせる。なぜだか教えましょうか？」

「ほかに選択肢がないからだろう」

わたしは首を横に振った。「あなたを生かしておくためです。われわれはあなたを生かす。あなたがその先、生きていることを望もうが望むまいが」

32

「デイルは無事だ」コリーがわたしに教えてくれていた。「いささか打撲はあるが、無事だよ」

そこまでをナタリーに伝えると、ナタリーはうなずき、引きつづき唇を噛みながら車の流れを見つめた。帰路はナタリーもわずかに速度を落としていたが、わたしはベストを尽くして道路を無視していた。ナタリーの運転がへただというのではない——激突炎上は必至と、たんにわたしが思いこんでいたからだった。

「なにがあったんだ？」わたしは訊いた。

「ほれ、やつにかわるよ」

手から手へ受話器を受け渡す音がして、デイルが電話口に出た。「いま、ブリジットの家からもどったところだ。エリカを無事預けてきたぞ」

「けっこう。おまえにはなにがあったんだ？」

「あんたの家を出てから半時間ばかり経ったころ、ブルックリン-クイーンズ間高速道路でおれの車がパンクしちまったのさ。八十キロで走行中にな」

「おいおい、だいじょうぶなのか？」

「コリーがそう伝えただろ、だいじょうぶだよ。車はひっくり返り、おれも頭をぶつけて一、二分ぼうっとしてたが、それといくつか軽い痣ができたほかはどこもなんともない。シートベルトが効いてたし、べつにこれまでパンクの経験がないわけじゃないからな」

「讃えるべきはアメリカ合衆国陸軍なり」と、わたし。

デイルは喉を鳴らして笑った。「ホーン中尉に手紙でも書いて、フォートブラッグ気付で送ってやるといいかもしれんな。『親愛なる中尉殿。車両特訓で繰り返しおこなったあの無制御横滑り演習をご記憶でしょうか？　えー、本日わたしの身に起こったことはきっと信じていただけないでしょうが……』やっこさん喜ぶぜ」

「士官クラブに張りだすだろう」

「手紙には車の写真も一枚同封しておくか。かなり哀れな姿になったぞ」

「どの程度哀れなんだ？」

「もう二度と走れません程度に哀れだよ」

「あたらしいのを借りるんだ」わたしは言った。「それからマーガイルズに電話して、証言録取会場についてわかるかぎりのことを調べあげてくれ。道路地図も欲しいし、建物の設計図も欲しい。なにもかも揃えたい。それもきょうじゅうに必要だと伝えるんだ」

デイルの口元のほころぶ音が聞こえそうなほどだった。「ははん、するとおれたちは仕事にもどったんだ。そういうわけだな？」

「どうしてそうなったかわかるか？　パンクのことを言ってるんだが」デイルは唸った。「ひとつふたつ考えはある。タイヤはどれも新品で五月に交換したばかりだ」

「あの女のしわざということはあり得るか？」

「ドラマか？　もちろん。あの女ならあんたがどこに住んでるか知ってるし、すでに一度アパートメントに侵入している。あんたのガレージにある車に近づくのは難しいことじゃなかろう」

「おまえは運のいいやつだ」

「自分としては、腕のいいやつだと言いたいが」

「どっちでもいいが、なんともなくてよかった。あと半時間ほどでそっちに着く」

「運転は慎重にな」デイルは言った。切るときにデイルの笑い声が聞こえた。

わたしは携帯電話の電源をオフにし、ナタリーに会話の内容を手短に伝えた。

「灯油かしら？」

「たぶんガソリンだろう」わたしは言った。「そのほうが検出されにくい。ドラマはおそらくけさ、デイルとおれがボイヤーに会いに行っているあいだに、そいつをタイヤに注入したんだ。ガソリンはタイヤの底に溜まり、デイルが運転をはじめたところでパンクを引き起こす程度にタイヤを傷める」

「じゃあ、ドラマはデイルを殺そうとしていたと？」

わたしは両目をこすり、それから眼鏡をはずしてシャツで拭いた。「わからん。最悪のケースでは、ガソリンがすっかりタイヤを蝕み、デイルは時速百三十キロでパンクを起こし、反転したまま八車線にまたがって車の群れを突っきっていくという筋書きもあり得た。だがドラマがずっと監視してるなら、デイルがわれわれの運転担当者なのはわかっているはずだ」

「もしほんとうにドラマがひとりでこういうのを全部仕掛けてるんだとしたら、そろそろ働き過ぎでやせ細っているんじゃないかしら」

わたしは眼鏡をかけなおした。「あの女はプロだ。デイルを殺したいと望んだなら、デイルは死んでいたはずだ」

「なら殺したいと思ってなかったのね」

「あるいはどちらに転んでもかまわなかったのかもしれん」

「どうして？」

「わからない」

ナタリーはわずかにアクセルをゆるめた。ナタリーがなにを考えているのかに気づいて、「おれたちはだいじょうぶだと思う」、とつけくわえた。われわれはすでにマウント・キスコまで来ていた――もしドラマがナタリーのインフィニティに同じ手を使っていたなら、とっくにそれを痛烈に思い知らされていただろう。

ナタリーは唇をすぼめ、申し訳なさそうな笑みを浮かべた。わたしよりも自分に対してなのだろう。われわれはまた、わたしの好みとしては速すぎる速度にもどって進んだ。ナタリーに言われて、わたしはカセットケースからサラ・マクラクランの最新アルバムのカセットを探しだし、プレーヤーにセットした。

ナタリーはサラに合わせてハミングし、わたしは考えていた。自分がピューに言った言葉について考え、その言葉は自分がなにをしなければならないと意味しているかを考え、それをやってのける方法を考えつこうと努力した。残念ながら、われわれのささやかな問題に対する、わたしが見つけることのできた解決法はどれも、ピューが証言録取に出席しないことが要《かなめ》となるものばかりだった。マーガイルズがそんな方法にのってくるとは、どうしても思えなかった。

フ《F》ランクリン・D《D》・ル《R》ーズヴェルト・ドライブからおりようとしたところで、わたしのポケットベルが鳴った。またしても見覚えのない番号だ。

「だれが呼んでるの?」ナタリーが訊いた。

「わからん」

「番号案内サービスを申し込むべきよ」と、言いながら、ナタリーは携帯電話をわたしによこした。「そうしたらサービスに電話してだれが呼んでいるのか調べられるのに」

「運転中は両手をステアリングから離さずにいるべきだぜ。そうしたらぶつかって死なずにすむ」

ポケットベルに表示された番号を携帯電話に打ちこんだ。呼びだし音二回のあと、「はあい？」と言ってクリス・ハヴァルが出た。

とっさにそのまま切りそうになった。「アティカスだ」

「アティカス、ああ、アティカス」夢見るようにハヴァルは言った。「いかにも、わが身の破滅の元凶、わが夢を日々こなごなに打ち砕く男。なんだってあたしの電話番号をレイ・モウジャーなんかに教えたのよ？」

「教えてない」

「だったらだれが教えたっていうの？」

「知るもんか。モウジャーがきみと知り合いだってことすら知らなかった」

「あの男にずっと困っているのよ。けさだけですでに二件の伝言が入ってたし、あいつのこれまでの出版物を入れたフェデックスの小包だって届いてる。なかにメモを入れてあるわ。こうよ、『クリス、ぼくたちの本の方向性についていろいろ考えてみたんだが、一人称形式のヌーヴォー・ジャーナリズム路線でいくのが、ふたりにとっていちばんだと思う』この人いったいなに言ってんの？　会ったことすらないっていうのに」

「ああ、くそっ」そう言いながら、わたしは耳から電話を遠ざけた。ずっと小さくなったハヴァルの声が、わたしがなんと言ったのか聞き返している。「停めてくれ」わたしはナタリーに言った。

「停止するわ」

「クリス、その小包の差出人住所はどうなってる?」わたしは電話に問いかけた。

「えーと、あー、ちょっと待って……これだ、ブルックリンよ」ナタリーのグラヴコンパートメントを引っ掻きまわしてペンと紙を探しはじめるあいだに、クリスは住所を読みあげた。ペンは見つかった。わたしは腕に書きつけた。「電話番号もあるわよ。そっちも要る?」

「教えてくれ」

クリスは教えてくれた。それから「これって、いまあたしが考えてるようなこと?」と、訊いてきた。

「あとでまたかける」わたしは言った。

ナタリーが停車したのは一番アヴェニュー沿いにあったガソリンスタンドで、給油ポンプの列を行き過ぎたところにアイドリングしたまま停めていた。ナタリーはわたしがモウジャーの番号にダイヤルするのを見守っていた。

応答はなかった。

「現地まで行ってみなければ」わたしは言った。「ブルックリンは詳しいか?」

「あんまり。地図ならあるわ」ナタリーはわたしの前に身を乗りだし、グラヴコンパートメントから区内地図を引っぱりだした。わたしが住所を教えると、ナタリーは索引を調べ、それから言った。「プロスペクト・パークの近くよ。そこならわかるわ」

「行こう」

ナタリーはギアを入れ、荷台にデュワーズ・ウイスキーの広告を掲げたピックアップ・トラックを大きくかわし、往来に車をもどした。FDRの追越し車線に車を割りこませる。午後一時になろうとしており、道は混んでいたがなんとか流れていた。

「ドラマはモウジャーに接触していたんだ」わたしは言った。

「そこまでは聞いててわかったわ。でも、どうやって?」

「自分をクリス・ハヴァルと偽ってモウジャーに接触し、本の執筆にとりかかっていると話したんだ。おそらく甘い言葉でモウジャーの信用をとりつけ、協力を持ちかけたにちがいない。ところがモウジャーはドラマの思惑以上に乗り気になった——けさ、モウジャーは本物のハヴァルに二度も電話連絡を試み、既刊の自著を何冊か送りつけている」

「たいへん」と、ナタリーは言い、声がか細くなった。「もしモウジャーがしゃべったなら、もしドラマを本物のジャーナリストと思ったのなら、センティネルの標準作戦規定《SOP》をそっくり話してしまったかもしれない。父さんがあしたやろうとしていることをドラマはなにもかも知ってしまうわ。センティネルが計画したことを知り尽くしてしまう」

「モウジャーがそこまで話に応じたとは考えられない」わたしは言った。「すでにクビになっていることでもあるし」

「いいえ、SOPは同じだわ。細部は変わっているにしろ、ドラマが基本的な部分を知っている可能性はある。そのすべてを知っている可能性が。なんてこと」

「だったら、しゃべらなかったことを願おう」と、わたしは言った。やつはしゃべったのだと知りながら、ナタリーは正しいと知りながら、そしてモウジャーはすでに死んでいると知りながら。


そのビルは一九五〇年代に建ったもので、この四、五十年にわたる損耗を露わにしていたものの、なかは清潔であり、静かで涼しかった。入口の階段でも、三階にあがる途中でも、だれの姿も目にしなかった。廊下にも人っこひとり見あたらなかった。

わたしがノックし、ふたりで待った。さらに数回ノックしたが、だれも出てこず、返事もなかった。ナタリーがノブに手をかけてみると回ったので、われわれはなかに入り、背後でドアを閉めた。

室内は暗く、ブラインドはどれもおろされ、寒かった。さして広くないワンルームのアパートメントで、折り畳み式ベッドと小さな四角いテーブルと二脚の椅子が置かれていた。大画面のテレビとレーザーディスク・プレーヤーがあり、ほぼ満杯のどっしりした本棚があった。壁に額入りの複製画が何枚かかけてあるのがぼんやり見え、そのなかにオリビア・デ・

ベラディニスの描いたすばらしく大きな作品があった。ほぼ全裸の女性の絵で、ニンジャとサムライを足して二で割ったように見える。女の体には龍の入墨があり、かっとひらいた口が片方の乳房にかぶさるように垂れかかって、鱗《うろこ》に覆われた尾が逆側の太腿に巻きついてから股間へと消えていた。

モウジャーはベッド脇の床に転がされていた。体の下の血が床を黒く染め、真夜中を背景にして横たわっているように見せていた。

ドラマはナイフを使っていた。

「ひどいな」わたしは言った。

ナタリーはなにも言わなかった。

ドラマには時間といくばくかのプライバシーがあった。わたしにはドラマがモウジャーの気管のどこをやったかが見えたし、まず相手の声を奪ったのだとわかってもいた。そのあとでドラマの仮面が外されたのだ。

二十ヵ所近く傷を数えたあと、わたしは音をあげ、顔をそむけた。

「けだものだわ」ナタリーが声をひそめて言った。

「行こう」

「通報しないと――」

「警察に通報して連中がやってくれば、少なくともいまから十二時間は拘束されて質問に答える羽目になってしまう。おれたちにそんな時間はないよ、ナット。ピューには時間がない。おれたちはここから出なきゃならんし、準備をしなきゃならん。そうしないかぎり、ピューまでもが死んでしまうんだ。ここにいても、なにもできることなどない」

ナタリーは死体から目を上げてわたしを見た。「あの女はこの人をずたずたにしてしまったわ」やっとの思いでナタリーはそれだけ言った。

わたしはナタリーの腕に手を伸ばした。だが、ナタリーは自分でうしろに下がり、背を向け、わたしもそれにならった。わたしはドアを閉めてからシャツの裾でノブを拭い、その間ナタリーが背後を守っていた。廊下はやはり人けがなく、ここのアパートメントはきっと独り者ばかりなのだ、とわたしは思った。こんな水曜の午後には懸命に仕事にいそしんでいる、若く孤独なプロフェッショナルで占められているのだろう。住むには悪い場所ではなかった。

死ぬにはやるせない場所だったが。

33

だれひとり気に入っている者はおらず、かといって改善のためになにをできるか心得ている者もいなかった。

「ばらばらに八ヵ所の射撃ポイントがある」と、コリーが言った。「最低で八ヵ所、それもここ、アトリウム内だけでの話だ。路上ではいったい何ヵ所あることやら」コリーはわたしのキッチンテーブルの上で図面を回転させると、手に持っていた赤ペンで指し示した。耳と肩で受話器を挟んでいるナタリーが、ちらりと視線を落とし、また別の位置を指さしてから父親との会話にもどった。

「それで九ヵ所だな」デイルはうんざりした声で言いながら、腫れあがった下唇をこぶしでこすっている。額にはみごとなこぶもあった。ワゴン車のステアリングに頭突きした場所から膨れてきたものだ。どちらもそれほど痛むというわけではなく、ただわずらわしいだけらしい。

「ロビー全体が、死に至るじょうごのようだ。裏手も似たり寄ったりだな」と、コリー。「マンハッタンにごまんとあるロケーションのなかで、おれたちは裏に空き地のある場所を使おうとしている」

「どこのどいつがこんな場所を選んだんだ?」と、わたし。

「レイミア。すなわちDTS。すなわちドラマだ」

わたしは眼鏡をはずして鼻梁をさすり、眼精疲労をはね返そうとした。目をつむったとたん、モウジャーの死体の記憶、ドラマの負わせた損傷の記憶が閃光のようによみがえった。そのせいで、また目をあけざるを得なかった。

まもなく午後八時だったが、ナタリーとわたしがブルックリンからもどった六時間前から、われわれはずっとこれにかかっていた。モウジャーのアパートメントを出たあと、ゆうに十五ブロックは離れた酒屋の外に車を停め、ナタリーが911に電話をして死体のことを伝えた。それからふたりとも言葉少ないまま、市内に引き返してきたのだ。

ドラマはモウジャーをずたずたにしてしまった。ナタリーが正しく表現していたが——それはまさしくけだものの仕業だった。ドラマを駆りたてたものがなんであれ、生活のために殺す人間たらんとして自分をつないだ原動力がなんであれ、そいつはブルックリンで解き放たれた。レイモンド・モウジャーが死ぬ前に最後に感じたものはそれだった。

ふたりでわたしの自宅に帰りつくと、すでにデイルとコリーはマーガイルズが配達の手配をしてくれた設計図面や地図を広げて吟味にかかっていた。われわれ四人はすぐさま現場一帯の実地検分のために再度外出した。だれひとり、目にしたものを気に入りはしなかった。それをだれよりうまく言葉にしたのはナタリーだった。ナタリーはそこを「狙撃者天国」と

「ドラマは遠距離狙撃をやる気だ」と、わたしはデイルに話した。「まだあの女が使っていない手段はそれであり、このくそったれなロケーションがうってつけなのはそれしかない」

われわれはいま一度図面を検討し、全員が角度や射界を計算しようと努めていた。ビルは十五階建てで、ほぼ完全な立方体であり、建物の中央には木々や草花、鯉を放した池などをふんだんに配した吹き抜けのアトリウムがある。エレベーターが二群、建物の北端と南端にあり、四隅からそれぞれ階段が上にのびている。オフィスの大半に複数の窓があり、通りに面しているかアトリウムを見下ろしているかのどちらかだった。いたるところにガラスが使われ、視界がよすぎる。

「外側か、内側か？」デイルが問いかけた。

コリーが確認を求めてこちらを見やり、わたしがうなずくと言った。「外側だな、おそらく。だが、ドラマは第二、第三のポジションを用意してくる。賭けてもいい」

「では、最大露出地点は、ピューが車からおりるときか？」

「そうだ。そのあと入口で露出度は下がり、ロビーで再度急上昇し、上にいく途中はまた下がって、最後に十五階でピューがじっさいの証言録取会場へと廊下を歩いていくときに急上昇する」

「しかし、これだけガラスが使われてると、くそいまいましい射撃練習場みたいだな」わた

しは言った。「それに、こういう状況だからといって、ドラマが路上で襲ってこないという
ことにはまったくならない。マンハッタンにすら到達しないうちに襲ってくることも考えら
れる」
「つまり、突き詰めて言えば、露出が限られている場所はどこにもない」
「録取会場に連れて入るまではな」
ナタリーは電話を切り、ふたたびわれわれに注意をもどした。「父さんはピューを屋敷に
連れて帰って厳重に警戒してる。真夜中前にもう一度電話して、行動の詳細を話すと言って
おいたわ」
「先遣チームはだれが担当だ？」
「ヨッシよ」ナタリーは図面にじっと目を凝らし、やがて指さした。「あたしはアトリウム
で反狙撃ポジションについて、進入時の掩護をしてもいいわ。潜伏する場所がいくらでもあ
るから」
「ポジションにつくのは何時からになる？」
「証言録取は午前十時開始よね？　五時までには行って準備をととのえておきたいな」
わたしは首を横に振った。「疲れきってしまうぞ」
「やれるわよ」
「五時間もスコープをのぞいていたんでは、きみは使いものにならなくなる」コリーが言っ

た。「標定手《スポッター》がひとり必要だろう」

「あなたたちのだれかがやってくれればいいわ」

「つまり下には一名ではなく、二名おりておくと」わたしは言った。「いや。やめよう」

「トラップを突破するにはなにか必要なのよ、アティカス。カウンター・スナイパーでも、ほかのなにかでもいいから」

それは電気ショックのように背骨を駆けあがって前頭葉で躍り、突如自分がどれほど間抜けであったかを悟って、わたしは椅子に倒れこんだ。デイルがナタリーに、ドラマが遠距離狙撃をしかけるかどうかの確信すらないんだぞと言い、ナタリーがデイルに、アトリウムにだれかを配置するか、さもなくばピューを連れて入る別の方法を見つけるかよ、と言っている。

罠にかかった《トラップト》、とわたしは思った。トラックト・オア・トラップト、それはスナイパー用語であり、ナタリーの使う言葉だった。

ドラマは言っていた。ピューは「罠にかかって袋に詰められる《トラップト・アンド・バッグド》」だろう、と。

そこにはなんの意味もなく、たんなる言いまわしで、だれかに特有のものではない。ドラマがナタリー・トレントの口からそれを聞いたとはかぎらない。

それでもそれは突然、あまりにも完璧に筋が通っているように思われた。

わたしはコリーの手からペンをもぎとり、図面の片隅に短く――**おれを無視しろ**――と書きつけてから、テーブルを軽く叩いてしっかりと全員の注目を集めた。全員がうなずくと、わたしは椅子からおりて床に四つん這いになり、進みはじめた。リノリウムはいささか汚れており、モップをかけねばと考えながら、わたしはひっくり返って仰向けになり、テーブルの天板の裏を見て、その表面に両手を滑らせた。

なにもない。

コリーは椅子の上であとじさって、片眉を吊りあげてテーブルの下のわたしを見ている。わたしはしっしと手を振った。ナタリーはデイルに、自分がドラマであれば使うであろう武器について話していた。声が緊張しているように聞こえたが、なにも言ってやることはできなかった。

パラノイア的行動だ。そう考えながら、わたしは工具箱を取りにいった。小型のマイナスドライバー・セットを眼鏡の修理用に持っており、そのなかでいちばん大きいものを手に取ってキッチンに引き返した。三人ともじっとわたしを見つめたまま、まだ会話をつづけている。こんどは夕食になにを食べたいかについての話だった。

わたしはまず、電話のジャックのねじを緩め、慎重に取りはずした。わたしもしゃべらなければ、と思った。わたしが沈黙していると胡散くさく思われるだろう。

わたしは言った。「一ブロック先のインド料理店から出前をとればいい。あそこにはうまいカレーがある」

「カレーというのはいいな」と、デイル。

電話のジャックのなかにはなにもなかった。わたしはそれをはずしたまま放置し、つづいてコンセントにとりかかった。ひとつ見つければいい、と思った。ひとつあれば、わたしの考えが正しかったとわかる。

コリーがテーブルを離れ、廊下を歩いていく跫音が聞こえ、二、三秒するとステレオからベニー・グリーンの大音響が飛びだした。すぐにコリーは音を下げたが、アパートメントを満たすには充分大きな音だった。さりげないというには大きすぎたかもしれないが、コリーの意図はわかっていたから、努力を責めることはできなかった。

それはわたしがコーヒーメーカーの電源用に使っていた、キッチンカウンター上のふたつめの差込口のなかにあり、硬いプラスチック枠の縁におさめてあった。長さがおよそ二十五ミリ、厚みはその半分あるかないかで、二本の導線が壁内の電線につながれて送信に足るだけの電力を供給していた。

ほかにもあるにちがいなかった。少なくとももうひとつ、おそらくはそれ以上、そして電話にもなにかあるだろう。ドラマは盗聴器のひとつがだめになった場合に備え、余分に用意したはずだ。さらにアパートメント全体に盗聴を仕掛けたことも考えられる。ドラマには時間があった。エリカはブリジットのところに行っていたし、わたしはずっと屋敷の外の藪のなかにいたのだから。

だからドラマはあの夜、帰宅したわたしを待っていたのだ。みずから姿を現すことによって自分の形跡をごまかした――室内が少し乱れているように見えたとしても、それがなんだ？　わたしはとてもそんなことに気づく状態ではなかった。あんなふうにドラマに出迎えられたあとでは。

わたしはそのごく小さなAC電源式送信機を見つめた。過去一週間、わたしの秘密をなにからなにまでドラマに流していた装置を。どれだけの下準備をこのキッチンでおこなってきたことだろう。そのすべてをドラマは聞いていたのだ。

モウジャーはわれわれを陥れたりしなかった――陥れたのはわたしだった。

「ドラマはなにもかも知っていると考えてくれ」わたしは言った。「おれたちの計画した内容全部、話した内容全部だ。いまからそのすべてをゴミ箱送りにする。もう一度やりなおすんだ。ゼロからはじめよう」

三人がうなずいた。

わたしは腕時計を確かめた。「午後十一時だ。行動を開始し、ピューの移動準備を整えるべきときまで七時間ある」

ウエイターが全員のコーヒーカップに注ぎ足し終えると、ほかにご注文は、とデイルに訊ねた。デイルは首を振って空になった自分の皿を脇に押しやった。われわれのなかで少しでも食欲があるように見えているのはデイルだけだった。

ウエイターは皿を手に取り、立ち去った。ダイナーにはほとんど客はいなかった。われわれは店の奥近く、小さな仕切り席に陣取って、失地挽回を図っている疲れた陰謀屋の一団だった。

「あの女は利口だ」と、デイルが言った。「われわれが勘づいてることも、いずれは気づく」

「そうなればこっちに有利よ」ナタリーが言った。「向こうも計画を変更する。条件が対等になるわ」

「さいしょから遠距離狙撃などやるつもりがまったくなかった、ということでなければな」

「そんなのはどうだっていい」わたしは言った。「おれたちはすべてに対して守りを固めるんだ。遠距離狙撃、毒矢、鉛筆型爆弾――向こうがこちらになにを投げてよこそうが知ったことじゃない。ピューは生きのびる。おれたちはとことん手を尽くす。中途半端はなし、結果が出たあとの後悔はなしだ。おれはもううんざりなんだ。操られることにうんざりした。待てよ、おれたちもその手を使えるかもしれんぞ。たぶんトレントやドラマやDTSやピューほど上手くはないだろうが、おれたちもそれをやればいいんだ」

その言葉はみなのふいをつき、しばらく全員がいささか驚いてわたしを見ていた。わたし自身も驚いていた。いい気分だ。

デイルがにんまりして言った。「それでこそおれの覚えている坊やだぜ」

「なにを考えてるの？」ナタリーが訊いた。

「おれたちが罠《トラップ》のなかへ踏みこんでいくのだという事実を変えることはできない」わたしは言った。「だがドラマにもこっちの罠《トラップ》に踏みこんできてもらうことなら、できるかもしれん」

クリスチャン・ハヴァルが、ルービンとわたしで共有していたグリニッジ・ヴィレッジのアパートメントからほんの一ブロックのところに住んでいたことが、はじめてわかった。われわれの訪問でベッドから引きずりだされたハヴァルは、ボクサーショーツに赤いタンクトップ姿で玄関まで出迎えたあと、コーヒーをすすめてくれた。ナタリーとわたしはそれを受け取り、仕事場兼リビングに置かれたカウチに並んで腰かけた。来たのはわれわれふたりだけで、デイルとコリーには必要となる車を借りたり、装備を集めに行ってもらった。

ハヴァルのアパートメントは小さく、散らかっていて、居心地がよかった。あちこちの棚から本が落ちて床に積み重なり、テレビへの視界を完全にさえぎっている。四方の壁はテープや画鋲で留めた切り抜きや写真に覆われていた。

われわれがマグカップをとると、ハヴァルは椅子にもたれて脚を組み、「そのオファーというのを聞かせてもらおうじゃないの」と言った。

「きみを仲間に入れる」わたしは言った。「いまからだ。そのかわり、きみにはおれたちの頼んだことをやってもらい、さらにセンティネル内部のきみの情報源がだれなのか教えてもらいたい」

「それだけ?」皮肉たっぷりにハヴァルが聞き返した。

「すべてはあすの朝に決着がつくのよ」ナタリーはハヴァルに説明した。「ピューにとっては証言録取を受ける最後のチャンス、ドウにとってはその実行を阻止する最後のチャンス。あたしたちはあなたに、うしろにくっついてくるチャンスだけを与えようというんじゃないわ。行動に一役買ってもらうチャンスを与えるつもり。いっしょに仕事をしてもらうつもりなの」

ハヴァルは片手で顔を撫でた。かなりその気になり、内容を反芻しているのが見てとれる。ハヴァルはポータブル・コンピュータが載っている机にちらりと視線を投げた。

「おれたちにはあまり時間がない」と、わたしは言った。

「どうしてあたしの情報源を知る必要があるの?」

「きみの情報源と暗殺者が同一人物である可能性がある」

「ないない」かぶりを振ってハヴァルは言った。

「確認しなければならん」

「だまそうってんじゃないでしょうね?　チャンスをちらつかせておいて、あたしに残った最後の切り札を出させようって気なんじゃないの?」

「あたしたちはあくまでも真剣よ」ナタリーが言った。その目はナタリーからわたしに移り、唇は堅く閉じて、決断を迷っている。

やがて、ハヴァルは言った。「カレン・カザニアンよ。あたしが最初の記事を出したあとに電話をくれて、センティネルのオペレーションに関する内部スクープを教えてあげると言ったわ。それで確認したの。カザニアンはセンティネルに雇われてるってことを」

「看護婦か」わたしは言った。「カザニアンはきみと話をしようと思った理由を言ってたか?」

「ショーの運営方式が気に入らないんだって。人命を危険にさらしてると思う、って。あたしにあの役者、ダンジェロウの名前を教えてくれたのはカレンよ」

「その可能性はある」ナタリーはわたしに言ったが、その口調はわたしの思いと一致していた。可能性はある、が、そうとは考えにくい。

「ドラマだ」わたしは言った。

「ドラマがカザニアンに目をつけ、接触のために名を騙《かた》ったと?」ナタリーは聞き返した。

「その女と直接会ったことはあるのか?」わたしはハヴァルに訊いた。

「いいえ、電話だけよ。仕事以外では屋敷から離れられないって言うから」

「利用する相手はだれかれかまわずだとわかってよかったわ」ナタリーはいまいましげに言

った。

「ひょっとして、あたしが情報を得てきたのは殺し屋からだった、と言ってるの?」ハヴァルが訊いた。

「ええ、そういうことになるみたいね」と、ナタリー。

「なんてこと」ハヴァルは言った。「どうして?」

「こっちにもさっぱりだ」わたしは言った。「理由はいくらでも考えられる。きみの記事はわれわれとセンティネルとの間に緊張をもたらしたが、それも向こうの狙いのひとつだったかもしれない。おそらくほかにもあるだろう」

「それってほんとなの?」と、ハヴァル。

「あしたそいつを確かめてみる」わたしは言った。「カザニアンと話をして、正解か否かはっきりさせる」

「次は、あたしにしてもらいたいことを話してくれるのね?」

わたしは出口に向かった。「ナタリーが話す。おれは二、三、かたづけておくべき用がある。あすの朝になったらまた会おう」

わたしが立つとハヴァルはすばやく飛びあがったが、ナタリーがカウチから動いていないのを見て疑いは消えたようだ。ハヴァルはふたたびわたしに視線を走らせると、その唇がめくれて悦に入った小さな笑みが浮かんだ。

「いずれあなたはきっと来るって思ってたんだ」ハヴァルは言った。「さんざんつきまとってやれば、いつか仲間に入れてくれるってわかってた」

「あしたはその言葉を忘れるなよ」わたしは言った。「おれに向かって、抜けさせてくれと叫ぶときまでな」

通りは涼しく車もすいていた。行くべき場所がいくつもあって時間はあまりなかったが、わたしはブリーカー・ストリート沿いをトンプソン・ストリートまで歩き、南へ折れ、古巣のビルの外で足を止めた。鼓動がひとつ搏《う》つあいだその場所を見上げ、ルービンのことを思った。あの男がどんなに大切な友であったか、そして、どんなふうに死んでいったかを。

はじめてわたしは、疚《やま》しさを覚えなかった。

ヒューストン・ストリートをそのまま進み、通りかかったタクシーを停め、行きたい場所を伝えた。運転手は走っているあいだ話しかけてこなかったが、それでかまわなかった。わたしの頭はあしたの朝のことを考えるのに一杯だった。

慎重さを欠けば、わたしはピューを失うだろう。ハヴァルを殺してしまうだろう。またひとり友を失うことさえありうるかもしれない。

みごとハットトリックを演じて、三点獲得となる可能性もあった。

だが、今回は、空振り三振となるかもしれなかった。

34

カレン・カザニアンは屋敷のキッチンで、救急キットの再確認をしていた。かばんの中身を取りだしてから、きちんと束にして重ね、各医療装備をひとつひとつ丁寧に詰めなおしている。緊急の際にそれらが手の届くところにあるように望んでいるのだ——必要なときにそれらがそこにあることを確認しておこうとしていた。

わたしにはその行動がよく理解できた。ここに到着する前に、わたしも自分の装備に同じことをしていた。

「きみに話があるんだ」わたしは言った。

カザニアンははっと頭をあげ、言った。「最低ね、びっくりするじゃないの」

「一分だけいいかい？」

「さっさと言って」

「クリス・ハウヴァルにセンティネル内部の情報を流しているのは、きみか？」

カザニアンの頬が赤く染まった。「なんということを。このわたしにそんな言いがかりをつけるなんて、何様のつもり？」

「それはノーかな？」

「ノーに決まってるでしょう、このバカ。わたしをなんだと思ってるの？」

「ハヴァルから話しかけられたことは？」

「そんな男、どこの馬の骨かも知らないわ」

「じつは男じゃなくて女なんだ」

「クリスでしょ？　だったら男の名前だわ。ほんとうの名前はクリスティーン？」

「クリスチャンだ」わたしは言った。

カレンはまたかぶりを振って、かばんの詰め直し作業にもどった。「まだほかにもその間抜けなくそいまいましい質問があるの、それともあたしはやるべき仕事をつづけていいの？」

「ない。いまのが最後だよ」

わたしがキッチンから出かかったとき、カザニアンが声をかけてきた。「本気でわたしを漏洩源だと思ってるの？」

「いいや」わたしは言った。

「だったら、どうして訊いたのよ？」

「だれがだれをなんのために利用しているのか、最新情報をつかんでおきたかっただけさ」

ピューの部屋のなかではホワイトが警備についていたが、親指を立てる仕草でわたしを出迎えると、部屋から出ていき、ふたりだけの時間を与えてくれた。室内は染みひとつないほど清潔で、床にはカーペットが敷いてある以外なにもなく、ベッドもこざっぱりと整えてあった。ピューは青いスーツを着て、マットレスの端に腰かけていた。膝にはわたしに作ってくれたあのコラージュが載っていた。

「気分はどうです?」わたしは訊いた。

「疲れとるよ、坊主」ピューはほほ笑もうと気のない努力をした。

「たぶん退院すべきじゃなかったんでしょう」

「しかたないさ、ちがうか?」ピューはコラージュを差しだした。「これを忘れていったぞ」

「今夜あなたから受けとりますよ」

ピューは坐っているベッドのかたわらにコラージュを置いた。

「立ってください」わたしは言った。

ピューは立ち上がり、わたしが上から下へ体を軽く叩いて調べるあいだじっとしていた。そっとするように気は配ったが、検査は周到にやった。済んだあとでピューは訊いた。「いまのはなんのためだったんだ?」

「わたしの警護中に自殺されてはかないませんから」わたしはピューに、以前にも着てもらった防護服を手渡した。「手順は覚えてますか?」

「忘れられるもんじゃないさ。あの上品な赤毛のねえちゃんは?」

「ナタリーはすでに持ち場についてます」

手を貸して防護服を着せてやり、ストラップをぐっと締めた。「今回は移動中ずっと着ていてください」

「エアコンが効いているといいがな」

「効いてます。用意はいいですか?」

「言ってくれればいつでも行けるよ、坊主」

わたしはてのひらに仕掛けているボタンを押し、「三分前」と言った。

「了解」コリーが応答した。

ホワイトとわたしでピューを支えて部屋から出し、玄関につづく階段をおりた。前回同様に数人のガードが待機していたが、今回はエリオット・トレントもそこにいた。トレントはわれわれが階段の下におりてしまうまで待っていた。

「計画がどうなっているか知りたい」トレントは言った。「わたしには知る権利がある。部下たちが現場にいて、ヨッシも現場にいるんだ。ドウを倒すために、なにをするつもりでいるんだ?」

「なんにも」わたしは言った。

温度計のなかで水銀が急上昇するごとく、嫌悪の表情がトレントの顔に急速に表れた。

「こいつはあなたを殺してしまう」トレントはピューに言った。「考え直すならいまが最後のチャンスです。わたしの部下にあなたを連れていかせてください」

「警備態勢についてはいまのまんまで満足だよ、トレントさん」ピューは答えた。

「トリッガーを迎える準備はできた」耳元でコリーが言った。

「スタンバイしろ」と、わたし。「それから無線を送って、ピューは青いスーツを着ていると連絡するんだ」

「わかった」

「もういちど言う、ジェリー――」トレントが言いかけた。

「いや、申し訳ないが、これがわしの望むやりかたなんだ。あんたの申し出はありがたいが、どうしてもこうであるべきなんだ」

わたしはピューの背後に移動し、ホワイトに前にまわるようながした。「おれの合図で行くぞ」と、コリーに伝える。

「了解」

わたしのカウントダウン、そして号令で、われわれは一斉に家から出るや人間の急流となり、待機しているベンツの後部ドアめざして走った。ホワイトが乗りこみ、ついでピュー、そしてわたしが乗る。カザニアンとトレントのふたりは追走車両に坐っていた。全員乗りこむまで待ってから、コリーが無線を流した。「出発」

車が動きだし、ドライブウェイを進んで、あいたゲートを過ぎた。路上に出たところで、ピューが訊いた。「マツイはどこだ？　運転するのはあの男のはずだろう？」

「そうです」そう言って、わたしは木立に目を走らせた。かすかな風が吹いて枝をそよがせ、うごめく殺し屋の幻を創りだしていた。

「マツイはどこにいる？」

「いいから見ててください」わたしは言った。


ヨンカーズの街はずれまで来たところで、わたしはコリーに言った。「いまだ」

コリーがダッシュボード上の無線のスイッチを入れて呼びかけた。「次を左折、脇に寄り、最初を右折、駐車場に入れて、停止」

沈黙が流れ、ついで先導車両の運転手が「繰り返してくれ」と訊いてきた。

コリーは指示を繰り返してから、言い添えた。「確認の応答を頼む」

われわれは出口に近づいていた。

スピーカーから声が答える。「了解」

ついでトレントが、「いったいなにをやってるんだ？」

「この周波数には割りこまないでください」コリーが言った。リアビューミラーににんまり笑ったコリーの顔が映っていた。

ピューとホワイトがじっとわたしを見ていた。わたしは車の列が駐車場に入ってしまうまで目を配りつづけた。そこは〈サノコ・ガソリン〉の小さなスタンドのそばで、追走車両が停止したと同時に、作業用バンの運転席からデイルがおりてきた。コリーとふたりで昨晩借りてきたそのバンは、おんぼろで汚れているが、いたって丈夫な車だった。

「そのままで」と、ピューに言い、わたしはベンツをおりた。デイルはすでに途中まで近づいていた。「準備完了か？」

「ちょうどやつが着替え終わったとこだ」

「連中を外に出してくれ」

デイルがまわれ右をしてバンに手を振った。追走車両から出てきたトレントが、なにをやっているのか確かめずにおくものかとばかり、血相を変えてこちらに向かってくる。デイルはサイドドアがスライドしてひらくのを待ってから、わたしに向きなおった。「いいか？」

「いいぞ」わたしは言った。

クリス・ハヴァルがバンの反対側からまわってやって来た。全身黒ずくめで、かぶっている赤毛のウィッグ以外、とりたてて目立たないように見える。その赤毛はナタリーの髪の色合いとまったく同じというわけではないが、遠目に見ればそれらしく見えた。ハヴァルはバカみたいににやにやして、バンに乗っているもうひとりが出てくるのをじれったそうに待っていた。

「いったいおまえらはなにをやってるんだ？」トレントがわたしに問いただした。

「なんとか乗り切るためのことをさ」わたしは答えた。

ネイサン・ダンジェロウがバンから現れた。俳優は髪を白髪混じりに染めていた。ピューの髪色とほぼ同じだが、まったく同じというわけではない。ダンジェロウは、いまピューの身を包んでいるものと同じ型の防護服と、青いスーツを身につけていた。

トレントはダンジェロウを見るや口をつぐんだ。

「交代しよう」わたしは言った。

ハヴァルがベンツに駆け寄り、その間にデイルがピューをおろすのを手伝った。わたしもふたりのそばに行き、老人を連れてひとつの車からもうひとつの車まで五メートルの距離を大急ぎで移動し、バンの後部に押しこんだ。

「伏せてください、わたしが指示するまでじっとして」と、ピューに伝える。

「よう、デイル」と、ピュー。

「よう、ジェリー。すぐ出してやるからな」

「なんともないさ」

わたしはドアを叩き閉めた。デイルはすでに半分シャツを脱いで、運転席にのぼろうとしている。わたしが走ってベンツに引き返すと、ハヴァルはダンジェロウが後部坐席に乗りこむのを待っていた。トレントは首を左右に振っていた。

「なにか問題は？」わたしは訊いた。

ネイサン・ダンジェロウが言った。「また撃たれるのはまっぴらなんだ、問題はそれだよ」

「だから防護服を着てるじゃないの」ハヴァルが言った。

「そんなことが絶対起こらないよう、おれたちは最善を尽くす」

「まんまとあんたの話に乗せられちまった自分が信じられない」ダンジェロウはこぼした。

「夜中の二時に家に押しかけられて、どうやって筋の通った判断を下せると言うんだ?」

「トレントを見てみろよ」わたしは言った。

一瞬を要したが、すぐにダンジェロウの顔に笑みが広がりはじめた。

「あれこそきみがこれをやる理由だ」

ダンジェロウはうなずいた。「へえ、トレント、あんたかよ? 驚いたな!」

エリオット・トレントは息を吸って肩をいからせたが、なにも言わずにもとどおり息を吐いた。

わたしはダンジェロウに手を貸してベンツに乗せてから、一歩退いてハヴァルをその隣に滑りこませた。

「無線の調子はどうだ?」わたしはハヴァルに訊ねた。

「良好よ。あんたがここに着く前にみんなで確認したわ」

「きみはこれが平気なのか?」

ハヴァルの目は喜びに輝いていた。「なにすっとぼけてんの? 時間の無駄遣いはやめな」

わたしは勢いよくドアを閉め、車の屋根をばん、ばんと二回叩いた。コリーが返事がわりにエンジンをふかし、わたしがバンにもどろうとしたとき、トレントに前をふさがれた。トレントはわたしの肩越しにベンツを見やり、ついでわたしに視線をもどした。

「幸運を祈る」と、トレントは言った。


バンの前部坐席の下にはダッフルバッグが置いてあり、デイルがヨンカーズを抜けて進みはじめると同時に、わたしは手を伸ばしてバッグをあけた。詰めておいた衣服を引っぱりだす。ピューは車の床に寝そべって、わたしを見ていた。

「時間は？」わたしはデイルに訊いた。

「〇九二三時だ」とデイル。

「向こうから連絡はあったか？」

「ナタリーから電話があり、全面点検を三回おこなったが、どこにも異常はなさそうだ、と言っていた。あのいまいましい十五階全フロアの警備態勢をヨッシが固めた」

「階段はどうです？」わたしはピューに訊ねた。「のぼれそうですか？」

「わからん」ピューは言った。「十五階だったか？　休憩は要るだろうな」

「エレベーターで連れてあがったほうがいい」デイルは言った。

「エレベーターで十二階まで、残りは階段」わたしは言った。「それならできますか、ジェリー？」

「そう思う」

「けっこう」わたしは坐席から腰をあげ、後部坐席に滑りこんでピューに近づき、防護服の胴まわりをゆるめはじめた。「坐っていいですよ」

ピューは体を起こし、わたしは防護服を脱がせてやってから言った。「オーケー、スーツを脱いでこれを着て」

ピューの膝に丸めた服を放ってから、自分も服を脱ぎはじめた。コリーが見つけてきてくれたつなぎの作業服に着替えるまで、ふたりともおよそ四分かかった。それは薄汚れた鼠色で、背中に〝マクミラン冷暖房〟と記した縫いとりがあった。左胸の部分には名札が縫いつけてあり、わたしの分には、リップ、と書いてあった。一方のピューはアールの名だった。デイルの名札になんと書いてあるかは見えなかった。それぞれに野球帽がついていて、つばの上に会社のロゴが刺繍してあった。

「なんとなくわかりかけてきた気がするぞ」ピューが言った。

「ダンジェロウ、つまりあなたになりすましている男ですが、あの男が進入時のおとりになります。ダンジェロウとそのグループはビルの裏手から入る。完全編隊を組んで、仰々しくね。あなたとわたしとデイルは、正面入口から歩いて入ります」

「こんなことを言っちゃ悪いんだが、あのダンジェロウ坊や、あいつはちっともわしに似と

「いいんですよ」わたしは言った。「あいつが撃たれてしまっては困る。注意をそらしてもらいたいだけですから」

「それでも撃たれたとしたら?」

「そのときは、わたしがあの男を殺してしまったことになります」

デイルは目的のビルから半ブロック離れたブロードウェイの外れで、警護車両の列が停止したと同時に車を停めた。指示を出し、進入の準備がととのったことを確認するコリーの声が無線から聞こえた。

「アティカス?」ナタリーが訊いてきた。

「どうぞ」

「こちら異常なしで厳重警戒中。全関係者の到着および把握完了、全経路の安全確保完了。十人が固定警備に、二人が巡回警備についてるわ」

「了解」わたしは言った。すべて順調にいけば、これがピューの安全を確保するまでの最終交信となるだろう。わたしは車のうしろに積んだふたつのでかい工具箱をつかんだ。一方は持ち手にダクト・テープが巻いてあり、もう一方はマスキング・テープが巻いてある。

「どっちだ?」わたしはデイルに訊いた。

「ダクト・テープのほうだ。そっちに煙幕弾とAR15が入ってる」

その工具箱を持ちあげ、両手を使ってデイルの隣の座席へと抱えおろした。工具箱は業務用の重くて不恰好なもので、動かすと煙幕弾の容器がなかで動くのがわかった。

デイルがそれを受けとると、われわれ三人はバンをおりた。ピューがあいだに立って、その左にデイル、右にわたし。工具箱を持っていると片方しか手の自由がきかず、気に入らなかったがほかにどうしようもなさそうだった。

われわれは通りを進みはじめ、ひとかたまりになって歩行者広場を抜けていった。もしドラマが引っかからず、もしわれわれを狙ってきたなら、その弾丸を阻止できる術は無いに等しかった。それでもわれわれはピューにぴたりと体を寄せつづけ、わたしは無理に息をしていた。排気ガスと生ゴミの臭いが周囲に重く垂れこめていた。真夏へと移行していくニューヨーク・シティのにおいだ。

「トリッガーが降車する」コリーの声が聞こえた。

「了解」ナタリーが応じた。

無線の向こうで軋るような音や声がしていた。われわれは歩きつづけた。スケートボードに乗ったティーンエイジャーが、歩道に並んだ人群れに畝《うね》を刻むように、猛速度でこちらに向かってきた。デイルがピューを押しやり、三人揃って右に避ける。少年は危うくデイルの工具箱をもぎとっていく勢いだった。

「おおっと」と、デイルは声をあげた。入口はもう目の前だ。

「トリッガーがなかに入った」コリーが言った。

「了解。南東の階段は上まで異常なし。照合せよ」

「待機する」

デイルがロビーのドアをあけ、わたしが最初に通り抜けた。もはやいつ弾丸が飛んできても不思議はない——引き金を引く瞬間にドラマがどれほど離れた場所にいるかによっては、銃声が届く前に弾の当たる音を聞くことすらあり得るのだ。

ピューは背筋を伸ばしたまま、生きてわたしのすぐうしろにいた。

廊下はアトリウムへと抜けており、すぐにアトリウムの噴水の音が耳に届いた。左にハヴアルが見え、ナタリーの恰好で階段室に消えていった。

ガードのひとりが無線を送っている。「上がってきます」

「用意」ナタリーが言った。「全配置、油断しないで」

「目的地点は固めてあるぞ」と、ヨッシ。

エリオット・トレントがロビーに現れ、守衛デスクに向かった。トレントはカウンターに身をかがめて早口にしゃべり、モニター群の前に坐った守衛がすばやくわれわれのほうに目をやるのが見えた。だが、トレントがスーツのポケットに手を伸ばしてちらりとなにか見せると、それきり守衛はわれわれになにをしているかとも訊ねなければ作業命令書を呈示しろとも言わなかった。

デイルがふたたびピューの脇につき、われわれ三人はエレベーター・エリアに進んだ。一瞬ためらったのち、わたしは身を乗りだしてボタンを押した。

「こいつが嫌いなんだよな」と、デイルがつぶやく。

わたしはピューの様子をチェックした。ぜいぜいと息をし、汗をかきはじめている。「きょうは食べてきたんでしょうね？」

「ああ」ピューは呼吸を整えようと努めながら言った。「歩いたせいだ。じきによくなる」

デイルはゆっくり円を描くように振り向き、動きがないか見張っていた。胃袋を鎖で巻かれたような感じがする。

「八階で停止する」コリーの声が聞こえた。「トリッガーが休憩したいそうだ」

「すぐに済ませて」ナタリーがぴしゃりと言い返した。

上出来だぞ、とわたしは思った。自主的に思いついてやってくれているのだ。瞬間、わたしはとても誇らしい気持ちになった。

エレベーターのチャイムが鳴り、デイルとわたしは籠のなかからの襲撃に備えてピューとの距離をぴたりと詰めた。が、扉はすべるようにひらき、だれかがなにかをわれわれに突きつけたりはしてこなかった。なかは空っぽだった。

乗りこむとわたしはピューを奥に入れ、自分の体でかばった。デイルが十二階のボタンを叩き、両のドアが閉まってエレベーターは上昇を開始した。

「ふたたび前進する」と、コリーの声が言った。

「向こうは九階にいるな」わたしは言った。

「ペースを落としたほうがいいか？」デイルが訊いた。

わたしは首を横に振った。なりゆきまかせで進んだほうがいい。ここまでのところ、すべて順調にいっていた。ここまでのところ、なんとかやりおおせそうな気配だ。急に予定を変更して、このツキを落としてしまいたくなかった。

エレベーターが七階で停まり、ドアがひらいた。四十がらみの男が顔を突きだして、

「上？　下？」と訊いた。

「上です」デイルが答えた。

「失敬」男は言った。

ドアがふたたび閉まった。デイルはわたしを見やり、深呼吸をした。デイルがそうするのを見て、自分も一回やっておく必要があることに気がついた。酸素を補給しておけ、とわたしは思った。なにか起こったときにはそいつが必要になる。酸素を補給しろ。

エレベーターが十二階で停止し、われわれはおそるおそる廊下に足を踏みだした。廊下の両脇にはオフィスが並び、事務機器の振動音やかたかたと紙を叩くキーの音が聞こえてく

る。オフィスの多くにはいくつもの窓があり、そこからさらに別のオフィスが見え、さらなる窓が見え、アトリウムのなかが見えた。

われわれは左に折れ、階段用ドアの上部で光っている出口標識をめざして廊下を進んだ。タイトなブラウスにミニスカートをはいた若い女が、腕いっぱいに書類を抱え、早足でわれわれの横をすれちがった。デイルとわたしはそれぞれ空いた手をピューの背中にあて、いつでも老人を動かせるよう構えた。

「ハイ」と言って、若い女はそのまま歩いていった。

わたしは廊下の突きあたり近くのオフィスに姿を消すまでその女をじっと見つめて待った。

われわれはドアに到達した。

コリー、ハヴァル、ダンジェロウ、それにホワイトの四人は、同じ壁沿いの逆側の階段におり、いまごろはちょうどこの階を通過しているころだろう。各階の最上部と最下部に一名ずつのガードが配備されているはずだった。

デイルがドアを押しやり、確認してからうなずいた。

階段のほうが涼しく、ずっと暗かったため、瞳孔がひらくまでのいっとき視力を少しばかり失った。ドアが閉まるまで待ち、それからふたたび動いて、われわれは階段を上がりはじめた。ピューはゆっくりと手摺りの助けを借りながらのぼっていった。

次の踊り場を過ぎたところで、無線からコリーの声が聞こえた。「もうすぐ十五階に出る」

「いい感じよ」ナタリーが応じた。

こちら側の階段でも、十五階のドアの外にガードが配備されているのが見えた。踊り場の手摺りごしにわれわれが近づいてくるのを見ている。ガードはにっこり笑っていた。

「待て。こいつはだれだ？」ガードの訊ねる声が無線から聞こえた。ラングだ、とわたしは思った。あれはラングだ。説明を聞いてるはずじゃないのか。

「ハヴァルだよ」コリーが言い、その声に隠れるようにクリス・ハヴァルが自己紹介する声が聞こえた。

「クリスチャン・ハヴァル？」ラングが聞き返した。「その女ならけさ、すでにここに――」

「あの女が来てる！」コリーが叫んだ。「ハヴァルの身分証を偽装に使ったんだ、すでにこのビルのなかに――」

あとはなにを言ったか聞こえなかった。その瞬間、われわれのいる階段の最上部が吹き飛んだのだから。

35

デイルがうしろざまにピューに倒れかかり、ピューがわたしに倒れて、われわれはそのまま転がり落ちた。にわかに闇につつまれ、火薬と煙のにおいが階段にあふれかえった。デイルはすばやく立ち上がり、ピューをひっつかんだ。わたしもよろけながら体を起こす。無線は騒然となり、たがいに割りこんで邪魔しあっていた。

ふたたび爆発音が聞こえた。さっきより遠く、おそらく逆側の階段あたりだ。

「伏せろ！」わたしは怒鳴った。

デイルが工具箱の蓋を跳ねあけてＡＲ15を取りだし、銃床を引き起こした。わたしももう一方をあけ、ショットガンを取りだして散弾をこめた。十四階の方向から大勢の叫び声が上がってきていた。

「状況を！」ヨッシが叫んでいた。「総員に告ぐ、番号順に状況を報告しろ！」

デイルが肩にアサルト・ライフルを構えて先頭に立ち、わたしは無線から聞こえる混乱と自分の頭のなかで膨れあがりつつある混乱を必死で整理しながら最後尾を守った。十四階の踊り場を過ぎたとき、さらなる爆音が足の下で大きく轟いた。コンクリートや石壁の破片が階段下から吹きあがる。爆音が反響した。デイルが後方に倒れ、またもやピューをわたしのふところになぎ倒しかけた。が、わたしは空いた手でピューを支え、後退をはじめ、踊り場まで下がった。

ピューは顔面蒼白になり、その胸が空気を求めて激しく上下していた。デイルがふたたび起きあがって、顔の埃を拭いとった。

「だいじょうぶか？」わたしはデイルに怒鳴った。自分の声がかろうじて聞こえ、耳元でどよめくたくさんの声もかろうじて聞こえる程度だった。

デイルはうなずいた。「十四階に出るか？」

「ほかにたいして選択肢もあるまい」

デイルは二段飛ばしで踊り場まで駆けあがり、ふたたびライフルを構えた。わたしは名前を呼ばれているのが聞こえた気がし、送信スイッチを押して言った。「上昇不可能、十四階のフロアに出る」

デイルがドアを肩で押しあけ、三人で廊下に出ると、混乱してわめきちらす人の群れに衝突した。だれかがデイルの銃を、もしくはわたしの銃を見て悲鳴をあげた——ほぼ全員が向きを変え、あわてふためいて廊下の反対端へと向かっていく。デイルは銃身を下げて片手を高く前に差しあげ、危害を加える気はないことを示そうと努めながら、人々のあとを追いはじめた。ピューもそのうしろにつづこうとした。

頭のなかの騒音を制するほどの大音量で火災報知器が鳴っていた。ナタリーが無線でわたしを呼ぼうとしているのはわかっていたが、その声は聞こえなかった。逆側の吹き抜け階段で起こった爆発でわれわれは逃げ場を失い、デイルとピューとわたしを残りの警備陣から孤立させてしまった。ほかの連中は全員われわれの頭上におり、火災報知器が作動した時点でエレベーターもロックされてしまったはずだ。階段が両方とも塞がれてしまったとなれば、短時間で連中がここまで来てくれる可能性はない。

「囲いに追いこまれようとしてるんだ」わたしは声に出して悟った。

先を競ってわれわれから逃げていった群衆は、階段を上がろうとひしめきあっている。仮に十五階からのアクセス路がそちら側だけひらけていたとしても、あのパニックに逆らってわれわれの階におりてくるのは、ナタリーにもほかの者にも不可能だろう。

デイルがこっちを振り向いていた。「なんと言った？」

階段の脇に三人の人間が立って、なんとか順序よく退出させようとしていた。ひとりの女が、スラックスにブレザーというほかの従業員の服装と特別目立たない恰好で、その三人を手伝っていた。

その女がこちらを見た瞬間、わたしはわかった。

プールにいた女だ。オルシーニ・ホテルの。ナタリーにプール係員のことを合図して、われわれの命を救ったあの女だ。

「護《まも》れ」わたしはデイルに言った。「護るべきときはいまだ。応援が来るまでなにがなんでもうまくやりきるしかない」わたしの聴力は元にもどっていた――もどっていたか、とてつもない大声で怒鳴っていたかのどちらかだった。

ピューの腕をつかんだデイルは、来た方向に老人を引きずってもどろうとしていた。わたしはショットガンを構え、ドラマに狙いをつけたが、ドラマはわたしを無視して逃げようと群がる従業員たちをこの階から追いやりつづけていた。わたしが撃つはずがないと知っているのであり、その通りだった。引き金を引けば、あの人群れの半数に当たってしまうのだ。

並んだオフィスのドアの一枚をデイルが蹴りあけ、われわれはそこに退避して、無数の机やパソコン、レーザープリンター、コピー機の脇をすり抜けていった。奥のオフィスに通じるドアがあり、そのドアを通り抜け、それと同時に鍵をかける。気がつくと、ベージュ色をした間仕切り《キュービクル》の迷路のなかに立っていた。警報機がなおも鳴りつづけ、ほかにはなにも、人の声も群衆のざわめきも、こちらの耳には届かなかった。

最後のドアにたどりつき、重役室になだれこんだ。重役の部屋だというのは一目でわかった。なぜなら部屋の主は、眼下のアトリウムを見渡せるすばらしく大きな窓にはじまり、革張りのソファー、専用テレビにバー・カウンター、そしてコーヒーテーブルに載せたミネラルウォーターの壜三本まで所有しているのだから。

「この先は行き場がない」と、デイルが教えてくれた。

ピューは体をふたつに折り、両手で太腿をつかんで空気を求めてあえいでいた。わたしがすばやく具合を確かめると、ピューは目を合わせてうなずいてみせた。

　デイルはライフルをおろし、片隅にあったカウチを腕ずくでドアのほうへ押しやりはじめた。唸りながら押すデイルにわたしも手を貸し、一トンはあろうかと思われるカウチだったが、どうにか目的の場所におさめた。デイルはコーヒーテーブルに引き返し、それをひっくり返すと水の壜がカーペットに転がった。

「アティカス！　ええい、もう、こん畜生、応えなさい！」

「ナットか？」わたしは言った。デイルはこんどはデスクから備品をはたき落とし、ピューに下がっていろと言っていた。

「ったく、みんな無事？　そっちに行けないの。そこまでおりていけないのよ」

「おれたちはオフィスの一室に退避した。ドラマはこっちだ。おれたちを追ってくる」

「持ちこたえて。できるかぎり早くいくから」

　コーヒーテーブルをつっかい棒がわりにカウチに立てかけ終えてデスクに移動したデイルは、それをいま必死で持ちあげようとしていた。ひと声叫ぶと同時にぐいっと浮かせ、横に倒した。わたしは場所をあけ、ピューの腕をとると、ドアから離れた部屋のいちばん奥の隅に移動させた。ピューはその隅で両腕を膝に巻きつけ、胸まで腿を押しつけてうずくまった。わたしは水の壜を一本つかみとり、蓋をあけてピューの両手に押しあてた。

　ピューは壜を見、ついでわたしを見た。「まあ、その」ピューは言った。「あんたは全力を尽くしてくれたよ、坊主」

わたしはピューを床に残し、デスクをカウチに押しつけようと力んでいるデイルを手伝った。デスクはみごとな品で、オーク造りのようだが、カウチよりもさらに重い。

ドアにノックの音がした。

デイルとわたしは揃って身を伏せ、武器の在処《ありか》まで腹這いで引き返しはじめた。

ノブがガチャリと鳴る。

「ふうふうの、ふうで、こんなドアふきとばしてしまうぞ」ドラマが言った。

デイルがアサルト・ライフルをもちあげ、積みあげた家具に照準を合わせた。デイルが撃とうとしている武器やわたしが撃とうとしている武器では、ドアを貫通させることはできない。ありがたいのは、ドラマにもできまいという点だった。そうであってほしい。

「アティカス?」ドラマが呼びかけた。「おひらきにする準備はいい?」

「ああ、いいとも」わたしは言った。

「だったら降参して、早く終わらせてしまいましょうよ」

「それはできないな。いますぐここから消えろ。そっちの負けはすでに見えてる」

「わたしの立っている場所からは見えないんだけど」

「おれたちはここにバリケードを組んでる。そっちがドアを突破し、おれたちを突破するころには、警察も消防もおれたちの応援もみんなここに来てるだろう。おまえは死体になるか、もしくはぶちこまれる羽目になる。いま行けばなんとか逃げられるかもしれんぞ」

「でもそうしたら、あなたはわたしを捕まえられないわよ」ドラマは言った。

「おまえを仕留めたがってるのはトレントだ。おれはちがう。おれはおれの警護対象者を生かしておきたいだけだ」

またノブが音を立て、そのあとなにも聞こえなくなった。そばでデイルが息をする音と、自分の耳で脈が搏《う》っている音以外は。

「行っちまえ」わたしは言った。

「行きどまりね」ドラマは言った。「あなたは警護対象者を生かしておくためなら、可能なかぎりのあらゆる手を尽くそうと思ってる。それは認めましょう。でも、わたしはね、わたしはその人を殺すために可能なかぎりのあらゆる手を尽くさなきゃならないの」

無線が耳元ではぜる音を立てた。わたしはそれを無視した。「行っちまえ」もう一度繰り返す。

ドラマは答えず、わたしの言った言葉を考えてみているのかもしれなかった。床伝いに自分の心臓の鼓動が感じられた。

「カリブのベキアに行ったことはある?」ドラマが訊いた。「あの島にはいい店があって、ほかでは絶対食べられないような最高のパイナップルマフィンを出してくれるの」

なにか重いものがドアに当たる音がした。

「わたしの最後のトライよ」ドラマが言った。歩き去っていく音が聞こえる気がした。そして、爆弾の時限装置が秒を刻む音も聞こえる気がした。

「猶予は?」デイルが訊ねる。

わたしはすでに立ち上がりかけていた。「三十秒か?」

「ああ、くそ」

「ピューを連れてこい」わたしはアトリウムを見おろす大きな美しい窓にショットガンの狙いを定め、そこに二発撃ちこんだ。ガラスが薄氷のように砕け、水と化して外へ、向こうへ、下へと流れ落ちていった。わたしはショットガンを逆に持ち、床尾で残った破片を叩き落としながら、頭のなかでカウントダウンしていた。デイルはピューを抱き起こし、わたしの横に立たせた。わたしは銃を放して、警護対象者をつかむと、窓から外に無理矢理押しだしにかかった。幅三センチもない、飾りか周り縁《ぶち》としかいえないようなごく狭い張出しがあるのは、おそらく二メートルより下だ。

「離したければ手を離すがいい、死ねるぞ」わたしはピューに言った。「生きていたければしがみついているんだ。落ちたとしても、あんたを殺したのはドラマではなかったことになる」

ピューが乗り越えると、その両手をわたしは窓枠に押さえつけた。ピューがわたしを見あげる。顔がゆがみ、手は激しい力で白くなっていた。わたしが身をひるがえし、バー・カウンターの陰に飛びこんだ瞬間、デイルが宙に舞い、つづいて破裂音、爆音、轟音がした。なにもかもが吹き飛んだ。わたしの頭も、部屋も、四方の壁も。体が跳ね返るのを感じ、背中がなにかに激突したのを感じた。思考が途絶え、つかのまわたしは無のなかにいた。テレビチャンネルの狭間のような空間に。

やがて、口のなかにコンクリートの埃と血の味を感じ、かつて壁があったところになにもなくなっている場所をぼんやり見ながら、わたしは意識をとりもどした。デイルはほんの五十センチほどのところにいたが、それがだれだったかを思いだすまでしばらくかかった。デイルの耳と鼻からは血が流れ、左の脚がおかしな方向に曲がり、飛び散ったガラスで背中一面切り傷だらけだった。デイルはわたしを見、わたしには聞こえない声でなにか言った。

果てしない時間が経ち、それからわたしは理由も思いだせないまま自分の体を引きずって窓枠に向かい、ふくれあがったピューのこぶしと対面した。骨のように白く、いまにも滑り落ちそうなこぶしと。デイルもかたわらに這ってきて、ふたりいっしょに手を伸ばし、ピューの両腕をつかんだ。壁で自分を支え、ぐっと持ちあげる。頭のなかは雑音でいっぱいになっており、鼻血が流れている感触がして、なにかじっとりしたものが首のうしろを流れていた。

ピューが縁《ふち》を乗り越え、陸に揚げられた魚のようにどさりと部屋に転がった。

それから、ナタリーがわれわれの上に身をかがめ、なにをしゃべっているのか聞こえなかったが、「証言録取」という言葉は、口の形でわかった。ピューはコリーの手を借りて立ち上がろうとしていた。

「脚が折れてる」わたしはデイルを指さして、ナタリーに言った。やはり自分の声は聞こえなかった。

ピューがわたしを見ており、わたしは片手を伸ばして老人の腕をつかんだ。コリーがわたしとピューをドアまで支えていってくれ、三人いっしょにいくつもの間仕切りを通り抜け、廊下に出て、使えるほうの階段に向かった。四人の消防士が慌ただしく通りすぎていくのが見え、ふたりの消防士が怪我の手当てをしなければと、われわれを止めようとしたが、コリーはふたりを振り払い、われわれを十五階までちゃんと送り届けてくれた。

ドアの前にマーガイルズが待っていて、そのそばにヨッシがいた。ふたりは場所をあけてわれわれをなかに通した。

「ピューの席はどこです?」わたしはマーガイルズに訊いた。発砲剤入りの枕に口をつけてしゃべっているような声だった。

マーガイルズが口を動かし、椅子を示した。ピューはうなずいて、つなぎの服を覆った埃を手で払った。まるで年寄りの気さくな幽霊みたいに見える。ピューは坐った。わたしの腕を握ったまま。

レイミアとブリーデン、それに見覚えのないふたつの顔が、われわれを見ていた。そのうちのひとつの顔は、ラップトップ・コンピュータの向こうに坐っていた。

「証人に宣誓をさせてください」その顔にわたしは告げた。

36

証言録取は遅くまでかかった。開始が遅れたからであり、カレン・カザニアンが断固ピューの手当てをすると主張したためだった。それでも、午前十一時半にははじまり、その夜の九時には終了して、出席者はみな所持品をまとめ、家に帰ってゆっくり休む用意を整えていた。

デイルは救急救命隊《EMS》によってセント・ヴィンセント病院に運ばれていったのだが、午後六時に左脚の派手なギプスと光り輝く一対の松葉杖とともにもどってきて、録取会場の外の廊下で残りの仲間といっしょに待っていた。わたしのほうは警察と消防と救急車隊員の応対に追われて、もどってくるまでデイルよりずっと長くかかった。

まだやることは山ほどあったが、ジェリーが会場の部屋から出てくると、もうどうでもよくなった。

「あんたがたで、わしを家まで送ってくれるのかな？」ピューは訊いた。

「車まではわれわれが送っていきましょう」わたしは言った。「でも、いまや、あなたの担当はセンティネルですから」

「それで充分だ」と、ピュー。

われわれ四人はピューといっしょにエレベーターで下におり、ラングとトレントとヨッシも同行した。後者のうちのひとりが無線で指示を済ませ、ベンツが表に待っていた。

車に乗る前に、ピューはわたしに手を差しだした。「マーガイルズからあんたの住所を聞いて、あのコラージュを送っておくよ。感謝の代わりにはとても足りたもんじゃないがな」

「あなたは窓枠を放さなかった。礼ならそれで充分ですよ」

ピューはわたしの手を放し、車の後部坐席に滑りこんだ。隣にラングが乗りこむ前に、ピューは言った。「おそらく、わしが直接、証言に出向いたほうがいいかもしれん。そう思わんか？　裁判のときに？」

「おそらく」

「あの人でなしどもはおそらく控訴してくる。その際にも、わしがいたほうがよかろうな」

「それもいいでしょうね」

「考えてみることにしよう」

わたしはうなずき、ラングがドアを閉めた。やがてセンティネルの残りのメンバーが帰っていき、われわれ四人はブロードウェイの歩道に立って、流れゆく車の波を見つめていた。

「まだ肉をおごってもらってないぜ」コリーがわたしに言った。

「それに酒も」と、デイル。

「お酒ならあたしのところにあるわ。仕事を終えるにはいい場所よ」と、ナタリーが言った。大判のマニラ封筒を掲げてみせる。「これは燃やしていいわね」

デイルが写真をつかもうとして失敗した。「見せろ、見せろ」

「見せるなら、その前にあたしはうんと酔っぱらっておかなきゃ」と、ナタリー。

「打ち上げパーティーか」コリーが言った。「そいつはいい。最高にいいぞ。みんなで祝おうぜ、なあ?」

「ハヴァルとダンジェロウに電話して、あいつらも呼ぼうや」デイルが言った。「家にいるかな?」

「警察の取り調べが済んで、ハヴァルの記事も仕上がってれば、きっといるはずだ」わたしは言った。

「あたしの部屋から電話しましょう」と、ナタリーが決めた。

「おれはそっちでみんなと合流するよ」わたしは言った。「まずは家にもどらないと」

「すっぽかすなよ」デイルが釘を刺した。

「行かないのは傲慢きわまりないだろうからな」と、わたし。

「まったくそのとおり」

われわれは別れ、三人は借り物のバンを取りにいき、わたしはタクシーを停めにかかった。

帰りつくと、エリカはキッチンで両脚をテーブルに載せて読書中だった。下の4D号室からドリルのような音が聞こえていた。いや、たぶん糸鋸《いとのこ》だろう。

「どうしてブリジットのところにいないんだ？　それに、テーブルから脚をおろせよ。その上で食事するんだぞ」

エリカは脚を動かさなかった。「ここにいたかったんだもん。疲れ切っているみたいだね」

「とんでもない一日だったよ、ちびさん」わたしは手を伸ばしてエリカの足の裏をくすぐった。エリカは悲鳴をあげ、両足をしっかり床につけた。

「外出する気はあるかい？」わたしは訊いた。

「場所による。どこに行くつもり？」

「ナタリーの自宅で伝統ある打ち上げパーティーをやるのさ。デイルにコリーにナットにおれ。ほか数名。それだけだ。仲間うちだけのささやかな集まりだ」

「靴履いてくるから待ってて」そう言うと、エリカはパタンと本を閉じ、自分の部屋に走っていった。

もう一秒だけそれについて考えたあと、帰宅したそもそもの目的であったそのことを、わたしは実行した。電話に手を伸ばし、番号をダイヤルし、落ち着けと胃袋に言い聞かせた。

ブリジットが電話に出ると、わたしは言った。「やあ、きみか。おれだよ」

そして、わたしはそのつづきを口にした。

訳者あとがき

お待たせしました――と前回のあとがきとおなじ書きだしになってしまって申し訳ないのですが、プロフェッショナル・ボディーガード、アティカス・コディアックを主人公とするハードボイルド・シリーズ第三弾『暗殺者《キラー》』Smoker (1998) をここにお届けいたします。

(余談になりますが、本作中の言及によると、アティカス本人は、ボディーガードではなく、「パーソナル・セキュリティ・エージェント」と呼ばれたいようです)

今回、アティカスが警護を担当するのは、米国の大手煙草企業DTSインダストリーズ社に壊滅的な打撃を与える証言を裁判において行おうとしている証人ジェレマイア・ピュー。この証人を亡き者にしようと、なりふりかまわぬDTS社側では、〝テン〟と呼ばれる世界の十指に入る超一流暗殺者のひとりを雇います。「ジョン・ドウ（身元不明人）」のあだ名でしか知られていないこの正体不明の殺し屋は、五百メートル以上先の標的を射抜くことができる、いわばゴルゴ13級のすご腕の持ち主。はたして、アティカスとその仲間たちは、暗殺阻止に成功し、無事、証人に証言をさせることができるでありましょうか。質量ともにシリーズの白眉とも評されるこの作品、あとは本文をお楽しみください。以上。

と書いて終わりにしてしまえば潔く、抜群のページターナーである本書に贅言は不要だと思うのですが、そこはそれ売文業者の悲しさ、お足がいただけないのに（訳者あとがきは、ただ働きです〈笑〉）、つい指定枚数まで書かずにはおれません。いましばらく我慢しておつきあい下さい。訳者の益体もない駄文など不要という方は、最後のページの行空けまで飛ばしていただいていっこうにかまいません。

さて、今回で三作目を迎えた本シリーズの魅力は、なんといっても、ボディーガードという職業そのものにあります。この職業の目的は、依頼人を守ること、依頼人に危害が及ばぬようにすることであり、そのためにはいざとなればわが身を盾にするのが当然のこととして求められます。ゆえにつねに危険がつきまとい、ときには命を落とすことさえあります。現に『守護者《キーパー》』では、アティカスの同僚が依頼人をかばって命を落としています。

アティカスはシリーズのなかで繰り返しボディーガード業の限界を主張しています。すなわち、どんなに細心の注意を払って依頼人を守ろうとしても、相手に資金と根気と執念があれば、最後まで守りきることはまず不可能なのだ、と。身辺警護という一時も緊張をゆるめることのできない仕事は、たとえ交代制をとっていても、時間の経過とともにガード・レベルが下がっていくのは必定です。人間は機械ではなく、有限の体力と気力しかないのですから。その不可能事に挑む以上、ボディーガードを主人公にしたこの物語は、いつ敵が襲ってくるやもしれず、悲劇に見舞われるやもしれない緊張感に全編が覆われています。生と死が隣り合わせという過度のストレスにさらされた舞台で、主人公と仕事仲間たちは、毎回、体と心に傷を負いながらも、使命感に衝き動かされ、任務《ミッション》を遂行していきます。前作のあとがきで、このあたりの緊張感を米国NBCの人気TVドラマ『ER／緊急救命室』になぞらえましたが、本シリーズを一読いただければ、おおぜいの方が同感してくださるのではないかと思います。

つぎに読書の便宜をはかるため、ここで既刊三冊のあらましとレギュラー陣の簡単なプロフィールを記しましょう。

まずは、シリーズ第一作『守護者《キーパー》』Keeper (1996)——

舞台は現代のニューヨーク。季節は夏。主人公アティカス・コディアックは、ロサンジェルス生まれのサンフランシスコ育ちで、二十八歳（誕生日は十月九日）。十九歳で陸軍に入隊し、警護のプロとしての訓練を受け、二十五歳の誕生日直前に除隊。軍での経験を生かしてフリーランスのボディーガードになって三年余りが経ったところ。

たまたま知り合ったプロチョイス（妊娠中絶合法化支持）派の指導的な論客である女医から、目下、プロライフ（中絶合法化反対）派の激しい抗議活動や脅迫にさいなまれており、両派が意見を戦わせる大規模な会議開催まで二週間、自分と娘の身を守ってくれるよう依頼され、アティカスは仲間とチームを組んで、ふたりの身辺警護にあたることにする。チームの面々は、アティカスのルームメートである古くからの親友ルービンと、その恋人で、元シークレット・サービスの父親エリオット・トレントが経営する大手警備保障会社センティネル・ガード社の幹部であるナタリー、陸軍でおなじ警護の訓練を受けた日系の巨漢でゲイのデイル・マツイ、そして途中から、ナタリーの友人である恐ろしく口の悪い私立探偵ブリジット・ローガンが加わる。

万全の警備態勢を敷いたつもりであったが、一瞬の隙をつかれ、犠牲者を出してしまう。自責の念にかられつつ、また、住んでいるアパートを放火され焼けだされるなど、さんざんな目に遭いながらもなんとしても依頼人の命だけは守ろうとするアティカスだが、さらなる悲劇が待ち受けていた……。

第二作『奪回者』Finder (1997) は——

前作から四ヵ月経った、十一月のなかば。アティカスは、『守護者《キーパー》』で起こった悲劇のため、ボディーガード業を休業中で、SMクラブの用心棒をして糊口をしのいでいた。ある晩、未成年入場禁止の店に知り合いの少女がいることに気づく。エリカ・ワイアットとは四年ぶりの再会だった。十一歳のがんぜない子供は、十五歳の美少女になっており、その美しさは、かつてコディアックが愛したエリカの母親ダイアナを思わせるものがあった。

店で怪しげな強面《こわおもて》男にからまれていたエリカを救ったアティカスは、両親が離婚し、父親に引き取られているが、その父親から虐待を受けているため、家出をしたのだとエリカから聞かされる。驚いたアティカスは、エリカの父親ワイアット大佐の家を訪れ、真偽を問い質そうとしたところ、大佐が放埒《ほうらつ》三昧のあげくエイズを患い、軍を引退させられ、余命いくばくもないという状態であることを知る。エリカは口からでまかせを言っていたのだった。

かつての上司であったワイアット大佐から、エイズの特別治療を受けるためしばらく入院するので、エリカを預かってくれ、という依頼をアティカスは受ける。エリカの身を守らなければならない、敵はSASだ、という。なぜ十五歳の少女を英国の特殊部隊が狙うのか。そういえば、SMクラブでエリカにからんだ男は、いかにも危険な雰囲気を漂わせていた。詳しい事情を明かそうとしない大佐にいらだちながらも、アティカスは、エリカの警護を引き受け、チームを招集する。世界最強の特殊部隊SASを向こうにまわして、勝ち目はあるのだろうか。一方、私生活では、ブリジット・ローガンとつきあいはじめていたアティカスだが、魔が差して、ナタリーと臥し所を共にしてしまう。それがブリジットにばれ、ふたりの仲は破局してしまう……。

こうした経緯を受けて、三作目の本書は、『守護者《キーパー》』からおよそ一年、『奪回者』から八ヵ月近く経った翌年の七月四日、独立記念日を迎えているニューヨークで幕をあけます。アティカスは、二十九歳。たびかさなる事件に疲病神のレッテルを貼られ、仕事日照りにあえいでいるところです。今回の仕事が起死回生の一打となるのでしょうか……。

本書のあと、コディアック・シリーズは、私立探偵ブリジット・ローガンを主人公にした番外編ともいうべき作品Shooting at Midnight (1999) を経て、本編Critical Space (2001) につながります。昨年十月に出たこの作品では、舞台がはじめてニューヨークを離れ、依頼人の命を守るため、アティカスは、スイスのアルプス山脈、カリブ海と世界を飛びまわる羽目に陥ります。しかも、依頼人というのが、とんでもない人物なのです。興趣を殺《そ》がないよう、それがだれなのか秘密にしておきたいところですが、本書で「三匹の子豚」に登場する狼のセリフを言った人物と書いておけば、最後まで読んだ人にはおわかりですね。

最後になりましたが、本書の翻訳にあたっては、飯干京子氏の協力を仰ぎました。ここに記し、心からの謝意を表します。

二〇〇二年一月

古沢嘉通

|著者|グレッグ・ルッカ　1970年、サンフランシスコ生まれ。ニューヨーク州ヴァッサー大学卒。南カリフォルニア大学創作学科で修士号を得る。1996年、プロのボディーガードを主人公にした『守護者（キーパー）』でデビュー、PWA最優秀処女長編賞候補に。その後『奪回者』『暗殺者（キラー）』『耽溺者（ジャンキー）』『逸脱者』（上）（下）、最新作『哀国者』と快調にヒットを飛ばす。

|訳者|古沢嘉通　1958年、北海道生まれ。大阪外国語大学デンマーク語科卒業。ルッカ『守護者（キーパー）』『奪回者』『暗殺者（キラー）』、コナリー『夜より暗き闇』（以上、講談社文庫）、プリースト『奇術師』（ハヤカワ文庫FT）など翻訳書多数。

暗殺者《キラー》

グレッグ・ルッカ|古沢嘉通《ふるさわよしみち》 訳

2002年2月15日第1刷発行
2009年6月15日第9刷発行

発行者──鈴木　哲
発行所──株式会社　講談社
東京都文京区音羽2-12-21　〒112-8001

電話　出版部　(03) 5395-3510
　　　販売部　(03) 5395-5817
　　　業務部　(03) 5395-3615

Printed in Japan

講談社文庫

定価はカバーに
表示してあります

デザイン─菊地信義
製版──豊国印刷株式会社
印刷──豊国印刷株式会社
製本──株式会社上島製本所

落丁本・乱丁本は購入書店名を明記のうえ、小社業務部あてにお送りください。送料は小社負担にてお取替えします。なお、この本の内容についてのお問い合わせは文庫出版部あてにお願いいたします。

ISBN4-06-273373-0

講談社文庫刊行の辞

二十一世紀の到来を目睫に望みながら、われわれはいま、人類史上かつて例を見ない巨大な転換期をむかえようとしている。

世界も、日本も、激動の予兆に対する期待とおののきを内に蔵して、未知の時代に歩み入ろうとしている。このときにあたり、創業の人野間清治の「ナショナル・エデュケイター」への志を現代に甦らせようと意図して、われわれはここに古今の文芸作品はいうまでもなく、ひろく人文・社会・自然の諸科学から東西の名著を網羅する、新しい綜合文庫の発刊を決意した。

激動の転換期はまた断絶の時代である。われわれは戦後二十五年間の出版文化のありかたへの深い反省をこめて、この断絶の時代にあえて人間的な持続を求めようとする。いたずらに浮薄な商業主義のあだ花を追い求めることなく、長期にわたって良書に生命をあたえようとつとめるところにしか、今後の出版文化の真の繁栄はあり得ないと信じるからである。

同時にわれわれはこの綜合文庫の刊行を通じて、人文・社会・自然の諸科学が、結局人間の学にほかならないことを立証しようと願っている。かつて知識とは、「汝自身を知る」ことにつきていた。現代社会の瑣末な情報の氾濫のなかから、力強い知識の源泉を掘り起し、技術文明のただなかに、生きた人間の姿を復活させること。それこそわれわれの切なる希求である。

われわれは権威に盲従せず、俗流に媚びることなく、渾然一体となって日本の「草の根」をかたちづくる若く新しい世代の人々に、心をこめてこの新しい綜合文庫をおくり届けたい。それは知識の泉であるとともに感受性のふるさとであり、もっとも有機的に組織され、社会に開かれた万人のための大学をめざしている。大方の支援と協力を衷心より切望してやまない。

一九七一年七月

野間省一